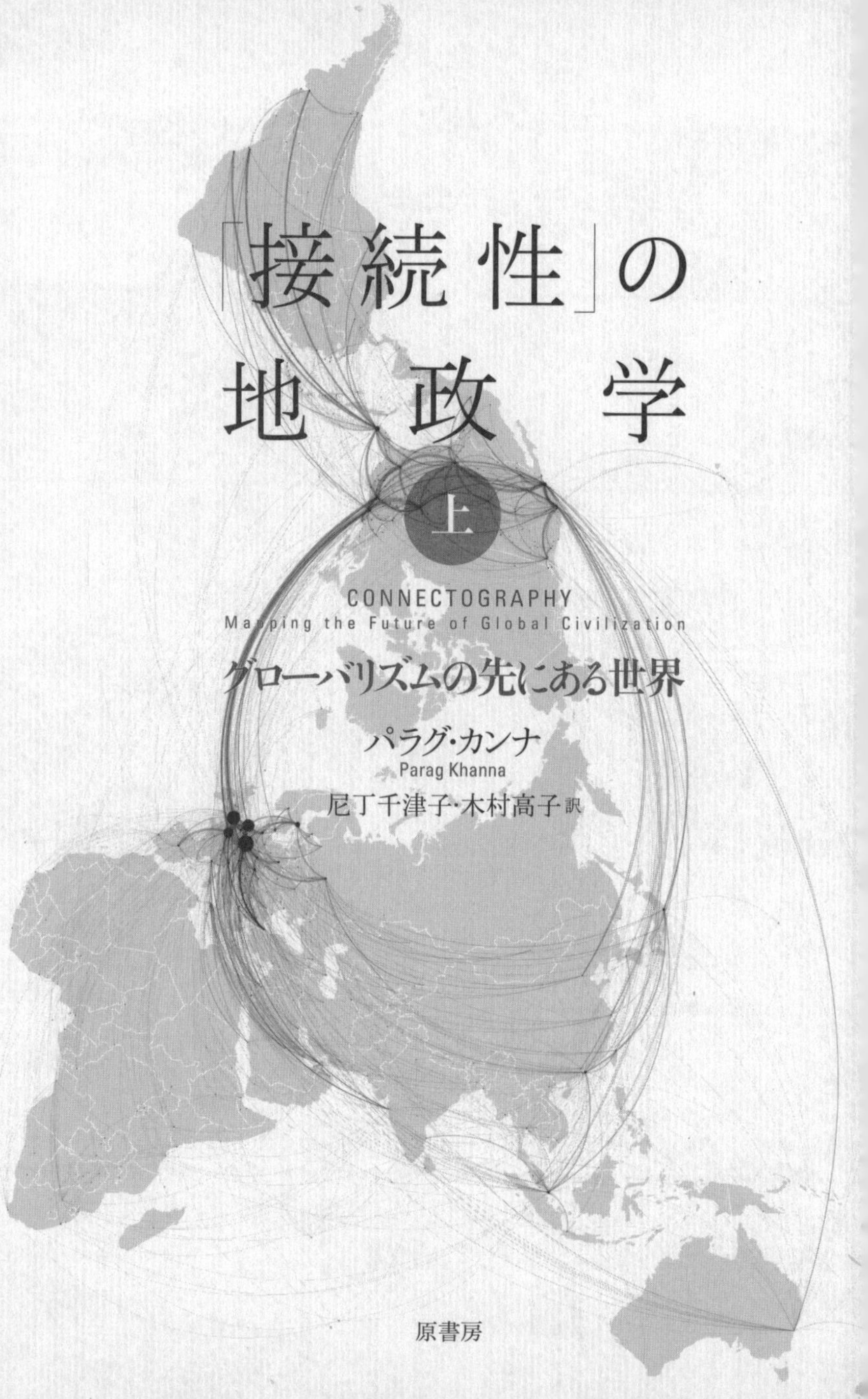

「接続性」の地政学

上

CONNECTOGRAPHY
Mapping the Future of Global Civilization

グローバリズムの先にある世界

パラグ・カンナ
Parag Khanna

尼丁千津子・木村高子 訳

原書房

1. 新たな結節点――次々に設立される経済特区（SEZ）

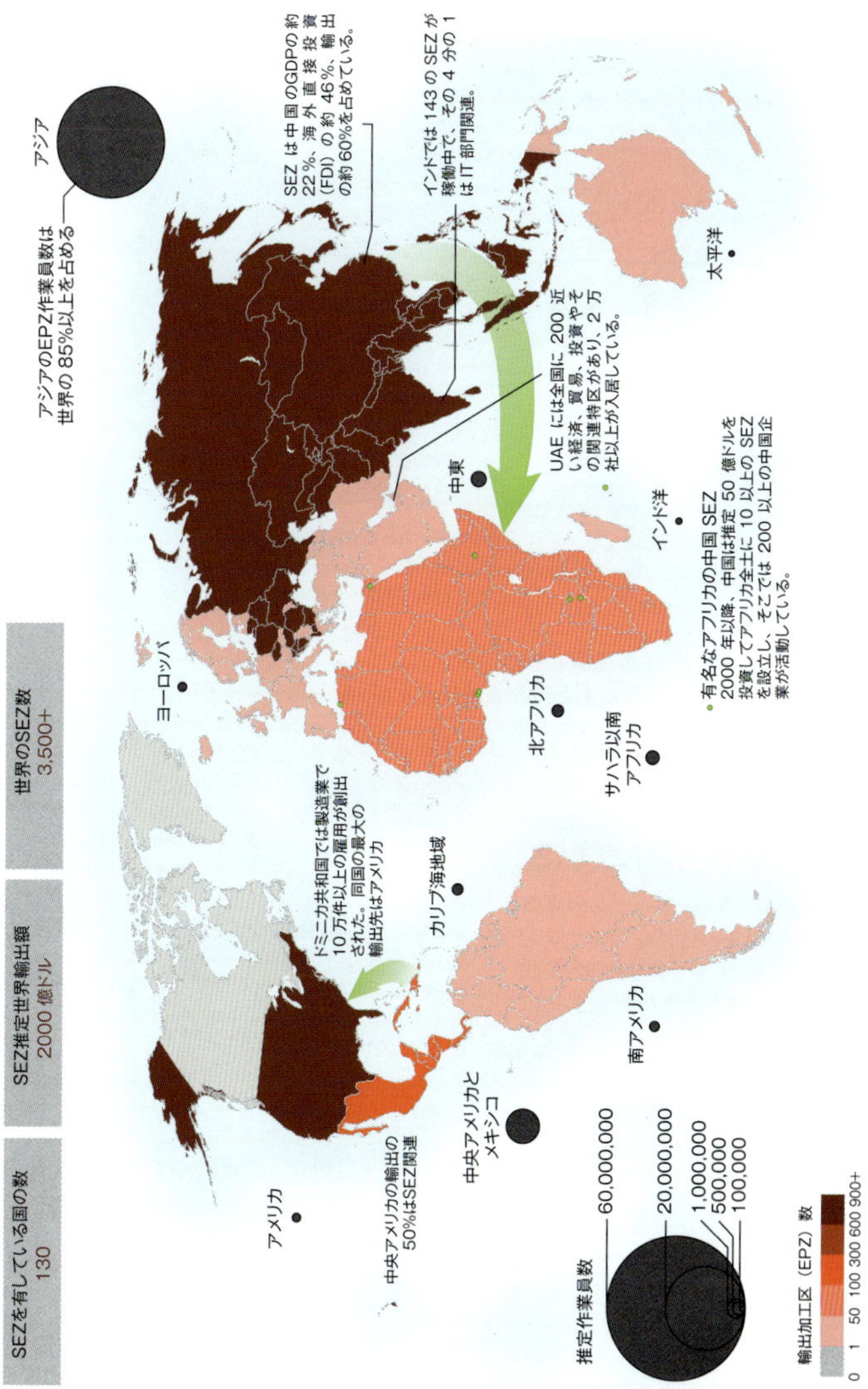

4000近い経済特区（SEZ）、輸出加工区（EPZ）、自由貿易地域（FTZ）やその他の工業中心地がグローバル・サプライチェーンをめぐって競争しており、それは輸出の急増や各国経済のバリューチェーン上昇につながっている。

2. 中国は世界中に相補的なサプライチェーンを構築している

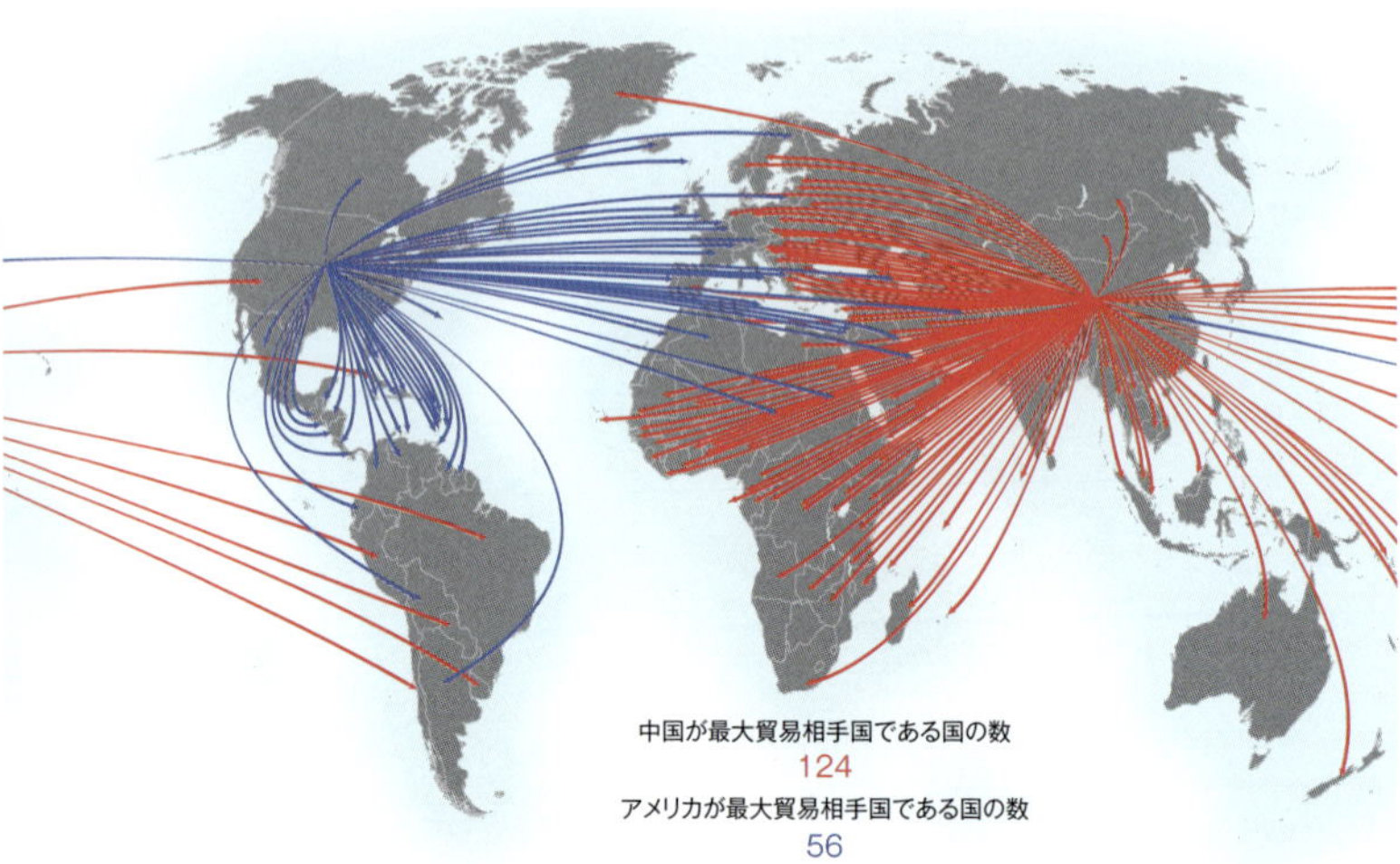

中国を最大貿易相手国とする国の数はいまや、
アメリカを最大貿易相手国とする国の2倍以上だ。

3. 国際貿易と投資額は引き続き上昇している

世界の貿易は物品とサービスの両方で増加していて、2020年までにGDPの3分の2近くを占めると予想されている。また、海外投資総額は世界のGDPの3分の1に到達すると見られている。

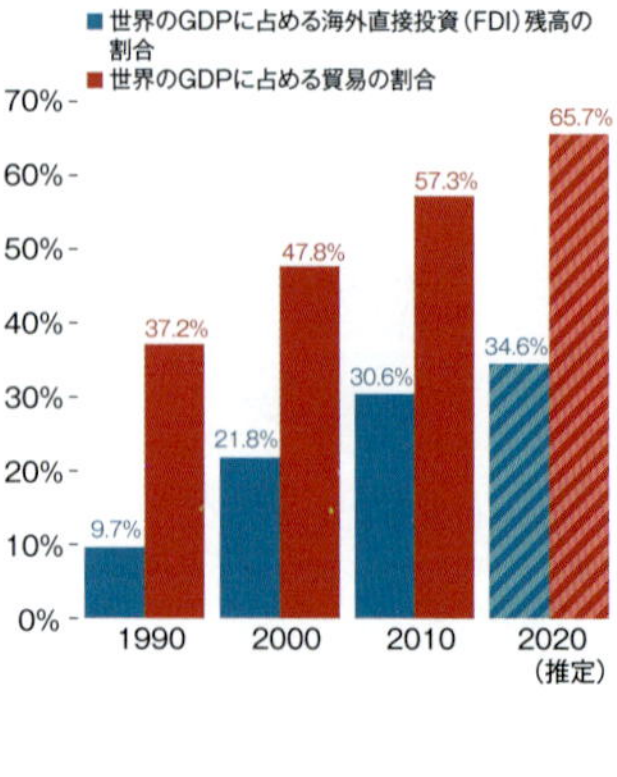

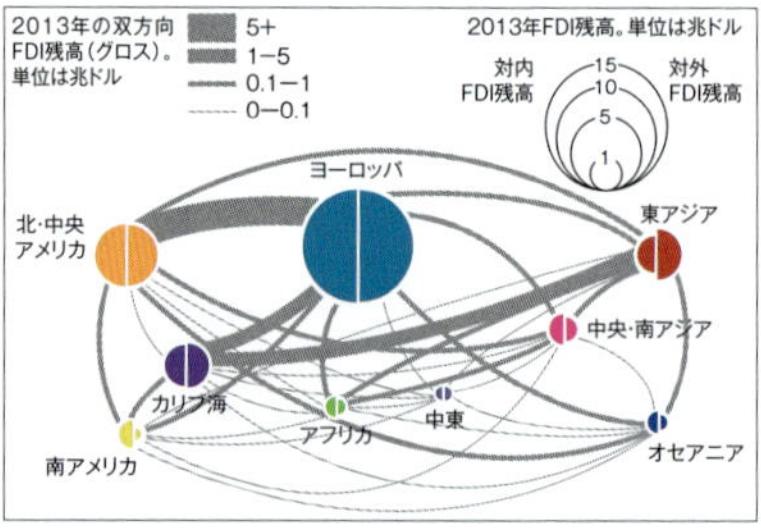

4. 海外直接投資（FDI）の流れと残高はすべての地域で増加している

アメリカ、ヨーロッパ、東アジアが世界のFDIの大部分を占めるが、南アメリカ、アフリカ、中東や南アジアなどの成長市場地域も投資の流れをますます呼び込んでいる。

5. 世界貿易の結びつきは接続性の増加を表す

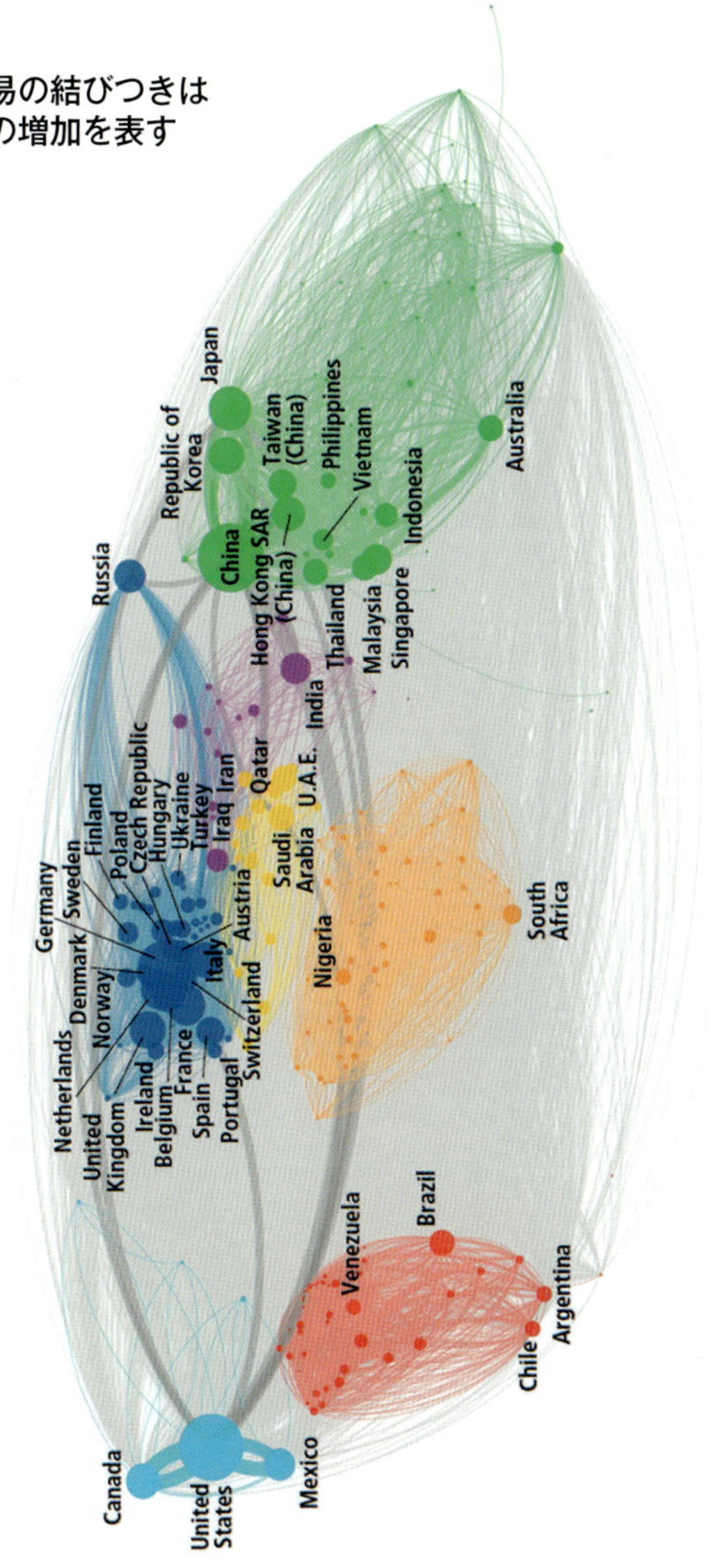

DHL社の世界連結性指標（2014 年）から、現在もヨーロッパが最もつながった地域であることがわかるが、サプライチェーンや貿易ネットワークでの東アジアの中心化もますます強くなっている。モノ、資本、人や情報の流れは拡大しており、最果ての土地やそこに住む人々も含まれるようになった。

6. 大陸の豊かさ

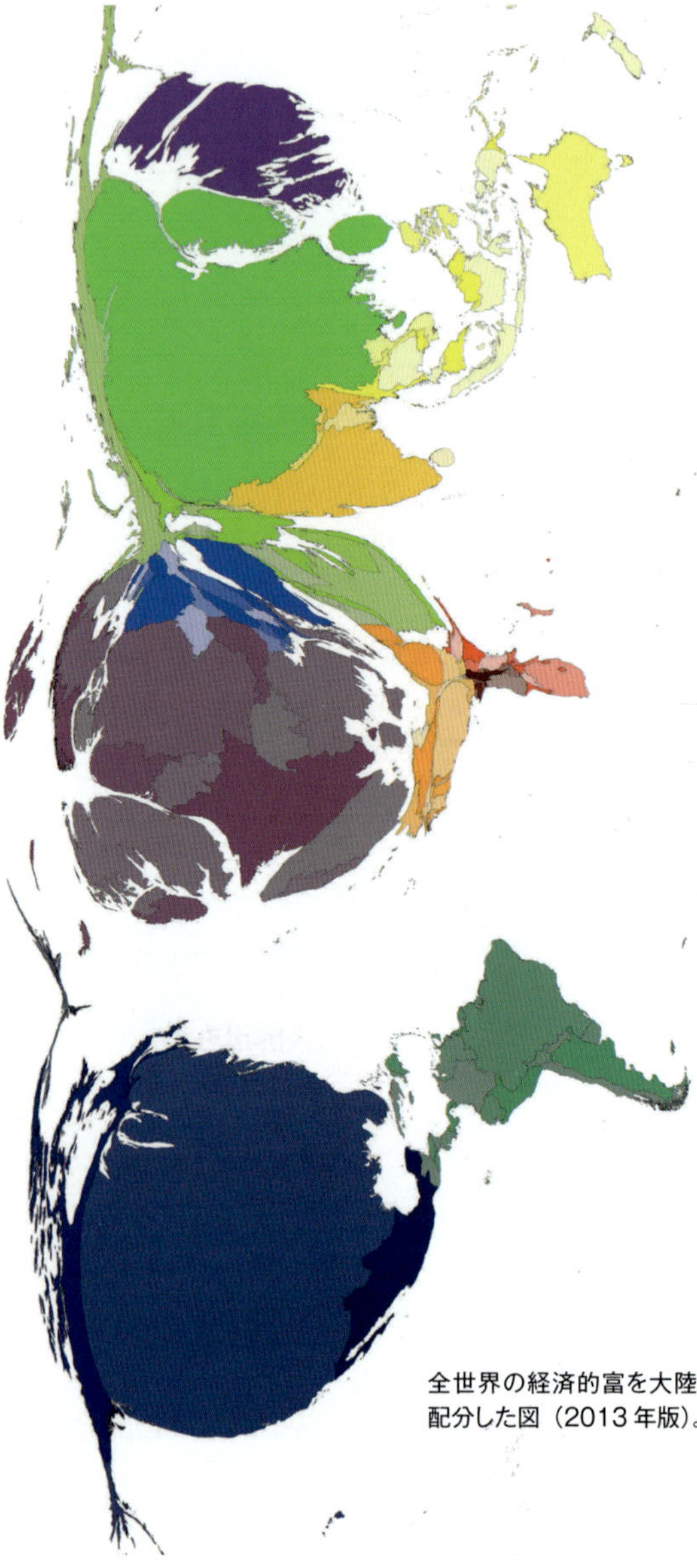

全世界の経済的富を大陸間で比例配分した図（2013 年版）。

7. 人類の半分以上がアジアに住んでいる

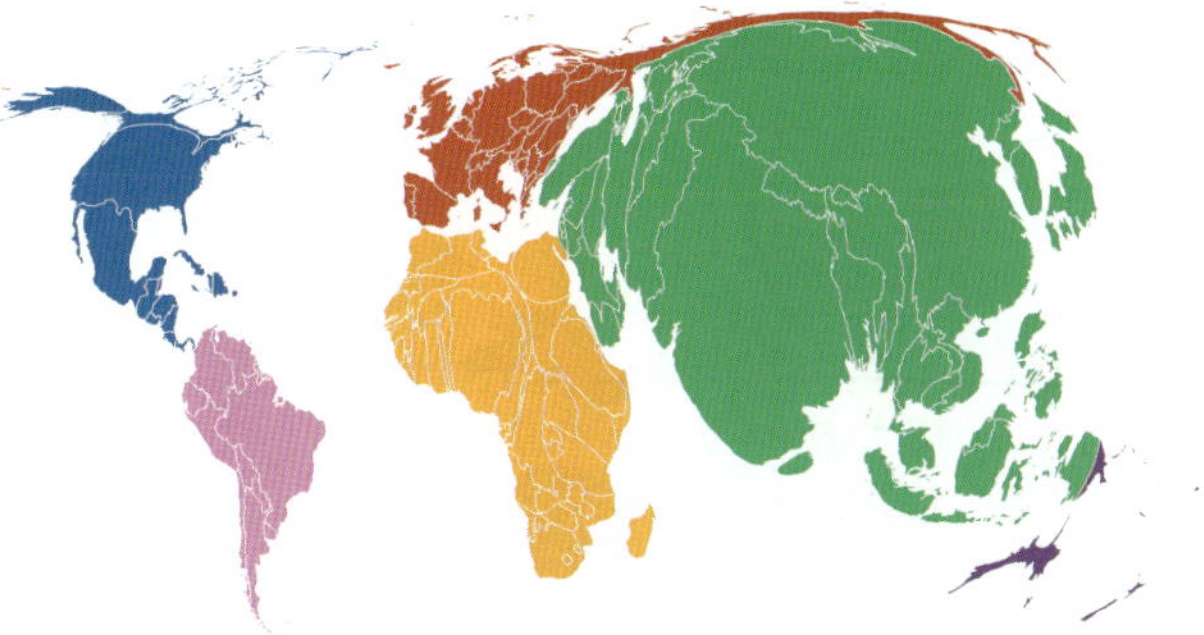

全世界の人口を比例配分した図（2013 年版）。

8. 世界の貧困地域はアフリカとアジアに集中

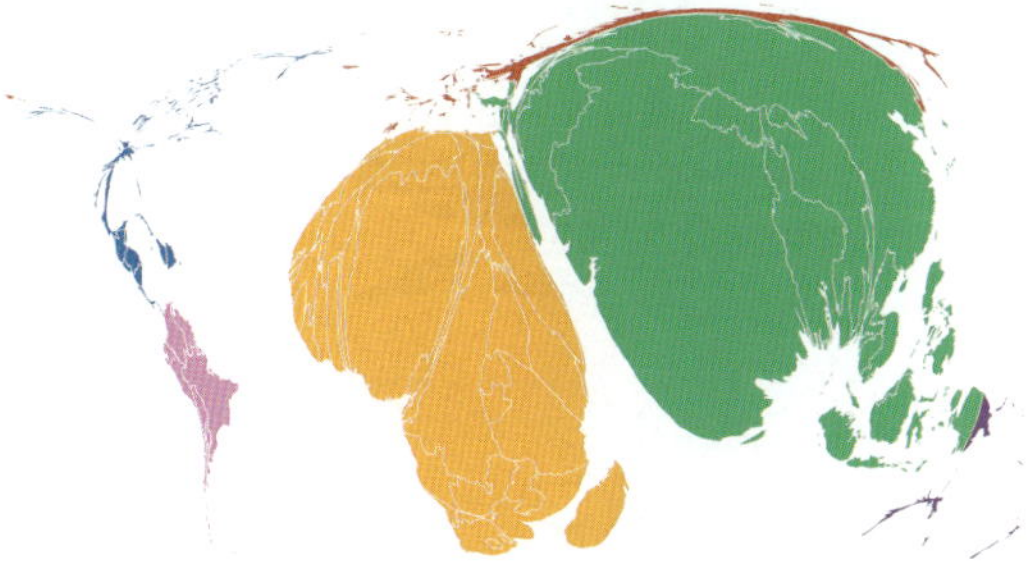

全世界の貧困層を比例配分した図（2014 年版）。

9. 富と人口が増えるほど温室効果ガス排出も増加する

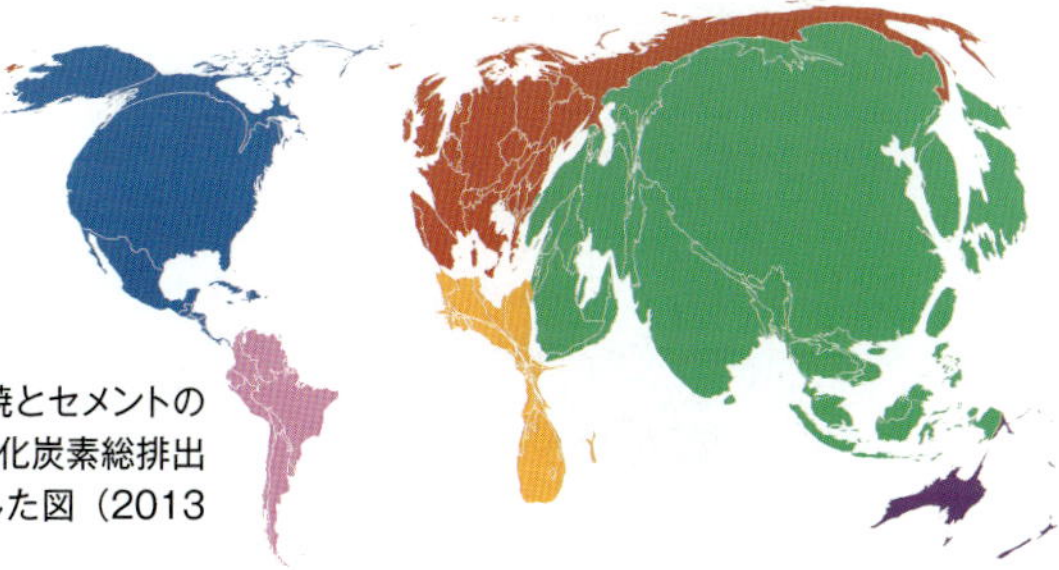

化石燃料の燃焼とセメントの生産による二酸化炭素総排出量を比例配分した図（2013 年版）。

10. アジアは天候による災害が発生する可能性が最も大きい地域

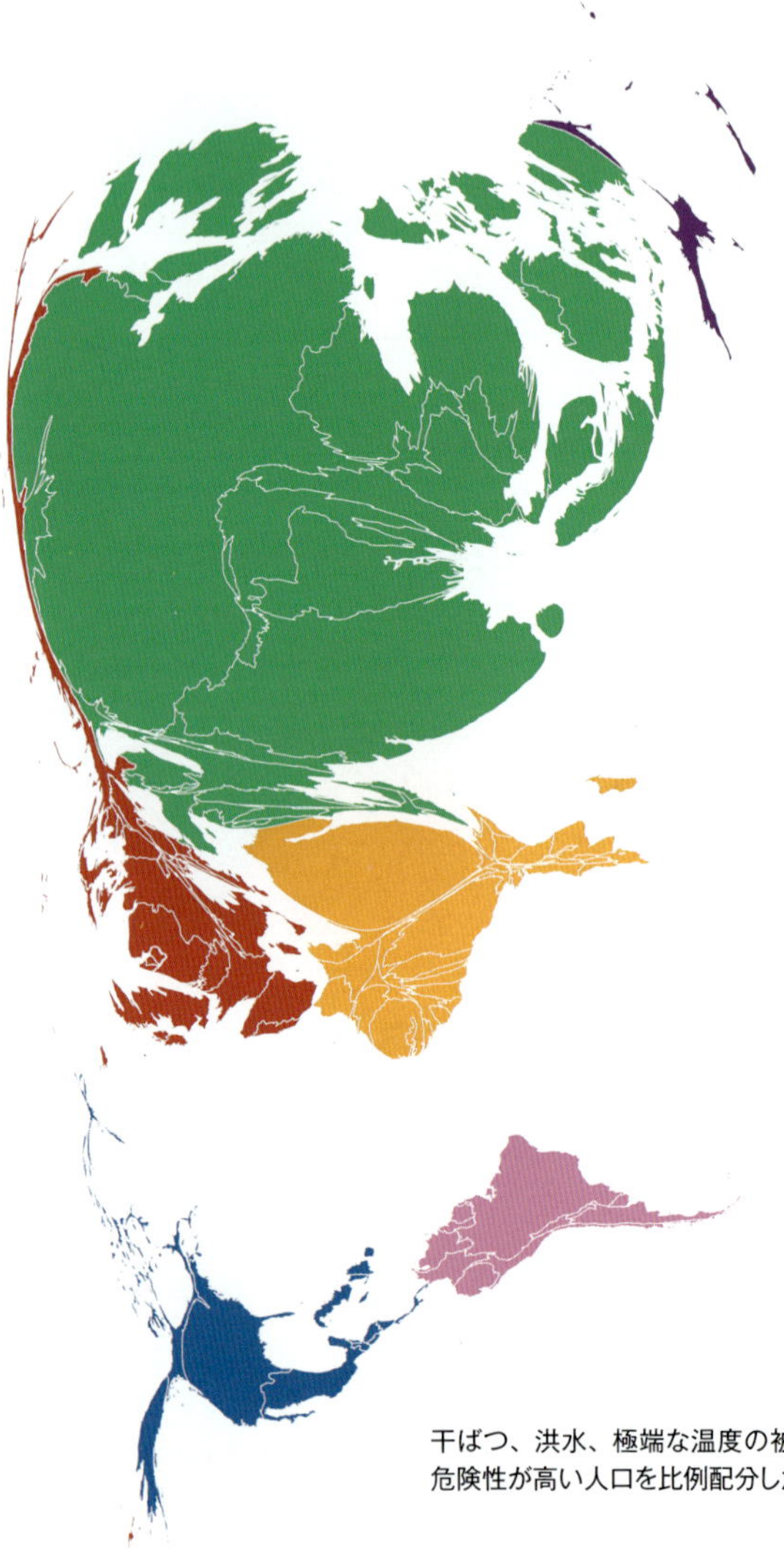

干ばつ、洪水、極端な温度の被害に遭う
危険性が高い人口を比例配分した図。

11.「都市外交《ディプロマシティー》」の台頭で都市間ネットワークが繁栄

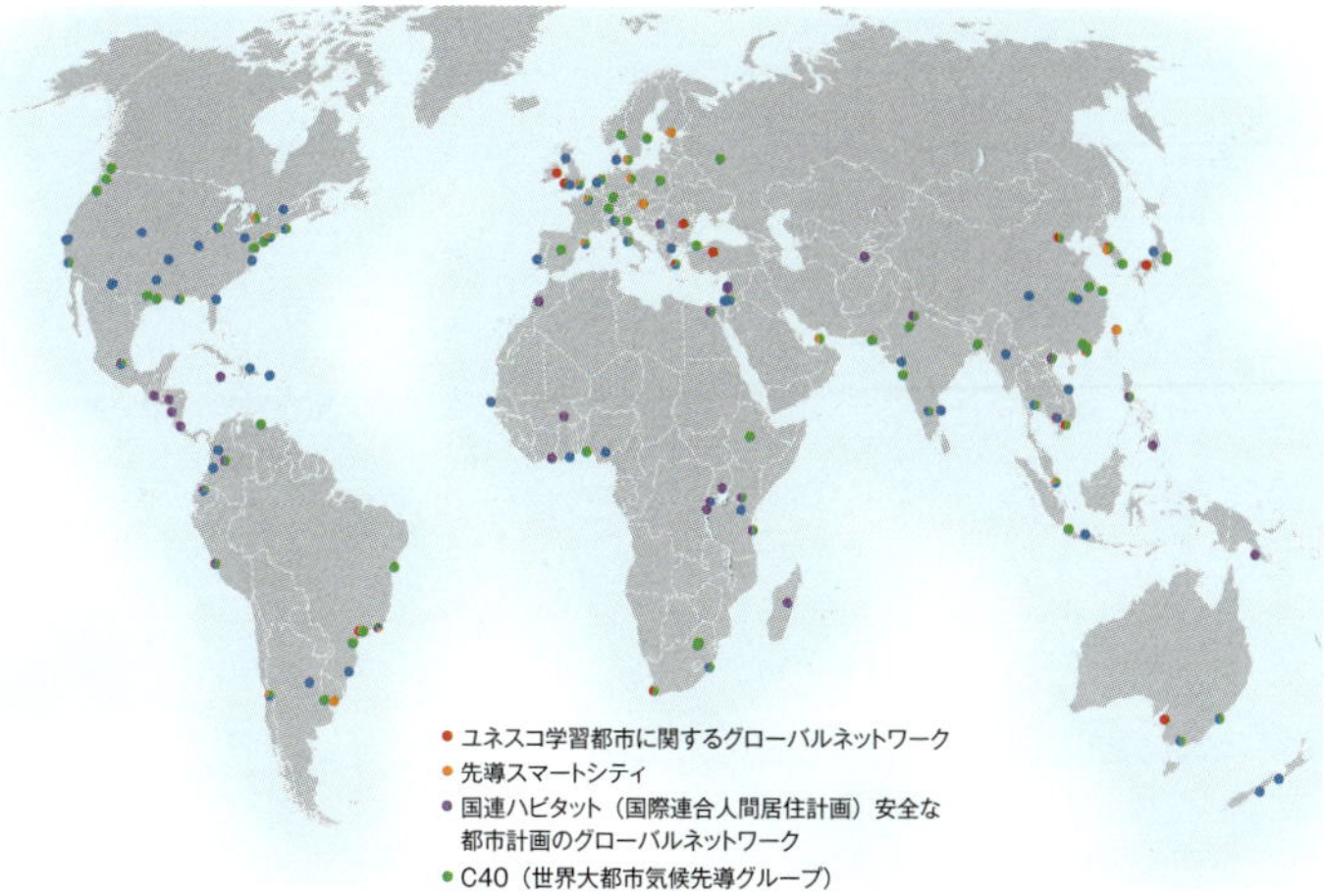

温室効果ガス排出の削減、建築環境とセンサー技術の統合、市民の安全の推進、自然災害に対する社会の復元力の向上の共同で学ぶ学習ネットワークが都市の間で急増している。今日では国際機関よりもそうした都市間ネットワークの方が多い。

12. ヨーロッパが一体化するにつれ、国は分かれていく

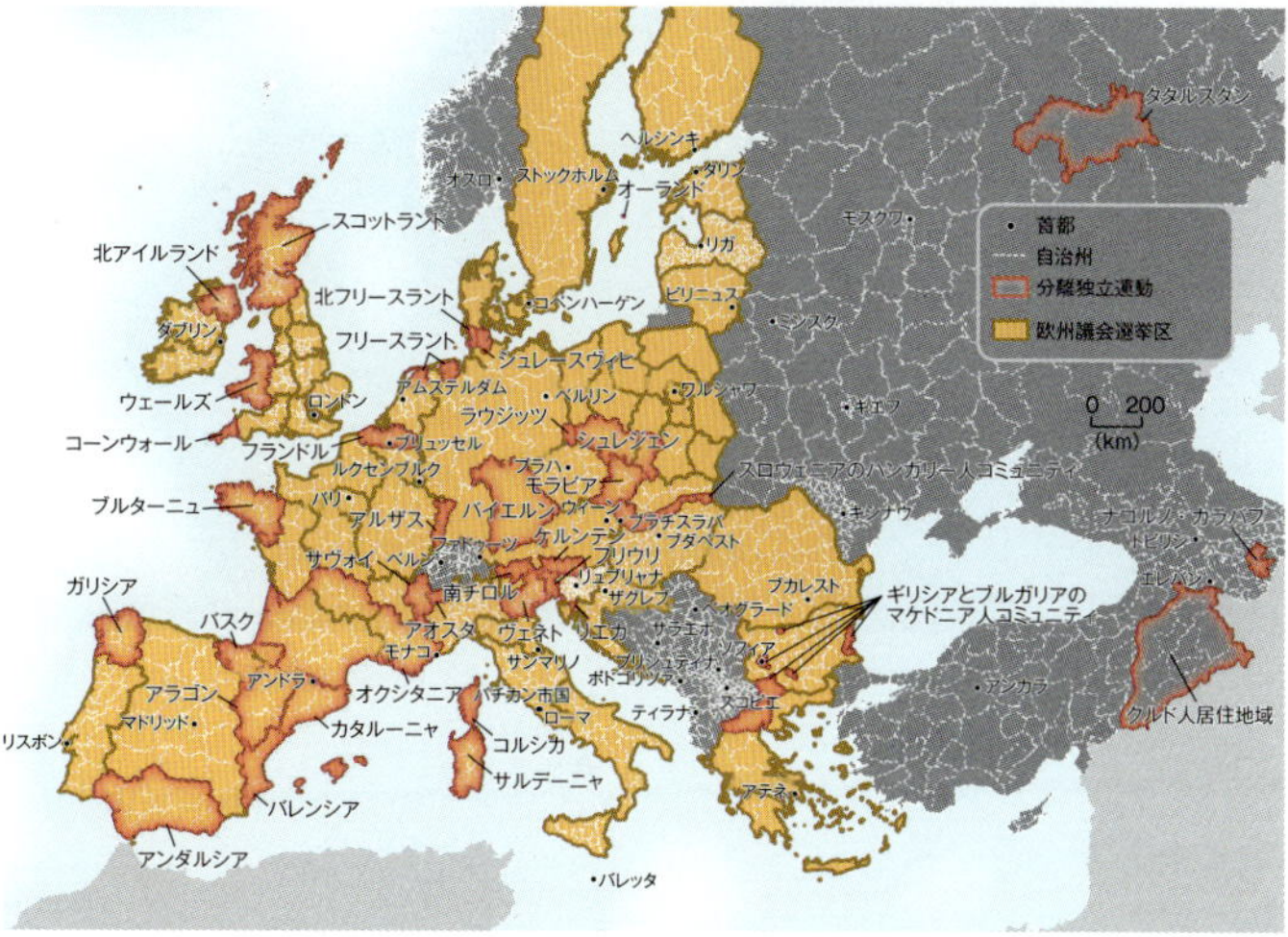

ヨーロッパでは多くの分離独立運動が行われているが、権限委譲後、新たな国家は共同体の欧州連合（EU）に加盟できる。

中国
上海一南京
ロシア
珠江デルタ
イギリス
トルコ
モスクワ
イスタンブール
ロンドン
日本
モスクワ
ライン・ルール
ロンドン
東京一大阪
大イスタンブール
環渤海
東京一大阪
テヘラン一キャラジ
重慶一成都
カイロ
上海一南京
大デリー圏
エジプト
「アブドバイ」
珠江デルタ
カイロ
ムンバイ一プネー
マニラ
フィリピン
マニラ
ラゴス一ベニンシティ
ケニア
ナイロビ
インド
ナイロビ
キンシャサ
ナイジェリア
ムンバイ一プネー
ジャカルタ
ラゴス一
ベニンシティ
インドネシア
ジャカルタ
ヨハネスブルグ
南アフリカ
ヨハネスブルグ

13. 新たな経済中心地としてのメガシティ

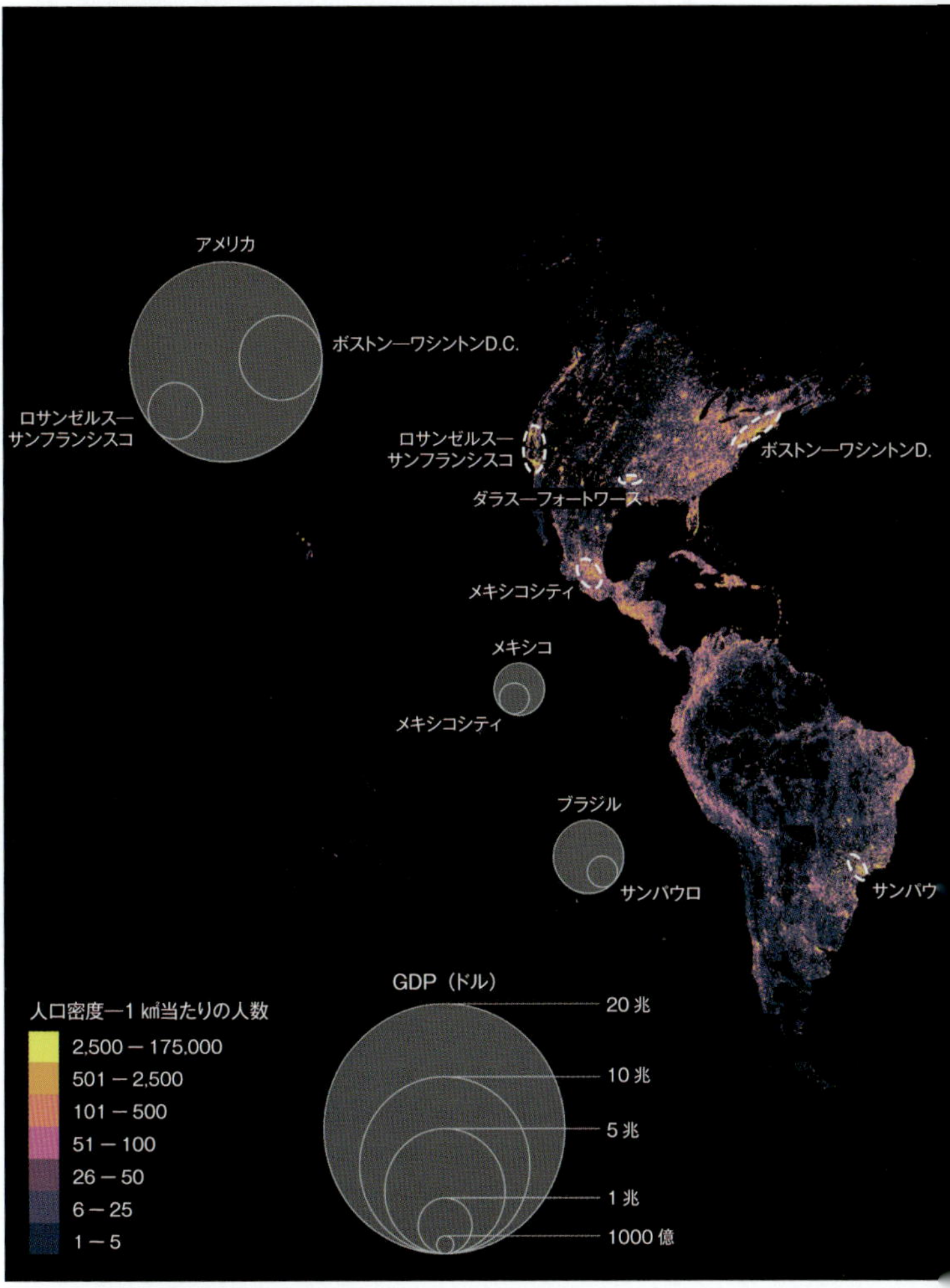

都市列島は国の経済でますます大きな割合を占めている。モスクワ、サンパウロ、ラゴス、そしてヨハネスブルグは一都市が国の経済を占める成長市場の代表例だ。

14. アフリカに残る「断層線」

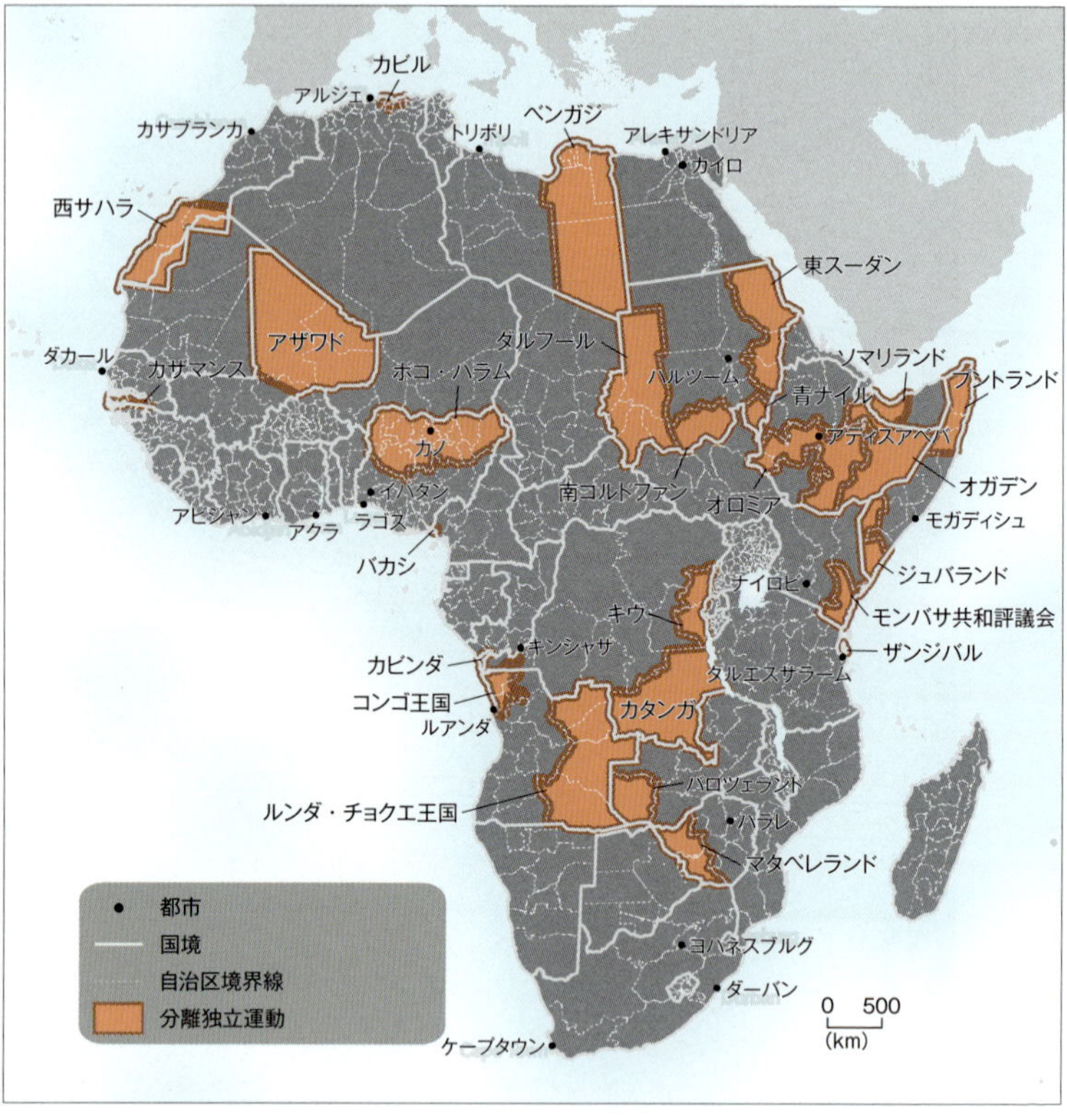

アフリカには新たな国家建設につながる可能性がある分離独立運動が、まだ多く存在する。また、アフリカの国々には事実上の自治区も多数ある。

15. 拡大するシンガポールの経済圏

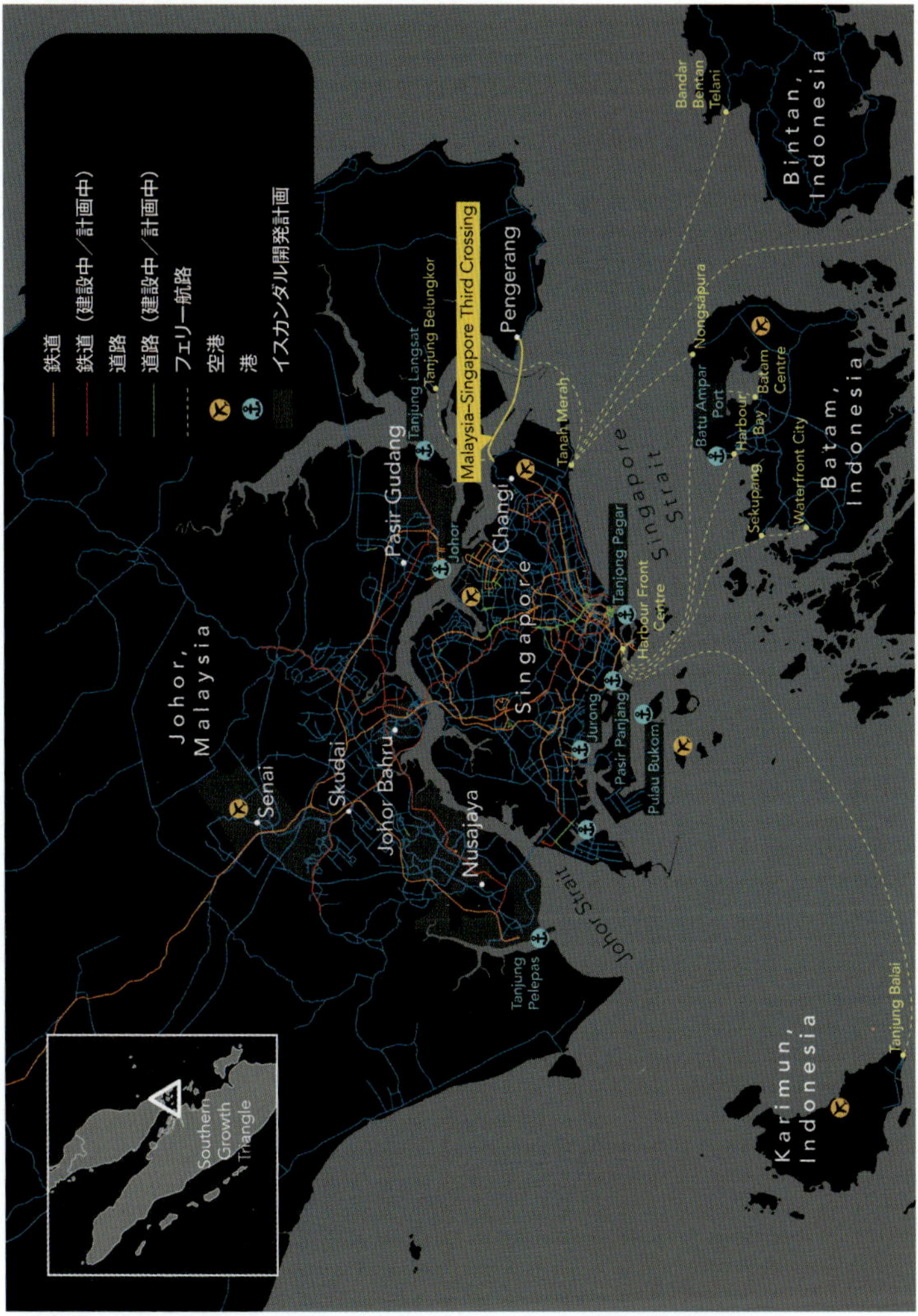

シンガポールは領土を増やすことはできないが、マレーシア南部や近隣のインドネシアの島々への投資により、産業と土地開発が拡大した「成長の三角地帯」を誕生させた。

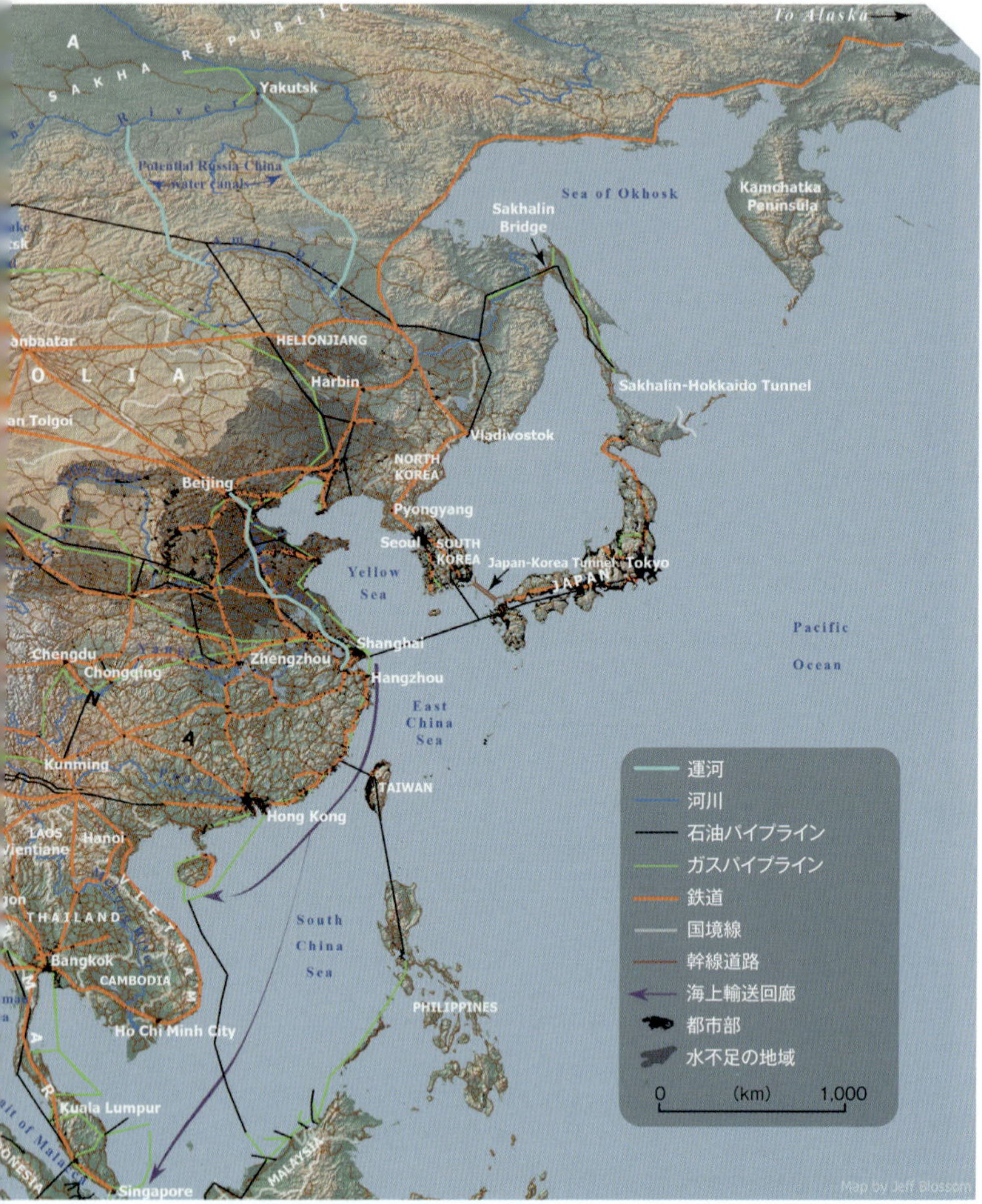
To Alaska
SAKHA REPUBLIC
Yakutsk
Potential Russia-China water canals
Sea of Okhosk
Kamchatka Peninsula
Sakhalin Bridge
HELIONJIANG
Harbin
Sakhalin-Hokkaido Tunnel
Vladivostok
NORTH KOREA
Beijing
Pyongyang
Seoul
SOUTH KOREA
Japan-Korea Tunnel
Tokyo
JAPAN
Yellow Sea
Pacific Ocean
Shanghai
Zhengzhou
Hangzhou
Chengdu
Chongqing
East China Sea
Kunming
TAIWAN
Hong Kong
LAOS
Hanoi
Vientiane
THAILAND
VIETNAM
South China Sea
Bangkok
CAMBODIA
PHILIPPINES
Ho Chi Minh City
Kuala Lumpur
MALAYSIA
Singapore
運河
河川
石油パイプライン
ガスパイプライン
鉄道
国境線
幹線道路
海上輸送回廊
都市部
水不足の地域
0 (km) 1,000
Map by Jeff Blossom

16. ユーラシアの新たなシルクロード

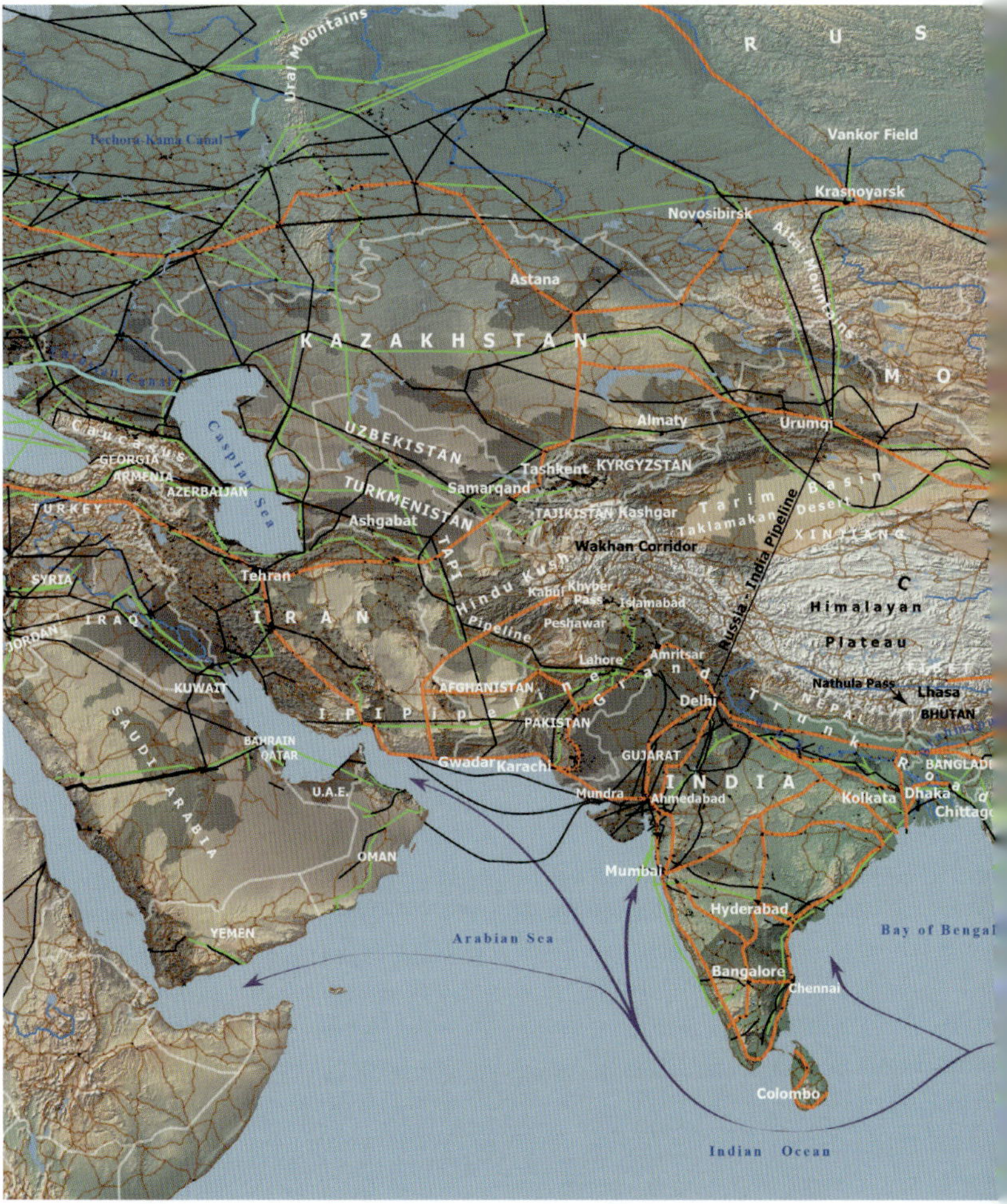

中国の主導により、世界最大の大陸はエネルギーと輸送インフラ通じて西側へ急速につなげられている。こうした新たな「鉄のシルクロード」は、過去のどのシルクロードよりも耐久性や改革をもたらす力に優れているかもしれない。

Ankara
TURKEY
Antalya
Ceyhan
Tabriz
Caspian
Alborz mountains
Tehran
AFGHANISTAN
Suleymaniah
Qom
KURDISTAN
Tigris
Erbil
Raqqa
Euphrates
Deir al-Zor
Kirkuk
IRAN
Esfahan
Kerman
Zahedan
PAKISTAN
SYRIA
Anbar
Al-Sham
Baghdad
Ramadi
CYPRUS
Larnaca
LEBANON
IRAQ
Avaz
Shiraz
Sirjan
AREA ENLARGED BELOW LEFT
Basrah
Umm Qasr
Amman
Kuwait City
KUWAIT
Persian Gulf
Bandar-e-Abbas
Chabahar
PALESTINE
Trans-Arabian Pipeline
Bandar Jask
Alexandria
Port Said
ISRAEL
JORDAN
South Pars field
Kish Island
Ras Al-Khaimah
Musandam
Umm Al Quwain
Khor Fakkan
Ajman
Sharjah
Dubai
Jebel Ali
Abu Dhabi
Fujeirah
Gulf of Oman
Muscat
Dammam
Dhahran
BAHRAIN
Eilat
Aqaba
Cairo
Ghawar field
Doha
QATAR
Abaqiq
UNITED ARAB EMIRATES
SAUDI ARABIA
Riyadh
EGYPT
Duqm
Medina
Red Sea
King Abdullah Economic City
Jeddah
Mecca
OMAN
Nile River
Salalah
Arabian Sea
YEMEN
Sanaa
SUDAN
ERITREA
Bab-el-Mandeb
Gulf of Aden
Khartoum
Al-Noor
Strait Bridge
ETHIOPIA
DJIBOUTI
SOMALIA
Map by Jeff Blossom

17. アラビアの平和《パックス・アラビア》

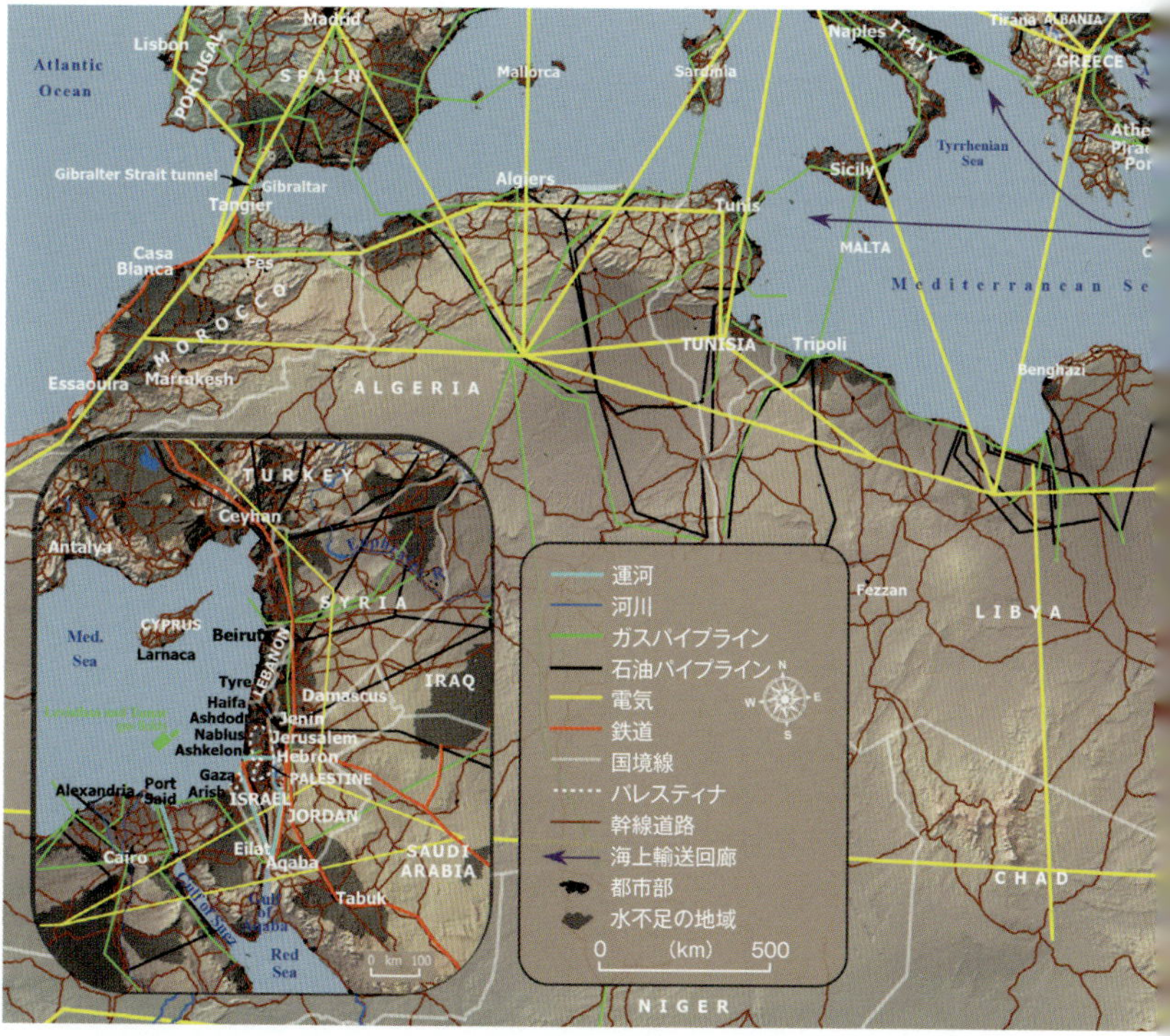

すでに多くの国家が崩壊したアラブ世界は、再編の機が熟している。新たなエネルギーや水のインフラは、資源が豊富な国と貧しい国の資源共有を促進するだろう。また、改善された輸送インフラにより、アラブ文明はヨーロッパ、アフリカ、中央アジアへより円滑につながる都会のオアシスの集まりへと移行するだろう。つながりにより、アラブ世界とイスラエル、トルコ、そしてイランとの関係も変化している。

18. 東南アジアの平和《パックス・アセア》

東南アジアは輸送とエネルギーのインフラ、貿易協定、そして補完的なサプライチェーンを通じて、植民地主義の影響が残る地域で最も早く機能的な統合へ進化している。

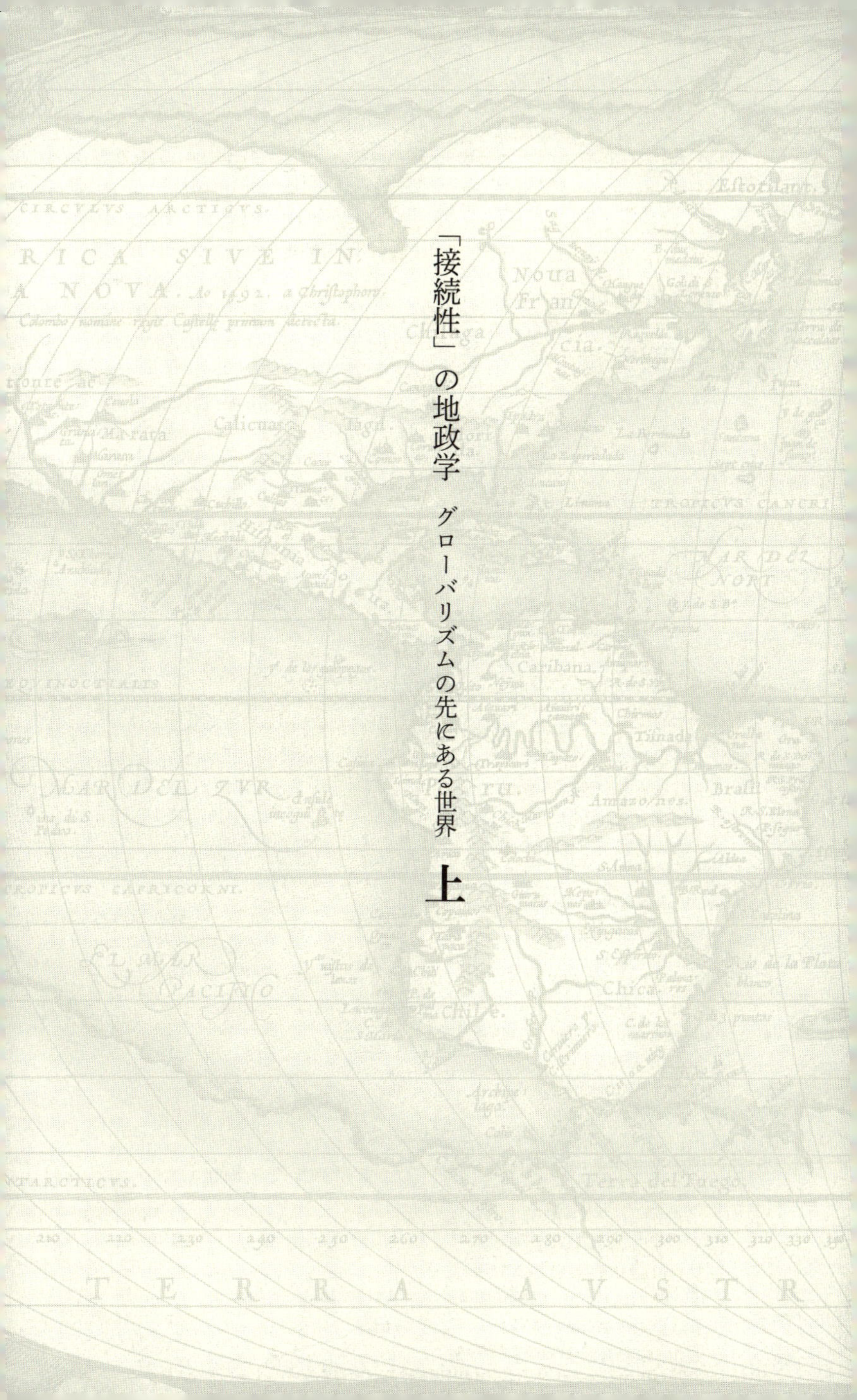

「接続性」の地政学

グローバリズムの先にある世界

上

目次

下巻目次

はじめに

親が夢中になっているものに子供も夢中になるのは、自然なことである。小さい頃から移動を繰り返してきた私は、地球儀やら地図やら、地理にまつわるモノを集めるのが趣味だった。つまり、私が娘と一〇〇〇ピースの世界地図パズルを念入りに組み立てながら本書のこのくだりを執筆しているのは、決して偶然ではない。パズルの地図はメルカトル図法に基づいており、その名称は一六世紀のフランドル（現在のベルギー）出身の地理学者に由来する。メルカトルは航海により適した地図を製作しようとしたが、その過程で高緯度の縮尺が著しく歪められてしまった。娘が「グリーンランドって、こんなに大きいのね！」と大声を上げているのは、そういうわけだ（同時に娘は、なぜ地図ではグリーンランドがオレンジ色なのかしらと不思議がっている）。一番つなぎ合わせやすかった大陸はアフリカだ。五四もの国があるので、どの小さなピースにも、国を表すさまざまな色や都市の名前などのヒントが山ほど盛り込まれていた。広大な海は最後まで残った——青の色味がわずかに違うことしか特徴のない何百ものピースを組み立てるのは、やたらと長く根気のいる作業だった。私たちは、世界一深い海はどこか、世界一高い海底山脈はどこにあるか、そして離島での人々の暮らしはどういうものだろうと話しながら何とか乗り切った。

パズル全体が完成すると、ふたりでパズルを幅広の透明シートで注意深くくるみ、娘の部屋の壁に掛けた。一歩下がって地図全体を見ると、かつてすべての大陸が超大陸パンゲアとしていかに美しく合わさっていたかをやすやすと想像できる。さらに、今後五〇〇〇万年から一億年かけて大陸が（北極圏を中心にして）再び集まり、科学者がアメイジアと称する超大陸が形成される姿を思い浮かべてみた。

だが、それより先に、現代の我々の手ですべての大陸をつなげてしまうこともできるのではないだろうか？　世界中のあらゆる人や資源を結ぶ輸送、エネルギー、そして通信のインフラが途切れることなく構築されて地図上のあらゆる地域がつながると、この地球はどうなるだろうか？「接続性の地政学《コネクトグラフィー》」は、そんな世界をより的確に表すための言葉だ。

本書のテーマは、我々の生活のほぼあらゆる面において、接続性《コネクティビティ》が圧倒的に重大であるという点だ。私が未来の世界秩序について描いてきた三部作の最終章にあたるのが本書である。序章の『「三つの帝国」の時代』（二〇〇九年）では、複数の超大国が、不安定さと分裂の問題を山ほど抱える主要地域での影響拡大を競うといった新たな地政学的市場をめぐる旅に出た。私はそのなかで「かつて植民地は征服された。今日、国は買われている」と指摘している。だが、賢明な国家は世界中のあらゆる大国と友好関係を保ちながらも、その一方で同盟関係をそれ以上強めようとしないままに最大限の恩恵にあずかるという多国間協力関係を抜け目なく築いている。続編の

『ネクスト・ルネサンス』(二〇一一年)では、政府、企業、市民団体やその他の組織が権力を争いながらも世界規模の課題に取り組むための新たなかたちの共同関係「国を超えた外交《メガディプロマシー》」を結ぼうとしている世界状況を分析した。まさしく、新たな中世時代ともいうべき様相である。そこでの結論は、世界的なルネサンスへたどり着くために必要なのは「自発的な接続性の急激な拡大を通じて、世界を自由化すること」だった。本書では、どうやってそこに到達するか――理解の上でも、実現する上でも――を論じている。

本書は、互いに関連し合ういくつかの着眼点をもとに道筋を展開している。まず、世界をまとめる新たな枠組みとして、接続性が分割に取って代わった。人間社会は根本から変化しようとしている。そして、政治的な境界よりも機能的なインフラのほうが世界の仕組みをより強く反映するようになった。真実を映す地図には、国だけではなく巨大都市《メガシティ》、幹線道路、鉄道、パイプライン、インターネットの海底ケーブルといった、新たに出現したグローバルネットワーク文明の象徴も記載されるべきだ。

次に、我々の時代において最も有効な政治力は権限委譲だ。世界のあらゆる地域で巨大国家が分割され、財政や外交に対して自治権を求める地方や都市へ権限が分散されている。一方、権限委譲と対をなす集約も重要だ。政治的単位が小さくなればなるほど、存続し続けるためには、資源を共有できるより大きな共同体へ融合しなければならないからだ。この流れは、共通のインフラや協力機構を通じて活力に満ちた新たな地域連合体が生まれている東アフリカから東南アジアにいたるまで世界中で見ることができる。北アメリカも真の意味でつながった超大陸になりつつある。

三つ目は、地政学的な競争の性質が、領土をめぐる争いではなく接続性をめぐる争いへと変化している点だ。接続性をめぐる競争は、グローバル・サプライチェーン、エネルギー市場、工業生産、さらに金融、テクノロジー、知識、才能ある人材の有益な流れをめぐる綱引きというかたちで行われている。この綱引きは、異なる体制間（資本主義対共産主義）の戦争が、単一の共同サプライチェーン体制内での戦争に移行したことを示している。軍事力による衝突は常に想定される脅威だが、綱引きは果てしない現実だ。それは軍事政策よりむしろ経済の基本計画によって勝利に導かれる。地域社会がこの世界的な綱引きによる勢力争い図に加わるために、世界中で、新たな都市や経済特区（ＳＥＺ）が多数築かれている。


この綱引きという接続性の優位性をめぐる競争は、サプライチェーンの緊密な連携を通じて国境線や海を越えて物理的に結びつく、インフラの提携というかたちでも現れている。中国がこの戦略の実現を飽きることなく追求した結果、インフラは世界の利益と見なされるほど重要度が高まった。アメリカによる安全保障と肩を並べるほどだ。結びついた世界における地政学は、領土征服を目的とするボードゲーム戦略としての役割こそ小さくなったものの、物的およびデジタル・インフラの土台としては、より大きな役割を果たすようになった。

接続性は、世界をより複雑なシステムへ急激に変化させるための最大の原動力である。経済はさらに統合され、人の移動はより活発になり、コンピュータネットワークの仮想空間は現実世界と一体化し、我々の生活は気候変動によって否応なく劇的に変わる。こうした数々の現象による大きな変化の連鎖――しかも、たいていは突然起きる――を予測するのは、いまだ不可能に近い。しかし、接続性は世界をさらに複雑で予測不可能なものにする半面、我々が集団的な復元力《レジリエンス》を会得するための根本的な道筋を示してくれる。

人間はまさにこういう不透明な時代にこそ、次に何が起きるのか知りたいと思うものだ。だが、我々が行えることといえば、せいぜいシナリオの作成だ。冷戦時代のシナリオは、〝安定〟がどう突然変異して〝敵意〟に発展しうるのか、平和がいかにして戦争に移行しうるのかを検討する重要な手段になった。今日、我々がシナリオを作るのは、エネルギー不足の解消あるいは資源をめぐる競争の激化、国境を越えた人の移動の急増あるいは移動制限の強化、新興市場国への資金の流れの増加あるいは政策による投資の強制縮小、格差による政情不安の波及あるいは政府による雇用と福祉支援対策の再表明といったものによって世界がどうなるかを描くためだ。現代はひとつの根拠から無数のシナリオが描ける時代だ。

そのなかで優れたシナリオとは、予測ではなくそこに到達するための過程が優れているものを指す。さまざまな角度からの見方が取り入れられていればいるほどシナリオは充実する。「グローバリゼーションの終焉」と「ハイパー・グローバリゼーション時代の到来」がどちらも自信満々に予言されているこの時代において、将来の正確な見通しを立てるためには、ふたつ――バラ色のシナリオと悲観的なシナリオ――のどちらを選ぶかよりも、さまざまな展望を融合するほうが重要である。今日、大国が競合する世界、国々の相互依存が地球のすみずみまで広まった世界、あるいは強力な民間ネットワークが築く世界のなかからどれかを選べといわれても無理である。三つすべてが同時に存在しているからだ。

私は本書で数百ものシナリオの要点を組み合わせ、さらにそこに、二〇年間にわたり世界のあらゆる地域を訪れ、世界情勢を分析してきた私自身の研究結果や見解を加えた。データ可視化技術の驚異的な進歩のおかげで、今回の成果の一部を独自の地図やグラフにすることができた。それらの資料は本書内や関連サイト Connectivity Atlas（https://atlas.developmentseed.org/）に掲載されている。今後数十年間にわたり世界がどういうかたちを成すにしても、依然として、優れた地図の代わりになるものは現れないだろう。

地図に関するメモ

最も古いとされている世界地図――古代バビロニアの世界地図《イマゴ・ムンディ》や、ギリシアの哲学者アナクシマンドロスによる地中海を中心とした円形の地図――は、紀元前六〇〇年頃のものだ。続いてギリシアの天文学者プトレマイオスは等間隔の経緯線を用いた地図を製作し、地球上の位置をより正確に表せるようになった。だが、その後何世紀にもわたり作られたイスラム世界やビザンティン帝国の地図は聖地を中心にしていて、地理よりも神学に基づいていた。ヨーロッパの学者は十字軍やユーラシアのシルクロード発展を通じて、地理や気候をより高い精度で記録する努力を重ね、約一〇〇〇枚の世界地図《マッパ・ムンディ》を製作した。この種の地図には都市、町、動物の種類が記入されているものがある一方、聖書の物語が描かれたものもある。一五世紀イタリアの博学者レオナルド・ダ・ヴィンチは、高度と地形を記すために色や陰影を使った。この起伏を表す手法は、現代の世界地図にも使われている。

地図製作の技術は進歩したが、内容を完成させるための知識はまだ不足していた。五〇〇年前にフェルディナンド・マゼランが世界一周航海を達成したにもかかわらず、その後数十年間、東アジアの地図には相変わらず海の怪物やラテン語の言い回し「ここに竜あり《HIC SUNT DRACONES》（未開の地という意味）」が登場した。一七世紀半ばのヨーロッパで製作されたアフリカの地図にも猿やゾウのあいまいなイラストばかりで、南半球における植民地時代以前の地域社会に関する西洋人の知識がいかに乏しかったかがわかる。一八世紀半ばにジェイムズ・クックが船で探検するまで、西欧諸国ではハワイや南太平洋諸島はほとんど知られていなかった。当時、地図の最も重要な表記は、海洋航海の指針とされた海流だったことにほぼ間違いない。

今日の地図は、過去の地図の歪みが修正されて発展してきた。その一例といえるガル・ピーターズ図法やホボ・ダイヤー図法では面積比が正しく表せる投影法が使われていて、例えばグリーンランドとアフリカ大陸が同じ大きさにならないように工夫されている。なぜなら、実際のアフリカ大陸の大きさは、グリーンランドの一四倍だからだ。しかし、これらの地図は縮尺や位置情報がいくら正確でも、その土地の現状を表すためにはほとんど役に立たない。

そのことはとりわけプロパガンダの道具として歴史上の最たる例であるにもかかわらず、皮肉にも侵すことのできない真実とみなされている今日の政治的な地図に当てはまる。地図は魅惑的であると同時に危険である。地図製作者たちはそれぞれの国の事情に合わせた現実を各国に売り込もうとするために競争が激しく、何世紀にもわたり争ってきた。地図に記載されるものは象徴としての力を持ち、思想を形づくる。イスラエルで使われている地図には、国境線が法的に認められたものとして記載されているが、近隣国の地図にはイスラエルは影もかたちもなく、しかもパレスティナが「占領地」と記されていることもない。二〇一四年、出版社のハーパーコリンズまでもがアラブ市場のデリケートな問題に配慮して、イスラエル全体を削除した『中東地図帳』を編集して売り出した。インドと中国は、軍の小競り合いが続くいくつかの国境区域に関して、互いに相反する国境線を盛り込んだ地図をそれぞれ発行し続けている。グーグルアースはそうした紛争地域の表記においては中立の立場を取り、どの国の政策からも一線を画した地図製作を行ってきた。しかし、二〇一〇年にサン・ファン川の紛争区域を誤ってコスタリカの一部としてしまい、危うくニカラグアが宣戦を布告しかけた――しかも、世界でわずかしか存在しない、軍隊を保有しない国のひとつであるコスタリカに！

面白いことに、絶え間なく変化し続ける国境線は、永遠に変わらない地図は存在しないという事実を最も強く再認識できる存在だ。実際、方角に結びつけて名付けられた、文化圏を表す最も基本的な呼び名でさえもだんだんと意味が変化していく。四半世紀前、「東」とはソ連を指していた。冷戦はしばしば「東西対立」と呼ばれた。だが、今日ではロシアが「東」に分類されることはない。現在の「東」は、世界の人口の半分以上と世界経済の三分の一を占める、中国を中心とするアジア諸国だ。同様に、かつての「西」は、西ヨーロッパのユダヤ・キリスト教諸国、あるいは大西洋の向こう側まで範囲を広げた北大西洋条約機構（NATO）同盟国を指していた。しかし、今日、我々が語る「西」は、約三〇もの欧州連合（EU）加盟国、北アメリカ、さらに西側世界の第三の柱とされる南アメリカ大陸全域を意味する。[1]また、インドのようにかつて「南」（「第三世界」の意）に属していた国の多くは西側諸国よりも目覚ましい成長を遂げており、この南半球の国の連合はほぼ消滅している。かつて「旧世界」はヨーロッパを意味し、「新世界」はアメリカ大陸のことだった。今日では西側が「旧」になり、アジアが「新」だ。最近シンガポールに着任してアジアの著しい高成長を目の当たりにした西側のあるジャーナリストは、私と初めて話したときに「現代という流れはいまや東で起こり、西へと広まっていく」とつぶやいた。さらに次の世代では、地球の気温が上昇して北緯六六度以北の人口が増えるにつれ、北極圏内を指す「北側」というこれまで決して存在しなかった概念が誕生しようとしている。

地図は古くから存在し、現在でも最も広く使われている視覚化《インフォグラフィック》された情報である。だが、典型的な地図はインフラが整備された今日の社会にますますそぐわなくなっている。企業戦略家の大前研一は、地図は地理的距離をテクノロジーで乗り越えようとする人間の能力をほとんど反映していない「地理の幻想」にすぎないと論じている。上流社会では、やるべきことをやらないのは嘘をつくことと同じくらい大きな罪とみなされる。地図に関しても、そうあるべきだ。イギリスの歴史学者ジェリー・ブロトンは地図製作の歴史を余すところなく調べ、雄弁な文章にまとめ上げた。結論として彼は、「我々は地図がなければ世界を知ることはできないが、地図で世界を完全かつ正確に表すこともできない」[2]というパラドックスを鋭く指摘している。それでも我々はあきらめてはならない。複雑に入り組んだ世界では、これまで以上に地図が必要になるだろう。だがそこで必要なのは、これまで以上に理にかなったものだ。地図はもはや、芸術や神学の領域を脱して、商業や政治の領域に入りこもうとしている。つまり、地図は人口統計学、経済学、生態学、技術工学を正確に反映するものへと変移しているのだ。

冷戦の初期、アメリカ陸軍第六四地理工兵大隊は、軍事作戦や兵器の標的設定用のより正確な地図製作を推進するため、リベリアやリビア、さらにエチオピアのジャングルや地雷原などの荒涼とした地形を調査した。この手法は次第に廃止され、ヴェトナム戦争の時代には人工衛星に取って代わられた。現在、地図製作技術では革命が進行中で、地図は世界の動きをありのままに表現できる手段として生まれ変わっている。我々はもはや紙の上の動かない二次元の地図ではなく、デジタルスクリーンやホログラムでの高精度デジタル３Ｄ地図で世界を眺め、そこで派生する動向や関連性を読み取ることができる。地図製作技術は、レントゲン写真がＭＲＩ画像に代わるほどの急激な進化を遂げているのだ。

　最高の地図は、自然がつくった地形と人がつくった接続性を同時に表す。それは、各地の実情やつながろうとする力を反映して絶えず更新されるスナップ写真だ。我々が写真を「最新のものにする《リフレッシュ》」たびに、天然資源の発見、インフラ、人口動態などの最新の推移を表示できるのが優れた地図の条件である。ブリティッシュ・エアウェイズの乗客は、ジオフュージョン社のフライトマップを利用できる。このタッチパネルのマップには現在位置や高度をはじめ、農地の緑褐色の土の粗さ、山脈の谷のぎざぎざ具合、さらに都市を示す広い灰色の区域までもが、ワールドサット社のリアルタイムデータによって詳しく正確に表されている。すべての子供のｉＰａｄにこのアプリを入れておくべきだろう。そうすればまず、世界は平らではなくて丸いことが、子供たちにも一目でわかるはずだ。

　ジオフュージョンのマップをたどっていくと、世界を政治的単位に分割することなど、我々人類が人口密度の高い沿岸都市文化を築きつつある事実に比べると、さほど重要でないことがはっきりわかる。二〇三〇年には、世界の人口の七割以上が都市に住み、その都市のほとんどは海から八〇キロ圏内に位置しているだろう。たしかに、人間は古代から川の流域の肥沃な平原や海岸沿いに住みついてきた。しかし、今日の沿岸メガシティは、人口の集中度、経済的重要性、そして政治力により――ほとんどの国家よりも――重要な人間の集まりの単位になっている。

我々人間が都市で暮らしていくのなら、街の規模をとらえた地図を作成するだけではなく、データベースをもとにして街並みを描く――都市の内側から地図を作る――ことも重要だ。一九八〇年代、GPS技術関連企業は世界中のあらゆる道路を運転してジオコーディング（地理的情報を緯度・経度の座標値に変換）という忍耐強い作業を開始した。そうしてソフトウェアデータベースが蓄積されたカーナビゲーション製品は、今日ではほぼすべての新車のダッシュボードに取りつけられている。グーグル社もすぐに競争に参入し、人工衛星による画像や道路沿いの風景がさらにデータに加わった。今では誰もがデジタル地図製作者になれる。なぜなら、地図はブリタニカ百科事典からウィキペディアへと変化したからだ。例えば、オープンストリートマップは何百万人もの会員から提供された道路沿いの風景をもとに、共同で作成された地図である。さらに、会員は日々の通勤から災害時の人道支援で物資を届ける場合まで、現地についての知識や洞察力をフルに活用して、データ構造にタグやラベルを付与できる。しかも、我々はプラネットラブズ社の靴箱サイズの人工衛星

* マプティチュード、スタットプラネット、iマッパーはどれも、地図に文化または経済に関するデータを盛り込めるプログラムだ。グーグル社のプロジェクト・タンゴは携帯電話を、周囲の状況を常に読み取れて壁の向こう側まで「見える」ような3D地図作成機器にすることを目指している。

二四基からの最新画像を3D地図に埋め込んで、いまや自然や都市のなかを自由に飛び回る疑似体験までできるようになった。

我々はこうしたあらゆる技術を手にして、意のままにしようとしている。グーグルマップはもはや世界で最も多くダウンロードされたアプリだ。それは地図専門出版社ランドマクナリーの地図よりも、「グランドトゥルース（地上調査から得た情報）」をはるかによく表している。「すべてがつながるインターネット」（「モノのインターネット」＋「ヒトのインターネット」）と呼ばれるセンサー端末の世界的なネットワークが広がるにつれ、我々が利用する地図は絶え間なく自動更新され、世界をありのままに映した動画を日常にもたらすようになるだろう。なかには飛行中の五〇〇〇機の民間航空機や、航海中の一万隻を超える船のリアルタイムデータまでも含まれる。この情報は、インフラのネットワークに支えられた地球規模の経済の動脈や静脈、さらに毛細血管や細胞にあたる。この地球という体は、やがて人間の体と同じくらい有能かつ効率的になるだろう。

地図製作技術の革命により、想像の余地を残す場所はほぼなくなるだろう。今日では水中カメラによる海嶺や海溝、鉱床、さらにサンゴ礁生態系の詳細な画像が入手できるようになったおかげで、これまで〇・〇五パーセント未満だった海底調査面積が急速に拡大している。また、レーザーを用いて大気の変化の計測や、地下深部の鉱床探索を行える光検出と測距《ライダー》技術によって、天

＊　低価格でありながら、地球磁場が原子におよぼす影響を測定した値を用いて極めて正確な位置を割り出す「量子支援センシング」の到来により、位置測定やナビゲーション用としての人工衛星はまったく必要がなくなるのかもしれない。

然資源の詳細な分布図が作成可能になった。

人口統計データ、気象学的予報、そして地震活動パターンを組み合わせると、世界の人口の半分以上が環太平洋火山帯沿いのアジア環太平洋諸国に集中していることがわかる。その地域には世界に四五〇ある活火山の四分の三が集中していて、世界最大級の地震の八割がそこで発生し、しかも海面が最も急速に上昇している場所でもある。我々は自身の将来と自ら招くであろう破滅をハリウッド映画並みの迫力で思い描くことができる。

我々の世界を形づくる三つの最大勢力——人間、自然、テクノロジー——の入り組んだ力関係を地図に表すためには、地理に関してこれまでとはまったく別の知識や能力が必要になるだろう。アマゾン熱帯雨林の奥深くや、中国のタクラマカン砂漠の真っただなかなどでは、いまだに「生ける地図」、すなわち、ジャングルの木々の生長や砂丘の変化を直感的に読み取る力を身につけた部族や遊牧民の老人が最も頼りになる案内役だ。やがてその能力が彼らとともに消え去ると、我々はさらにテクノロジーに頼らざるを得なくなる。つまり、この新たな世代の地図や地形モデルは、ただの美しいデジタルガイドブックの寄せ集めであってはならない。それは、環境科学、政治学、経済学、文化、テクノロジー、そして社会学[3]——分割よりも接続性の研究のために、より精選された科目——の統合体の中心となるべきである。我々はこれ以上、変化を反映しない政治的な地図を使うべきではない。それでは、音声認識、ジェスチャー入力、さらにリアルタイムビデオ通信があるにもかかわらず、パソコンの標準型キーボードにすがるのと同じことだからだ。

現代の「デジタル世代」——ミレニアル世代またはY（およびZ）世代とも呼ばれている——に

はこの新たなツール一式が必須だ。今日の若者の数は史上最多である。世界の人口の四割は二四歳以下だ。つまり、植民地主義や冷戦の時代を経験していない人はそれ以上の数にのぼる。ゾグビー・アナリティックス社の調査によると、この「初代世界市民」が最も重視しているのは、接続性と持続可能性である。彼らは母国の体制に躊躇なく忠誠を誓うわけでもなければ、海外の「他のみんな」と国境線で隔てられて安心したいわけでもない。アメリカでは、ラテン系のミレニアル世代はキューバとの完全国交回復に賛成した。韓国のミレニアル世代は、北朝鮮との再統一を支持している。彼らは国家に属するだけではなく、国家を超えたつながりを築くことが自らの使命だと信じている。二〇二五年には、世界中のあらゆる人が携帯電話とインターネットでつながっているはずだ。人と人のつながりが増えるにつれ、我々はそれに応じて地図を修正していかなければならない。

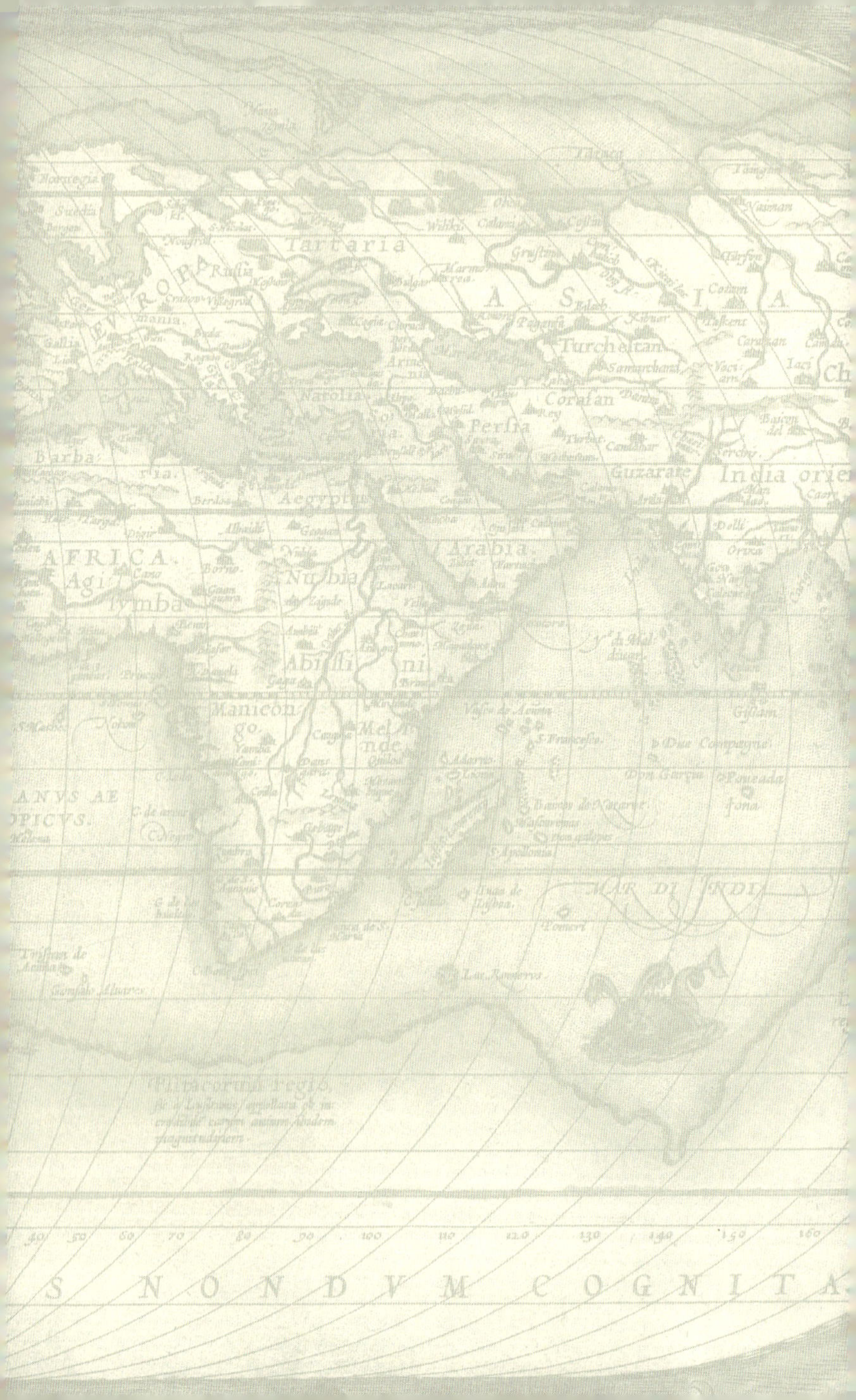
Tartaria
A S I A
EVROPA
Turcheftan
Corafan
Perfia
Narolia
Barbaria.
Aegyptus
Guzarate
India orie
Arabia.
AFRICA.
Agifymba
Nubia
Abiffini
Manicongo.
Melinde
Ianus ae
picus.
MAR DI INDI
Pfitacorum regio,
40 50 60 70 80 90 100 110 120 130 140 150 160
S NONDVM COGNITA

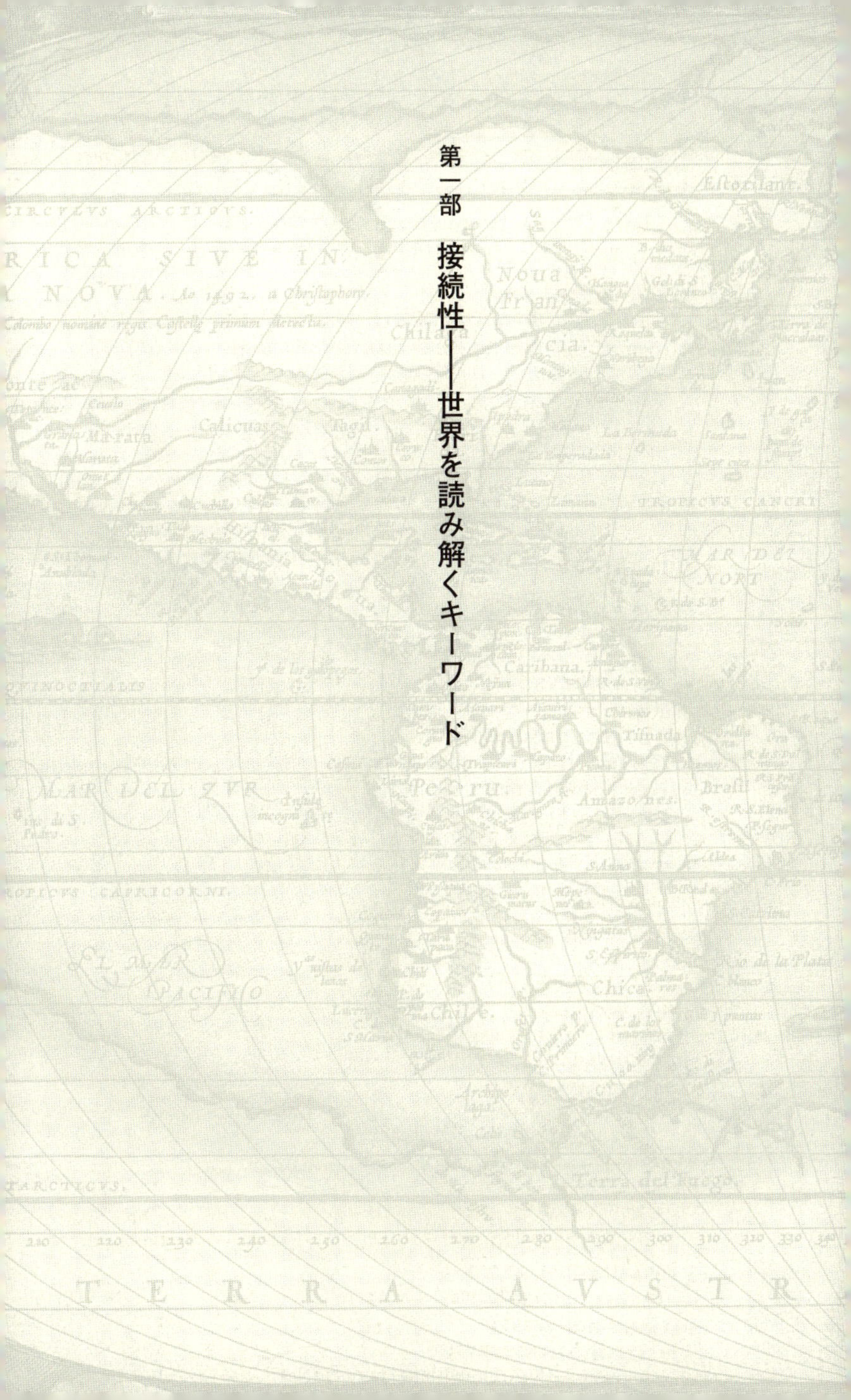

第一部　接続性——世界を読み解くキーワード

第一章

国境線から懸け橋へ

（本章に関連する地図は上巻口絵1を参照）

世界一周の旅へ

世界一周の旅にお連れしよう――飛行機は使わずに。スコットランドのエディンバラを早朝に出発すれば、ロンドンのユーストン駅に昼ごろ到着する。大英図書館の前を急ぎ足で通り過ぎ、見事に改装されたヴィクトリア朝建築のセント・パンクラス駅で、昼食を手早くすませよう。そこからユーロスターに乗ってドーヴァー海峡をくぐりパリへ向かい、パリから高速列車TGVでミュンヘンを目指す。さらにドイツのICEに乗り換え、ブダペストへ。ドナウ川沿いを走る夜行列車でルーマニアのブカレストへ向かい、次の晩は黒海沿いを走る夜行列車でイスタンブールへ。かつてボスポラス海峡をヨーロッパからアジアへ渡る最速の手段は、がたつくフェリーだった。だが、現在では二本の吊り橋のどちらかをひとっ飛びに渡るか、または引き続き列車に乗り、新たに開通したマルマライ海底トンネルをくぐってイランを目指すことができる。あるいは、復活したヒジャーズ鉄道を利用してトルコの南東部を進み、途中ダマスカスやアンマンに停車。さらにメディナに向かうか、あるいはイスラエルとシナイ半島を抜けてカイロに行ってもいい。カイロからは、一九世紀後半に英国入植者が〝赤い線〟（英国領のこと）拡大とともに計画していた鉄道が大きく進化した現代の列車でアフリカ大陸を南下し、終点のケープタウンまで行けるだろう。テヘランからは、中国が新たに建設した鉄道で西に向かおう。起伏の激しいアジアの大草原地帯を抜け、トルクメニスタンとウズベキスタンを越えれば、カザフスタンの商業中心地アルマトイにたどり着く。週に数本走っている列車で中国最大の行政区分、新疆《しんきょう》ウイグル自治区に入り、首府ウルムチからその先の西安を経由して、北京まで行ける。

話をパリに戻そう。夜行寝台列車でモスクワへ向かい、伝説のシベリア鉄道に乗り換えれば、ウラジオストクに――さらに平壌や、ソウルにも――行けるし、あるいは少し手前で路線を変えれば、旧満州かモンゴルを経由して北京に到達できる。いずれにせよ、熱帯地方へのルートを選ぶのなら、世界一広範囲の高速鉄道ネットワークを利用して猛スピードで南下し、山岳地帯の雲南省に入って省都の昆明《こんめい》を目指そう。そこからラオスに直接入ってヴィエンチャンを経由し、バンコクを目指してタイに入国するか、南シナ海沿いの海岸ルートでヴェトナムのハノイとホーチミン、そしてカンボジアのプノンペンを経由してバンコクに行く方法もある。さて、地形が狭くなるにつれて、選択肢も限られてくる。マレー半島をひたすら南下してクアラルンプールへ向かうと、アジア大陸の最南端であるシンガポールに到着する。

だが、我々はまだ行く手を大海に阻まれていない。引き続き列車に乗り、海上輸送の要であるマラッカ海峡の海底トンネルをくぐり、インドネシア最大の島、スマトラ島へ。そして、スンダ海峡大橋を渡り、一億五〇〇〇万人以上が暮らす世界一人口の多い島、ジャワにある首都ジャカルタを目指そう。もう少しに先に行けばバリ島のビーチに到着し、そこからクルーズ船に乗ってオーストラリアへ行ける。最速のルートを選び、乗り継ぎに失敗しなければ、全ユーラシア大陸――スコットランドからシンガポール、さらにその先まで――約一週間で横断できる計算だ。

しかし、達成したのはまだ半分だ。我々は南半球を目指すのではなく、本当は北京から北へ進み、ウラジオストクを経て東シベリアへ向かうべきだ。鮨がお好みなら、橋を渡って樺太へ渡り、次に四五キロの海底トンネルをくぐって日本最北の北海道に行こう。そこから新幹線を楽々乗り継いで、本州を南下していく。九州に着いたら、釜山へ続く一二〇キロの海底トンネルを通って大陸に戻り、朝鮮半島を急いで北上して再びシベリアへ。そして、多くの火山を抱えるカムチャツカ半島と並行して走った後にベーリング海峡の二〇〇キロの海底トンネルをくぐり、アラスカに出てフェアバンクスに向かうという、新たな一万三〇〇〇キロの道のりを開始する。そこからはいうまでもなく、南へまっすぐ進路を取り、ジュノー、バンクーバー、シアトル、ポートランド、サンフランシスコを経由してロサンゼルスへ。カリフォルニア、テキサス、イリノイ、そしてニューヨークのどの州も、アセラ・エキスプレスのような高速鉄道を熱望している（とはいえ、計画上の最高速度は時速二〇〇キロで、これは日本の高速列車が出せる最大速度のおよそ半分のスピードだ）。それでも、アメリカ本土を太平洋側から大西洋側まで二日間で横断できる。そこからは、スピードは速いが揺れは少ないホバークラフトでロンドンまで行き、一日二〇本以上運行されているエディンバラ行き列車のどれかに乗ればいい。約束したとおり、これはまさしく世界一周だ。

海路以外のほとんどの地域を車で旅することも可能だ。そしてゆくゆくは、鉄道という昔からの手段でこの旅を実現できるかもしれない。ここで挙げた路線の多くはすでに存在し、他もいずれすべて開通するだろう。接続性が強ければ強いほど、我々の選択肢も増えるのである。

「地理が運命を決める」は世界を語るうえで最も有名な格言のひとつだが、もはや時代遅れの感がある。気候や風土がいかに地域社会に打撃を与えるか、あるいは小国がいかに周りの大国に振り回されて身動きがとれないか、についての何世紀にもわたる議論は覆されつつある。幹線道路、線路、空港、パイプライン、電力供給網、インターネットの海底ケーブルなどの、世界を結ぶ輸送や通信、そしてエネルギーのインフラのおかげで、未来には「接続性が運命を決める」という新たな格言が登場するだろう。

接続性というレンズを通じて世界を覗けば、我々が人類としていかにまとまりを築くべきかについて、新たな展望が見えてくる。我らが世界のシステムは地球規模のインフラによって、分割から接続性へ、そして国家から結節点へと姿を変えている。インフラは地球という体のあらゆる部分をつなぐ神経系で、資本や情報はそのなかを流れる血液細胞だ。接続性が増せば国家を超越

＊　ベーリング海峡トンネルが建設されれば、南アフリカから中東を経由してユーラシア大陸を横断、さらに北アメリカから南下して南アメリカのホーン岬まで歩いていける。このルートは新ユーラシア・ランドブリッジと呼ばれることもある。

した世界、すなわち国家というひとつひとつのパーツの総和を上回るグローバル社会が生まれる。世界はかつて垂直に統合された帝国から水平に相互依存している国々へと進化したように、つながっている回廊地帯（コリドーともいう）を示す地図が国境線をもとにした従来の地図に取って代わるグローバルネットワーク文明へと発展を遂げつつある。すでに、それぞれの大陸は、地域内で融合したメガリージョン《巨大地域》（北アメリカ、南アメリカ、ヨーロッパ、アフリカ、アラブ、南アジア、東アジア）への道を歩んでいる。各メガリージョンのなかでは、繁栄する都市国家同士が強力につながり、自由貿易がますます拡大している。

同時に、接続性を表す地図は、資源や市場、それにマインドシェアを獲得しようと競争している超大国、都市国家、グローバル企業、そしてあらゆる種類の仮想社会《バーチャルコミュニティ》間の地政学的な力関係を明らかにするうえでもより適している。我々は国家よりも都市が重要な位置を占め、軍隊よりもサプライチェーンが大きな力をもつ時代へ移行している。そこでの軍隊の主な役割は、国境ではなくサプライチェーンの保護になるだろう。「接続性の優位性」をめぐる戦いはまさに、二一世紀の軍拡競争である。

接続性とは、全世界が救われるために我々がとるべき道にほかならない。接続性をめぐる競争は、その性質からして国境紛争のような暴力性は低く、歴史上何度も繰り返されてきた大国間の争いからの脱出口としての役割を果たすだろう。さらに、接続性は過去に想像できなかったほどの進歩ももたらした。接続性のおかげで、援助や技術支援が必要とされる場所にかつてないほど円滑に届くようになり、また、自然災害から避難するためや、都市でビジネスチャンスをつかむために、人はより迅速に移住できるようになった。接続性が強くなれば、どの社会もよりさまざまな相手と輸出や輸入を行える。つまり、接続性は我々が地理的条件をいかに有効に活用するかということだ。人類の文明の壮大な歴史は、無情にも繰り返される戦争と平和、あるいは好景気と経済恐慌だけでつくられているわけではない。歴史の物語は長いが、それは接続性へと進んでいる。

あらゆる場所につながる橋

> 我々が暮らすこの時代の要は、あらゆる国、市場、通信媒体、天然資源がつながっていることだ。――善良国家党、サイモン・アンホルト

接続性は、現代における新たな「世界を構築するための考え方」だ。それは、長い年月をかけて温められ、広がり、姿を変え、やがて世界に画期的な変化をもたらした「自由」や「資本主義」のように、世界の歴史において培われてゆく思想だ。今日の世界は深刻な予測不可能性に苦しめられているが、それでも急激な都市化やユビキタス技術などの昨今の時代の大きな流れ《メガトレンド》については、疑いの余地はないだろう。毎日、何百万もの人が生まれて初めて携帯電話のスイッチを入れ、ウェブサイトにアクセスし、都市に移り住み、飛行機に乗る。人間は、チャンスとテクノロジーが可能にする場所へと向かう。つまり接続性は、単なる手段ではなく「行動を誘発するも

の」なのである。

我々がどのようなかたちでつながっていようと、すべてインフラを通じてだ。「インフラストラクチャー」という言葉は、誕生してからまだ一〇〇年も経っていないが、その意味はまさしく、グローバルな交流を求める人間がもたらす物理的な可能性にほかならない。技術工学の発展により、過去の世代では夢にすぎなかった新たなインフラが実現した。一〇〇年以上前に開かれたスエズ運河やパナマ運河などのように、人間が地形に極めて大きく介入したことにより、世界中の航路や貿易が一変した。一九世紀以来、オスマン帝国のスルタンたちにとって、イスタンブールのヨーロッパ側とアジア側をつなぐトンネルの建設は悲願だった。今日のトルコには二〇一三年に開通したマルマライ海底トンネルや、トルコのヨーロッパと中国を結ぶ回廊地帯としての役割を強化するための貨物鉄道やガスと石油のパイプラインが存在している。かつてトルコは二大陸の接点と呼ばれていたが、現在は大陸同士を結ぶ国になった。同様に、日本の大正天皇は本州と北海道を結ぶという希望を二〇世紀初めに抱いていたが、それが実現したのは青函トンネルが開通した一九八〇年代のことだった。トンネルの全長はおよそ五四キロ（その内海底部は約二三キロ）で、新幹線の運行に利用されている*。今後、樺太や韓国とのトンネルが開通すれば、日本は

* 同様に、二〇年にもおよぶ発破やボーリングマシンによる掘削を経て、最も難工事だった三本目のゴッタルドトンネルが二〇一六年に開通する。このトンネルはスイスアルプスを縦貫する鉄道の一部で、ドイツ—イタリア間の貨物列車とチューリヒ—ミラノ間の旅客列車の所要時間を短縮する。さらに、大型トラックによる道路の混雑を緩和し、炭素排出量の削減にもつながる。

厳密にいえばもはや島国ではなくなる。

これは、人、一次産品、商品、データ、そして資本の急増する流れを円滑にするための地球改革の初期段階にすぎない。実際、大陸を横断するためや大陸間を結ぶための大規模《メガ》インフラの次の波は、さらなる野心に満ちている。サンパウロからアマゾンの熱帯雨林を越えてペルーの太平洋側の港、サン・ファン・デ・マルコナまで続く大洋間幹線道路、アラブ世界とアフリカ大陸をつなぐ橋、シベリア―アラスカ間のトンネル、北極海を横断してロンドンと東京をつなぐ海底ケーブル、サハラ砂漠での太陽熱発電による電力をヨーロッパに送る地中海の海底電力供給網がその例だ。イギリスの海外領土ジブラルタルは、モロッコのタンジェへと続く地中海の海底トンネルの入り口になる予定だ。さらに、タンジェからカサブランカまで、海岸沿いに新たな高速鉄道が計画されている。物理的につながっていない大陸間の場合でも、大幅に増加した大陸間移動の流れに対応するために、港や空港が拡張されている。

ここに挙げたメガインフラで、「どこにもつながらない橋」はひとつもない。すでに存在するメガインフラは、世界経済において何兆ドルもの付加価値を生み出してきた。産業革命時代、イギリスとアメリカが一世紀以上も一～二パーセントの成長率を保ち続けたのは、高生産性と貿易のふたつを組み合わせたからだ。ノーベル経済学賞を受賞したマイケル・スペンスが主張するとおり、各国の経済成長は資源、資本、そしてテクノロジーの国境線を越えた流れ抜きには、今日のレベルに到底達しなかったはずだ。国境線を共有する国同士の貿易量は全世界の四分の一にすぎないため、接続性は国内成長と貿易量の増加に不可欠である。つまり、接続性そのものが、人の移動、資本市場、労働生産性、そしてテクノロジーとともに、世界経済を動かす大きな力になっている。世界を、持ち主の運動エネルギーを利用して常に充電される電池を使った腕時計だと考えてみよう。つまり、持ち主が歩けば歩くほど電池に力が蓄えられる。したがって、各国の経済が生み出す価値の計算に時間を費やすよりも、国同士の接続性が生み出す価値に目を向けるべきときが来たといえよう。

接続性は最高の投資対象である。政府の道路や橋など物的なインフラへの支出——総固定資本形成と呼ばれている——や、医療や教育などの社会的インフラへの支出は、消費ではなく投資とみなされている。なぜなら、そうした支出は長期的には費用削減を導き、社会全体への利益を生み出すからだ。一九世紀の大半は、インフラに対する大規模な支出は比較的少なく、イギリスではGDPのおよそ五〜七パーセントを占め、最高でも第一次世界大戦直前の一〇パーセントだった。[1]アメリカは一九世紀後半から第一次世界大戦にかけてインフラ投資をGDPのほぼ二〇パーセントにまで高め、その結果イギリスの経済成長率の二倍を達成し、世界最大の経済国になった。二〇世紀初頭、アメリカとカナダの大手運河会社や鉄道会社が倒産したが、彼らが国に残した広範囲にわたる輸送ネットワークは、現在でもなお大陸規模の商業拡大に大きな役割を果たしている。

世界に大きな影響を与えた、イギリスの経済学者ジョン・メイナード・ケインズは、そうした公共事業投資は雇用創出や総需要拡大の手段になると強く訴え、ローズヴェルト大統領は世界大恐慌時にその政策を取り入れた。第二次世界大戦以降、固定資本形成は西から東へうねる波となり、GDPの二〇パーセント以下から三〇パーセント以上へ上昇した。一九五〇年代のドイツの「経済の奇跡」、一九六〇年代に日本が達成した経済成長率九パーセント、一九七〇年代と一九八〇年代の「アジアの虎」(韓国、台湾、シンガポール、香港)、そして一九九〇年代以降の中国。中国はGDPの四〇パーセント以上を公共事業に投資した結果、過去三〇年間一〇パーセント近い経済成長率を保ち続けている。中国はケインズの主張を、余すところなく受け入れたのだ。

この数十年で、各地域が数十億ドルを生み出す経済から数兆ドルを生み出す経済へ推移した要因は接続性にあることが、疑う余地なく証明されている。しかも、インフラは社会的流動性と経済的復元力の土台になっている。例えば、二〇〇七年から二〇〇八年の世界金融危機の際、広範囲の輸送ネットワークを誇る中国南部の都市社会は職を探す人々の効率的な移動を可能にしたため、他地域よりもはるかに急速に回復した。スペインはヨーロッパ地域で最も打撃を受けた国に含まれるが、高技術のインフラのおかげで経済成長は今日のヨーロッパで最速を誇る。全世界の債務総額は過去最高を記録する一方、金利はかつてないほどの低水準を保っている。こうした事態において、世界の金融機関は実体のない金融派生商品の開発よりも、生産性の高い接続性への支援に目を向けるべきだ。

アメリカのような巨大な国も、自ら掲げた理想をかなえるためには接続性への投資を増やさなければならない。従来、アメリカのインフラ支出では一ドルの投資につきほぼ二ドルの利益が得られたが、ここ数十年の投資額は徐々に減少している。[2] 今日のアメリカの混雑した道路やトンネルは無駄な渋滞を引き起こし、崩れかけた橋は事故や遅延の原因になり、不振にあえぐ港や製油所には世界的な需要に応えるための効率性と稼働体制のどちらもが欠けている。世界金融危機以降、イェール大学のロバート・シラー教授をはじめとする多くの著名な経済学者が、雇用創出と経済的信頼の早期回復の手段としてインフラを中心とする投資を主張してきた。米国土木学会は、全国の輸送ネットワークの整備のために一兆六〇〇〇億ドルの支出を求めている。危うく手遅れになるところだったが、こうした全国的な点検や整備の必要性は、ようやくアメリカ国家の検討課題リストの上位に掲載され、国家主導のインフラ銀行の設立が提案されている。

　世界各地で同じような事態が起きている。いまやインフラの需要と供給の隔たりは、かつてないほど大きい。世界の人口は八〇億に近づいているが、現在、我々は三〇億人を想定した過去のインフラに頼って暮らしている。* だが、次の二〇年で人口が増えて都市化が進んだ際に必要な計三億件の雇用を創出できるのは、インフラとその恩恵を受けているあらゆる産業だけだ。世界銀行は、インフラは貧困、保健衛生、教育などの問題に対するミレニアム開発目標を達成するための「失われた環《ミッシングリンク》」だと指摘した。[3] そして、インフラは二〇一五年に採択された最新の持続可能な開発目標に公式に盛り込まれた。輸出に頼った経済成長を超える高付加価値サービスと消費への移行は、インフラ投資から始まる。

　世界はようやく一丸となって、インフラ構築に取り組もうとしている。都市や道路、パイプラ

---

* 南北アメリカの人口は約一〇億人。ヨーロッパ、中東、アフリカの人口は合わせて約二〇億だ。一方、アジア太平洋地域の人口は四〇億人で、世界の人口の半分以上を占める

インに港、橋やトンネル、通信塔やインターネットの海底ケーブル、電力供給網や下水設備などの固定資産への世界総支出の見込み額は、年間およそ三兆ドルにのぼる。これは年間防衛費の一兆七五〇〇億ドルをはるかに上回り、その差は年々広がっている。[4] インフラ支出額は、二〇二五年には年間九兆ドルに達すると予測されている[5]（その先導役はアジアである）。

全世界でつながるための革命が始まった。すでに、人と人とをつなげるために敷かれた「線」は、人を互いに分断する線よりもはるかに膨大だ。今日までに構築されたインフラには幹線道路およそ六四〇〇万キロ、パイプラインおよそ二〇〇万キロ、鉄道およそ一二〇万キロ、インターネットの海底ケーブルおよそ七五万キロが含まれており、数多くの人口密集地や経済の中心地を結んでいる。一方、国境線の長さは、わずか二五万キロにすぎない。今後四〇年間で構築されるインフラの量は、それだけで過去四〇〇〇年分を超えるという予測もある。つまり、国同士をはめ合わせるパズルは、格子状につながったインフラ回路に取って代わるのである。世界は何やらインターネットに似た様相を呈してきた。

百聞は一見にしかず

地球低軌道（高度約二一五キロ）を飛行する宇宙飛行士は、我々が住む荘厳な惑星、地球の驚くほど美しい姿を写真に収めてきた。そこには海、山、氷帽、氷河などの自然の景色が写り、さらに人工の建造物がわずかにとらえられていることもある。中国の万里の長城やエジプトのギザの大ピラミッドは高性能ズームレンズなしに識別するのは難しいが、メガシティ、長大な橋、または砂漠を走るまっすぐな幹線道路などの現代の工学技術を駆使した構造物は見つけやすい。ユタ州のケネコット銅山やシベリアのミールダイヤモンド鉱山は、縁が階段状になっている穴が開いていて、穴の大きさが数キロにもなるので、やはり目立つ。ヨーロッパでの新鮮な果物と野菜の需要の半分近くを担う、南スペインのアルメリアにつくられた計二〇〇平方キロメートルの温室もはっきりとわかる。しかも、太陽の光がビニール屋根に反射しているときはなおさらだ。

国境線はどうだろうか？　物理的な区切りがはっきりと見えるものはいくつくらいあるだろうか？　政治的な境界線の多くは自然環境によって定められており、人間の定住地と文化的特色が形づくられるうえでの自然の基本的な役割を再認識させられる。北朝鮮と韓国の国境線が一番はっきりとわかるのは日没後で、韓国のまぶしい明かりの洪水と北朝鮮の暗闇が対照的だ。ふたつの大国の国境線で最もわかりやすいのは、間違いなくインドとパキスタンの境目だ。アラビア海からカシミールまで斜めに延びる二九〇〇キロの国境線は、一五万個の灯光器で描かれた激しく輝くオレンジ色のラインによって、夜は宇宙からもはっきり見える。

我々は教室やオフィスに貼られた地図を見て、国境線というのもはどれもインドとパキスタンの境界のようにはっきり区切られていると思いがちだ。だが、例えば北アメリカの主要なふたつの国境線は、拡大している接続性のさらに奥に潜む真実を覆い隠している。三〇〇〇キロのアメリカ―メキシコ国境線は浜辺や砂漠を横切り、リオ・グランデ川に沿っているが、ノガレス、ナコ、テカテのように国境をはさんだ同名の町のあいだも通っている。国境フェンスのアメリカ側ではやみくもに警備が行われているが、それでもいまだに世界で最も頻繁に横断される国境線であることに変わりはない。年間のべ三億五〇〇〇万人以上が合法的にこの国境線を横断する。これはアメリカ合衆国の全人口より多い数字である。北極海から太平洋、さらに太平洋から大西洋まで延びているアメリカ―カナダ国境線の長さはほぼ九〇〇〇キロで、国境線としては世界最長だ。一日にのべ三〇万人と一〇億ドル以上の貿易品が、この国境線のおよそ二〇カ所の主要国境検問所を通じて横断している。

国境線の管理が強化されている場所も数多く存在する。イスラエルの防御壁、ギリシアのエブロス川に建設された一五キロのフェンス、不法入国者を阻止するためのブルガリアの有刺鉄条網などがその一例だ。*だが、そんな国境線――さらに非友好的なものも含めて――も、いまだに抜け穴だらけだ。実際、この手のフェンスの大部分は国境線が解決できない問題に対する、コストが高くつくにもかかわらず効果のない対応にすぎない。

国境線が領土や社会を区切るためのものならば、なぜこれまでより多くの人が国境付近に集まっているのだろうか？　ここで特筆すべき皮肉な状況は、現在の地図には、多くの国境地域の「非境界的な」性質を体現するような、国境付近の人の動きや経済がほとんど反映されずに、政治的な境界線しか主に記載されていない点だ。カナダ国民の大半はアメリカとの国境付近に住み、

＊　ロシアは二〇〇八年のグルジア（ジョージア）との戦争以降、南オセチアの国境線に有刺鉄条網を張りめぐらせた。インドは麻薬密輸や人身売買などの不正取引を防ぐために、北東部のミャンマーとの国境線に一六〇〇キロのフェンスを建てる計画をしている。チュニジアは不法移民の流入を食い止めるため、リビアとの国境にフェンスを建設する予定で、同様にサウジアラビアもイエメンとの国境にフェンスを設置中だ。

アメリカ市場への近さによる恩恵を受けている。二〇一〇年以降、国境付近に住むメキシコとアメリカの人の数は、どちらも二〇パーセント近く増えているのだ。[6]

さらに皮肉な例を紹介しよう。接続性がいかにして敵対関係を協力関係へと根本から変えてしまうかを確認するために、最も適している場所は国境である。インドとパキスタンや、その他多くの敵対国間の取引が盛んな例から、国境線は地図に示されているような太い線ではなく、やりとりができる目の粗いフィルターだとわかる。ここで挙げた例だけではなく、人間はさまざまな場所で国境をそのまま受け入れるよりも対策を講じようとして、国境線沿いに仕切りを建設しようとする。[7]古くは中国の万里の長城やハドリアヌスの長城に始まり、ベルリンの壁にいたるまでの歴史――やがて、キプロス島のグリーンラインや朝鮮半島の軍事境界線も同じ道をたどるだろう――を見れば、これらの防壁よりもはるかに強い力が最後に勝利をつかむことがわかる。まさにアレクサンドル・ノヴォセロフが著書で述べたとおり、「壁は観光名所として、その人生を終える[8]」

現代社会では、領土の境目は実際の国境を正確に反映することさえできていない。例えば、国境から遠く離れた空港にも国境線が存在し、サイバーセキュリティ警察は国境を越えて延びる技術インフラを監視している。たとえ、政治的な境界の区切りが物理的に強固なままであっても、世界のボーダレス化はさらに進んでいる。多くの国が入国ビザを廃止し、通貨はＡＴＭで即時に両替でき、ほぼどの地域のコンテンツもインターネットでアクセスが可能である。おまけにスカイプやバイバーを利用すれば電話代は無料になる。複数の社会のあいだで取引ややりとりが増えるほど――そして、食料や水、エネルギーで互いに頼り合うほど――地図上で一番重要な線は国境線だというふりをしなくてもよくなっていくのである。

構築されたインフラの全体図が地図に記されていないために、国境線は、人が創造した地理を映し出すどんな手段より勝っているような印象を受ける。だが、今日では真実はその逆である。国境線が重要な役割を果たすのはあくまでその場のみで、他の線のほうが重要な場合がはるかに多いのだ。あらゆるところで、国境線よりもそれを越えていくもののほうが、はるかに大きな要因として国家の命運を決定づける。我々は新たな世界秩序を、まさしく構築しているのである。

政治的な地理から機能的な地理へ

地理は極めて重要だが、それは決して国境もそうだという意味ではない。我々は崇高な地理を、うつろいやすい「政治的な」地理と決して混同してはならない。残念ながら、今日の地図は自然の地理あるいは政治的地理――または両方――を、永久的な制約として表示している。だが、「国境線は絶対的なものだ。なぜならそこに存在するからだ」という強引な論法ほど、我々の感覚を麻痺させるものはない。地図を読むのは手相を読むのとは違う。ひとつひとつの線が変えることのできない運命を示しているわけではないのだ。私は地理の持つ絶大な影響力を深く信じているが、画一的で変えられない力として描かれる地理のパロディーは認められない。地理は最も基本的な図として目に見えるかもしれないが、その原因と結果を理解するためには人口統計学、政治学、生態学、そして技術工学の相互作用について複合的観点から考えなければならない。一世紀前、地理の真価を認めて戦略に組み込むべきだが決して地理にとらわれてはならないと政治家たちに呼びかけたのは、まさにサー・ハルフォード・マッキンダーのような地理の偉大な思考家たちだ。地理的決定論は、宗教をやみくもに信じるのと同じくらい根拠に乏しいものである。

　地理を手直しするためのあらゆる分野の深い研究は、人間という存在がいかに世界を埋めつくしてしまったかという点に気づくことから始まる。地球上に、人間の手がつけられていない場所は存在しない。ありとあらゆる土地が調査され、地図に記録されている。そして、上空は航空機、人工衛星、増加しているドローンであふれかえり、排出された二酸化炭素や汚染大気の層に覆われ、さらに、張りめぐらされたレーダーや通信電波の網にとらわれている。我々はただ地球に暮らしているのではなく、地球を植民地化しているのだ。環境学者のヴァーツラフ・シュミルは、我々は「一九世紀半ば以降の現代文明が築いた地球の物質を材料にした大建造物の巨大さや複雑さと、その建造物を管理、維持するために絶えず必要な物資の量のどちらにも[9]」驚愕するべきだと言っている。*

　メガインフラは自然の地理と政治的地理がそれぞれ抱えている問題点を克服するものだ。メガインフラを地図で表すことで、「政治的な」枠組みで世界を整理する（世界をどう法的に分割するかを決める）時代から、「機能的な」枠組みで世界を整理する（世界を実際にどう使うかを決める）時代へと推移していることがはっきりとわかる。この新たな時代には、法に基づく政治的な

＊ シュミルはさらに、資源が通常測定不能であるのに対して、備蓄は資源の内サプライチェーンによってある場所から別の場所へ移動される測定可能かつ代替可能なものを指すという、重要な区別を行っている。

境界線の世界は、実質に基づいた機能的な接続性の世界に取って代わられる。国境線は政治的な地理をもとにして、人がどのように分断されているかを示している。インフラは機能的な地理をもとにして、人がどうつながっているかを示している。人をつなげる線が人を分断する線より優位に立つにつれ、機能的な地理のほうが政治的な地理より重要性を増すのである。

現存する、または計画中の輸送路の多くは、地理や気候、そして文化によって切り開かれてきた古くからの通路をもとにしている。本章の冒頭で紹介した鉄道による旅行プランは、ロンドンからインドへ（さらにバンコクまで）続いた、一九六〇年代の陸路「ヒッピー・トレイル」をもとにつくられていて、その陸路自体もユーラシア大陸を横断する古代シルクロードをたどったものだ。シカゴからロサンゼルスを結んでいた、アメリカの由緒ある国道六六号線――ウィル・ロジャーズ・ハイウェイとも呼ばれていた――は、世界大恐慌後に砂塵嵐の被害を受けたアメリカ中西部から逃げ出した者たちが、アメリカ先住民が古くから踏みならしてきた道をたどって開通したものだ(現在はアリゾナ州の先住民保留地内を通過している)。今日では州間高速道路四〇号線と呼ばれるこの道路は、さびれた中西部と北東部の重工業地帯《ラストベルト》に見切りをつけ、目覚ましく成長する南西部でのより豊かな生活を求めた人々が通っていった道だ。

しかし、砂埃に覆われた小道や険しい山道が続いた古代シルクロードに対し、現代の幹線道路はアスファルトで舗装され、鉄道、パイプライン、インターネットの海底ケーブルは、それぞれ鉄、鋼鉄、ケブラー繊維でできている。今日の我々の「道」ははるかに頑丈で、密なネットワークを持ち、広範囲にわたり、しかも速い。これらのインフラは、新たに誕生しつつあるグローバルシステムの土台を築いている。インフラは帝国、都市国家、あるいは主権国家にかかわらず、両方の端、そしてそのあいだにあるどんな共同体もつなげてしまう。いかなる共同体も現れては消える運命だったとしても、このインフラという道でつなげる論理は存続する。

つまり、接続性と地理は相反するものではない。それどころか、このふたつは互いに補強し合うことが多い。アメリカとメキシコは同じ大陸に位置しているが、このふたつの政治的な分断からともに築く枠組みへと変えたのは、強化された接続性だ。つまり、接続性は地理から遠ざかることではなく、地理的条件を最大限に活用することだ。接続性は我々が「自然」だと思っていた地域の分け方を、知らぬ間に劇的に変化させている。ヨーロッパはユーラシア大陸の三分の二を占める、ウラル山脈の東側と文化的に異なるという理由だけで、しばしば単独の大陸として扱われている。だが、ユーラシア大陸を横断する接続性が強くなるにつれ、「ヨーロッパ」の呼称は地理的な場合にかぎり、消滅するはずだ。将来のユーラシアにおけるヨーロッパの重要性は、接続性によって確立されるもので、偶然に得られるものではない。実際、中国が資金援助をしているシルクロード経済ベルトは、地球の歴史上最大規模の共同インフラ構想なのである。

機能的な地理が政治的な地理に取って代わった具体例を、さらにふたつ紹介しよう。鉄道道路併用のオーレスン橋で結ばれたデンマークの首都コペンハーゲンとスウェーデンのマルメは、経済

＊ 地理学者ハーム・ドゥ・ブレイは、一般的に世界をそれぞれ複数の小区域を持つ次の一二の区域に分類するのが自然だとされていると指摘した。ヨーロッパ、ロシア、北アメリカ、中央アメリカ、南アメリカ、サハラ以南アフリカ、北アフリカ／東西アジア、南アジア、東アジア、東南アジア、オーストラレーシア、太平洋諸島。

的な接続性が非常に強くなり、現在ではこの二都市を合わせてＫｏ《コ》Ｍａ《マ》と称されるほどだ。今日のマルメの住民にとってはコペンハーゲン空港のほうが自国の空港より近く、スウェーデンのタクシー会社はコペンハーゲン空港に乗り場を設置している。バルト海沿岸諸国は第一次世界大戦直後に協商を結ぼうとしたが、ソ連の拡大主義によって決裂させられた。一世紀後、ノルウェーからリトアニアまでを含む、中世のハンザ同盟をはるかに大きくした経済協力圏が生まれ、しかもそれはオーレスン橋を通じて西ヨーロッパと直接つながった。一方、香港、マカオ、珠海《しゅかい》市など、それぞれ中国政府と独自の政治的取り決めをもつ都市が集まる珠江《しゅこう》デルタでは、二〇一七年にＹ字型の橋（人口島と六キロのトンネルを通過）が開通する予定だ。三都市すべてを結ぶこの橋によって、河口の南側を横断する所要時間は四時間から一時間へと短縮される。デルタ地域全体は各都市の政治的立場の違いにもかかわらず、ひとつの巨大な都市列島となる。

どの「線」が一番重要かという質問に答えるためには、世界の組み立てに対する我々の根強い思い込みを一掃しなければならない。国家が政治より機能を優先して考えていれば、いかにして国土、労働力、そして資本を最大限に活用するか、いかにして資源を一カ所に集めて国際市場へつなげるかを重視するはずだ。[10] 国の境界線を越えてつながっていくインフラは、あたかも生命を吹き込まれたかのように特別な性質を身につけ、単なる幹線道路や送電線以上の大きな意味をもつ。インフラは国境線を越えて共同で管理される、共通して役立つものになる。つまり、そうした接続性のインフラは、共同で承認され構築された事実から生まれた正当性によって目に見えぬ法律や外交よりも現実性や信憑性をもつ、という特有の本質を備えている。イェール大学のケラー・イースターリング教授は、このインフラの権威を「極上の政治外交術」と称している。

インフラは元の所有者を超越する。世界で起きているのは、大規模なインフラの構築だけではない。収支を合わせて新たな投資を行うための資金を確保したいという政府の思惑によって、インフラの民営化という大きな新しい波も押し寄せているのだ。というわけで、世界中の政府が、市場状況に応じたインフラ運用を行う民間企業や外部団体に運営権を譲渡している。一方、他国や外国企業が建設したインフラが収用され、国有化されてしまうという事例もある。国境紛争問題があるにもかかわらず、ロシアの国営企業がパイプラインや鉄道を建設するのは、インフラの接続性を断ちたくないからだ。つまり、こういうことだ。インフラは休むことなく運用されなければ誰にも価値をもたらさない。収益分配、維持費、不正取引や密輸で生じる緊張は、その接続性で誰が最も儲けるかという問題と根本でつながっている。

つまり、接続性は国境線の役割を変える一方で、極めて地政学的な側面も有している。我々は機能的な地理――輸送ルート、エネルギー供給網、活動拠点、金融ネットワーク、インターネットサーバー――を地図に表すことで、どんな力が導入され、その力がどういう影響を与えたかの経緯までをも描いている。アメリカの政府関係者は中国の台頭への対応について語る際、まるで世界中がアメリカのリーダーシップを心から永久に望んでいるかのように話す。だが、世界のシステムが求めているのはただひとつ。すなわち、接続性である。どんな力が最もつながっているかは問題ではなく、接続性の強い力が最も影響力をおよぼすのだ。中国は接続性を向上するための土台をアフリカとラテンアメリカへ輸出（しかもしばしば建設にも携わった）したため、現地で歓迎され、人気の「力」になった。接続性の力に比べれば、「ソフトパワー」などの実体をともなわないコンセプトは、色あせた代用品にすぎない。

世界で拡大しているインフラの接続性を描くのは非現実的でなく、重要なことである。なぜなら、それは国家の境界線ではないからだ。むしろ、我々が今まさに設置している「線」である。過去に引かれた多数の一時的、あるいは独断的な線とは違う。著名な建築家、サンティアゴ・カラトラバの言葉を借りると「我々が今日築くものは、この先何百年も残る」のだ。国家の大半は、そこまで長くもたないだろう。だが、現在もなお多数の研究者が、地図のなかで人がつくり上げた最も基本となる線は政治的な境界線だと信じ続けている。これは、領土は力の土台であり国家は政治組織の単位であるという偏見、政府だけが国民に秩序をもたらせるという思い込み、そして、人間の忠誠心の主な源は国民としての自己認識《ナショナル・アイデンティティ》だという説に基づいている。接続性が前進するにつれ、これらの説はすべて打ち砕かれるはずだ。権限委譲（地方への権威の分散）、都市化（都市の巨大化と強力化）、人種の多様化（大量の人口流入による異人種間結婚の増加）、メガインフラ（地理を変えていく新たなパイプライン、鉄道、運河）、デジタルな接続性（新たなかたちの共同体を実現可能にする）などの勢いが増し、我々ははるかに複雑に入り組んだ地図を描く必要に迫られるだろう。

サプライチェーンの世界

ここで、人が地球上でどのような生活を営んでいるかを振り返ってみよう。

我々が狩猟採集民だったときから現在まで変わらず、他のどんな理論より長く語り継がれ、帝国や国家を超越し、そして将来への最適な指針となる法則がひとつ——しかも、ただひとつだけ——存在する。それは「需要と供給」理論である。

「需要と供給」は、単に物品の価格を決めるための市場原則ではない。人間の生活のあらゆる面で均衡を探し求めるための原動力である。全世界が共有するインフラによる接続性やデジタルの接続性の完成が近づくにつれ、どんな需要に対しても供給が実現する。つまり、現実の世界でも仮想《バーチャル》の世界でも、どんなモノでも人でも、たいていの場所になら送り届けることができるようになる。物理学者のミチオ・カクによれば、我々はそのことによって、いわば「完璧な資本主義[11]」へ向かっている。このシナリオには別の名が存在する。それが「サプライチェーンの世界」である。

サプライチェーンとは生産者、流通業者、販売者が完全な生態系のように接続して原材料（天然資源でもアイディアでも）を物品やサービスに変化させ、どんな場所にいる人にも届けるシステムのことだ。我々が起きていようと寝ていようと、日常生活のすべて——朝のコーヒーを飲む、車を運転する、電話で話す、電子メールを送る、食事をする、または映画を観にいく——に

＊　サプライチェーンについてのより厳密な定義は「商品やサービスを生産者から顧客に届ける流れに携わる組織、人員、テクノロジー、情報、資源のシステム」だ。「グローバル・サプライチェーン」と「グローバル・バリューチェーン」は通常ほぼ同じ意味で使われるが、後者は需要と供給の基本的な意味に本来含まれていない「価値を付加する過程」に重点を置く場合に好んで使用される。広範囲にわたるサプライチェーンの参加者や彼らの相互依存的、互恵的性質を表すために、「バリューウェブ」や「バリューネットワーク」という言い方をする人もいる。

グローバル・サプライチェーンが関わっていると言っても過言ではない。

サプライチェーンは世界中に存在するが、それ自体のかたちはない。サプライチェーンは経済活動のシステムだ。それを目にすることはできず、実際に見えるのは供給を需要に結びつけるための参加者とインフラだ。だが、サプライチェーンの鎖のつなぎ目をひとつひとつ調べることで、つなぎ目でのごく小さな相互作用が積み重なって世界を大きく変えていくという事実が見えてくる。我々は、「需要と供給を効率的に結ぶために必要であれば、資本、労働、および生産を、どんな場所へも移すことができる」という、アダム・スミスの「自由市場」、デイヴィッド・リカードの「比較優位」、そしてエミール・デュルケムの「分業」がもたらした結果を目の当たりにしているのだ。「市場」が世界最強の力だとすると、サプライチェーンはその市場に命を吹き込むものだ。

二一世紀に人間の生活の基本となるのは主権国家や国境線ではなく、サプライチェーンと接続性だろう。地球上のすみずみまでグローバリゼーションが進むにつれ、サプライチェーンは拡大し、浸透し、強固になった。その結果、いまやサプライチェーンは世界各地で国家より強い組織力を示しているのではないかとまで考える必要がある。[12]サプライチェーンは現代社会を毛糸の玉で包み込む、いわば「世界中に張りめぐらされたクモの巣《ワールド・ワイド・ウェブ》」なのである。それは世界をパイプや線でつなぎ、あらゆるモノと人が流れる通り道になっている。サプライチェーンは、自己組織化する有機的なつながりである。それは我々人間の集団活動の結果によって拡大、縮小、変化、増殖、あるいは多様化する。サプライチェーンを分断することは可能だが、そうしたら目的を達成するためにすぐに代わりの経路を見つけるだろう。まるで生きているかのように。この特徴は何かに似ていないだろうか？　それもそのはずだ。インターネットはさらなるサプライチェーンを構築する、まさに最新のインフラなのだから。

ワールド・ワイド・ウェブは一九八九年に誕生した。これはベルリンの壁が崩壊した年でもあり、ヴェストファーレン体制からサプライチェーンの世界への転換点としてふさわしい年だ。一七世紀の三〇年戦争は分裂した無秩序な中世から、ヨーロッパの君主が互いの領土を尊重する主権国家による近代的な体制への転換をもたらした。今日では、一六四八年に調印されたこのヴェストファーレン条約は誰が勝者か（基本的に誰もいない！）ということよりも、四〇〇〇年近く続く国際関係の枠組みをつくった主権国家の体制をもたらした点で名を残している。

だが、この体制は決して不変なものではなく、実際には自らの（机上の空論に終わった）壮大な理想を満たすことはほとんどなかった。一方、需要と供給は、常に社会組織の原動力になってきた。最終氷河期の終わりから五万年ものあいだ、最初ばらばらに暮らしていた人間は、帝国、カリフ統治領、公国、酋長による支配など縦の権威と水平に広がる領土を組み合わせた、かたちや大きさが絶え間なく変わる国家という枠組みを作り続けてきた。都市や帝国は歴史においてともに存在し続けてきたが、国家はそうではない。しかも、ヴェストファーレン条約は主権平等の普遍的な体制を生んだとされているが、それは西洋と非西洋の歴史を見れば幻想にすぎないこと

＊ 私は「サプライチェーンの世界」、「需要と供給の世界」、「需要と供給のシステム」や他の類語を同じ意味で使っている。

がわかる。ヨーロッパでは、国王が国境を侵略から守ると同時に、まとまりを欠いた民や農産物に対してより強い支配力を確立するための防備を強化した結果、中世の世界は主権国家に取って代わられた。だが、ヨーロッパの帝国はヨーロッパ大陸内でも大陸外でも、実際には二〇世紀まで続いた。植民地化政策によってそれまで未知の領域が国家になったのだが、当然ながらそれは主権国家ではなかった。第二次世界大戦後の非植民地化により、主権国家の世界的な体制はようやく成立した。だがもちろん、すべての主権国家が平等だという主張は、いまだまったくの作り話にすぎない。

この四半世紀は大国の力関係が安定し、インフレなき成長が続いた好景気時代で、インフラ、規制緩和、資本市場、さらに通信の発達によりグローバル・サプライチェーン・システムの台頭が加速した。グローバリゼーションにより、政府が国内規制の策定から国家を超えた国際規制の実施へと方針を転換した結果、国家の主権はその地位を失墜させることになった。さらに、グローバリゼーションにより権限委譲、資本主義、そして接続性が、ますます自由化が進む国境線を越えて自らの利益を追求する――大企業のような――重要都市の自治と影響力を強めた結果、国家の主権は内部からも弱体化していく。そして、政府機関が解体、民営化されると、サプライチェーンが新たなサービス提供会社としてそれを引き継ぐのである。サプライチェーンは国家を排除しない。ここでは決して「国家の終焉」について論じているのではない。そうではなく、サプライチェーンは、市場規制と政府機関による共同統治に応じて国家を再編し、第二の国家といえる都市や州の国内外での競争参入に応じて国家の重要性を変えるのである。[13]

通常は、国家と国家のあいだに境界線を引くことで世界に秩序がもたらされるかのように思えるものだが、国境線は決して世界を機能させる存在ではない。むしろ、国境線による政治的な地図が機能していないにもかかわらず現代社会が機能しているのは、インフラとサプライチェーンのおかげだ。経済学者のロバート・スキデルスキーが指摘するとおり、資本を不足させる原因は戦争と国境線にあり、資本の自由化につながるのは安定と開放性だからだ。

サプライチェーンが円滑に構築されれば、世界経済に膨大な利益がもたらされる。歴史学者マルク・レヴィンソンによると、一九五〇年代に始まったコンテナの海上輸送は「世界を縮小し、経済を拡大した」。コンテナという箱のサイズを統一するだけで、グローバルチェーンの構築が容易になり、加速したのだ。世界経済フォーラムによると、今日の全世界の通関手続きを通常の半分に減らすだけでも、世界貿易量が一五パーセント、さらに世界のGDPは五パーセント上昇すると予測されている。ところが、全世界の輸入関税を撤廃しても、GDP上昇率は一パーセントにも満たないという。DHL社などの企業は、開発途上国の通関代理店に自社の専門家を無償で派遣し、現地での通関手続きの迅速化に努めている。例えば、航空貨物輸送業界に電子文書管理システムを導入するだけで、航空貨物便の遅延につながる山のような書類をほぼ廃止できるだけでなく、年間一二〇億ドルも費用が削減できる。通関に煩わされる時間を減らせば、生産者は大きな在庫を抱えずに国際市場での販売活動に集中できる。サプライチェーンの世界では、非効率性は敵である。

サプライチェーンは遠く離れているさまざまな参加者《プレイヤー》をつなげているので、彼らのあいだに個人的な信頼関係が存在していない可能性もある。そのため、プレイヤーたちはマネージャーが「唯一の真実」と呼ぶ、正確なリアルタイムデータを共有することがいかに必要かを理解しなければならない。そうすれば、ネットワーク内の全員が、いつどこに何があるのかを常に把握できるからだ。[14]ウォルマート社CEOのダグラス・マクミロンは、自分はプロクター・アンド・ギャンブルなどのサプライヤー《供給元》と販売や在庫のデータをオンラインで常にやりとりする、「ハイテク企業」を経営しているのだと語っている。ユニリーバは各市場への商品配送をより柔軟に行うため、それぞれの地域の需要を絶えずチェックして、グローバル生産システムに反映させている。MBAプログラムの多くは、小売、防衛、情報技術（IT）などのさまざまな分野の企業からの雇用をにらんだ強い要望により、サプライチェーン・マネジメント学を講座の中心に据えている。[15]

重役室の外に目を向けてみよう。我々がサプライチェーンの世界に到達したことを示す最も確かな証拠は、普通の人々がよりよい生活を求めて移動しているという点だ。一九六〇年、母国から離れて暮らしていた人はわずか七三〇〇万人だった。今日の国外居住者数は三億人で、世界金融危機以降、急速に増加している。世界における移住者間の所得格差――上は一流多国籍企業の重役から、下は第三世界の労働者まで――は非常に大きく、一時的に国外で暮らしている人もいれば、永久に母国に帰らない人もいる。さらに、移住は通常、南から北へ向かうものだと以前は考えられていたのに対し、今日では国外移住者の約半数は、国の成長率や仕事のチャンスを考慮して発展途上国へ向かっている。アフリカやインドの若い世代の多くは崩壊直前の国々を立て直すために、現在もなお植民地主義の影響が残る世界の各地域に活動の場を広げている。アジアからの労働力の恩恵を最も受けているのはペルシア湾沿岸諸国だ。世界中どこでも、建設作業員、メイド、ベビーシッター、高齢者の介護人やその他の必要不可欠なサービス分野で人手が足りなくなれば、需要に見合う供給を確保するために入国のハードルが下がる。

アメリカ人もこの世界的な国外居住の大群に加わった。現在では六〇〇万人を超えるアメリカ人が国外で暮らしていて、これは過去最高記録だ。さらに、各種調査による将来国外移住を計画しているアメリカ人の数は、一八歳から二四歳までの若い世代では一二パーセントから四〇パーセントにまで跳ね上がった。経済移民はいまや投資銀行員、交換留学生、ジャーナリスト、平和部隊のボランティアだけではなく、アメリカ社会の広い範囲から出ており、その傾向は世界金融危機以降、顕著になっている。

サプライチェーンが人に届かない地域では、人のほうがサプライチェーンの近くに移住する。一九世紀の金鉱床の発見により、サンフランシスコからヨハネスブルクにいたるまで、農村が活気あふれる都市に変わった。ここ一〇年で、五万人のカナダ人がごつごつした油分を含んだ砂岩《タールサンド》のなかで働くために、新たな石油ブームにわく町、アルバータ州のフォートマクマレーへ移住した。アフリカの資源採掘産業では、奴隷のように働かなければならないにもかかわらず、数えきれないほどの鉱山労働者がタングステン、コルタンなどの携帯電話の製造に不可欠な鉱物を採掘する仕事に殺到する。サプライチェーンは、国家として破綻しているアフリカ最大の国、コンゴとその周辺国から国民が逃げ出すための頼みの綱になっている。数十年後もきっと誰もが相変わらず、名ばかりの国境線の内側に住み続けているに違いない。だがそれよりも重要な事実は、世界の人口の大部分が実在の、あるいはヴァーチャルなインフラ回廊地帯とサプライチェーンに沿って暮らしているだろうということだ。

都市化もまた、我々がサプライチェーンの世界に向かっている証拠だ。ハーヴァード大学のニール・ブレナーとニューヨーク大学のシュロモ（ソリー）・エンジェルが著書で指摘しているとおり、今世紀中に都市の面積は三倍になると予測されている。世界の人口の大半がすでに都市に居住しており、さらに毎日一五万人が——つまり、ロサンゼルスの人口に等しい人数が毎月——移住してくる。開発途上国ではこの傾向は特に顕著で、二〇三〇年までには少なくとも二〇億人が都市に移動するとみられている。都市化の調査では国外移住の調査よりも、多くが明らかになる。なぜなら、新たに都市に移った人々は、国境線を越えずに製造やサービスのサプライチェーンに雇用されている何十億もの労働者のひとりになるからだ。

実際、世界中の人々の大多数は一生母国を離れないが、そうした人々のつながる度合いは、居住する地域がどこであれ、都市化によって目に見えて強化される。ヨーロッパとアジアの都市に暮らす人の生活は互いに、同じ国の農村地域に住む人の暮らしよりはるかに似通っている。どんな基本的なサービスを受けられるかという点から見れば、ジャカルタに暮らす人々は遠く離れたマルク諸島の同国人よりも、ロンドンに住む人とのほうが共通点が多い。また、ムンバイのダラヴィやナイロビのキベラなどのスラム街の住人でさえ、それまでの土地がなく貧しい農民の暮らしより今のほうが、はるかに稼ぐことができるのである。

国内の人とより国外の人とのほうが共通点があるといった人々がたくさんいるということは、とりもなおさずサプライチェーンの存在を示している。コロンビア大学のサスキア・サッセン教授が明確に表したように、グローバリゼーションは、サッセンが「回路」と称する独自の生命を持つ一連のネットワークを急増させた。一例を挙げると、ニューヨークやロンドンの金融投資家と彼らがアジアで蓄えている共同資金、スイスやシンガポールの売買仲介業者と彼らがアフリカやラテンアメリカで支配する鉱床、シリコンバレーやバンガロールのソフトウェア開発者と世界中の顧客、ドイツとアメリカの自動車メーカーとメキシコやインドネシアの工場などはすべて、サプライチェーンで結ばれた、国境線を越えた回路だ。バリューチェーンの価値を高めるのは国々の集合体ではなく、こうした世界の結節点とつながっている人々の回路なのである。アパレル生産拠点のダッカやアディスアベバは、自国の成長の主要原動力になったにもかかわらず、自国との隔絶感を次第に強めている。彼らは自国に属すると同時に、グローバル・サプライチェーンにも属しているからだ。

現代社会で増幅する接続性とあまりに同期しているため、サプライチェーンはその増幅を計測する地震計の役割を果たしている。地震では本震と変わらないほど激しい余震がよく起きるのと同じように、二〇〇八年の世界金融危機は世界貿易を揺さぶり、世界のＧＤＰにおよぼした影響の五倍もの打撃を与えた。まず、金融引き締め政策による需要ショックが起こり、耐久消費財への支出は大幅に落ち込んだ。それと同時に、ほぼすべての商品の販売スピードが鈍化し、在庫調整の波が広がり、その結果、ドイツから韓国、そして中国にいたるまでの工業生産サイクルの規模が縮小した。二〇一四年の原油価格の下落でも同じ現象が起き、フォートマクマレーからマレーシアにいたるまで、油田への新規の投資が減少した。石油資源に恵まれたブルネイ王国までもが、今では緊縮財政について論じている。サプライチェーンは伝送線だ。それはつながっているあらゆる人々に影響を与えるが、伝送線を通る電力の一部が途中で失われるのと同じように、サプライチェーンが受けた打撃はシステムを通じて分散される。

サプライチェーンは文明にとって最大の喜びであり、最大の災いでもある。サプライチェーンは地理という監獄からの脱出であり、何もないところに経済的発展の機会を生み出す場であり、気候や土壌などで好条件に恵まれなかった土地にアイディア、テクノロジー、さらにビジネスの手法をもたらす存在である。ノーベル賞を受賞したプリンストン大学の経済学者アンガス・ディートンは『大脱出』（二〇一四年）で、「悪質な」地理条件や制度にもかかわらず接続性を築くことで世界市場に参入した無数の人々を、明快な言葉で描いている。熱帯諸国にとって非生産的な農業と労働力はもはや当然のものではなくなり、海がないという条件が必ずしも国家の発展を妨げるわけではなくなった。赤道付近のシンガポールやマレーシアは現代の経済発展国であり、内陸

＊ナシーム・タレブは著書Antifragile（『非脆弱性』）で、「悪化の影響」（損傷）は、つながっている小さな物体を次々に通り抜けるあいだに軽減されるが、その小さな物体をひとつに合わせた大きな物体を通り抜けても軽減されないことを、コンベクシティの原理を用いて明らかにしている。

国のルワンダ、ボツワナ、カザフスタン、モンゴルは空前の経済成長と発展を遂げている。国は位置を変えられないが、地理に定められた運命を接続性によって新たにすることができる。

つまり、サプライチェーンは開発途上国に暮らす何十億もの最下層の人々を救済する方法であり、それらの国の政府は今ではサプライチェーンを誘致するために必死になっている。そのために考案された経済特区（SEZ）――特定の産業集積への投資を呼び込むために指定された地域や都市――の台頭は、多くの国にとって近代国家誕生以降、唯一の重大かつ革新的な国家政策である。経済特区は地域の中心点であり、世界の結節点でもある。政治的な世界からサプライチェーンの世界への推移を示す別の兆候として、それらの都市や地域の名称のうち、例えばジェファーソンやオーシャンビューなど人物や景観から取ったものよりも、その特区が世界経済でどのような役割を果たしているかを示すものがますます増えていることが挙げられる。その例はドバイ・インターネット・シティ、バングラデシュ輸出加工区庁、ケイマン・エンタープライズ・シティ、広州ナレッジシティ、マレーシアのマルチメディア・スーパーコリドーなど、四〇〇〇件以上にのぼる。

私はこの五年間で、通常の地図には載っていない数々の場所を訪れた。工業団地にせよ、「スマートシティ」にせよ、そうしたサプライチェーンの結節点が現れる速さに普通の地図が追いつけないからだ。以前は、そうした地区は単なる通勤場所だったが、現在は人間が暮らすコミュニティにもなっている。サプライチェーンは何億人もの労働者とその家族にとって生活そのものになった。サプライチェーンは世界経済に仕えるのと同時に、そこにつながりたいという社会の欲求を満たす包括的な存在である。通常、特定の大手企業や主要産業を中心に建設される経済特区の都市は、人口平均が一〇〇万人で、世界で最も目覚ましい発展を遂げている都市の部類に入る。それはサプライチェーンの世界における新たな「工場町」であり、世界の下層社会に生産的な仕事を提供する。突如出現し、援助プログラムでは到底実現できないほどの経済成長の効果を波及させるための最大の期待を担うことになる。

では、悪いほうの話をしよう。サプライチェーンは、市場が地球を痛めつける手段にもなっている。サプライチェーンを通じて、世界の熱帯雨林が略奪され、大気に排ガスがまき散らされている。北極圏の天然ガスや南極大陸の石油、ボリビアやアフガニスタンに埋蔵されているリチウム、アマゾンや中央アフリカの熱帯雨林、そして南アフリカやシベリアの金鉱など、サプライチェーンの世界で手がつけられていない天然資源はないに等しい。政府は「自分たちのもの」を保護してこなかった。それどころか、自然を犠牲にすることに加担してきた。海も同じだ。魚や海底鉱物資源が底引き網で過剰に採集され、海水は流出した石油や工場廃液で汚染されてきた。また、サプライチェーンを通じて、麻薬、武器の不正取引や密輸、さらには人身売買までもが行われている。今日の人身売買の件数はかつてないほど多いといわれている。世界の五大犯罪組織――日本の「ヤクザ」、ロシアのブラトワ、イタリアのカモッラとンドランゲタ、メキシコのシナロア・カルテル――は取引を国際規模に拡大し、サイの角、偽造通貨、合成麻薬、売春婦などの需要と供給の橋渡しをすることで、年間推定一兆ドルを荒稼ぎしている。市場、インフラ、あらゆるもののためにサプライチェーンを運営する代理店《エージェント》があるために、世界規模で人や自然から搾取するのは難しくなくなった。人間社会の行方は、我々がサプライチェーンをいかに運用するかと密接につながっている。

このグローバル・サプライチェーンのシステムは、どんな超大国にも取って代わり、グローバル文明の中心になった。アメリカも中国も、この新たな秩序を単独で支えることはできない。システムを停止させる最終権限も持っていない。その代わりに、サプライチェーン大戦で競っているのである。この戦いは、三〇年戦争によって一七世紀の地図が変わったように、二一世紀の地図を塗り替えるだろう。サプライチェーン大戦は征服するための戦いではなく、世界で最も重要な供給物である原材料、高度なテクノロジー、さらに急成長している市場を物理的かつ経済的につなげるためのものだ。サプライチェーン大戦は、事件でも一過性の現象でも発展への一段階でもない。大国が、必要不可欠なサプライチェーンが分断されて自滅につながるかもしれない危険をはらんだ軍事衝突を意図的に避けようとする世界における半永久的な状態である。サプライチェーン大戦ではインフラ、サプライチェーン、そして市場が領土、軍隊、抑止力と同じぐらい重要であり、それらが命運を左右する。最強国が必ずしも勝つわけではない。勝利するのは最もつながっている国なのである。

ではアメリカは果たして、サプライチェーン大戦がつくりだす新たな地理を理解しているだろうか？　米国地理学会の元会長、ジェリー・ドブソンは「第二次世界大戦以降、アメリカは地理教育を放棄し、それ以来、戦争にひとつも勝てていない」と冷静に指摘している。[16] 今アメリカが行うべきは、従来の地政学における領土の枠組みだけではなく、はるかに巧妙に入り組んだ戦場である地理経済学の商業的な観点を把握することである。

大国間の関係、公的部門と民間部門のバランス、今後の経済成長と格差、そして地球の生態系の行方。我々がかつて政府に答えを求めていたこれらの問題を調査する最良の方法は、世界のサプライチェーンをたどることだ。二〇世紀の領土を中心とした地政学は、二〇世紀のマッキンダーの格言「ハートランド（ユーラシア大陸の中核地域）を制する者は世界を制する」に端を発している。そして、いまや「サプライチェーンを制する者は、世界を制する」という二一世紀版の格言が存在することが調査の過程で見えてくるはずだ。

サプライチェーンの世界では、誰が土地を所有（または所有権を主張）しているかよりも、誰がその土地を利用（または管理）しているかのほうが重要である。中国はしっかりと支配下に収めているというにはあまりにも遠く離れた海外で鉱物を採掘している。いわば、中国は法に基づく地図よりも実質に基づいた地図、つまり国際法の観点から見た世界よりも自由に変更できる世界を選んだといえる。法に基づいた世界の長きにわたる持説は、「この土地は私のもの」だが、実質に基づいたサプライチェーンの世界での新たな標語は「利用しろ。さもなければ失ってしまう」となるだろう。

流れと摩擦のバランスを取る

近代国際関係論の父と称された一七世紀の哲学者トマス・ホッブズは、世界は非常に簡単な力学的法則に基づいて動いていると考えていた。つまり、彼はすべての現象は運動している物体間の相互作用として説明可能であると主張した。それ以来、ホッブズは地政学の分野は世界秩序の不変の礎であり、あらゆる人間活動の源となる究極の論理であるという立場をとった。当時の地政学では「領土の支配は何よりも勝る。国の力がぶつかり合えば、必ずどちらかが退かなければならない」と考えられていた。

しかし、古典的地政学の物理学はいまや複雑性の物理学に取って代わろうとしている。現代は、量子力学の発見によってアイザック・ニュートンの簡潔で合理的な古典物理学が揺らいだ一〇〇年前とよく似ている。その発見とは「微小な粒子の集合体は、量の測定が困難であり、しかも永久運動を行う」、「目に見えないモノが空間を占有することができる」、「引力は位置よりも重要な要素である」、「因果関係は確実ではなく、あくまでその可能性だけが存在する」、「価値は絶対的ではなく相対的なものである」などだ。

次は地政学が自らの複雑性を訴えるための革命を起こす番である。我々は今日の世界を読み解くために、一八世紀の啓蒙主義、一九世紀の帝国主義、二〇世紀の資本主義、そして二一世紀のテクノロジーなど、一七世紀の主権国家体制以降に蓄積されてきた力と一時《いちどき》に格闘しなければならない。都市化が進み、自由に移動ができる、テクノロジーにあふれた若い世界は、何世紀も昔の無秩序、主権、領土権、国家主義、軍の優位性の論理といったものより、不確実性、引き寄せる力、相関性、それに効力の概念などを用いるほうがずっとうまく説明できる。

量子に関する最も重要な洞察のひとつは、変化の本質そのものが変化するということだ。我々はそのような「変化の変化」のなかで生きている。それは、ひとつの超大国から複数の超大国へという構造の変化だけではなく、国家をもとにした秩序から複数の能動者《アクター》によるシステムへという、より根本的な変化だ。つながりのない複数の帝国による古代の世界は、中世の無秩序な世界に取って代わられた。その後、近代の主権国家による秩序の時代へと続き、現在は複雑なグローバルネットワーク文明へと推移している。構造的な変化は数十年ごとに起きるが、システムの変化は数百年に一度しか起こらない。さらに、構造的な変化は世界を難解にするが、システムの変化は「多くの要素が入り組んでいる複雑さ」を世界にもたらす。つまり、国家間の関係は難解だが、今日のグローバルネットワーク文明は多くの要素が入り組んでいるために複雑だ。この複雑さの例を挙げると、金融業界の負の連鎖《フィードバックループ》は市場を不安定にする。また、企業が国よりも影響力を発揮することもある。しかも、ＩＳＩＳ（イラクとシリアのイスラム国）、抗議団体「ウォール街を占拠せよ」、それにウィキリークスもみな、本質的には量子と同じである。つまり、どれも、特定できない場所で常に増殖し、突然変異を起こす可能性を含んでいる。もし地球がフェイスブックにアカウントを持っていたら、ステータスには「複雑なもの」と表示されているはずだ。

　この複雑さの主要因が接続性だ。グローバリゼーションはたいてい、それがいかにして新たな秩序を生み出すかではなく、いかにして既存の秩序のなかで展開されているかの観点で論じられる。しかし、接続性はシステムのなかから生じる変化で、最終的にはシステム自体を変えてしまう。接続性のネットワークは単につながりを結合したものでなく、結節点の数が増えるにつれ、ネットワーク自体の力が急激に大きくなるものだ（メトカーフの法則）。

このシステムからはずれて独自でやっていけるほど、堅固な超大国は存在しない。国家情報会議（ＮＩＣ）の報告書『２０３０年 世界はこう変わる』によると、アメリカはもはや安定装置の役割を果たす予測可能な存在ではなく、不確実で変わりやすいものとみなされている。二〇三〇年のアメリカは、はたしてどの程度の力を持っているだろうか？ 国内の秩序は保たれているだろうか？ 全世界に力を誇示することができるだろうか？ 当然のことながら、どの答えも明るいものだと思うのは大間違いである。なぜなら、アメリカは自身の運命をその手に握っていないからだ。入り組んだ複雑な世界では、アメリカさえ決定権のない価格受容者《プライステイカー》なのである。

物理学から借用すべき力学の概念がもうひとつある。それは「流れと摩擦」だ。つながっているグローバルシステムには、資源、商品、資本、テクノロジー、人、データ、アイディアなど、さまざまな「流れ」がある。しかも、国境線、紛争、制裁、距離、規制などのさまざまな「摩擦」も存在する。「流れ」とは、我々が生態系と文明の大きなエネルギー――原材料、テクノロジー、人的資源、あるいは知識にかかわらず――をいかに割り振り、地球全体で活用するかということだ。「摩擦」は戦争、疫病、不景気など、妨げとなるフェンス、障害物、または破壊活動である。長期的には、流れが摩擦に勝利する。供給は需要と結びつく。まさに、運動が慣性に打ち勝つのである。

この説は革命ではなく、むしろ進化というかたちを取る。デューク大学の数学者エイドリアン・

---

* 固体、液体、気体の閉じられていない空間、または閉じられた空間での運動時に、流れと摩擦が起きる。流体力学では摩擦は粘着、つまり、物体の変形に対する抵抗というかたちで生じる。

ベジャンは才気に満ちた解説書『流れとかたち』（二〇一三年）で、あらゆるシステムの基本的特性は流れを最大化することだ、と説明している。すなわち、システムの各部が他のすべての部分につながるようにすることである。木のかたちに始まり、生物進化論、空港ターミナルの最適なレイアウト、さらにグローバリゼーションの物語は、すべて物理学の基本原理で説明できる。新たに出現したグローバルネットワーク文明の歴史は、絶え間なく規模が拡大し続ける流れと摩擦の物語なのである。

流れと摩擦は世界の陰と陽ともいえる。互いを補い、互いのバランスを保とうとする。戦略的な目的に沿うために、互いに無限のやりとりを行い、常に修正を繰り返す。アメリカは衰退しているインフラへの海外からの投資をさらに呼び込むために、国家機密に関わる部門への中国資本の参入を制限していた一部の規制を緩和しなければならなかった。一方、中国は人民元（ＲＭＢ）を国際化するために、資本勘定をさらに自由化しなければならない。どちらの事例にせよ、摩擦が少ないほど流れが大きくなる。

だが、流れが大きくなるとリスクが増大することもある。移住者はテロリストかもしれないし、インドのハワラという貧困層に送金するネットワークが犯罪組織に資金を提供している可能性もある。旅行者や家畜が流行病のウイルスを保有しているかもしれず、電子メールはウイルスをばらまく恐れがあり、金融投資はバブルの引き金になるかもしれない。いずれの場合も、流れがシステムを覆す「転換点」は予測不可能だ。落雷の正確な位置を予測できないのと同じである。*

ここで挙げた例は、どれも日常で起きかねない深刻な現実だが、ほとんどの場合、「国境線を高く」したからといって問題は解決しない。国境の壁を高くしすぎると、摩擦は目的に反する結果を招いてしまう。例えば、シリコンバレーの企業は高度なスキルをもつ海外のソフトウェア開発者の採用に熱心だったが、アメリカの規制の多い移民政策が妨げになった。同様に、二〇一三年にメキシコが採鉱事業の利益に対する法人税値上げを決めたところ、複数のグローバル企業がそれ以降の大規模投資の中止を表明し、その結果、急成長していた国の鉱業は必要不可欠な外国資本とテクノロジーを失い、勢いがなくなってしまった。

国家は流れを受け入れなければ衰退するが、そのプラス面を取り入れてマイナス面を最小限に抑えるためには、「賢明な摩擦」が必要だ。投機的な投資に対する資本規制、国内産業の競争力を保証するための自由化の制限、港での放射能検査、公共サービスに負担がかかりすぎないための移民割り当て、パスポート検査時の国際刑事警察機構《インターポール》のデータベースとの照合、インターネット接続サービス業者（ISP）によるコンピュータウイルスのスキャンなどの手段がその一例である。政府は、国境線を国を出入りする流れを色で指示して管理する信号機と考えればいいのである。中国にとって、ミャンマーからのエネルギーと鉱石の流れは必要だが麻薬の流れは不要だ。アフガニスタンからの銅やリチウムは必要だがイスラム過激派は不要だ。ヨーロッパにとって、

---

* 実際、雷の道筋をつくる大気のイオン化（負に帯電したイオンが空気の分子構造を不安定にする）率は、量子力学でしか計算できない。

中東やアフリカへの商品の輸出は必要だが迫害され貧困にあえぐ難民の流入は不要だ。オークランド空港では、旅行者は訓練された探査犬に四回荷物を嗅がれるまで空港を出られない。というのも、それがニュージーランドの農業経済に大損害を与える病原体による汚染を防ぐための不可欠な検査だからだ。同じく、タイや北朝鮮から流れ出る大量の覚醒剤を考えれば、シンガポールの厳重な麻薬の規制もうなずける。

我々は、最も危険な類いの流れの一部についてはうまく対処する方法を次第に身につけている。一四世紀にシルクロードを経由して西に伝播した黒死病は、当時のヨーロッパの人口を半分にした。一九一七年から一八年に流行したインフルエンザで五〇〇〇万人が死亡した。一方、二〇〇三年の重症急性呼吸症候群《サーズ》（ＳＡＲＳ）は二四カ国に広まったが、その後終息した。二〇一四年、ますます発達する航空路とともにエボラ出血熱が西アフリカからヨーロッパとアメリカに広まったが、急速に封じ込められた。健康診断、検疫などの「摩擦」の有効利用や、発生地での徹底した治療で被害を抑えることができたのだ。同様に、我々は予防原則に基づき、世界経済のリスクの高い領域ではマクロ・プルーデンス（金融システム全体でのリスク管理）による安全対策を導入するべきである。例を挙げると、商業銀行業務と投資銀行業務の分離、債務担保証券の再証券化やスワップの規制、顧客との取引に合わせた銀行の自己資本による投資の義務づけ、などだ。こうした手段により、日々積み重なっているリスクという病の蔓延から金融システム全体を守ることができる。しかもそれはすべての金融活動を許しながらも細かく管理しようとして失敗するより優れた方法だ。

現代社会は、これからも摩擦であふれかえるだろう。だが、将来の摩擦は流れの支配に関するものになる。人を分断する線をめぐる戦いではなく、人をつなぐ線をめぐる戦いが起きるのである。というのも、国境線に関する国際紛争はおおかた終結——平和的または強引に——しつつあり、将来の紛争はもはやさらなる国境線を敷くことではなく、接続性の支配をめぐって起きるからだ。今日、あらゆる国が戦略的産業への助成金交付、主要部門における投資の規制、金融機関に自国での投資を増やすよう義務づけるといったかたちで「国家資本主義」を実践しているのは、そうした事情に基づいている。例に挙げたような産業政策は、国内のニーズと世界の接続性のバランスを慎重に探るためのひとつの方法である。例えば、ブラジルでは海外の自動車メーカーはブラジル国内の再生可能エネルギー研究に投資しなければならず、また、「ホットマネー（国際金融市場の不安定な短期投資）」を国内にとどめるための資本規制が実施されている。インドネシアなどは、自国の立場を守るために法人税や手数料を値上げしたが、結局のところ、国内に存在する資源の権利を所有しているためにいまもなお投資を強く引きつけている。インドは費用効果が高く才能豊かなＩＴ要員を擁するため、ソフトウェア産業での自由貿易化は歓迎しているものの、農産物輸入の自由化については国内の農民に打撃を与えないよう慎重な姿勢を取っている。

世界規模の自由市場が実現することは不可能に近いだろう。むしろ、世界経済が拡大してより戦略的な戦場になっていくに違いない。実際、経済は開かれているが、これまでと必ずしも同じルールに基づいているとは限らない。それでも、最大の費用効果が必ずしも得られなくとも、自国に有利な立場をもたらし国の最重要土台である産業と雇用を保護する「賢明かつ利己的な摩擦」を容認するという意見がまとまりつつある。

自由市場純粋主義者は、そうしたやり方を貿易保護主義と非難する。だが、どの国も自らの活力を高めるために踏み出さなければ、付加価値のある国として世界経済に参入できないのだ。一例を挙げよう。ブラジルのエレクトロニクス産業は、そのほとんどがアマゾン熱帯雨林の奥深くにあるマナウスの自由貿易地域に誘致される。その理由は？　誘致により、従来なら木材産業での仕事しかなかった地元住民の雇用が創出されるからだ。その結果、ブラジルはバリューチェーンをひとつ上がり、それと同時に森林伐採に歯止めをかけた。アフリカの国々の政府は雇用を促進するため、そして中国からの安価な輸入品に市場を奪われないようにするために、外国との競争に耐えられない未発達の産業、つまり幼稚産業を保護している。アフリカはまた、天然資源を国外から資金を提供された土地強奪者に吸い取られないよう、外資による開発権への一〇〇パーセント出資を禁止している。これらは賢い摩擦の一例であり、反グローバリゼーションではない。諺《ことわざ》にもあるように、何ごとも中庸が肝心なのである。

（本章に関連する地図は上巻口絵2、3、4、5、6、7、8、9、10、11、13を参照）

第二章

新たな世界のための新たな地図

グローバリゼーションに反論するのは、
万有引力の法則に反論するようなものだ。——コフィ・アナン 前国連事務総長

グローバリゼーションからハイパー・グローバリゼーションへ

グローバルネットワーク文明の発展は、五〇〇〇年の歴史において最も勝率の高い賭けだといえるだろう。グローバリゼーションは、古代メソポタミアの帝国の都市国家が互いに、さらに遠くはエジプトやペルシアと定期的な交易を開始した紀元前三〇〇〇年紀に始まった。アケメネス朝ペルシアのキュロス大王は最盛期の紀元前五〇〇年頃、自らの帝国を中間点とする中国からヨーロッパまでの壮大なネットワークをつくり上げた。そして、交易を目的としてユーラシアのシルクロードをたどったローマやギリシアの探検隊によって接続性が築かれたのである。接続性は富や宗教を四方八方へ広める役割を果たす。ちなみに社会学者のクリストファー・チェイス＝ダンが指摘したとおり、現代社会の文明ネットワークもこの古代のネットワークと同じように、かつて

ばらばらだった地域や文化の共同体同士の交流を通じて広がり、その後新たなテクノロジー、資金の源、そして地政学的な野心が重なり合うなかで、つながりの度合いを深めてきた。歴史の話に戻ると、五世紀のアラブ人征服者たちや一三世紀のモンゴル人は、どちらも組織立った機動力を活用して、広大な帝国というつながりを築いた。また、十字軍や中世後期の商業革命によって海上貿易が栄え、その後何世紀にもわたり世界中の土地が地図に記されては奪われるというヨーロッパ植民地主義の基礎がつくられた。

一五～一六世紀のイベリア（スペインとポルトガル）の航海、一七世紀のオランダや一八世紀のイギリスの東インド会社など、帝国がつながりを拡大するにつれ、グローバリゼーションは急速に拡大した。一九世紀、イギリスで産業革命が起こると紡績所や工場が次々に稼働を開始し、遠く離れた植民地で採れる綿花などの原材料がさらに必要になった。こうして繊維工業や農業によって、世界規模のサプライチェーンと奴隷貿易が生まれた。さらにドイツとアメリカでは鉄鋼生産高をはじめとする工業生産高が大幅に増え、ヨーロッパ植民地での鉄道と船舶輸送ネットワークの発達と併せ、かつてないほど世界各地が互いにつながっている世界経済が誕生した。

ジョン・メイナード・ケインズはこうした平穏かつ幸福な時代の日常について、「ロンドンの住人はベッドのなかで朝の紅茶を飲みながら、電話一本で世界中のさまざまな品を必要なだけ自由に注文できた。しかも、その品が玄関先まですぐに届けられるのがごく当たり前だった……（彼らは）この生活は間違いなく永久に変わらない普通のもので、もし変わるとしてもさらによくなるだけだと思っている。さらに、この日常からはずれることは常軌を逸した、けしからぬ行為だと信じているのだ」[1]と一九一九年の著書『講和の経済的帰結』で論じている。

第一次世界大戦前の時代は、まさにグローバリゼーションの黄金期だった——ただし、それを掌握している者だけにとって。国境を越えた帝国主義支配による一方的な重商主義政策の結果、ラテンアメリカ、アフリカ、そしてアジアの資源はわずかな金額、ときには無償で搾取され、ヨーロッパに運ばれた。アフリカの奴隷や低賃金で雇われたアジア系の苦力労働者は、キューバや南太平洋諸島など世界各地のプランテーションに送り込まれ、働かされた。多くの大陸で属国に成り下がる国々が生まれ、それらの国は、独立した後も列強諸国が陣営に分かれた世界で従属関係が強いられることになった。一〇〇年前の西洋諸国によるグローバリゼーションの支配は、グローバリゼーション自体を不安定にしたといえる。第一次世界大戦、貿易障壁、移住制限、財政削減、そして政治色の濃い国家主義が原因で発生した一九三〇年代の地政学的危機は、第二次世界大戦の引き金となったのである。

たしかに、グローバリゼーションにとって戦争は最大の元凶だった。とはいえ、グローバリゼーションは戦争に発展の歩みを妨げられても、止められることはなかった。一四世紀の黒死病、二〇世紀の世界大戦、二一世紀初めの世界金融危機にもかかわらず、人類は土地から土地へと探索を続け、資本主義の本能に従い、技術を革新して、より大きい（地球規模の）、より速い（瞬時の）、そしてより復元力が高い（回復可能な）世界中をつなぐシステムを創造し続けている。今日、グローバリゼーションはかつてないほど急激に拡大していて、原動力となる機関や参加者が増え、しかも強固で包括的になった。つまり、かつてないほど安定している。

「グローバリゼーション」という言葉が広く使われるようになったのは、一九八〇年代後半――冷戦終結の直前――に入ってからだ。その後、世界の接続性が急速に発展したにもかかわらず、グローバリゼーションはここ一〇年ほどで三度も死を宣告されている。一度目は二〇〇一年の九月一一日に起きた、ニューヨークやアメリカ国防総省本庁舎《ペンタゴン》での同時多発テロだ。西側諸国とアラブ世界の信頼関係の崩壊、国境警備の強化、そしてイラクとアフガニスタンにおける戦争による地政学的な混乱により、世界経済は急停止するのではないかと考えられた。続いて二〇〇六年、世界貿易機関（ＷＴＯ）ドーハ・ラウンド交渉が決裂した。その結果、全世界に共通する包括的なルールの枠組みについての合意なしでは、世界の貿易はまとまりを欠くか、緊縮財政の影響を受けるか、あるいは規模が縮小するだろうという議論が巻き起こった。さらに、最近では二〇〇七年から八年の世界金融危機の影響で輸出は落ち込み、国際融資は減少し、アングロサクソン型資本主義はやり玉に挙げられ、そのどれもが「脱《ディ》グローバリゼーション」の証拠だと指摘された。現在、アメリカの金利が上昇し、中国の経済成長が鈍化し、安いエネルギーと高度な製造技術によって国内の他地域や近隣国への事業移転《ニアショアリング》や生産の自動化が可能になったことから、「グローバリゼーションの終焉」の第四の波が接近中であると、大げさに騒がれている。

だが、私はグローバリゼーションが新たな黄金時代に入ろうとしていると主張する。戦略的な野望、新たなテクノロジー、低利の融資金、そして国境を越えた人の移動の同時発生が原動力となり、グローバリゼーションは考えうるあらゆる方面へと広がり、浸透し続けている。二〇〇二年以降、輸出総額（物品、サービス）が世界のＧＤＰに占める割合は二〇パーセントから三〇パーセント以上に上昇しており、数年先には五〇パーセントをはるかに超えるという予測もある。アメリカでもGDPに占める輸出の割合が増加している。アメリカのハードウェア、ソフトウェア、自動車、医薬品などの関連企業はかつてないほど国外での販売に頼っている。例えば、S&P500指数に含まれる企業の総収入の四〇パーセントは、海外での売り上げによるものだ。

かつてアフリカ、アラビア、ペルシア、インド、中国、東南アジアで繁栄していた文明を結んでいた古代および中世の交易ネットワークも復活しつつある。今日、新興市場国間の物品、サービスおよび金融取引は全世界の取引量という流れの四分の一程度だが、他のどんな市場間よりも急速に伸びている。経済成長率の高いどんな地域間——中国とアフリカ、南アメリカと中東、インドとアフリカ、東南アジアと南アメリカ——をみても、貿易量の増加率がこの一〇年で五〇〇パーセントから一八〇〇パーセント（そう、四桁だ）にまで上昇している。中国—アフリカ間は貿易開始当初こそ総額が低かったが、現在では年間二五〇〇億ドル以上に達している。この数字はアメリカ—アフリカ間の貿易総額のほぼ二倍で、いずれヨーロッパ—アフリカ間の貿易総額に追いつくと予測されている。

航空会社が長距離航空機を増やし、インターネットケーブルが海底中に張りめぐらされるなか、国外旅行や国際通信の低価格化により、南アメリカ、アフリカ、それにアジアの中小企業さ

＊ 二〇〇〇年以降、国際銀行間金融通信協会（SWIFT）の銀行間ネットワークによって円滑化された金融データ通信の通信量は、毎年二〇パーセント以上という安定した伸びを示している。その主な背景には新興市場国間取引の増加がある。

えも、サプライチェーンサービスを賃借りすることが可能になった。どこでも、誰でも、誰とでもビジネスができるようになったのだ。

海外からの投資額も世界のGDPの三分の一以上にまで上昇した。アメリカの国外への投資額は増加を続け、二〇一三年には五兆ドルを超えている。同年、アメリカへの海外直接投資（FDI）流入額は三兆ドル近くまで上昇した。二〇一二年の時点で、開発途上国へのFDIは、全世界の海外からの投資総額の半分以上を占め、先進国への投資総額を抜いた。新興市場国は二〇一四年から一五年にかけて低迷したが、それでも、二〇二〇年には在外保有高が二〇兆ドルに到達すると予測されている中国は、外貨準備高、短期資産運用投資額、FDIから判断すると、急速に世界最大の海外への投資国になりつつある。ケンブリッジ大学の研究者、ピーター・ノーランは、中国が「世界に入りこむ」よりも西側諸国が「中国へ入りこむ」ほうがまだ多い[2]と記したが、そうした状況は急速に変化している。実際、今日では中国へ流れる資本よりも、中国から流れる資本のほうが多いのである[3]。

グローバリゼーションは、あらゆる場所へ向かう津波になって海の向こう側まで押し寄せ、やがて大陸の国々を共通の流れに巻き込んでいく。例えば、太平洋間の輸出を促進するためにラテンアメリカで貸出を行う中国の銀行、アフリカのアジアへの農作物輸出を増加させるために輸出されるインド製のトラクター、中国への販売に向けた東南アジアでの工場生産拡大のために企業に融資するヨーロッパの銀行、アジア市場に向けて日本でアプリの開発を行うアメリカのソフトウェア会社。そしていずれはすべての大陸のあらゆる主要都市を結ぶ直行便が就航するだろう。

あらゆる地域が重要な役割を演じ、いっせいに他地域とつながろうとする今日の多極化、多文明化した世界秩序の規模、深さ、そして強さについて、参考となる前例は存在しない。五〇〇年にわたる西洋世界の地政学的、経済的支配が終わり、植民地主義の影響が残る地域は、銃を向けられて資源を奪われるのではなく、より公平な条件で世界市場での販売を行う機会を手にした。毎月のように行われているさまざまなトップ会議では、農業においてはラテンアメリカと中国が、インフラサービスではアフリカとアラブ地域が、自由貿易ではヨーロッパと東南アジアが、電力開発ではアメリカとアフリカが、そして北極圏開発では中国とヨーロッパというように、互いに補い合える国同士が世界中でひとつにまとまっていく。これを「文明の衝突」と呼ぶのなら、さらに多くの衝突が必要だろう。

　グローバリゼーションはピークに達したという指摘もあるが、二〇〇八年以降の国際的な資本の流れにおいて顕著な下降が見られるのは銀行貸出のみで、これはひとえにヨーロッパ内での金融危機によるものといえるだろう。[4] そのうえ、グローバリゼーションはもはや「アメリカ化」と同じ意味でもない。むしろ、アメリカ経済のほうが、有能な人材および投資の流入や、物品、サービス、特にアジアでの高い利益を求める資本の流出に関してグローバリゼーションにますます依存している。グローバリゼーションは、もはやウォール街やアメリカ連邦政府がシナリオを書かなければならないものではなくなった。香港とシンガポールはアジア市場の拡大や、運用資産残高と外国為替取引高の増加によって世界の主要金融センターにおいてもニューヨークやロンドンと肩を並べるほどになった。全世界の海外旅行者数や海外移住者数、国際間の企業合併と買収《クロスボーダーM&A》件数、データ通信量など、測定できるあらゆる数値が上昇している。

つながりのある世界では、ひとつの流れが減少すると、別のはるかに大きいより安定した流れがそれに取って代わる。例えば、次第に上昇する金利によってアメリカから新興経済国への短期資産運用投資の流れは減少したが、それと同時に、取引量が増えているアジア債券市場は、アメリカの年金基金からの次第に大きくなる流れを呼び込んだ。アメリカではエネルギー革命の結果、石油輸入量が減少したが、その一方で、先端技術による水圧破砕《フラッキング》作業、石油精製所、化学プラントに対するヨーロッパとアジアからの巨額な資本が流れ込んできたため、さらなるグローバリゼーションが進んだ。中国へのＦＤＩは減少傾向だが、中国からのＦＤＩは自国の通貨価値の上昇によって飛躍的に増加している（二〇一四年時点での中国へのＦＤＩさえ追い抜いた）。グローバルな視点を持つ賢明な投資家は、それぞれの流れを単独で見るのではなく全体として眺め、二次的、三次的な結果を予想して賭けをするのである。

アメリカは製造業における一〇〇万ないし二〇〇万件の雇用を国内に呼び戻そうと努力しているが、中国の製造業から流出し、ミャンマー、バングラデシュ、エチオピアといった、低技術の仕事を低賃金で請け負う国々へ再循環された一億件近くもの雇用の問題と比べると、その努力は些細なものとしか見えない。二〇二〇年には、全世界の労働力に新たな人手を提供するのはすべて、まだ企業が本格的に参入していないアジアやアフリカの発展途上国になるだろう。それらフロンティア市場のインフラが改善すれば、製造企業は迅速に拠点を移すことができ、競争はそれまで以上に過酷になる。どんな時代になったとしても、労働集約型の製造業の仕事を低賃金で引き受ける「次の中国」が存在するはずだ。そのため、例えば世界最大の靴メーカーのひとつである中国の華堅集団は、生産拠点を中国からエチオピアの経済特区「アパレル都市」へ移している。[5]流れは変化していると同時に、間違いなく急速に成長している。

貿易理論家、投資銀行家、そしてテクノロジー企業はみな、これを「ハイパー・グローバリゼーション」時代と呼んでいる。グローバリゼーションが風船だとしたら、今はまだ完全に膨らみきらない前の小さな膨らみだ。欧米での議論に色濃く表れる先見の明のなさによって、国際化——産業や景気の循環によって大きく異なる——と、世界規模の相互作用を受け入れるために絶えず成長し続ける器ともいえるグローバリゼーションとが完全に混同されている。グローバリゼーションは、どんな統計値でもひとつだけでは絶対に表せないほど奥深い。取引量——外貨取引、船腹量、あるいは輸出収入にかかわらず——は常に変動するが、世界規模の活動を受け入れるための世界のシステムの許容量こそが、グローバリゼーションがどこに向かっているかをはるかに正確に示している。実は、グローバリゼーションの未来を語るべき理由などほとんどない——語るべきなのは、接続性の度合いなのである。

ものごとの尺度

一〇年前、「一〇億人を無視することはできない」という声が、インドとアフリカで次々に上がった。それは、人口の多さはそれだけで、国連安全保障理事会において議席を得る権利が認められるほど重要な意味を持つはずだ、という考えによるものだった。だが、世界は、その一〇億人が権利を剝奪《はくだつ》されて社会から切り離された貧困に苦しむ人々である場合には、無視できると考え、実際にそうしている。一〇億のアフリカ人と一〇億のインド人が世界経済とつながって初めて、彼らの国の声はようやく真剣に受け止められる。

従来、戦略的重要性は領土の広さと軍事力で測られてきたが、今日の力の大きさは接続性の範囲においてどれだけの影響をおよぼせるかに左右される。国家の重要度を決定する最大の要因は位置や人口ではなく、資源、資本、データ、有能な人材といった貴重な資産の流れとの物理的、経済的およびデジタルなつながりだ。中国とインドの人口はどちらもおよそ一五億人だが、中国の輸入量が世界の一〇パーセントを占めるのに対し、インドのそれは二・五パーセントにすぎないという点に注目してほしい。中国を最大貿易相手国とする国は一〇〇以上あるが（アメリカより多い）、インドを最大貿易相手国とする国はネパールとケニアだけである。JPモルガンの調査によると、中国のGDPの一パーセント下降と石油価格の一〇パーセント下落は相関している。世界の他の国からすれば、たとえインドの人口が中国を追い抜いたとしても、インドが中国ほど重要だとは思えない。

だが、中国がGDPでアメリカを抜き、人民元がIMF国際準備資産の通貨バスケットに加わってドルと肩を並べたとしても、アメリカは、三〇〇兆ドル近い全世界の金融資産の半分近くに関与し、世界経済と最もつながっている自国の金融システムをいまだに指揮し続けている。米ドルは世界の外貨準備高で最大の割合を占め、一二兆ドル規模の米国債市場は世界最大で、アメリカの株式市場は全世界のおよそ七〇兆ドル市場の半分の規模を誇り、さらにアメリカの社債市場は世界で最も取引量が多い（しかもユーロ建ての社債発行額についてもほぼ独占している）。外国政府、銀行、企業、そして世界中の人々が、他のどの国のものよりもアメリカの金融システムに多く投資している。

接続性の測定は、国の地理的な大きさと世界で認識されている影響力とのあいだの不整合を是正するのに役立つものである。ロシアは間違いなく世界最大の国だが、主要経済大国のなかでは圧倒的につながりが少ない。[6] この国の経済は一次産品の輸出にほぼ完全に依存しているが、世界中で石油とガスの供給量が増えるにつれ、旧ソ連邦諸国と呼ばれる地域の外でのロシアの影響力は低下し続けるだろう。

とはいえ、ロシアは、つながりの少ない国には、より予測しづらくより不安定になる傾向があることを示す重要な例だ。イラン、北朝鮮、イエメン、それに孤立していると同時に暴力的な国であるニジェールや中央アフリカ共和国は、接続性の度合いで見た順位は非常に低いが、危険の源としての順位は非常に高い。つまり、我々はそれらの国をさらに孤立させるのではなく、プラス方向のつながりに引きこまなければならない。例えば、アフガニスタンはこれまで麻薬とテロ犯罪の「最大輸出国」だった。だが、銅やリチウムの輸出や、中央アジアとアラビア海、そして中国と中東を結ぶシルクロードの役割を果たすことで、より建設的なつながりを築ける可能性を秘めている。

最もつながっている国家といえば、古くからずっと西側諸国である。彼らは何世紀にもわたる遠方の植民地との結びつき、（ＥＵや大西洋をはさんだ共同体による）地域内の密な関係、取引量の多い資本市場、そして優れた技術力により、何百年もかけてつながりを培ってきた。マッキンゼー・グローバル・インスティテュートの連結性指標——物品、金融、人、データの流れの密度を測定したもの——によると、貿易大国であるドイツの「流れ強度」（GDPの大きさに対する経済的なつながりの価値）は一一〇パーセントと、とてつもなく高かった。これは、最も安定した大国にとって、接続性がいかに必要不可欠かを示している（アメリカと中国は国内市場が巨大なためドイツより数値が低いが、それでもアメリカが三六パーセント、中国は六二パーセントと、十分強い「流れ強度」を保っている）。つながっている国家は尊敬される国家でもある。ドイツはマッキンゼーの連結性指標、世界で最も尊敬される国に関するピュー研究所とグローブスキャン社の合同調査の両方で首位になった。

　接続性の非常に優れた点は、小さな国家がその国土の大きさからは想像ができないほどの「強い引力」を持てることだ。シンガポールやオランダは、大国に比べて物品、サービス、金融、人、データの流入と流出に依存しているため、「流れ強度」が高い。ノルウェーは地理的に遠く離れた北極圏の小さな国だが、石油収入をもとにした政府の出資による投資ファンド《ソブリン・ウェルス・ファンド》は世界最大規模を誇り、株式時価総額は全世界の一パーセント、ヨーロッパ内では三パーセントを占める。また、このファンドの新興市場国への資産配分が一〇パーセントに増えたことで、大手国際企業数百社へのファンドの影響力も増すだろう。[7]

　接続性が増すということは、さらなる成長と流れの増加を意味する。すでに、全世界のGDPの四〇パーセント（全世界の成長の二五パーセントも）は物品、サービス、それに資本の、国境を越えた流れによるものだ。[8] また、インターネットによるサービスなどの知的集約型技術の流れはすでに年間一三兆ドル（すべての流れの価値の半分に相当）を超えており、しかも急速に増加し続けている。これはグローバリゼーションが描く軌跡の全体像は、製造業の観点からだけでは絶対に見えないという事実を告げている。一般的な「重力モデル」では、貿易の伸びは取引を行う共同体の大きさに比例し、その共同体間の距離に反比例する。しかし、デジタルなつながりでは、サプライチェーンは物理的につながっていない。インターネット配線が設置されさえすれば、配送の限界費用はかぎりなくゼロに近づく。デジタルでつながっている社会同士の隔たりは、政治的または文化的な要因によるものだけである。

したがって、接続性が地理を超越していることを表している地図のソフトウェアは、便利な説明用ツールになる。例えば、調査団体ワールドマッパーや経済学者、パンカジ・ゲマワットのCAGEプログラムは、経済規模、貿易相手をはじめとする多数の尺度やベクトルをもとに国や地域を視覚化して、グローバリゼーションの浸透度、分布、さらに方向性を際立たせている。この一連の地図では、地理的には巨大なアフリカは経済的重要性の観点では非常に細長くなるが、天然資源の面では再び巨大化することが一目瞭然だ。また、ドイツの全輸出の五〇パーセント以上を占めていたユーロ圏内への輸出が三五パーセント以下に落ちこみ、その一方でアジアへの輸出

＊　知的集約型技術の流れには、ハイテク製品（半導体、コンピュータ、ソフトウェアなど）、医薬品、自動車、機械、企業向けサービス（会計、法律、技術工学など）以外にも、経営手法や専門知識を移管する海外への投資、ロイヤリティや特許料の支払い、出張者の支出、国際通信の収益も含まれる。

が急増していることも見て取れる。今日の我々は、最も緊密な経済関係は近隣同士の国や地域によるものという思いこみを取り払い、地理的な距離と機能的な近さを行きつ戻りつしながら、バンガロールのソフトウェア産業がいかにアメリカと強く結びついているかなど、業界固有のサプライチェーンの接続性を浮き彫りにすることができる。距離は消滅したわけではないが、明らかに縮まった。

地図の新たな凡例

どんな地図の隅にも、地形内の特徴を読み取りやすくするための記号、色、矢印、線、点などの印の意味を記した枠——凡例という——がある。サプライチェーンを表す地図を作成するためには、「力」に関するさらに精緻な用語解説が必要だ。

第一のステップは、地図上に国家とその行政区画だけを記すのではなく、権力をもつ集合体との接続性も示すことだ。我々は最もまとまっている集合体、最も明確な接続性、それに最も強くて重要な影響力を浮き彫りにしなければならない。おおまかに言うと、それらは「五つのC」——領土としての国《Country》、ネットワーク化された都市《City》、地域の共同体《Commonwealth》、不透明なコミュニティ《Community》、グローバルな企業《Company》——のいずれかに分けることができる。

【国】　従来の地図の最大の過ちは、法律上の国家と実際の支配者が必ずしも同じわけではないのに、政治上の地理と国を治める権力を同一視して国を完全な統一体として表したことだ。我々は法律上の国家ではなく、実際に権力をもつ集合体を地図に記すべきだ。

文化的にも政治的にもあまりに多様すぎて、地理的にしかまとまっていない国もある。例えば、インドがひとつになっているのは、民主主義よりも地形上の理由のほうが大きい。要は、半島から逃げ出すのは難しいのだ。カシミール北部や、マニプールとナガランドのような北東の州では、分離独立への動きが断続的に激しくなった。一方、地理的にはあまりにもばらばらで、まとまっているのは国名だけという国もある。インドネシアのような多数の島嶼からなる貧困国では、結束を保つための輸送や通信のインフラ構築が著しく遅れている。一万四〇〇〇もの島のうち、インドネシア政府の影響力がおよんでいるのは数えるほどしかなく、大半の島はいつのまにかシンガポールやマレーシア圏に入りこんでいる。つまり、自然による国境線は優れた政治的境界線になることもあれば、一体性を保つためにさらなる努力を必要とするかたちに国を分断してしまう場合もある。

物理的に結束していない国は、政治的な一体性を保つことが難しい。アフリカ最大の国、コンゴ民主共和国には、舗装された道路は辛うじて一〇〇〇キロある程度だ。一流の学者たちが、コンゴは法的には国家だが実際には「存在していない」と指摘するのもうなずける。七五〇〇万ものコンゴの人々の生活をより正確に表すと、タグボートや荷船に積まれた商人、家族、難民、家畜、ヤシ油缶、車、それに衣料が、コンゴ川のキンシャサとキサンガニ間の一〇〇〇キロを何週間もかけて移動するというものだ。物理的に結束している国家は一体性を保つが、つながっていない空間のような国家は宙をさまよい実体を失っていく。

距離は諸刃の剣だ。広い国土は国民の大多数を守る地理的な緩衝材となる半面、国民に一体性を保つためにはるかに大きな投資を必要とする。一九二四年のレーニンの死後、ソ連を支配したスターリンの緊急課題は、遅れていた国内インフラの改善だった。彼はシベリアのノヴォシビルスクからウズベキスタンのタシケントまでの主要鉄道の開通を含む、集中的な近代化運動を促進した。だが、オスマン帝国と同様に、国家の多様な民族分布によって多大なる民族間格差が生まれ、ソ連の崩壊は避けられなくなる。ロシアは現在も世界最大の国だが、今日では残ったものを何とかまとめようとするためにわずかな投資を行っているにすぎない。そのため、ロシアの小区域は、より大きくてより人口の多いヨーロッパや中国へと引き寄せられている。私はロシア国内を車で横断した際に、政治的な地図よりも道路地図のほうがより多くを告げていることを知った。

ヴァーツラフ・シュミルによると、中国が二〇一〇年から一三年のあいだに消費したセメントの量は、アメリカが二〇世紀全体で使った分より多い。だが、国土が最大の広さに分類される開発途上国の多くは、一体化を促進するために必要不可欠なインフラを持っていないために、地図に記されているよりはるかにまとまりに欠けている。ブラジル、インドネシア、ナイジェリア、インド――この四つの国だけで人口は約二〇億にもなるが、どの国も、国内の各地域がほとんどつながっていないため、国全体としての機能レベルは各地域を合わせたものよりずっと低い。そういう国では、首都から離れれば離れるほど政府の統治力の色合いは急激に薄れていく。

今日の地図を見た目どおりに解釈した人は、コンゴ、ソマリア、リビア、シリアが実際には地政学的なブラックホールであるにもかかわらず、中身のある国家として実在していると信じてしまうはずだ。これらの国の脆弱性を表すために、地図における色を薄くして白に近づけていくのはどうだろうか？　パレスティナやクルディスタンといった国家に近い組織も地図には記されていない。政治的な地理上の位置づけは流動的とはいえ、それでも地図に掲載されるべきである。また、レバノンのヒズボラ、ナイジェリアのボコ・ハラム、アフガニスタンとパキスタンにまたがるタリバンのように、一部の地域ではそうした組織がその国の政府よりも権力を振るっている「国家内の国家」も存在する。ＩＳＩＳは国家として承認されていないにもかかわらず領土を有し、「偽国家」のシリアとイラクのあらゆる地域で強引に勢力を広げてきた。ミドルベリー国際大学院のイタマラ・ロシャール教授は、一万三〇〇〇もの武装集団の存在を確認している。これは「国家」としての国の数の六五倍以上にあたる。誰もが、そうした集団が権力を振るっている地域を知っておきたいとは思わないだろうか？

首都からさほど遠くない地域までしか影響力を発揮できない政府がある一方、名前だけの国境をはるかに越えて自らを主張できる政府も、少数ながら存在する。実際、ワシントン、ブリュッセル、そして北京に置かれた政府の言動は、他のどの国の政府のものより世界に影響を与える。こうした政府が存在する都市が単なる一国の首都と誤解されないように、その影響力がおよぶ範囲を何らかの方法で地図に記すべきである。例えば国外へのインフラ投資を地図に表せば、中国は、清王朝時代に設定された政治的な境界線を表面的に受け入れているにもかかわらず、実際は成長を続けるいくつもの強固な触手をほぼすべての近隣諸国――しかも、中国は世界一近隣諸国の数が多い――へ伸ばして深く入りこんでいることがわかるだろう。さらに、その触手を使って、過去三〇〇〇年のアジアの歴史の特徴を現状よりはるかによく表している属国制の文明帝国を再建しようとしていることも見えてくる。

それでも、アメリカと中国――強力かつ指揮系統が垂直な二大帝国――のような政治的権力の中心的存在でさえ、その下に横たわる想像以上に分裂した現実を露呈してしまっている。広大な国はその規模によって安定感をもたらせるはずだが、世界で最も人口の多い一〇の国――アメリカ、中国、インド、ブラジル、ロシア、トルコ、ナイジェリア、インドネシア、バングラデシュ、そしてパキスタン（並外れて近代的な日本は除く）――は、世界で最も格差が大きい国でもある。具体的には、広大な国の多くでは格差を小さくするために必要不可欠な政策――質の高い教育、医療、労働者が守られた柔軟な労働市場、資本への広いアクセス――が欠けていて、実現も不可能に見える。あまりにも多くの国富がひとつかふたつの都市に集中していて――または、貯めこまれていて、その他大勢にはほとんど残されない。「国」の成長のための小さな経済的基盤を我々が目の当たりにできるのは、まさにそのひとつかふたつの都市においてである。距離が近いにもかかわらず、実際は別の世界にいるほど互いに遠く離れた存在になる場合もある。同じ新興市場国でも、中国やコロンビアのようにインフラや社会の移動に大々的な資本投資を行ってきた国と、ブラジルやトルコのように低利の消費者信用によって成長してきた国とでは大きな違いがある。インドネシアのジャカルタ以外の地域の生産性は測定できないほど低いといわれている。「カイロがエジプトのすべてだ」という表現は文学的かもしれないが、不健全でもある。つまり、ほとんどの国がこうした格差に侵されているからこそ、国内においてつながっている人々とつながっていない人々を見分けられるような、微妙な差をより明確に表せる地図が必要なのである。

都市や州を富の大きさで塗り分ける方法などによって、各国のあらゆる経済格差をより詳細に地図に記すべきである。富および優秀な人材がニューヨークとシリコンバレーに集中していることを示したコロプレス地図（あるテーマをもとにしたデータと地理を重ね合わせたもの）は、アメリカ経済の本質をはるかに正確に表している。同様に、中国の沿岸都市は韓国と同じぐらい豊かで、海から遠く離れた内陸の州はグアテマラと同じぐらい貧しいこともわかる。極端な格差は、まとまっている国家というイメージを覆しかねない。現代では平均収入より中位の収入のほうがはるかに社会の実情を表しており、アメリカの中位の実質所得は一九八〇年代のままだ。

［都市］　一〇〇個以上の国を集めても、世界のGDPの三パーセントに満たない。その国々はおおむね小さく、比較的貧しい都市がさまざまな大きさの後背地を有している。つまり、こうした国は原子に似ている。原子核（首都）は、大きさでは原子（国）のほんの一部を占めるだけだが、質量（重要性）ではほぼ原子に等しい。よって、大きさよりも接続性が重要な世界の地図では、都市は均一な黒い点として扱われるのではなく、より細かく色分けされるべきだ。

都市は、人類が築いた社会組織のなかで最も持続し、かつ最も安定したものであり、支配者であった帝国や国よりも長く生き続けている。例えば、ビザンティン帝国やオスマン帝国はとうの昔に滅びたが、コンスタンティノープル――現在のイスタンブール――は商業と文化の中心として生き残り、今日ではトルコの首都ではないにもかかわらず過去の帝国よりも地理的にずっと広い範囲にまで影響をおよぼしている。都市はまさに時代を超越したグローバルな形態だ。

二一世紀の都市は、人類の最大規模のインフラだ。それは、村、町、市、メガシティ、そして何百キロにもわたるスーパー回廊地帯へと成長を遂げ、宇宙から見て最も目につく、人類の技術の結晶ともいえるものだ。一九五〇年代、人口一〇〇〇万を超えるメガシティは東京とニューヨークの二都市だけだった。二〇二五年には、そうしたメガシティは少なくとも四〇都市に増えると予測されている。メキシコシティ都市圏の人口はオーストラリアの人口より多く、ばらばらだった小さな都市がつながってオーストリアと変わらない面積の都市になった重慶の人口も同様だ。＊かつては何百キロも離れていた都市が、今では事実上融合して巨大な都市列島になった。そのなかで最大なのは、国の人口の三分の二を擁する東京―名古屋―大阪の大都市圏を含む日本の太平洋ベルトだ。中国の珠江デルタ、大サンパウロ都市圏、ムンバイ―プーナ間もインフラを通じて統合が進んでいる。そうしたメガシティ回廊地帯は、すでに一〇カ所以上ある。中国では、人口がそれぞれ一億人を超える二〇カ所以上の「巨大メガシティ群」を中心に、再編が進んでいる。とはいえ、二〇三〇年に東京に次ぐ大都市になっているのは中国内の都市ではなくマニラだろうと予測されている。

アメリカの都市群は人口こそ少ないが、同じように大きく発展している。なかでも目立つ都市

＊一例として、重慶、成都や四川省の他の一三の都市を含む成渝経済区、北京、天津、河北省の都市を合わせた首都圏大都市（環渤海経済圏とも呼ばれる）、そして上海、南京、杭州、蘇州などの都市を含めた人口八八〇〇万からなる長江デルタ経済圏が挙げられる。

圏が三つ存在する。ひとつ目はボストンからニューヨークを通ってワシントンDCまでつながっている東海岸の回廊地帯で、アメリカの優秀な頭脳、金融センター、政治の中心が集約されている（唯一欠けているのは、地域の背骨となるべき高速鉄道だ）。州間高速道路二八〇号線と国道一〇一号線にはさまれたサンフランシスコ、サンノゼ、そしてシリコンバレーは、低層の建物が並ぶひとつの地域になり、そこに拠点を置く六〇〇〇を超えるテクノロジー企業は、GDPの二〇〇〇億ドル以上に相当する活動を行っている（サンフランシスコ―ロサンゼルス―サンディエゴ間の高速鉄道が完成すれば、大西洋沿岸地域はまさに北東部回廊地帯の西部版になる。起業家イーロン・マスクが所有するテスラモーターズ社は、この路線にチューブを用いた超高速「ハイパーループ」システムの導入を提唱している）。そして、アメリカ南部最大の都市群であるダラス・フォートワース都市圏は、エクソン、AT&T（米国電話電信会社）、アメリカン航空などの業界最大手を擁し、南アフリカよりも大きな経済地区となっている。この地域ではトランス・テキサス・コリドー構想（構想自体は二〇一一年に廃止）の一部として高速鉄道（時速一二〇キロにすぎないが）が実際に建設中であり、二〇一四年にテキサス・セントラル・レイルウェイ社と新幹線を運行するJR東海が公表した計画によると、路線は「石油の首都」ヒューストンまで延びる予定だ。

世界規模の「グローバル都市」は、人口、富、優秀な人材が集中するにつれ、あらゆるものを引きつける世界の主要センターとして、国に取って代わろうとしている。今日の都市は広さではなく、世界のネットワークへの影響力の大きさで順位づけられている。グローバル都市は金融やテクノロジーを蓄積し、多様性や活気にあふれ、次々に増えている同様の都市との円滑な接続性を築いている。クリストファー・チェイス＝ダンが指摘したとおり、世界的な都市という地位を得るために必要なのは人口の多さや面積の広さではなく、経済的重要性、経済成長している区域への近さ、政治的安定、そして海外からの資本を引き寄せるための利点だ。つまり、接続性のほうが土地の広さよりも大切であり、さらに主権よりもはるかに重要なのである。ニューヨーク、ドバイ、香港は首都ではないが、通過する流れの大きさという点で考えると、世界の五位以内に入る都市といえる。

　都市は、人口動態と経済的な重要性を武器にして政策策定にますます大きな影響力をおよぼし、強力な自治権を手に入れ、そして他の都市と直接外交《ディプロマシー》――私はこれを「都市外交《ディプロマシティー》」と呼んでいるが――を行えるようになる。サスキア・サッセンは、つながっている大都市というものは、その都市が存在する政治的な地理上の国だけではなく同時にグローバルネットワークにも属している、と主張している。そうした都市の集団は、国のルールから解き放たれたレース用サーキットの集まりのようなものだ。つまり、その集まりにしっかり属していればいるほど世界基準に合わせたインフラの再構築や資源の再配分を行えるので、ますます強い復元力を備えることができる。今日、世界で最も裕福な二〇都市が築いたスーパーサーキットでは、資本、優秀な人材、そしてサービスがレースの原動力になっている。最大手企業の七五パーセントがそこに本拠地を構え、次にそれらの都市をまたいで発展するための投資を行い、都市間ネットワークの拡大に貢献している。グローバル都市は独自の同盟をつくり、それはF1レースのチームのように多くの点で国という枠を超えている。どちらもライバルと同じサーキットで戦いながら世界中から優秀な人材を引き寄せ、自分たちで使える資金を蓄積している。

世界の経済活動の中心が移動した最大の要因は、新興市場国のメガシティが地域の富と優秀な人材を引き寄せる磁石として成長してきた点だ。マッキンゼー・グローバル・インスティテュートの調査では、現在から二〇二五年までのあいだに、世界の成長の三分の一は西側諸国の主要都市と新興市場国のメガシティ、三分の一は新興市場国の人口の多い中程度の重要性をもつ都市、そして残りの三分の一は開発途上国の小都市と農村地域によるものになると予測されている。中国やインドの二番手、三番手の都市の物価が非常に安いため、その何億もの市民は、消費が上向きになる基準とされているひとりあたりGDP（購買力平価ベース）八〇〇〇ドルを大幅に下回っていたとしても大規模な消費者層になっている。企業が成長率の高い都市を商品の主要販売先として狙い定めるのも、さらには投資家が市債を国家の経済的健全度を測る主要な指標とするのもうなずける。

今日の世界では、機能的な都市のほうが存続能力のある国家よりもはるかに多い。自身よりはるかに弱い国家の中に存在する都市は、たいてい統治と秩序の島国と化していて、周囲を取り巻く自国からできるかぎりの利益を搾り取っているにもかかわらず、自国に対しては無関心だ。そうした関係は、例えばラゴスとナイジェリア、カラチとパキスタン、そしてムンバイとインドに見られ、それらの都市は国からの干渉が少なければ少ないほどいいと思っている。特に、ブラジリアやアブジャのように国家の権威を国中に示すために地理的に国の中央に置かれた首都は、国家が気づいたときには世界の動きから取り残されてしまっている。世界経済は、人口の多い、つながっている沿岸都市を特別視するからだ。

当然、都市と国家のあいだの領土、人口動態、経済、環境保護、または社会に関する相互依存性を完全に解消するのは不可能ではないにせよ、非常に難しい。だが、その点は重要ではない。世界中で都市の首長と大手の企業が経済特区を指定し、地元の労働者が確実に雇用され、国家よりも地元に利益が蓄積されるよう出資者を直接誘致している。都市が必要とする主権はそれだけだ。したがって、都市の混雑を避けてサプライチェーンと世界市場をより効率的につなげるために、空港周辺にまったく新たな地区（空港都市とも呼ばれている）が次々に誕生している。シカゴのオヘア空港、ワシントン・ダレス空港、ソウルの仁川空港は急成長を遂げた経済地区となり、接続性の本質的な価値が明確に示された。空港都市に本社を移転する企業にとって空港は世界市場への玄関口であり、一方、すぐ近くの都市はどれほど大きくても一販売先にすぎない。

［共同体］　同じ地域の他の重要拠点とつながる都市が増えれば増えるほど、その地域はたまたま都市や拠点が集まっている場所ではなくなり、共同体としての力を持つようになる。アメリカ国家情報会議の報告書『２０３０年 世界はこう変わる』は、「メガシティや地域の統合体（ＥＵ、北米連合、大中華圏など）がますます力を持つ一方で、国家や多角的な国際機関は急速な力の分散への対応に苦心するだろう」と予測している。[9] 互いの能力を融合し、協調行動を計画するためには、はるか遠方の中央集権型国際機関よりも、地域の共同体というかたちで行うほうが現実的だ。ＥＵが東ヨーロッパやバルカン諸国へ三〇〇〇億ドルを超える資金を提供してインフラの改

善、人的資源への投資、デジタル化をはじめとするさまざまな分野に対して援助を行ったように、地域の共同体は遅れているメンバーの近代化を支援する。上記の国々はEUへ加入したことで投資適格となり、さらにサプライチェーンに対して信頼できる法律を導入することによって、サプライチェーンにとって魅力的な要因を増やした。現在、東南アジアのASEAN経済共同体や東アジア地域包括的経済連携でも同様の動きがあり、共同体内の各国は比較優位を保ち、雇用を急速に拡大するために自らのペースを守りながら経済開放している。各共同体は、今日その地域で進められているインフラと市場の統合によって、国々の集まりではなく世界秩序の一構成要素としてはるかに大きな役割を果たす。着目すべきは、近東や中央アジアなど機能的な共同体として結束していない地域は、概して破綻国家が最も多いところでもある。

メガリージョンは一枚岩の塊ではない。それは、学者たちが「複合帝国」と称する、公式でもなく組織化もされていない、非公式に取引を行う共同体だ。その帝国には名ばかりの中央権力が存在するが、実質的には属しているさまざまな「州」に大幅な自治権が与えられている。ローマ、ビザンティン、そしてオスマンの各帝国は広大な領土を持ち、軍が支配権を握り、経済的に栄えていた一方、帝国内では格差が激しく、政治権力は分散され、さまざまな文化が存在していた。だが、たとえ緩やかな地域主義であっても、それは帝国主義に対する決定的な対抗手段になる。武力衝突勃発の原因のひとつが、近隣の対立国同士が生み出した不安定さによるもの（第一次世界大戦開戦前夜の状況と同様）であれば、外部からの支配を防ぐための地域的な強い結束は喜ばしい展開といえる。

そうした地域共同体は、元ハーヴァード大学教授の故サミュエル・ハンチントンが著書『文明の衝突』（一九九六年）で示した希薄な文化的共同体よりも広大でまとまっていて、力を持つ。カトリック教徒はローマに、ロシア正教会の信徒はモスクワに目を向けるが、どちらの総本山も地政学的にひとつになるための主体にはならない。また、過激派集団がイスラムという名のもとにテロ行為を繰り返せば繰り返すほど、いわゆる「イスラム世界」は分裂していく。実際、近東ではＩＳＩＳが領土を占領し、たびたびスンニ派を攻撃している。イスラム世界内の境界線は、近隣の他の文化社会のものより多くの血に染まっている。

そうした文化的共同体よりも経済的に統合された現実的なメガリージョンのほうが、はるかに有力である。例えば、北米連合は、西側とラテンの文化にまたがっているものだ。ＥＵ帝国はアラブ世界、正教会、それにテュルクの文化社会の一部を効果的に包含している。さらに、中国の影響力は範囲をますます拡大して東南アジアの従来の文化に深く入りこみ、古代からの文化を持つ日本と韓国に侵入し、正教会やテュルクの文化圏にまで達している。歴史学者フェルナン・ブローデルは、その膨大な研究において、「大地中海圏」の地域は海による分断よりも沿岸地域の接続性のほうが強くなるだろうと予測していた。ベイルート出身のスンニ派のレバノン人や、トリポリ出身の商人と会ってみれば、彼らがイスラム文化よりもフェニキアの歴史や地中海文化を受け継いでいることがわかるはずだ。文明は衝突するより、つながるほうがはるかに多いのである。

［コミュニティ］　個人のアイデンティティと忠誠心がどのようにして国を越えていくかをとらえることも重要だ。その最適な例は民族の国外移住だ。歴史的に見ると、移民と母国の関係は母国から遠方の移民への文化の伝達と、移民から母国への送金という単純な双方向だった。二〇一四年に記録された送金額は五八三〇億ドルにのぼり、この数字からだけでも、いかに移民がおそらく一世代以上前に後にした国を大きく変える原動力となる可能性を秘めているかがわかる。だが、今日の移民はいくつもの国境をまたぐ金融と通信の絶え間ない多方向の流れであり、政治的なネットワークでもある。彼らは中国人だが中国に属しておらず、インド人だがインドに属しておらず、ブラジル人だがブラジルに属していない。

移民のネットワークを地図で表すと、彼らがいかに力を増強させる存在であるかが見えてくる。北アメリカ、中東、東アフリカ、そして東南アジアに広がるインド系移民は、商業の分野で潤滑剤の役割を果たし（私は彼らを「ボリスタン」と呼んでいる）、旧イギリス植民地のいたるところで不動産、学校、工場、金鉱に出資しているが、それはインド本国からの指示によるものではない。それでも、もとの国の政府は移民を忠誠心のある長期資本とみなし、彼らとのつながりをますますうまく利用しようとしている。インド、イスラエル、それにフィリピンはビジネス手腕を持つ移民に対して、進行状況が一目で追跡できる特定のプロジェクトを対象にしたインフラ債券などの金融商品を提供している。それと同時に、教育のために何十年も国外に移住して帰らなかった移民のなかで、母国の生活レベルの向上にともなって再移住する人の数が記録的に増えるという、「頭脳流入」現象が起きている。そういう「帰還者」は西側の発想をより硬直した社会に持ち帰り、伝統的な権力構造を弱体化させる改革の促進剤だ。実際、移民は上記の国々をはじめとする多数の国で優れた政治的役割を果たしている。

アジアに広がり、さらに海を越えた五〇〇〇万人以上の華僑による一大中華圏も、母国を引き寄せる「重力場」になっている。一九八〇年代、鄧小平《とうしょうへい》は台湾、香港、マレーシア、そしてタイの華僑実業家に、誕生しつつある中国の経済特区に出資するよう要請した。中国政府が四〇〇〇万人の華僑の一部に二重国籍を認めれば、それは国内に新たな優秀な人材を呼び込み、高齢化する人口に活気をもたらすきっかけとなるだろう。中国系移民の多くは後にしてきた故郷の政治体制に反感を抱いているが、国共内戦や国外追放がすでに何世代も前の出来事となった現在、彼らは世界に広がる中国文明のなかで自身が置かれた立場をうまく利用する「日和見主義の結節点」とますます化している。

移民は垂直権力から水平権力へ移行している世界の、そして領土を共有せずとも精神を共有するコミュニティの先駆者である。それは国民国家ではなく、関係を築くための「国家」である。その「国民」が物理的にどこにいるか、または人数がどれぐらいかはあまり関係なく、重要なのは仮想の世界と実世界をまたいで行動できる能力である。インターネットが急速に普及した一九九〇年代、社会学者のマニュエル・カステルは「場所の空間」と「フローの空間」を明確に区別した。[10] 今日、そのふたつはかつてないほど渾然一体となっている。人とテクノロジーの流れの交わりは、フェイスブックによるグループや他のクラウド・コミュニティが急速に誕生して世界規模に成長してその数を増やし、さらにそうしたコミュニティが我々の政治理念を国を超えたものへと進化させる忠誠心を起こす集団行動《フラッシュモブ》を生み出すための新たな機会を創造した。ソーシャルネットワークは参加者の意欲を引き出し、活動に資金を提供し、政治行動の口火を切ることで自身の理念を追求しようとする人々のツールになっている。ウィキリークスの創始者ジュリアン・アサンジは、つながっているグループはインターネットにより、自らの主義に基づいて行動できる力を持つさらに強固な共同体へと成長できると主張している。したがって、影響力を持つ立役者は、自らの役割をどこにいるかではなく何をしているかで明確にしているテロリストのネットワーク、ハッカー集団、原理主義宗教団体にまで拡大している。

グローバルなつながりによって祖国という根は次第に弱まり、国境線を越えたさまざまな結びつきや多国籍なアイデンティティに取って代わられようとしている。人々が国家よりも都市やサプライチェーンに忠誠を誓い、国籍よりもクレジットカードやデジタル通貨に価値を見いだし、国よりもサイバー空間でコミュニティを求める世界を想像してみてほしい。武力衝突の発生パターン研究の専門家である海軍大学院のジョン・アキュイラは、国民による国家が帝国に挑戦したように、そうしたネットワークが国家に挑戦していると指摘している。そういうネットワークは心に訴えかける話で力を強め、テクノロジーを活用してまとまりを築く。ミニブログは単なるコミュニケーション手段ではなく、政府の令状や国家のアイデンティティに挑戦する、帰属意識を持ったヴァーチャルコミュニティの種なのである。

【企業】 巨大企業もまた、サプライチェーンの世界で自治権を持つプレイヤーになりつつある。

冷戦時代の多国籍企業は本国の市場に深く根を下ろしていたが、今日成長している企業は特定の市場、投資家、本部、または従業員の雇用地域に過度に依存しないために、国境を飛び越えた存在になった。世界金融危機後、大規模な企業救済措置や新たな大量の金融規制により、ウォール街の活動が抑制されるだろうと思われていた。だが、金融安定理事会により毎年更新される「システム上重要な」金融機関リスト（資産規模とリスクの度合いに基づいて選定）によると、三〇以上の銀行がそれぞれ五〇〇億ドル以上もの連結総資産を保有している――つまり、（当然ながら世界中に対して）金融面で全世界の三分の二以上の国よりも大きな影響力を持っているということだ。そうした金融機関は業務運営を制限され、より厳重に監視されるが、それでも海外での現地企業との合併や租税裁定を通じて再編を繰り返している。例えば、ＨＳＢＣはロンドンから香港への本社移転計画を検討していた。商品取引のグレンコア・エクストラータ社（現社名はグレンコア）、輸送物流のＤＨＬ社、コンサルティングサービスのアクセンチュア社、民間軍事サービスのアカデミ社（旧名ブラックウォーター）は、証券取引所に上場していて株が取引されていながらも、海外の現地企業との合同ベンチャーで国際的な提携関係を築いており、これは自社を細分化している企業の例といえる。こうした企業は、国家というものを従うべき主権の長ではなく、企業自身がそのなかで法律の問題をうまく切り抜けなければならない司法の管轄区域と見なしている。

　我々がより多くのつながりを手に入れれば入れるほど、企業はそうした巧みな技をますます競争の強みにできる。シリコンバレーのテクノロジー企業も商品をどんどん生産し、その収入は――雲《クラウド》の中にあり、行方がはっきり見えない。アップル社が有価証券として世界中で保有する二〇〇〇億ドルの流動資産よりもＧＤＰが大きい国は、世界で五つもない。つまり、(負債を差し引いた)ＧＤＰの合計で考えると、アップル社は複数の国を買えてしまう。さらに、一〇億人に二〇億台の商品を販売した同社は、大多数の国より資産を持っているだけではなく、より大きなマインドシェアも獲得している。

サプライチェーンに運営される国、自力で運営している都市、国境を持たないコミュニティ、政府より強い力を持つ企業。これらはみな、世界が新しい多元的なシステムへ推移している証拠だ。我々の接続性の地図に記載されているこうした世界規模の権力は、急速に成長している。つまりこれは、常に変わり続けるこの世界では、我々の地図も決して完成しないということを示している。

外交《ディプロマシー》から「都市外交《ディプロマシティー》」へ

世界の接続性に関する地理学の研究に取りかかった学者たちは、まず都市から取り組んだ。歴史学者のピーター・スパフォードは、一三～一四世紀にかけてのヨーロッパにおける都市化によって、国際見本市に参加する商人の信用取引と保険の利用が増加し、資本主義経済が拡大したと指摘している。ヨーロッパの商業革命も、ヨーロッパ大陸の主要都市市場とコンスタンティノープルやコーリコードなどのアジアの貿易中心地を結びつけた。グローバリゼーションによって国境の垣根が低くなったからこそ、都市同士が国際的により円滑に協力できるようになったのだ。

今日の都市の活動は、昔より桁外れに影響力が大きい。一九五三年にニューヨーク市が在外事務所を設立してから、アメリカの二〇〇以上の州や市の事務所が世界中に開設された。一九八三年に初めての国際協定を広東省と結んだマサチューセッツ州は、その後、州の国際貿易投資室を通じて、三〇以上の国と直接提携関係を築いている。首都ではないサンパウロやドバイなどの都市は、アメリカ、イギリス、ドイツをはじめとする国々に大規模な国際業務事務所を置き、相互協力関係を公式に結んでいる。ヴァージニア州のフェアファックス郡経済開発局は企業をワシントンDC郊外に誘致するためにバンガロール、ソウル、テルアビブに事務所を置いている。

直接世界とつながることができる利点は、どんな帝国ですらその代わりにはなれない。中国の都市でさえ、地政学的な関係はほとんど考慮せずに、比較優位に基づいた独自の国際的な経済関係を積極的に築いている。四川省は最大貿易相手のアメリカ、ヨーロッパ、ASEANとそれぞれ年間約一〇〇億ドルの取引があり、そのため、いずれともできるかぎりつながっていたいと考えている。都市間の商業的外交は、この政治的な世界から機能的な世界への大規模な変化を象徴している。

ロンドンのような首都でさえ、首都であると同時に独立した国のごとく振る舞える。一三世紀初め、ジョン王はイングランドの分裂を回避するために、ロンドン市の一キロメートル四方（現在ではシティ・オブ・ロンドン自治体と呼ばれている）に特権を認めるマグナ・カルタの特例に同意した。今日のロンドンでは二万四〇〇〇もの企業が重役も市長（シティ・オブ・ロンドンの長）も選ぶのである。市長はイギリス外務省とグレーター・ロンドンの市長（ロンドン市民に選ばれた、行政を担う市長）の全面的支援のもと、政治家並みにブラジルから中国まで飛び回って事業投資契約を取りつける。イギリスの大衆主義の政治家がEUへの反感を巧みにあおって、同じく無知な有権者から票を集めようとするのとは違い、ロンドン市のリーダーたちは国全体を支援しながら生き残るためには、市の経済にとってユーロ圏——さらにドルや円や人民元の地域とも——との貿易や投資が必要なことを、いやというほどわかっている。

現在、国家元首を務めている元市長の数がかつてないほど多いのには理由がある。気候変動のようなこの時代の大きな問題に対して、都市は政府並みに、あるいはそれ以上に対策に取り組んでいるからだ。世界各地の四〇カ所におよぶ大都市は、空回りするばかりの政府間交渉とは距離を置き、独自の温室効果ガス削減対策（C40）に着手している。例えば、中国の市長や市の職員はコペンハーゲン、東京、シンガポールに出向いて、革新と居住性を両立させる方法を学んでいる（実際、ヨーロッパの対中国外交の実質は、その大半が主要都市のビジネス団体との直接交流と、中国産業の効率性と持続可能性を向上させるための商業用技術分野における取引だ）。世界中の最優先課題である持続可能な住みやすい都市づくりについて知りたければ、シンガポールの世界都市会議やバルセロナの「スマートシティ・ワールド・コングレス」などの国際会議や展示会に足を運べばいい。あるいは、多数の都市の専門化、活動家、責任者が情報を共有しているポータルサイト――ただし、国連総会以外の――を覗いてみることを勧める。「都市外交」は「都市・自治体連合（UCLG）」をはじめとする組織や二〇〇以上の都市間学習ネットワークによってすでに具体化されており、その数はすでに全世界の国際機関を超えている。[11] 都市は自身が含まれている主権国家よりも接続性のほうに属していると認識しているので、グローバル社会は国同士の関係よりも都市同士の関係から生まれ育つ可能性のほうがはるかに大きいことがわかる。

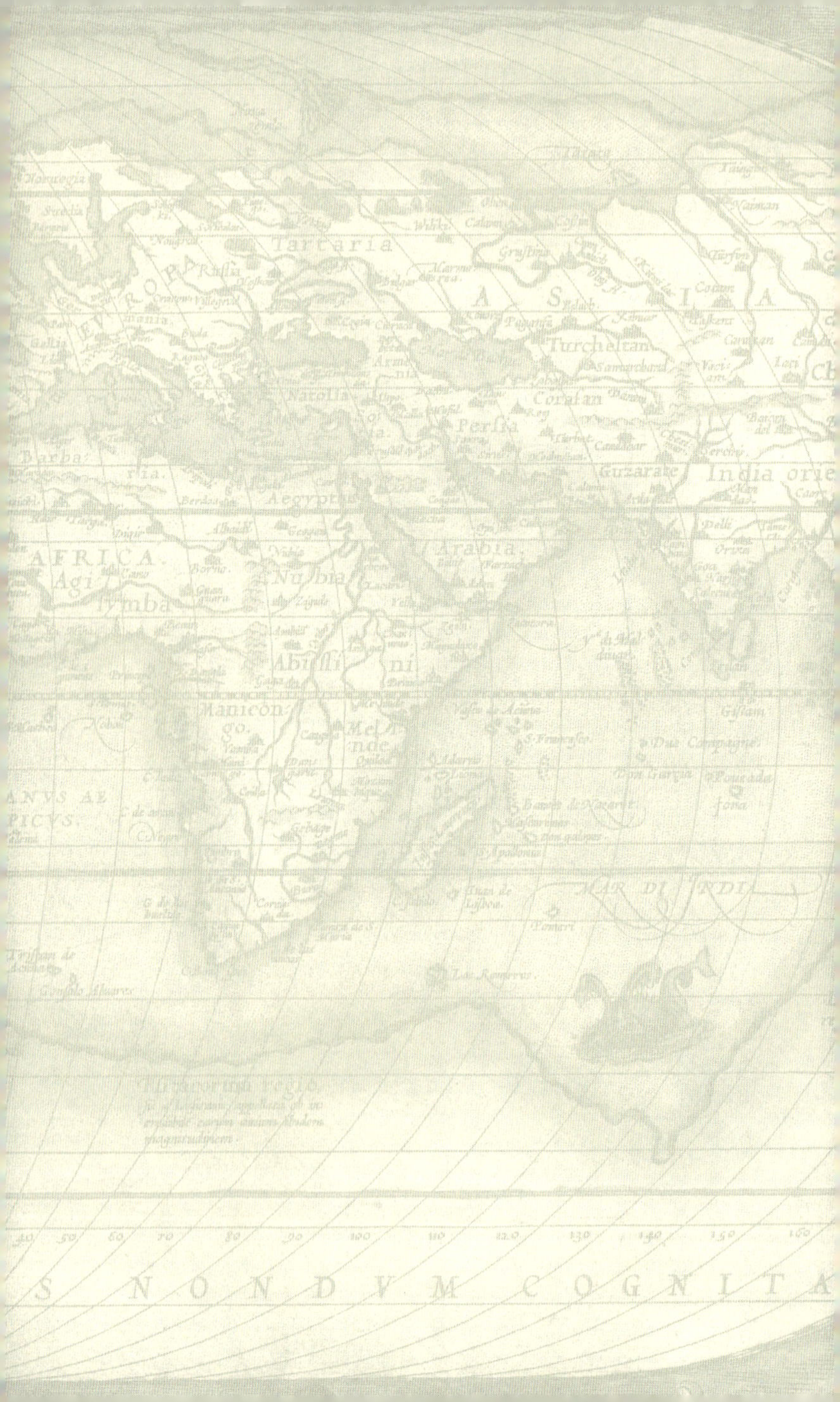

Tartaria
Russia
Turchestan
Samarchand
Coraſan
Persia
Natolia
Guzarate
India
Aegyptu
Arabia
AFRICA.
Nubia
Abiſſi
ni
Manicon
go.
MAR DI
Los Romeros
Tristan de
Gonſalo Aluarez
Pomari
Due Compagne
20 50 60 70 80 90 100 110 120 130 140 150 160
S NONDVM COGNITA

第二部　権限委譲は避けられない

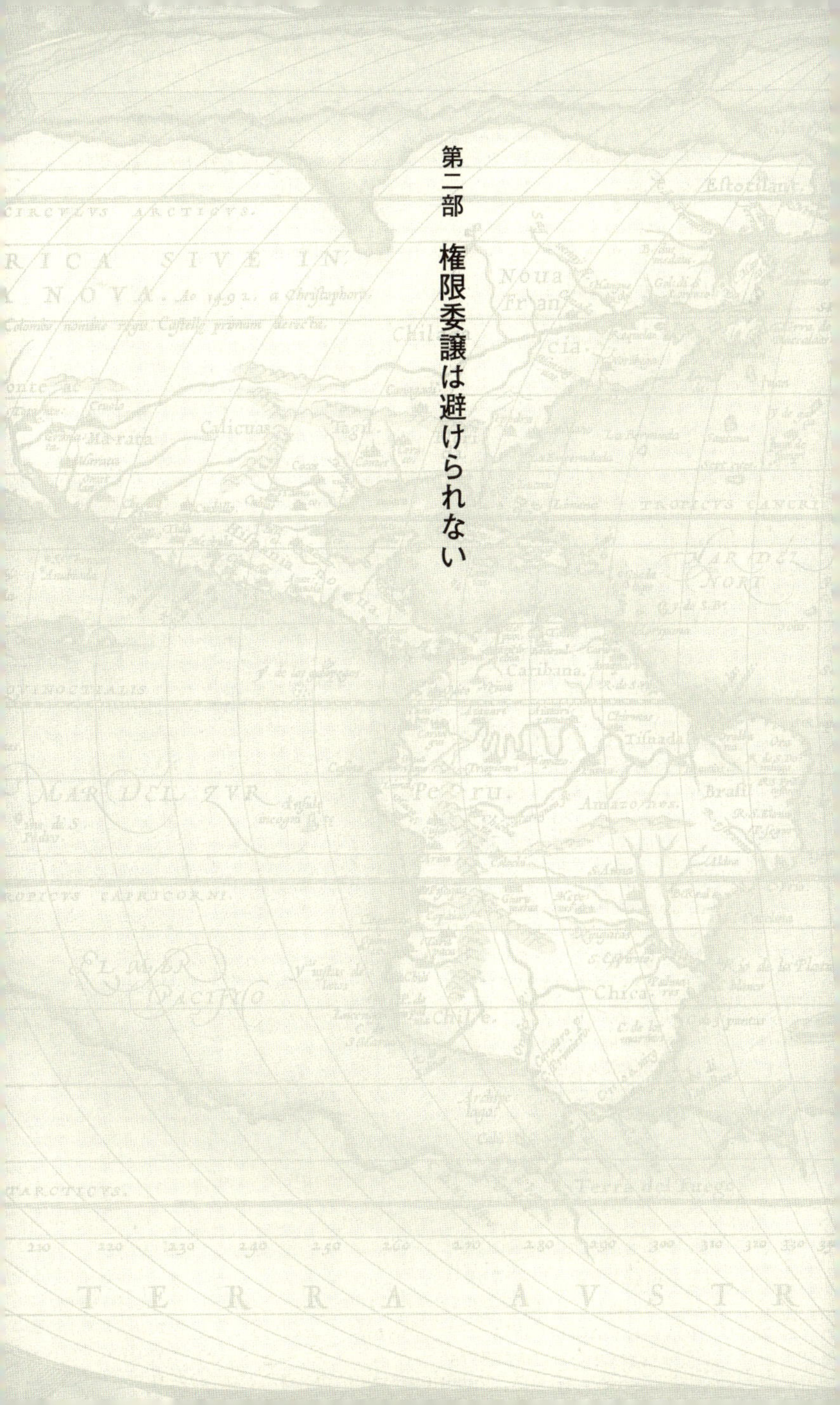

（本章に関連する地図は上巻口絵12、14を参照）

第三章

大いなる権限委譲

それは、熱力学の第二法則ね。つまり、いつかは何もかもが糞になる。これはブリタニカ百科事典じゃなくて、私なりの表現だけれど。

――ウディ・アレン監督『夫たち、妻たち』（一九九二年）のサリーの台詞より

民族に勝たせよう

我々を接続性の世界へと運んでくれる最も強力な政治的推進力は、まさに接続性とは正反対の方向を示している「権限委譲」である。権限委譲とは帝国から国家へ、国家から州へ、州から都市へというように、より多くの（かつ、より小さな）「権力をもつ集合体」に領土を永久的に分け与えることだ。権限委譲は己の土地を支配したいという部族、地区、または地方の願望の究極の表現方法であり、まさにそれゆえに権限委譲は我々を接続性の世界という運命へと向かわせてくれる。

権限委譲は「あらゆるシステムの乱雑さ《エントロピー》は、最大へ向かう傾向がある」という熱力学の第二法

則を、地政学的に具現化したものだ。これまで何世紀にもわたり、大規模な権限委譲が行われてきた。アメリカのイギリスからの独立は、世界帝国としてのヨーロッパの解体を示す重大な節目であり、それに続いて一九世紀初期には、メキシコやコロンビアなどの主要ラテンアメリカ諸国がスペインから立て続けに独立した。歴史上、征服のための戦争ではより大きな帝国社会がつくられたが、第二次世界大戦以降の非植民地化時代のアジアとアフリカでは、独立や分離のための戦争が主流となった。ソ連の崩壊は二〇世紀最後の大規模な権限委譲であり、一九九一年まで西側諸国ではほとんど知られていなかった新たな国家が多数誕生した。総じて、この一連の権限委譲の波によって国際連合の加盟国数は一九四五年の約五〇カ国からだんだんと増え、現在では二〇〇カ国近い。今世紀中盤には二五〇カ国になるかもしれない。もし政治が運命に導かれているとしたら、それが向かう先は民主主義ではなく、権限委譲だ。

国際関係論は主権に対する外からの脅威にばかりに気を取られているが、それよりも見るからに明らかなのは、主権は内側からの力によって解体されているということだ。実際、州と都市の力とつながりの増大は、二〇世紀の非植民地化がそうであったように、二一世紀の権限委譲の推進力となっている。権限委譲は資本主義と市場の拡大、輸送と通信ネットワークの成長へと広がり、情報への普遍的なアクセス、そして自治を目指す民衆運動の高まり、という後戻りのできない流れに基づいている。都市はすでに中央政府を通さずに世界と関係を築け、どの地域も投資の誘致合戦に参加でき、しかも中央政府はもはや地方予算の使われ方に関与していない。権限委譲の対象として選ばれるための基準は、国家の主権かどうかはともかくとして権力をもつ集合体であること、そして法的に独立しているかどうかはともかくとして自己利益を追求するための自治を行っていることだ。市長であろうと、あるいは反政府主義者であろうと、押しつけられた国家という牢獄をうまく避ける方法は多数存在する。つまり、主権国家に基づく地図は、比較的自治の度合いが高い何百もの結節点が存在するという、はるかにあいまいな現実を反映していない。[1]

二世紀以上ものあいだ、国家を築こうとする努力は、文化的に似ているが異なる言語グループによる複数の共同体を円満にまとめようとすることにさえ失敗してきた。一八六一年のイタリア統一では、実際にイタリア語が話せたのは国民の一割だけだった(イタリア初代国王のヴィットーリオ・エマヌエーレ二世は、フランス語の方言を話した)。二〇世紀中盤のスペインの独裁者、フランシスコ・フランコもひとつの言語で「統一」国家を特徴づけようとした。しかしこの「おぞましい均一化」(ハーヴァード大学の経済学者アルベルト・アレシナによる命名)は、強制的に統合された少数民族(あるいは多数を占める民族でも)の反発を避けられない。[2] スコットランド人に始まり、バスク人、カタルーニャ人、そしてヴェネツィア市民にいたるまで、ダビデは巨人ゴリアテに勝利を収めている。

中東に関する連日の大々的な報道によっても常に思い知らされるのは、三世代前の植民地主義の終わりに慌てて引かれた国境線を、正そうとする激しい争いが今もなお起きているということである。だが、もしイラクとシリアで散った何十万もの命にとって希望の光があるとすれば、それは、彼らが、政治的な境界線の取り決めが主な原因で紛争が起きていたという世界史の大きなひとつの時代の終わりを象徴していることだ。実際、権限委譲は従来の国家間の争いを終わらせるための最も有効な策として使われてきた。国際紛争件数（およびその紛争による死者数）の低下と、第二次世界大戦後の非植民地化による世界の国家数の倍増が同時期に起きたことは決して偶然ではない。植民地主義が終わったというのに、反植民地主義戦争を行う理由があるだろうか？冷戦以降、激しい国際紛争の件数は減少し続け、かぎりなくゼロに近づいた。ほぼすべての国境線に関する紛争は解決したか、あるいは事実上休戦しているかで、いまだに続いているのは純粋に戦略上重要な場所をめぐるものだ。つまり、民族同士の分離は、多民族の調和を維持するというむなしい願いをかなえようとしてさらに多くの人命を失う事態を防ぐためのはるかに現実的な手段なのである。権限委譲策は決して宥和政策と同じものではなく、地図上の線引きをめぐる国境線をはさんだにらみ合いによる緊張を緩和し、代わりに国を築くための最優先事項に取りかかる道を開くものだ。新たに築かれたばかりの脆弱な国家は、とりわけ国を立て直している最中に国際紛争を続行する余裕はない。[3]その一方で、中央アメリカ、バルト海沿岸、そしてアフリカの国々のような徹底的な外交政策と平和維持活動により、紛争を抑制して国境線の治安を維持することができる。つまり、各民族にそれぞれの国家を与えることが、国際平和への最も確実な道なのである。

さらに、権限委譲は民主主義に比べ、世界の安定を実現するためのはるかに重要な原動力となっている。民主主義は選挙を最優先し、一方、権限委譲は政治的な安定のための境界線を定めるものである。後者抜きでは、前者は現在もなおイラクで続いているような、分裂した民族の権力争いや新たな紛争へといともたやすくつながってしまう。我々は民主主義社会への到達を急ぐあまり、まず国家や政府を正しい規模にすることを忘れてしまっていた。とはいえ、民主化は権限委譲に拍車をかけるという役割を果たした。人々は民主化によって不満を言葉に表したり、さらなる自治を求めて運動したりできるようになった。ボスニアやウクライナ、ナイジェリアやスーダン、そしてインドやパキスタンの各国のように、地域の住民が独立または近隣国への編入を望んでいるにもかかわらず国が領土にしがみつく事態ほど、地図上の線引きをめぐる強い緊張は存在しないだろう。それらの国はどれも、推し進められた国政選挙や地域の住民投票などの政治的な動きによって、権限委譲を求める圧力に屈することになった。ウクライナでは、権限委譲はキエフの中央政権がロシアの支援を受ける東部の州の分離独立派を国にとどめておくために持つ唯一の武器だ。

南スーダンのように新たに誕生した小さな国家は国内の安定化に集中して取り組んでいるため、権限委譲がすぐに民主主義につながるとは限らない。だが、権限委譲は我々に森だけではなく木も見なければならないということを改めて教えてくれる。そうすれば、地域の事情にそぐわない国の方針を無理やり押しつけようとしがちな国家のやり方を修正できると、イェール大学のジェイムズ・スコット教授は端的に主張している。つまり、権限委譲は権力の乱用に対して、民主主義と同等あるいはそれ以上に重要な抑制機能になっている。

今日、権限委譲は他にもナイジェリアやスーダン、シリア、そしてイラクで一年間に三〇万もの命が失われている数々の流血やおびただしい内戦を止めるための手段として、ますます重要性を増している。ジョン・キーガンをはじめとする軍事専門の人類学者は、紛争は人間の本質に基づいた社会活動であると的確に言い表している。一世紀前の第一次世界大戦では民間人の死者は戦死者全体のわずか一割だったが、冷戦以降、民間人の戦死者が全体の九割を占めるようになり、戦場での死者は一割にすぎなくなった。[4] しかも、五〇〇〇万近い人が住むところを失って国内で避難しているか難民になっており、これは第二次世界大戦以降最も多い数だ。軍事戦略研究家のエドワード・ルトワックは約二〇年前に、武力衝突を鎮めて和解への道のりを加速させるために積極的に分離を促すべきだと主張していた。[5] だが、近年のユーゴスラヴィアやイラクの分離については、外部がやみくもに強制した一九四七年のインドとパキスタンの事例とは違い、早い段階で交渉に持ちこめたはずではないだろうか——当事者たちが純血主義の名のもとで互いを大々的に浄化していたときに、西側諸国が多民族による円満な民主主義という神話に支配されてさえいなければ。

民族自決を提唱したウッドロウ・ウィルソン（アメリカ大統領。第一次世界大戦後の国際連盟創設に尽力した）の「一四か条の平和原則」から一世紀経った現在、権限委譲の必要性はかつてないほど高まっている。積極的な軍事行動という従来の一連の手法は、事態を悪化させる一方である。自治や連邦主義への純粋な欲求を無視する、または抑圧すれば、分離独立派の過激な行動へとつながる。分離独立派は自らの手段で世界へ訴えるために、自国での投票権を捨てる覚悟がある。彼らは、自治への正当な強い欲求をはぐらかされるつもりは毛頭ない。実際、民族自決は人々の意志を反映しているという意味では、現存する国家寄りの国際法以前の「法律の基本」とみなされるべきだ。だが、新たな国家の誕生は政治的にも後方支援上も手がかかるため、外交官や研究者の多くは新国家を実現できる民族主義よりも現状の国家の正当性を信じようとする。それは間違いである。過去の過ちを正そうとせずに、世界の政治的な地図を現状のまま凍結しようとする試みは反動的かつ偽善的だ。現在も続いているふたつの大きな国境紛争——パレスティナとカシミール——は、イギリスによる委任統治の失敗に端を発している。今思えば、一九四〇年代後半に両国の独立を認めてさえいれば、その後何十年にもおよぶ流血と苦痛を回避できたことが、当時はなぜわからなかったのだろう？民族自決が称賛されようと嫌悪されようと、また新たな国家が誕生しさえすれば、その政治的な反抗力は弱まる。

国家を表した世界地図の見た目はきれいに整っているが、民族による違いを正当に評価する地図のほうがはるかに人道的だ。スーダンやインドネシア政府に容赦なく抑圧されてきた地方の少数民族は、それぞれ南スーダン、東ティモールとして分離独立した。南スーダンは二〇一一年に独立した結果、国内で派閥間の暴力的な権力争いが起きたが、とはいえオマル・バシルのような大量虐殺を行ったリーダーの支配下にとどまったほうがよかったというわけではない。同じく、東ティモールはいまだに貧困国だが、とはいえインドネシア政府に抑圧されていたほうがよかったというわけではない。さらに、クルディスタンのクルド人はサダム・フセインに拷問を受け、化学兵器で攻撃されたが、一九九〇年の第一次湾岸戦争以降、密かに自治を築いてきた。いうまでもなく、彼らは自らの国家を手に入れるに値する存在である。

民族自決は部族主義に逆行するものではなく、成熟した進化の証なのである。我々は、国家という縄張りが決して「自然な」単位ではなく、人や社会が自然な単位であることを忘れてはならない。たとえ分離主義の本質に部族主義的傾向があったとしても、それは逆戻りだと落胆してはならない。地域ごとの民主主義国家による権限委譲の世界のほうが、強大な偽物民主主義国家の世界よりも望ましいのではないだろうか。権限委譲を進めて、民族に勝たせよう。

もっとも、国家の数が増えるほど、その規模は小さくなる。今日、人口が一〇〇〇万人以下の国が一五〇近く存在する。それは堅固な国家というよりも都市部のようだ。そうした国は、つながりがなければ到底生き残れないだろう。自治権は持っていても、経済的な自立は果たせていないのだから。二一世紀においては、基本的な農業と小規模の軍だけでは自立できない。何百もの——何千は無理にしても——自治都市や自治州を地図に示すという思いきったシナリオでも、ただ点を打つだけでは、そうした州や都市が政治的な摩擦で互いに孤立しているかのように見えるという、事実とは逆の印象を与えてしまう。つまり、接続性の世界が出現したことを正確に認識するためには、それらの都市や州のあいだにネットワークが存在することを地図に示さなければならない。このように、分割はグローバリゼーションのアンチテーゼではなく、縁の下の力持ちだ。

これはますますボーダレス化が進んでいる今日の世界の中心に潜む根本的なパラドックスで、要は国境線の数は過去最大になっている。サプライチェーンの世界が誕生するために、国境線はひとつも「消滅する」必要はない。むしろ、まさにこの政治的な境界線の増加により、機能的なつながりはこれまで以上に必要とされる。

＊　ニューイングランド複雑系研究所（ＮＥＣＳＩ）の研究は、異なる言語や民族集団のあいだに明確な境界線を引くほうが見せかけの共存よりも安定を生むという「よい塀はよい隣人をつくる」手法を裏づけている。例えば、スイ

権限委譲によって、我々は国家を現在の政治的な地図が示しているものよりも、最適な規模のものへとぐっと近づけることができる。理想的な世界では、それぞれの政治的単位は地理的に一体化していて（飛び地を治めるための余分な輸送負担を回避できる）、五〇〇万から二〇〇〇万人程度の人口を抱え（十分な域内市場規模の確保）、他の都市や近隣国との堅固なつながりを確保している機能的かつ人口の多い都市をいくつも擁し、さまざまな天然資源を入手でき、財産権を保護して法の原則を遵守するための責任を果たす効率的な統治を行えるものだ。シンガポールのような都市国家や、スイス、イスラエルやアラブ首長国連邦（ＵＡＥ）にみられるようないくつかの都市による都市国家は、すでにこの基準を満たしている。エストニア、スロヴェニア、ウルグアイの各国家も、国の規模が小さくて人口も少ないにもかかわらず単一民族であること、統治状態が望ましいこと、それに国際的なつながりを築いていることによって繁栄している。レバノンやボスニアは、これ以上分割するには国土が狭くなりすぎ、さまざまな宗教が混在しすぎている。とはいえ、この二国は多民族による友好的共存の手本とはいえないにしても、それぞれの主要都市であるベイルートとサラエヴォは、小規模国家の都市を中心とした相互依存が新たに生まれた好例である。それゆえ、接続性の世界にはこんな皮肉な掛け声がこだましている――国境線

スの文化的な地方共同体である州［カントン］は、歴史的には川や山や湖で区分されていた。唯一の例外であるジュラ州は、多数派のドイツ系プロテスタント住人になおざりにされていると感じていたフランス系カトリック住人が放火や政治的混乱を起こした結果、一九七九年に新たな州として分離した。それでもなお、何十万ものスイス国民は自国の継ぎ目のないインフラによって住んでいる州から別の州へと日々通勤している。また、数十年かけて国内の融和が進んだ後にいくつかの州が（再び）統合され、現在の二六から数州に減少するとの予測もある。

は多ければ多いほどいい！

離ればなれにならないために距離を置く

矛盾しているように聞こえるかもしれないが、面積、または人口が世界最大級の国々の一部は、国が分裂しないためにはさらなる権限委譲を行うしかない。テロ行為、暗殺、外部からの侵略、民族分離主義に端を発した、インド、ナイジェリア、パキスタンあるいはミャンマーなどにおける、極めて厄介で見たところ救いようがない国内武力闘争の根本的な解決は、植民地化時代後に引かれた国境線内の複数の民族を地理的にいかにうまく配置するかにかかっている。アメリカで起こった同時多発テロは例外として、全世界のテロ攻撃による死者数が年々増え続けているのは、そうした地域の民族主義派や分離主義派の不満や、領土紛争が原因である。* テロ攻撃の発生率が上位の国々は、未解決の民族紛争を抱えた国とほぼ重なっている。例として（エチオピアの）オガデン地方、ナイジェリアのオゴニ族、（イラン、アフガニスタン、パキスタンにまたがる）バルーチ族やパキスタンのシンジ人、インドのカシミール族、（アジア山岳地帯の）モン族、ミャンマーのロヒンギャ族が挙げられるが、ほかにも不満を訴えようとする数多くの民族集団が存在する。[6] これらの民族分離主義集団のほとんどは自立していない。そのうえ、彼らが属している大国のどれもが、多民族民主主義の手本になれる可能性は低いだろう。つまり、彼らが分離に

* 長年にわたりテロ事件を最も多く経験している国として挙げられるのはインド、パキスタン、パレスティナ、イラク、ナイジェリア、イエメン、ソマリアなどである。

成功する唯一の方法は権限委譲だ。要は、自治の拡大はさらなる大きな安定をもたらすのだ。

イラクのクルド人、サウジアラビアのシーア派、そしてイランのフーゼスターン州に住むアラブ人は、さらに抑圧された少数派だ――しかも、それらの土地には莫大な天然資源が眠っているため、事態はさらに複雑になっている。オックスフォード大学の経済学者ポール・コリアーは、そうした問題には民族のアイデンティティ、資源、それに領土が同時に関係していると指摘している。つまり、地図で表せるものについてである。コロンビア、アンゴラ、スリランカのように何十年も続いた内戦が一方的な勝利で終わり、しかもたいていすさまじい犠牲が払われた国では、国の安定とその後の経済成長のためにインフラが不可欠だった（広い範囲における釣り合いのとれた開発はまだ実現されていないが）。コロンビアは何十年にもわたる内戦中、コロンビア革命軍（ＦＡＲＣ）の麻薬がらみの反乱の抑圧で優位に立つために悪戦苦闘したが、軍や警察の機動力を高めるために山岳地のジャングルを切り開いて広範な道路ネットワークを築いたことで状況が改善した。アフガニスタンも同様の策を取り入れなければ、国内の安定は望めないだろう。アシュラフ・ガニー大統領がパキスタンとの一五の新たな国境検問所の設置や、「南アジアと中央アジアをつなげる」ための輸送ネットワーク構築を主張しているのには、そういった背景がある。

脆弱な多民族社会の政府は多くの場合、インフラは長年にわたり顧みられなかった少数民族特有の分離への意欲を助長し、彼らが独自の道を歩もうとする動きを勢いづけるのではないかと恐れを抱く。だが、フィリピンとインドネシアのふたつのアジアの大国では、まさにこうした権限委譲と国家の経済成長が重なったことが、領土問題の解決と「脆弱国家指標」で挙げられた国のなかで最速の改善を達成するための助けとなった。

フィリピン政府は、南部のミンダナオ島を拠点とするイスラム教徒のモロ民族による反政府活動を鎮圧できず、石炭や鉄などその地域の豊かな鉱物資源の権利取得を投資家たちが熱望していることを知りながらも、二〇一二年に南部の特定地域にバンサモロという新たな名前での自治権を認めた。そうした連邦主義によってその地域の多数派となることができた少数民族は、国の連邦内で以前よりも安心感を抱き、しかもこれまでより少ない税金を払いながら天然資源から得た利益の公平な分け前を手に入れられることで、武装解除に前向きになる。今度はバンサモロ政府が投資の恩恵を受けるために安定をもたらし、いまだに予算のほぼ全額を支給しているフィリピン政府への依存を減らしていかなければならない。同様に、インドネシア政府にとって一九九〇年代後半の東ティモールの分離独立は、反体制色の強いスマトラ島アチェ州内の林業をはじめとする採取産業での州へのより大きな利益配分を約束しないかぎり、そのアチェ州までもがインドネシアから独立しかねないという警告となった。今日のインドネシアは、押し寄せる近代化の波によって、広範囲に分布する島々を互いにつながったサプライチェーンの結節点の集合体にすることで、この先まとまりを保っていけるかもしれない。*

* 同地域のパプア・ニューギニアのブーゲンヴィル島で起きたもうひとつの内戦も、同じ方法で合意が実現した。一九七〇年代、ブーゲンヴィル島では世界最大の銅山（当時はリオ・ティント社が運営）をめぐり、二〇年間も続くことになる内戦に突入した。二一世紀初頭にようやく和平交渉が実を結び、停戦と島の自治権の拡大が同時に実現した。

インド、パキスタン、そしてミャンマーなどの大きな多民族国家も、国家として成功する唯一の方法は資源を活用し、集団的利益を代表し、経済的な富を再分配して分離派の勢いを最小限に抑えられるようになることだ。インド東部ではナクサライト、パキスタンではバルーチ族やパシュトゥーン人、そしてミャンマーではカチン族やカレン族が、彼らよりもはるかに強力な名目上の支配者である政府の面目をたびたびつぶしている。これらの国の資源をめぐる数々の反乱や暴動に対しても同じように、インフラ開発と併せた権限委譲という和解が必要だ。インドはそのことをよくわかっているはずだ。一九四七年の独立時には一四だった州の数が、今では二倍以上の二九州になっている。ここで挙げたすべての事例から得た教訓は、概して、国をまとめるために必要なのは政治的な権限委譲、インフラへの投資、そして互恵的な資源開発であるということだ。

ロシアのような移行中の大きな社会についても同様だ。一九九〇年代初めのソ連崩壊後、いくつかの共和国は一時的にパスポートの発行を開始した。世界中の視線は、その独立運動が何世紀ものあいだロシアの歴史を特徴づけてきた、イスラム系の人口が多いタタルスタン共和国に注がれた。単一民族の祖国を求めるロシアの国家主義者も、そうした少数民族が占める共和国の切り捨てを訴えた。だが、人口が急速に減少し、しかもイスラム教徒が人口の五分の一を占めるロシアは、チェチェン共和国を相手にするような分離主義派との紛争や、多くの人口が集まる中心地の流失を避けたかった。暫定的な解決策は、タタルスタンがルスタム・ミンニハノフをロシア政府が承認する独自の大統領に仕立てて、事実上の経済的自治を手にすることだった。ミンニハノフは一国の大統領のように、ボディガード、通訳、ビジネス界の中心人物などの随行員とともに、世界中を訪れている。随行員のなかには西側の自動車会社の工場や物流センターをすでにいくつも誘致した、急成長を遂げる特別投資区域のトップたちも含まれている。

タタルスタンはモスクワとの距離の近さを考えれば、決して独立できないだろう。しかも首都のカザンは、あらゆる宗教のロシア人にとって伝説的な都市でもある。さらに、そのカザンはユーラシアを結ぶ「鉄のシルクロード」の重要な結節点になりつつある。二〇一四年一〇月、ロシアと中国はいずれ北京まで延長される高速鉄道の最初の建設区間を、モスクワ─カザン間にすることで合意した。この世界最大国の公式名称を思い出してほしい。そう、ロシア「連邦」なのである。

国家から連邦国家へ

カリスマ的指導者、ヨシップ・ブロズ・チトーが治めていた当時のユーゴスラヴィアは、安定した多民族連邦国家であり、冷戦時代には重要な非同盟主義国として独自の地位を築いていた。チトー亡きあと、敵同士になった民族の互いの民族的、宗教的アイデンティティの否定と、その後に続いた内戦と大量虐殺によって国家は瓦解し、残されたのは細かい欠片に分かれた国々であった。しかし、この物語には新たな結末がある。かつて超民族主義だったセルビア人とクロアチア人は、単独ではもはや存続し続けられないことに気づいたのだ。そうして、連邦解体の残虐な戦いから二〇年を経て、かつてのユーゴスラヴィアは、六カ国にまたがり二〇〇〇万人の住民を擁する「バルカン自由貿易地域（FTZ）」になった。現在、中央ヨーロッパとバルカン半島南部をつなぐ高速道路や鉄道の計画が進行中だ。旧ユーゴスラヴィア共和国の各国が一国、また一国とユーロを導入し、ＥＵに加盟している。理想をいえば、この解決策に一気に到達していればよかったが、それぞれの民族が自身の政治的な論理をまずたどらなければ、インフラによるつながりという機能を優先する考え方には到達しなかったのだ。

とはいえ、課題はまだ終わっていない。ボスニアはいまだに不安定な多民族連邦国家である。三つの民族のそれぞれから選ばれた三名による入り組んだ大統領制は、血に染まった内戦からの逃避であると同時に、内戦そのものの記憶を蘇らせる。民族と領土に関する基本的な不満が解決されなければ、真の安定や民主主義は実現不可能だろう。ボスニアはセルビア寄りのスルプスカ共和国と、風光明媚なモスタルを含むクロアチア寄りの西側のどちらも切り捨て、それぞれがより親交の深い国家に併合されるようにすれば、（クロアチアのように）ＥＵ加盟を承認されるか、あるいは（セルビアのように）加盟に向けての道を歩みやすくなるだろう。それと同時に、ボスニア内に残されたイスラム系民族は民族間の政治駆け引きにさらにもう一〇年を奪われることなく、ようやく国家を立て直すことができる。国境線に関する協定では、両国が公平性をともに納得する場合はほとんどないが、その取り決めによって和解と安定、さらにその境界線をまたぐインフラと貿易が実現するという利点がある。

＊　セルビアとコソヴォの国境線はいまだに地域で最も緊張が高い状態だが、現在新手の解決策が実施されている。コソヴォはセルビア人住民が多い北部地域を通常経由して密輸されてくる輸入品に税金をかけているが、その税収を両国の財務大臣とＥＵが率いる同地域のセルビア系地方自治体特別開発基金に積み立てている。

過去の紛争解決への取り組みでは、例えばひとつの国家内で多民族民主主義の統一を保つなど、今日の考えとは異なる結果が想定されていた。しかし、現在ではそれぞれの民族にそれぞれの国家を与えることで、新たな展望が広がっていく。つまり、国境線《ボーダー》が増えても、それと同時にボーダレス化も進むということだ。

冷戦終結以降、ヨーロッパの権限委譲はおおむね平穏に進み続けた（ウクライナとロシアの争いを除いて）。一九九三年、チェコスロヴァキアでは「ビロード離婚」と呼ばれる連邦解消が実施され、その結果誕生した二国はのちにEUに加盟した。スペインのバスク州やイギリスの北アイルランドでは、権限委譲は動員解除と同時に実施され（つまり、武器を置いた手と手をつないだということだ）、それは武装解除と政治的安定へつながった。ベルギーはひとつにまとまった国家という体をほとんど成しておらず、むしろ言語による結びつきが強い複数の共同体へと分離している。オランダ語を公用語とする州はオランダへ引き寄せられ、フランス語を公用語とする地域はフランスへと押し流され、フラマン人は独自のアイデンティティと外交の確立に取り組んでいて、ブリュッセルはEUの本部としての機能を果たしている。

都市や州が、利益を追求する政府との関わり合いにおいて明確な費用便益計算を行うようになったため、近代西洋の多民族による自由民主主義国民国家の原形は徐々に崩れている。国家は強力な地域行政の中心地による連邦国家になりつつある。近年、カタルーニャ人とスコットランド人は自治権の拡大に向けて断固とした活動を行い、（まだ）独立国家ではないが、事実上の独立は手に入れている。彼らは「最高レベル」の権限委譲を成し遂げたのである。中央に勝ち目はない。連邦政府が一歩譲っても——トニー・ブレア首相が一九九七年にスコットランド独自の議会設立を認めたときのように——スコットランド人は最大限を求め続けた。中央政府が国民の意思を抑圧すると——スペイン政府が、バスク人と同じレベルの自治を望んだにすぎないカタルーニャ人の要求すら拒否したときのように——彼らの不満をさらに高めることになる。二〇一四年のスコットランド独立の是非を問う住民投票の際、イギリスのデイヴィッド・キャメロン首相と閣僚はスコットランド独立賛成への世論が高まるのを憂慮するあまり、スコットランド議会に（さらにウェールズや北アイルランドにも）対して、まだ投票も行われないうちから独自の税金を導入できる権利をはじめとする大幅な権限を追加で与えることを約束した。これはスコットランド自治政府が要求していたより多くの特権を認めるものだった。スコットランドは敗北する前から勝利していた。続いて、そのわずか半年後のイギリス総選挙では、スコットランド国民党はスコットランドに割り当てられた議席をほぼ独占した。その結果、スコットランドはほぼすべての政策面での権限委譲が最大限に認められることが保証され、同時に、投資を呼び込むための国際商業戦略の規模拡大も引き続き行うことができた。イギリス政府が望むことができるのは、せいぜいが責任や理念を連合内で共有する、より協調的な連邦国家だ。

ロンドン市民はかつて、イギリスの国家全体を自らが担うことは神から授かった権利であり、名誉だと感じていた。だが今では、ロンドン市民はむしろそれから逃れたいと思っている。イギリス経済におけるロンドンのひとりあたりの粗付加価値は年間一五万ドルを超えており、それは二番目に大きな貢献者であるエディンバラの三倍以上だ。スコットランドがイギリスの連合王国から退けば退くほど、ロンドンはイングランドの衰退した過疎地域を支えるという重荷をさらに背負うことになる。とりわけ、世界金融危機以降にイギリスで創出された新たな雇用の八割は、一〇年ごとに人口が一〇〇万人ずつ増えているロンドンにおけるものだからだ。イギリスの大学生の半数以上は、卒業後にロンドンを目指す。ロンドン市民（新旧どちらも）は、これは割に合わない負担だと感じている。数年前、ある食事会に出席した私はいかに多くのイギリスのジャーナリスト、外交官、それに有識者たちが、イギリスのその他の地域を戦略的な財産ではなく、ロンドンの資金を搾り取っている負債と見なしていることを知って驚いた。その夜、多数を占めた非公式な意見を新聞の見出し風に表すとすれば、「決意表明『ロンドンはイギリスから離脱すべき』」となるだろう。

周辺地域は中心地の成功――しかも、その成功を分かち合っていない――を目の当たりにすればするほど、自分たちの手で地域を何とかしなければならないという動きを強めていく。一九八〇年代以降、保守的なイギリス政府が国営企業を整理して安いコストで経営できる民間に売り払ってきたため、スコットランドはことさら打撃を受けた。また、世界金融危機前の一〇年間、イギリスの五大銀行は、自国のその他の地域をないがしろにして、自行の金融資産の八四パーセントをロンドンの不動産やロンドンを本拠地とする金融機関に融資してきた。イギリス政府は「大きな社会」という表題のもと、マンチェスターやシェフィールドなどの都市に独自の都市再生計画や技能研修プログラムを進めるためのインフラ融資を行うという、新たな権限委譲構想を打ち出した。だが、それは交付金でも投資でもなくあくまで融資であるため、市は返さなければならない。ゴールドマン・サックス社元会長のジム・オニールは、「マンシェフリーズプール（マンチェスター、シェフィールド、リーズ、リヴァプールのイングランド北部四都市に由来）」と名付けた大規模地域の創生を提唱した。国家からの融資を四都市を結ぶ新たな鉄道に投資し、そのあいだにスコットランド並みの自治権獲得を目指すという構想である。

権限委譲が今後もイギリスの地図を塗り替えるであろうことは、人口動態的にも示されている。それはまた、支配をめぐる戦いが何十年も続いた地域でもいえることだ。二〇世紀後半の北アイルランドでの「数々の問題」（その結果、過激派のアイルランド共和軍《IRA》とイギリスの反テロ部隊が対戦した）は、人口の大半がプロテスタントだった時代に最も多く発生した。だが、今日ではカトリック人口がプロテスタントを上回りつつある。北アイルランドにとって、この状況は完全な独立やアイルランドとの統合とまではいかなくとも、自治権の拡大を意味している。イギリスが連合を保ったとしても、それは権限委譲がさらに進んだ王国というかたちになるだろう。

透明化の実現、特に税収がどのように分配、使用されているかがガラス張りになると、権限委譲への戦いはますます激しくなる。フェリペ二世が宮廷をマドリッドに遷した一六世紀以降、自身が常に世界の中心であると信じて疑わなかったマドリッドは、帝国の利益を分け与える前にすべてをいったん中央に集めていた。これは現代でいうと、バルセロナやビルバオ行きの航空便をすべて必ずマドリッド経由にしようとするようなものだ。だが、独自の伝統を持つ二都市とも、二流都市に甘んじるつもりは毛頭なかった。それどころか、経済面で優位に立つための手段として権限委譲を利用している。スペイン政府から最大限の恩恵を受けることに成功したバスク州とカタルーニャ州は、スペインで最も裕福な地域にもなった。観光収入が豊富なカタルーニャ州が連邦国家の国庫に貢献する額は、国から分配される金額のほぼ二倍である。二〇一四年にカタルーニャ州で実施された住民投票では八割が独立を支持し、二〇一五年には独立支持派がカタルーニャ州議会の議席数のほぼ半分を占めた。ハーヴァード大学やマサチューセッツ工科大学で学び、カタルーニャ州独立運動の陣頭指揮を執っているカタルーニャ州出身の経済学者たちは、「コレクティウ・ウィルソン」（ウィルソン・イニシアティヴ）という知能顧問団《ブレーントラスト》を結成している。他にも権限委譲への近年の当然の手段として、カタルーニャの「.cat」やバスクの「.eus」などの独自のインターネットドメイン名の利用を広める運動が行われている。

スペインやイタリアでは、分離独立はたとえ正当な権利である地方の住民投票を通じて求められたものであったとしても憲法に違反する。だが、これまで述べたようなネットワークで結ばれた都市は、権限委譲と接続性によって、過去に行ってきた自治の伝統を取り戻している。中世の時代、ヴェネツィアはアドリア海沿岸に独自の交易帝国を築き、ビザンティン帝国と経済的な接続性を強め、シリアの沿岸に二〇〇隻の船を派遣して占領した。その後、ヴェネツィアは現代のヨーロッパにおける他の偉大な都市国家と同様に、次第に国民国家の秩序に組み込まれていった。しかし、今日のヴェネツィアはイタリア経済が壊滅状態にあるなか、誰にも止められることなく独自の道を歩んでいる。実際にイタリアのヴェネト州（州都はヴェネツィア）は、州がイタリア政府に納める税金七ユーロ分に対して政府から五ユーロ分のサービスしか提供されていないという計算結果をきっかけにして、二〇一四年に独立を宣言した。

イタリアの北部同盟も政治的な指導力を失っているイタリア政府からのより大きな自由を求め

て運動を行い、その結果、政府はさらなる権限委譲を認めざるを得なかった。二〇一四年、イタリアでは「大都市」と呼ばれる一四の区域が新たに規定され、各区域は事実上自治州として歳入確保や政府からの包括的補助金の管理を行えるようになった（フランスも歴史や文化的なまとまりよりも経済活力を基準にした地方自治体の再編を、二〇一五年から開始している）。イタリアの島であるサルデーニャ自治州では、住民がイタリアの経済状況に不満を募らせたあまり、イタリアから分離してスイスの二七番目の州になる運動を起こしている。「海の州《カントン・マリッティモ》」と名付けられたこの州は、アルプス山脈に囲まれたスイスに地中海の手つかずの砂浜と戦略的な海の拠点を提供することができる。[7]

　権限委譲を求める運動は——自治の拡大、あるいは完全な分離独立のどちらを目指すのであろうと——税収などの歳入が腐敗した政府を通じて他の地域へ分配されるのではなく、地域の人々に使われることを保証させるための賢明な手段だ。一方、それは防衛費を節約するために、大きな同盟の安全保障を暗に求める動きでもある。一九九〇年代と二一世紀の最初の一〇年間を通じて、ケベック州の分離独立問題はカナダ中の懸念だった。世界で二番目に大きな国がばらばらにならないよう、懸命な訴えがなされた。だが、二〇一二年になると、カナダ人の半数はケベック州がどうなっても「気にならない」と答えるようになった。独立を問う数度にわたる住民投票で反対派に僅差で負けたケベック民族は、州をフランス寄りの独立国と見なすことで満足しており、国を離れる意欲は薄れたようだ。カナダ西部や西オーストラリア州では独立が問題になっているわけではない。結局のところ、お金の問題である。石油が豊富なアルバータ州と天然ガスが豊富な西オーストラリア州（国最大の州であり、国の輸出量の半分を同州が占める）は独自の投資ファンドを設立しており、それぞれの首都オタワとキャンベラの中央政府に資源収入を上納する前にその一部を確保している。

何世紀にもおよぶ血なまぐさい戦争ののち、ヨーロッパにおける権限委譲の動力学は、商業での地理的な格差を利用して利益を稼ぐかたちへと進化した。ＥＵは新たな国家が加盟できるより大きな制度的枠組みであることから、権限委譲はより大きなものに属するための第一歩にすぎない。その意味では、ＥＵは巨大なドイツのようなものだ。つまり、いくつかの強力な中心地を擁し、緩やかにまとまっている連邦国家だ。ＥＵはストラスブールに設置した共通の議会を通じて加盟国の地方自治体の力を強める一方、専門的権限をブリュッセルに集中させて各国の中央政府の力を弱めている。だが、ヨーロッパが巨大な多国家社会として再び統合できたのは、ひとえに近隣諸国との平和を保つという選択肢しかないほどの小さな単位ぎりぎりまで分割が進んだからだ。いうまでもなく、スコットランドやカタルーニャ州がＥＵに加盟するのは、彼らがイギリスやスペインから「去った」あとだ。したがって、欧州連合は、地域の独立運動は国家を超越した高みに存在するグローバリゼーションへのアンチテーゼではなく、むしろそれを目指すための不可欠な手段であることを我々に再認識させてくれる。

（本章に関連する地図は上巻口絵15、16、17、18、および下巻口絵19を参照）

第四章

権限委譲から集約へ

地政学的弁証法

権限委譲は、アイデンティティ、都市化、財政の透明性やその他の要因を原動力とする、世界中で起きる現象になった。だが、その逆——集約——も、インフラの接続性、経済的統合、労働移住、政治的和解や他のより基本的な動向を通じて進展している。それはまた短期的には特定の地域の民族自決を具現化するが、長期的には集約をもたらすものである。この権限委譲と集約の動力学は、ドイツの哲学者G・W・Fヘーゲルの理論の本質である「矛盾を通じてそれを超越する発展」という意味では弁証法的である。権限委譲と集約は、いかにして世界がばらばらになることでまとまるかということを意味する。

集約とは、歴史において政治的な分割を超えた次の段階である。世界中のどの地域も、この分割と統一を繰り返しながら発展している。一八世紀のヨーロッパでは、四つの大国の中にいくつものはるかに小さな公国が属していた。一九世紀のナポレオン失脚後のヨーロッパ協調では五つの大国が互いにバランスを保ちながら、第一次世界大戦まで比較的地域の安定を保っていた。第二次世界大戦後、ヨーロッパの単独支配という帝国主義的な試みは、帝国の解体と国民国家の融合に取って代わられた。それが、独立国家が四〇以上存在すると同時に、その国々が単一の超国家的な欧州連合へ集約されている今日のヨーロッパである。

アフリカの歴史的な変遷も、分割と統合の繰り返しを物語っている。ヨーロッパによる植民地化以前のアフリカには、およそ三〇〇の部族王国が存在していた。一九世紀には、全アフリカ大陸がヨーロッパのわずか五つの大国によって支配されてしまっていた。非植民地化以降、アフリカ大陸の地は再びばらばらになり、五四の主権国家になった。しかしその多くが、この大陸の現在の真実を映す機能的な地図が区分けした、わずか四つの準地域へと再統合する方法を模索している。アフリカの各国首脳は、二〇一七年までに全アフリカ大陸を自由貿易地域化する計画を発表した。

植民地化以前の東南アジアも、スマトラ島のスリウィジャヤ王国、タイのアユタヤ王朝、さらにクメール王朝といった、先住民によるいくつかの大帝国に支配されていた。その後やって来たイギリスが東南アジアを支配し、一方でフランスとオランダはインドシナ半島とインドネシア中に広大な植民地を築いていく。今日の東南アジアは一〇を超える独立国に分かれているが、EUと同様の大志を抱く単一共同体のASEANとして、インフラ面でも制度面でも急速に統合が進んでいる。

権限委譲と集約という新たな弁証法では、世界の各地域は植民地時代後の暴力的な分離から機能的な共同体への統合という流れのどこかに位置している。地政学的な進化は、この集約への進歩を基準にして判断されるべきだ。例えば、今日のヨーロッパは法的な権限委譲と国家を超越した共同体に向けての統合がどちらも最も進んだ地域である。一方、アフリカはいまだにばらばらな地域もあれば、まとまろうとしているところもある。いずれは、世界のあらゆる地域がたとえそこまでの道のりはずいぶん違っても、「機能的な地理が政治的な地理を超越する」というほぼ同じ結果に到達する可能性が十分ある。

現在、世界では排他的と包括的という二種類の地図の書き換えが進んでいる。国境線が変更されたり新たな境界が定められたりする排他的な地図の書き換えは、決して珍しくない。コソヴォ、東ティモール、あるいは南スーダンのように、分離独立派集団が彼らだけの領地を築いた場合、新たな国家が得たものは前支配者の損失になる。ロシアによるウクライナのクリミア併合やグルジア（現在の表記はジョージア）からの南オセチア強奪のように、ある国が搾取のために他国の領土を一方的に奪う場合も、排他的な地図の書き換えだ。

特に、ロシアによる事実上のウクライナ分割は、世界が限られた領土の奪い合いをするゼロサムゲームに陥っていることへの警告となった。旧ソ連地域には、他にも未解決の問題がある。例えば、ロシアはエストニア、モルドヴァ、カフカス、そして中央アジアのロシア少数民族を、パスポートとプロパガンダで常に操っている。カフカスでは、アゼルバイジャン内にあるアルメニアの飛び地、ナゴルノ・カラバフに関する紛争をめぐるアルメニアとアゼルバイジャンの暴力的対立が、ますます悪化している。だが、危険で不安定な旧ソ連地域にさえ、それとは正反対の状況を示す好例が存在する。ジョージア（グルジア）とアゼルバイジャンの関係は、二国をつなぐ大規模なバクー・トビリシ・ジェイハン（BTC）パイプラインにより、文化の違いで互いに相手を見下すものから成長を分かち合う仲へと変化した。*

ウクライナ情勢はソ連崩壊後の旧ソ連地域の再区分は数十年かかるかもしれないことに改めて気づかせてくれる一方、それよりも世界中ではるかに普通に起きていて、かつ将来の地政学的秩序にはるかに影響を与えるのは包括的な地図の書き換えだ。包括的な地図の書き換えは政治的な枠組みから機能的な枠組みへと進化するために、複数の国が同じインフラ、関税協定、銀行ネットワーク、そしてエネルギー供給網を利用することで実現する。

ヨーロッパは包括的な地図の書き換えの典型になった。一九世紀中盤、ドイツ関税同盟が近代のドイツ国家に発展するためにはほぼ三〇年かかり、戦後のヨーロッパの残骸が欧州共同体へと結晶化するまでにも同じぐらい時間を要した。特に冷戦終結以降、ヨーロッパは壁や溝よりも橋やトンネルの建設に力を入れてきた。ドイツとフランスの国境には、軍の検問所はもはや存在しない。実際、高速道路《アウトバーン》をドイツからフランスへと全速力で走ると、歴史上最も血に染まった国同士の戦場のひとつであった国境線を越えたことを公式に示すものは、EUの旗とともにフランス語で「ようこそ」と記された標識のみである。同様に、イギリスとフランスの海軍がドーヴァー海峡で海上警備にあたる代わりに、ロンドンからパリへ――さらにアムステルダムやブリュッセルへも――向かう高速列車が、その海峡を結ぶ「ドーヴァー海峡トンネル」を一時間ごとに通り

＊ アルメニアはBTCパイプラインのルートに含まれていないため、ナゴルノ・カラバフをめぐるアゼルバイジャンとの継続中の領土紛争を緩和させるインフラの接続性は存在しない。

抜けている。

スクランブルエッグを元に戻せないように、ＥＵの国々も機能上切り離すことは不可能だ。ＥＵ圏の通貨制度、輸送ルート、エネルギー供給網、金融ネットワーク、それに製造サプライチェーンはどれも高度に統合されている。どの国も国家主権を超越した共通ルールの枠組みの中の一行政単位であり、共同で築いた同盟を進展させることで各国ともさらなる恩恵を受けるはずだ。ギリシアは自国の経済救済措置でのドイツの厳密さを恨んでいるかもしれないが、その一方でギリシア国民は仕事を探すためにドイツに移住することができる。ここ最近、ヨーロッパの国々は地中海諸国救済費用の分担について政治的にもめているが、彼らは接続性を有する統合は各国それぞれの経済だけでは到達できなかったであろう、はるかに大きな共同成長への推進力になっているという長期的な現実を見落としている。だが確かに、ヨーロッパは実際に今もまだ統合の過程の最中だ。そして、ヨーロッパは通貨が一部統合されても財政が統合されなくては構造的な停滞へとつながり、その一方で銀行同盟、資本市場同盟、デジタル単一市場の設立はヨーロッパの協調流動性を高め、市場を深め、そして世界的な影響力を拡大すると身をもって学んだ。

欧州連合（ＥＵ）の父と呼ばれ、先見の明を持って精力的に活動した外交家ジャン・モネが残したものは今もなお、世界中の各地域の共同体で役に立っていて、どの共同体も内部分裂を解決しながら、機能的な共同機関に支えられて国境を越えるインフラを通じて、国境線を舗装された道で覆おうとしている。つまり、彼らは摩擦より流れを選択したのだ。国家同士がつながればつながるほど境界があいまいになり、国境線を指し示すだけでは国の区別がつかなくなっていく。したがって、十分に成熟した政治的な境界の眺めを表す地図でさえ、完璧な誤解を与えてしまう。なぜなら、国々が原子のように集まって作られた、より大きな化合物である地域共同体の形成をないがしろにしているからだ。

主権の枠組みから行政区間の枠組みへの移行は、全世界が最小の政治的単位にまで分割されているという状況から起きる、まさに当然の結果だ。国は国境線が定まるといち早く電力や水道が最適に供給できる拠点や、通信やインターネットケーブル、そして道路や鉄道の最適なネットワークを決めなければならない。国々はそうした拠点やネットワークの機能を共有することで、自国の地理的な条件の限界を超えた経済発展を遂げる。

特に、排他的な地図の書き換えに常に脅かされている、いわゆる「凍結された紛争」地域では、包括的な地図の書き換えで緊張を緩和できる可能性が高い。つまり、両国が共通のインフラを利用することで、どちらも接続性の恩恵を受けられるからだ。例えば、今日のキプロス島のギリシア系とトルコ系の住民はいずれも、首都ニコシアを分断する有刺鉄線のグリーンラインをより自由に行き来したいと思っている。キプロス共和国（島の南部を占める共和国で、住人の大多数はギリシア系）よりもはるかに強国のトルコは、島北部の（未承認の）北キプロス・トルコ共和国の支配から絶対に手を引こうとしないだろうが、ラインの両側が一体となって、アジアからのヨーロッパや北アフリカ向けの増大する海上貨物輸送を取りこむより大きな地中海積み替え港の建設を推進すれば、どちら側も大きく発展する可能性がある。同様に、カシミールも争われた「管理ライン」によってインドとパキスタンの両管理区域に分断されているが、両区域間の主要国境検問所を通過する貿易量は増加している。危険な国境線でさえ、越えられるのだ。

つまるところ、排他的な地図の書き換えさえ、包括的な地図の書き換えにつながるのである。実際、後者を達成するためには前者が必要となることが多い。未解決の領土問題による緊張関係、植民地時代に専制的に決められた国境線、さらに異なる民族主義同士の対立の多くは数世紀前から続いていて、今もなお中東や極東、他の地域をも悩ませている。ひとつの国家が崩壊すると、新たな国家が誕生する。地域内の不均衡が是正され、国境線が定まるのが早ければ早いほど、その地域は——ヨーロッパのように——排他的な地図の書き換えを包括的な地図の書き換えに向けて卒業し、領土問題の摩擦よりも接続性の流れをさらに重視できるようになる。このふたつの地図の書き換えが描く道は、ゆくゆくは同じ方向に向かっていく。

今日、包括的な集約を特に目にするのは、全世界の大多数の国と人口が集中している旧植民地地域だ。第二次世界大戦後、非植民地化は国に自由をもたらしたと同時に、いきなり自立させられたことによる強い不安ももたらした。そのとき以来、特に東南アジア、南アジア、東アフリカ——そして、さほどではないが中東でも——などの旧イギリス植民地地域で、ある顕著なパターンが現れた。まず、独立直後の第一世代の指導者たちは民族主義的な考えが強く、同じく元植民地だった他国に猜疑心を抱き、自国の領土を用心深く守って侵略を恐れた。第二世代は前の世代よりも他国に敬意を示し、必要とあれば和解して国境を越えた協力関係を慎重に結ぶ。第三世代

* イェール大学の政治学者ブルース・ラセットは最も紛争が多いのは中東や中央アジアなど、地域内貿易が不活発で独裁統治が行われている地域だと論証した。

にもなると、過去の憎悪は記憶から薄れ、独立当時の不安を覚えている人はもうわずかしかいない。過去の国境線の設定をイギリスのせいにしつつ、指導者たちは国境を越えたインフラプロジェクト、貿易や投資協定の締結や他の共同プロジェクトを推し進める。世代交代により、それまでの敵対心は、当たり前のようにごく自然に、友愛へと緩やかに進化する。今日の新たな姿勢は次世代へ問題を先送りにするのではなく、次世代に戦争の脅威という重荷を残さないことだ。政治的な国境線が消えてなくなれば、機能的な国境線がそれに取って代わる。流れは摩擦だけでは解決できなかった問題への解決策になる。

インドの平和《パックス・インディカ》へと続く大幹道

大幹道《グランド・トランク・ロード》はもはや世界一雄大な長旅ができる道ではなくなった。現在アフガニスタンの新たな高速道路の一部として舗装されたカブール―ジャラーラーバード区間は、自爆テロ犯によるNATO軍への攻撃に一〇年以上耐えてきた道だ。ジャラーラーバードから東へ向かい、壮大な眺めのカイバル峠を越えるとパキスタンの反体制民族の地域に入る。そこは政府が封建的支配者やタリバン勢力に悩まされながら、道路や用水路の建設や電線の設置に悪戦苦闘している場所である。さらに首都イスラマバードを抜け、もう一日かけて四〇〇キロ南へ走って文化的中心地ラホールにたどり着くと、その先に重武装で警備されているインドとの国境の村ワーガーがある。この村は毎日行われるパレードと国旗降納の儀式で有名だ。大幹道はインド国内を通る区間が最も長く、「黄金の四角形（インドの四都市を結ぶ高速道路）」の北側の一辺でもあるデリーからコルカタまでの道路は政府の手で整備されているが、それでも一五〇〇キロの区間の大半では、排ガスをまき散らすトラック、人力車、それにさまよい歩く牛という難問が相変わらず待ち構えている。国境検問所でのうんざりするほど長い審査を終えてバングラデシュに入り、車線を越えてくる車や故障したトラックを避けながら最後の五〇〇キロを走り抜けば、チッタゴンの港に到着する。

私はヒンズークシ山脈からベンガル湾まで続く大幹道が通るさまざまな国の区間を数年かけて車で旅してきたなかで、この交易路が通過する国々より二〇〇〇年以上も先に存在していたという考古学的あるいは建築上の痕跡を、そのつど注意深く探してきた。大幹道は古代マウリヤ朝からイギリスによる植民地支配の時代にかけて、数世紀ごとに整備され、名称変更されてきた。どんな名前であるにせよ、南アジアの住人はみな単に「GTロード」と呼んでいる。キプリングはより文学的な表現を用いて、この偉大なる幹線道路を「命の川」と記した。

この大幹道の上空を通り過ぎる飛行機から見下ろすだけでも、ラホールのすぐ東でインドとパキスタンを分断する斜めのラドクリフ・ラインがわかるはずだ。それは完璧なまでに調和していた自然の風景を、あまりにも無残に（そして愚かに）両断している。ラホールとカラチ、デリーとコルカタ、ダッカとチッタゴンは三つの違う国に属しているが、その三つの国にまたがる肥沃なヒンドスタン平原でのそれぞれの収穫を合わせれば、世界最大の穀倉地帯になるだろう。パキスタン、インド、バングラデシュはともに国民の生活がこの地域の農業生産性にかかっているため、大幹道――さらに、あらゆる商業上の結びつき、水を共同利用するための合意、そしてこの道が象徴する文化の力も――を蘇らせることは、植民地時代に専制的に決められた国境線を延々と守るよりも、はるかに有意義な投資に思える。

インドはかつて大英帝国の宝石であり、ペルシア湾からマラッカ海峡におよぶイギリス政府の植民地支配の中心であった。分割前は鉄道が亜大陸全体を果てしなく結び、かの有名なフロンティア・メイル号がボンベイ—ペシャワール間を走っていた。今日、同じ列車はインドのアムリツァル止まりで、国境を越えることは絶対にない。パキスタンのナワズ・シャリフ首相とインドのナレンドラ・モディ首相は、どちらも宗教的原理主義の悪用者という経歴を持つにもかかわらず経済と外交の現実主義者として振る舞い、現存するカラチからアフマダーバードまでの鉄道路線の延長と新たな路線の建設を誓った。二国間の現行路線で最も本数が多く、「フレンドシップ・エキスプレス号」という名で知られている列車は、デリーとラホールを結んでいる。両国の慢性的なエネルギー不足に対応するために今後数年かけてさらなる「鉄の線」、つまりイランとトルクメニスタンからのガスパイプラインが、国境線を越えて設置される予定だ。青銅器時代にインダス文明が発生してから五〇〇〇年の月日を経て、新たな「インドの平和《パックス・インディカ》」が徐々にその姿を現している。

大幹道はバングラデシュで終わる必要はない。南アジアの国々は広大なインド洋や難攻不落のヒマラヤ山脈とヒンズークシ山脈に取り囲まれているので、インドでさえ隣接する地域の先に存在する国々の力を予想することはほぼ不可能だ。必要不可欠なエネルギー供給や中央および東南アジア市場への到達のためには、近隣諸国を経由してインフラを構築する手段しかない。その結果、ミャンマーは中国によって長年阻まれてきた他国との貿易や投資の道を開き、海外の大手企業がそれぞれ有利な立場を得ようと競争する場となった。五〇〇〇万の人口のほとんどが仏教徒であるミャンマーは、実は第二次世界大戦直前まで同じく大英帝国の支配下にあり、そう遠くない将来、大幹道のヤンゴンまでの延長を受け入れるかもしれない。インドとミャンマーをつなげる計画には、ベンガル湾沿いのシットウェーからインド北東のミゾラム州とトリプラ州を通り、バングラデシュの中央部を横断してコルカタまで建設されるパイプラインも含まれている。

ミャンマーの事例は、東南アジアでのインドと中国のゼロサム競争の兆しは必ずしも核兵器を備えたなかでの高山地帯を戦場とする武力衝突へ発展しないことを示している。それどころか、南アジアと東アジアを結ぶ別の大きな幹線道路という接続性が再建されつつある。それは中国国民党の蔣介石が極めて重要な補給路として利用した、ジグザグに曲がりくねった「スティルウェル・ロード」だ。今日、隣接するインド北東部、バングラデシュとミャンマーの北部、そして中国南部は、この四カ国中の最貧困地域のひとつだ。この地でそれぞれ孤立して暮らす仏教徒、イスラム教徒、それに複数の精霊信仰民族は他から顧みられず、そのため疎外感と遠い首都の政府への不満を高めていた。だが、最近この四カ国すべての政府は複数のインフラを組み合わせた《マルチモーダル》回廊に投資を行うためのBCIM*会議を開催した。この回廊はコルカタからバングラデシュのシレット管区やミャンマーのマンダレーを経由して昆明までの二〇〇〇キロ以上もの曲がりくねった道をつなぎ、それぞれが孤立した貧しいコミュニティが切実に必要とする投資を行うための構

＊ このBCIM（バングラデシュ、中国、インド、ミャンマー）というありきたりな名称は、それぞれの国の頭文字をICBM大陸間弾道ミサイルと似た響きにならないように並べたものだ。

想だ。二〇一三年に行われた第一回ＢＣＩＭコルカタ－昆明間カーラリーに参加したドライバーたちが学んだように、この回廊の最優先事項は道路の整備である。

　二〇〇〇年前、僧侶たちはこの山岳地域を越えて、インドから東アジア中に仏教を広めた。今日、そうした古代の血の通った接続性が再び姿を現し、しかもなかには結びつきがより強くなったものもある。植民地時代の傷が癒えるまでには数世代かかるが、最終的に目指すべきなのは専制的に決められた植民地時代後の国境線をただ黙って受け入れることではなく、つながりのインフラを優先するためにその国境線を越えることだ。

大英帝国の勢力圏から東南アジアの平和《パックス・アセアナ》へ

　旧イギリス植民地のシンガポールとマレーシアは厳しい試練を経て、独立当時の敵対心を植民地時代後の友愛へと変化させた最も顕著な例だ。一九六〇年代、シンガポールのリー・クアン・ユーは国の規模で得られる力を重視して、マレーシアとともに「融合による独立」を実現しようとした。だが、一九六五年の険悪な状況での分離後、二国はその後数十年間ライバルとして過ごした。マレーシアの侵略を恐れたシンガポールは、イスラエルのような厳格な兵役義務制度を導入した。だが、シンガポールがバリューチェーンでの位置を上げ、マレーシアが埋蔵された石油と森林の利用による近代化を進めると、両国は互いへの不信を脱ぎ捨て、その関係は慎重な相互依存、共通インフラの高密度化を経て、商業的統合へと進化していった。五〇年前、両国は政治的な連盟は保てなかったが、今日では機能的な連盟を築きつつある。

「グリーン・コリドー」はシンガポールの真ん中を通過する、高く生い茂った草木や雑草に覆われた二〇キロにわたる小道だ。そこではアールデコ様式のタンジョン・パガー駅をはじめ、錆びついた古いレール、そして待合室として使われていた荒れ果てた木造の小屋にいたるまで、かつてマレー半島がひとつの植民地であった形跡を数キロおきに見ることができる。タンジョン・パガー駅は今では博物館だが、その一方で二一世紀のシンガポールとマレーシアの統合は着々と進んでいる。活気に満ちてきた国境沿いのジョホール州へ仕事や買い物でやってくる人々の増加に対応するために、シンガポールとマレー半島を結ぶ第三の主要な橋が近い将来誕生する予定だ。しかも、デジタル技術を用いた円滑な出入国審査のおかげで行き来が楽になるだろう。

シンガポールの三倍の面積を持つジョホールは、シンガポールの不動産開発業者にとって、国境線の自国側では敷地が足りない郊外型施設やテーマパークを建設するために打ってつけの場所だ。二〇一三年の時点では、シンガポール政府は高齢引退者が年金積立金をより費用が安いマレーシアでの医療に使うことも認めている。このジョホール型の開発は州の北西部のバトゥ・パハ郡にも広がっており、二〇〇六年以降に行われた五〇〇億ドルを超える投資の結果、繊維、食品加工や電子機器などの産業が急成長した。現在、大規模な工科大学の新たな設立、港の整備、そして新規の空港建設を目指した「バトゥ・パハ―マラッカ回廊」が計画されている。地域はこうして、つながっている回廊沿いに発展していくものなのだ。

シンガポールとマレーシアは、シンガポール、ジョホール、インドネシアのリアウ諸島に位置するバタム島とビンタン島を範囲とした「成長の三角地帯」をつくり出すことを通じて、インドネシアをこの同盟に加えようとしつつある。近代インドネシアの初代大統領スカルノの軍国主義的な「対立政策《コンフロンタシ》」のあと、三カ国の指導者たちが国境線よりも土地、労働力、資本を重視できるようになるまでに一世代という時間が必要だった。国民ひとりあたりで見るとシンガポールはマレーシアに比べて桁違いに豊かで、マレーシアはインドネシアよりはるかに豊かである。だが、国全体の経済規模で見ると、つい最近まで順序は真逆だった。とはいえ、シンガポールは大規模工場や造船所を建設するには面積があまりに小さく、そうした施設は、代わりにフェリーでたった四五分しかかからない、より広いバタム島につくられている。これはニューヨーカーなら誰でも知っている現象である。つまりマンハッタンの人口が増えて物価が上昇するにつれ、人やオフィスがニュージャージー州に移ったのと同じなのだ。シンガポールにとって、国外の工業地帯は社会的な責任上の負担を増やさずに労働力不足を解消できるという利点もある。しかもさらに、そうした工業地域はインドネシアの独裁政権や民主主義が成し得なかった地域の急激な発展に一役買っている。二〇一四年後半にバタム島を自転車で一周したとき、私が目にしたのは工場労働者とその家族向けに建設中の色とりどりの二階建て民間共同住宅の列だった。数年前、スマトラ島の村の小屋からやって来た労働者たちである。

シンガポールにはもともとの後背地は存在しないが、現在のシンガポールは土地を買って後背地をつくることが可能だ。香港の珠江デルタへの統合と同様に、三カ国間で投資、生産、その他のサービスが統合されればされるほど、流れを最大化するためのインフラ基本計画の調整がうまくいく。国家が他国の政府とこれほどの大規模な領土の売却、取引あるいは開放に前向きであるということは、自国の領土に対する主権の維持よりも経済面での地理的条件の最大活用化に重点を置いたサプライチェーンの世界への移行を示している。

同じ理屈に従い、東南アジアのあらゆる国が現在、集約に向かっている。四〇年前、「汝の隣人を豊かにせよ」というスローガンのもとでＡＳＥＡＮと呼ばれる地域の外交的な集まりがつくられたが、冷戦時代の政治駆け引きにより、そうした仲間意識は育たなかった。一九九七年から九八年までのアジア通貨危機で東南アジアは大打撃を受けたものの、ＡＳＥＡＮ経済共同体はその後大きく成長して、二兆ドルを超えるＧＤＰを誇る世界第五位（ＥＵ、アメリカ、中国、日本に次いで）の経済地域になり、しかも若い世代が六億五〇〇〇万人もいることから、中国よりも多額の海外直接投資（ＦＤＩ）を呼び込んでいる。ＡＳＥＡＮは中国と競争関係にあるが、それでもグローバル・サプライチェーンでのアジアの影響力の強化に一役買っている。[1]全世界の製造業でのアジアのシェアは、一九九〇年から二〇一三年にかけて二五パーセントから五〇パーセントにまで上昇し、次の一〇年間でさらに拡大するはずだ。

格差はチャンスでもある。アジア経済市場の最も裕福な層（日本、韓国、中国沿岸部、シンガポール）は人件費の削減、現地での雇用創出や現地市場の構築を見据えて、二番目の層（ヴェトナム、タイ、マレーシア）、三番目の層（フィリピン、インドネシア、インド）、あるいは四番目の層（カンボジア、ラオス、ミャンマー）へ生産拠点を移すことができる。トヨタは自動車の二〇パーセントをタイで生産しているが、拠点を増やし、すでに五割以上のシェアを持つインドネシアでも生産を開始した。* 香港を拠点とする世界最大のコットンシャツメーカーのエスケルは、高級ラインは中国、通常のラインはヴェトナムで生産している。貿易業者がこの地域で円滑に事業を進められるよう、「シングルウィンドウ（類似手続きの一括化）」方式の入国手続きシステムが導入されている。東南アジア地域はそれぞれの国の比較優位点——ミャンマーの食料生産、タイの製造業、インドネシアの天然資源と安い労働力、シンガポールの企業統治《コーポレート・ガバナンス》と資金——を見いだして活用することで、ようやく各国の実力の総和を上回るほどの共同体になった。各国は担当が明確になりつつある、分業にちなんだあだ名さえついている。例えばミャンマーは「農耕地帯」、タイは「台所」、ラオスは「電池（水力発電）」などだ。したがって、互いに生産を委託し合ったとしても、アジアが勝つのには変わりはない。

重要な点として挙げておきたいのは、ASEANの国々は長期投資に必要な流動性の向上と、西側諸国の短期資産運用投資が流入と同じくらい急速に流出するのを防ぐために、資本市場の統合も行っていることだ。アジアの人々はアメリカの資産運用会社に投資して、次にその会社がアジアの国々の経済にその資金を再投資するという「ラウンド・トリップ」を行う必要はもはやない。地域の証券取引所が相互上場に向けて動いているなか、ホーチミン、マニラ、クアラルン

* トヨタの部品数削減と「ジャスト・イン・タイム方式（かんばん方式）」のふたつの革新は、グローバル・サプライチェーンでの無駄のない管理という新たな時代の到来を告げた。だが、一九九九年の台湾大地震や二〇一一年の日本での津波発生以来、多くの企業は突然手に入らなくなると生産体制全体に衝撃を与えるほど重要な部品の製造を一カ所に集中させすぎてはならないことを学んだ。今日、日本と台湾の企業は万が一の自然災害に備えて、生産を割り振る際にいくつかのバックアップ工場も必ず対象にいれるようにしている。

プール、ジャカルタ——シンガポールはいうまでもなく——はフランクフルトに非常によく似た中心業務地区を築き上げ、この地域の企業やプロジェクトに資金を注ぎこんでいる。インフラ、金融、そしてサプライチェーンが、東南アジアの平和《パックス・アセアナ》の原動力になっている。

東南アジアに暮らしている人は、この地域で進められている国境をまたいだ鉄道建設に関連するニュースを毎週のように耳にしているはずだ。現在、中国は高速鉄道建設で世界一の座を誇り、自国の北部や西部へ路線を拡大したのと同様に、南への路線拡大を積極的に行っている。昆明—バンコク線はラオス内の通過が認められ——六二億ドルのプロジェクトで、これはラオスのGDPよりも大きい——五万人の中国人作業員により六つの橋と七六のトンネルが建設される予定だ。* キルギスやモンゴル同様、ラオスも国家が実際に運営されている姿が政治的な地図にまったく反映されていない国だ。ラオスの場合、メコン川がタイとの、そしてアンナン山脈がヴェトナムとの自然国境線になっているが、鉄道ネットワークと国外から調達された資金で建設された巨大な水力発電所からの送電線がかつて隔絶されていたこの細長い国を縦横に走るようになれば、ラオスはタイにとって極めて重要な電力供給国になるだろう。というのも、タイはほぼすべての大手自動車メーカーの車をタイ国内で年間二〇〇万台近く生産できるよう奮闘していて、過去一〇年間に何度も実施した計画停電を回避しようと必死だからだ。昆明からの鉄道路線がラオ

---

* 中国はラオスの区間分の工事費を負担してもよかったはずだが、代わりにラオスに対して将来の返済を鉱業権許可のかたちで義務づけた貸付を行った。さらに、中国はインドネシアでの高速鉄道の建設や建設資金調達も行う予定だ。

スを通ってバンコクに到達すれば、そこから新たな高速鉄道でクアラルンプールやシンガポールまでを円滑につなげることができる。あるいはバンコクからミャンマーに向かう路線をヤンゴンやヤンゴン港までつなげれば、それはアンダマン海からタイを抜けて中国へ戻るための輸送ルートになる。

ゆくゆくはアジア最南端のシンガポールと北東アジアの中心地である上海と北京をつなぐこの南北鉄道幹線は、東ユーラシアの縦軸――産業面でチベットからヴェトナムまで南へと流れるメコン川に匹敵する――になるだろう。このメコン川流域の六カ国からなる、バンコクを事実上の首都とする「大メコン圏」はアメリカの面積の三分の一の広さを占め、現在七〇万キロ以上の道路と一万五〇〇〇キロを超える線路を有し、そのＧＤＰは一兆ドル近い。ミャンマーからヴェトナムまでを横断する、アジア開発銀行の資金援助による東西回廊が実現すれば、インドシナ半島の有機的な一体性はさらに深まるだろう。

中国の自国を南下した地域での任務は変わっていない。つまりそれは、近隣の小国から資源を採取したり、その国々を抜けてベンガル湾やアンダマン海まで到達したりするための東南アジアの障壁を小さくすることだ。何十年にもおよぶ厳しい鎖国的経済政策後のミャンマーは、三方に築いていた壁を中国、東南アジア、そしてインドへと立て続けに開いた。中国はミャンマーとの国境貿易が合法化された一九八〇年代にいち早くつながりを築いた大国として、特に中国とミャンマーの境界があいまいなシャンなどの州で何世紀も行われている、村民の二国間の季節的移住をうまく利用した。シャン州では中国企業が鉱山を運営し、パイプラインが横切り、人民元が使え、そして異民族間の結婚が増えている。* 東南アジアを切り拓いていくときに重視しなければならないのはもはや国境線ではなく、流れと摩擦を巧みに操ることだ。

今日、記録的な数のASEAN地域のビジネスパーソン、労働者、学生、旅行者が、エアアジアなどの格安航空会社を利用して地域内を移動している。そういう意味で、格安航空会社はどんな外交団にも引けを取らないほど、地域の統合に貢献している。人の移動により、アジアの融合は今後も確実に続くはずだ。シンガポールや台湾などかつて「アジアの虎」呼ばれた国々——それよりもはるかに経済規模の大きな中国や日本はいうまでもなく——が高齢化する一方、インドネシアやフィリピンは若い労働力であふれている。タイだけでも二五万人のミャンマー人が暮らしており、彼らなしではミクロ経済は急停止するだろう。これはまさしく、多くのアメリカの都市や町でメキシコ人がいなくなった場合と同じだ。ヨーロッパ同様、東南アジアの脱国民国家世代が誕生しつつある。

「アフリカの奪い合い」からアフリカの平和《パックス・アフリカーナ》へ

「アフリカを元に戻す」　今日のアフリカの国々が置かれている窮状について、誰もが一言で解決できる答えを持っているようだ。すなわち、「民主主義」、「分離独立」、「少額融資」、「読み書きの能力」、あるいは「ワクチン」。だが、アフリカの国家が基本的な物的インフラなしに生き残るこ

* さらに、中国はミャンマーとの国境周辺で活動するワ州連合軍に属するコーカン族の反乱事件を背後で支援した疑いも持たれている。

とは絶対にできないだろう。アフリカにおいて独立の喜びを将来の発展につなげるためには、政治上の国民国家を築くだけではなく、国内さらには国境をまたいだ物的な国づくりも必要である。

アフリカには、外部からの干渉抜きで大陸をいかにまとめるかを、立ち止まってひとりで考えるための時間が一度もなかった。その地政学的な複雑さは二世紀にわたるヨーロッパの植民地支配、第二次世界大戦後のいくつもの大きな独立運動、ある国は発展を支援され他国は妨害されるという冷戦時代の工作、そしてサプライチェーンを運営する強力な外国勢を呼び込んだ一次産業のグローバル化が積み重なった結果だ。

アフリカの国境線の多くは、経線と緯線が記された地図と重ね合わせないかぎりわかりづらい。なぜなら、ヨーロッパの植民地主義者たちは文化地理学を考慮するという良識を持つよりも、経線と緯線を用いてこの大陸にまっすぐな多くの国境線を引くことを優先したからだ。宗主国はアフリカを手っ取り早くいくつかの国に分けたにすぎず、密接なつながりのある社会同士をしっかりと結びつけたわけではなかった。一九世紀のヨーロッパによる「アフリカの奪い合い」では、行政的な枠組みをつくるうえで指針にしなければならない自然が生んだ地理的条件、住民の共通点、それに経済活力という項目は無視された。分割統治政策に基づく植民地支配の結果、分けられたアフリカの八五〇もの民族集団のあいだで勃発した内戦や拡大する紛争の件数は、統合された国々の集合体内におけるよりはるかに多い。[2] 例えば、マサイ族の三分の二はケニアに、残りの三分の一はタンザニアに居住している。アグニ族の六割はガーナ、そして四割はコートジボワールで暮らす。チェワ族はモザンビーク、マラウイ、ジンバブエに、そしてハウサ族はナイジェリアとニジェールにそれぞれ分かれて住んでいる。マリとブルキナファソ、セネガルとガンビアをはじめとするアフリカの隣接する国同士の関係を見れば、不適切な人と国の分割方法によって問題をはらんだ国境線は慢性的な緊張を引き起こし、そのため人々の発展への関心が二の次になることがわかる。ソマリ族は三つの国――イタリア、イギリス、エチオピア――の植民地開拓者によって分割され、現在ではソマリアからケニア、エリトリア、ジブチにまたがって暮らしながら、大ソマリア建設のための領土回復運動や隣国ケニアにも飛び火しているソマリア内戦を指揮している。また、裁定によりエリトリアに与えられた領土にエチオピアが固執する事例のような、従来型の国境紛争も起きている。

アフリカの一〇カ国以上の国は海を利用できない内陸国で、この数は世界のどの地域よりも多い。アフリカ地域の民族と領土がどちらもばらばらになっている状態は、越境貿易を促進するような航行可能な川が存在しないために悪化する一方であり、そのため、アフリカはまとまった大陸というよりは異なる小地域の寄せ集めのようなものだ。したがって、アフリカの正確な姿は現在の地図が示す五四の名ばかりの独立国よりも、はるかにまとまりに欠けるものだ。例えば、この大陸で最大級の広さを誇るコンゴは「アフリカの真ん中の穴」とよくいわれている。その現実の姿は、まとまった場所というよりはそれぞれが孤立している民族居住地の集まりだ。

アフリカの国はどれも「大きくて、かつ弱小である」または「小さくて、かつ弱小である」のどちらかだ。つまり、五四の国は間違いなくすべて弱小国家だ。植民地支配を脱してから七〇年経った現在、大陸の人口が三倍になった一方でインフラは劣化した。世界の脆弱国家ランキング上位二〇カ国のうち、一五カ国がアフリカの国だ。この大陸のかつての実力者であった南アフリカ、リビア、そしてエジプトは冷戦終結以降国内状況が悪化、または国自体が崩壊した。一方、この大陸の新たな原動力であるナイジェリア、アンゴラ、ルワンダ、ケニア、それにエチオピアは、どこも民族、宗派、資源、または政治にまつわる紛争の危機にさらされている。チャドとルワンダという小さくて貧しい国が最大国の部類に入るナイジェリアとコンゴに軍事介入を行った事例は、アフリカの現状をよく表している。

歴史のなかで発生した数多くの危機を克服する唯一の手段は、海外からの数回にわたる迅速な投資とインフラ開発である。このふたつを合わせればアフリカの生産性と輸出能力が急速に向上するだろう。内陸国のルワンダ、ボツワナ、ザンビアや、沿岸国のガーナやアンゴラなどの資源に恵まれたサハラ以南アフリカの七カ国は、ここ一〇年間の一次産品の価格高騰により、突如、世界で最も目覚ましい成長を遂げる国の一〇位以内に入った。いずれも、グローバル・サプライチェーンの一部になることで変化を遂げたのだ。それに続いてケニア、モザンビーク、タンザニアも膨大な海洋エネルギー資源を活用することで、インド洋の向こうで資源を欲しているアジアの輸入国とのつながりを急速に深めるだろう。

植民地時代後につくられた国が次々に崩壊しようと、魔法のように機能的な民主主義国家にすぐさま置き換えられるわけではない。代わりに、経済特区のような独自の機能を持つ小地区が前例のない規模であちこちに出現している。そうした小地区では政府よりも、国内と海外の資本投入により官民が連携して運営するサプライチェーンのほうが強い影響力を持っている。植民地時代後の国々が同じ大陸の他国に対して抱いてきた猜疑心や築いてきた貿易障壁の結果、アフリカは主に地域内より世界の他地域と貿易を行ってきた。だがアジアと同じように、サプライチェーンの構築が商業的な統合につながっている。アフリカの国々がそうしたはるかに大きな集団づくりに向けて植民地主義の影響が残る国境線を越えて一気に加速して他地域を追い抜けば、より強くなれるはずだ。しかし、アフリカはあまりに大きいために、こうした変化は大陸全体で一度に発生するのではなく、小地域の集団ごとに起きていくだろう。アフリカが大きく生まれ変わるための唯一の道は、無数のミクロ経済を融合してほんの一握りの数にまで減らすことだ。インフラはアフリカの地図を本来の姿に戻そうとしている。

[中国より愛をこめて]　何世紀ものあいだ、ヨーロッパの宗主国はインフラプロジェクトの資金を調達することで、アフリカを我がもののように扱えるよう巧みに仕向けていった。今度は中国が自身のリスクを最低限に抑える方法を探りながら、アフリカの資源を開発する番だ。一九七〇年代、中国はタンザニアのインド洋に面したダルエスサラームと内陸国のザンビアを結ぶ二〇〇〇キロ近い鉄道をすでに建設していた。そして現在では、スーダンのメロウェダム、南スーダンとインド洋を結ぶ鉄道とパイプラインの資金調達と建設を行い、ケニアではヴィクトリア湖まで到達する鉄道（一世紀前にイギリス植民地のインド人労働者の手で敷かれた）を復興している。インフラと資源の巨額な大型取引に見えるそうしたプロジェクトの本質は、物々交換契約だ。つまり、中国は何百万トンもの原材料と引き換えに建設作業を行っているのだ。アフリカの数ある脆

弱国家にとって、各国の社会を近代化させ、人口の増加や移住により生じる緊張関係に対処し、そしてそれぞれの経済を統合するためには、中国が建設する（そしてたいていは中国が資金調達した）インフラが必要だ。世界銀行の当初の役割は戦後の復興のための資金供給を行うことだったにもかかわらず、一九六〇年代にインフラ支援は対象外とされたため、多くの基礎的な灌漑、輸送、それに電化などのシステムが未開発のままになった。そこで、共生するパートナーとして中国が新たに参入した。したがって、中国は実際には「世界を買っている」わけではなく、天然資源と引き換えに世界を組み立てているのだ。

今日、中国はアフリカがヨーロッパによる植民地支配時代の人工的な国境線を越えて進化していくための、原動力になっている。なぜなら、中国はそうした国境線を頑丈なインフラで舗装した道で覆い、さらにそのインフラをコンゴやザンビアなどの奥深い内陸国にまで到達させる（あるいは西アフリカ一帯に光ファイバーケーブル網を敷設するために、それらの国の下を掘っている）からだ。独立運動が盛んだった時代の横暴な指導者たちに切断された鉄道は、現在中国の全面的な対外産業支援により復興されている。そのなかの最大規模の計画は、中国の資金調達によるラム港―南スーダン―エチオピア輸送回廊だ。その回廊はケニアを縦横に走り、北はアディスアベバ、南はジュバ、そして新たに発見された天然ガスを輸出するために西はウガンダまでつながる多国間鉄道ネットワークを構築する。だが、それにもかかわらず中国は新たな植民地主義者ではない。なぜなら、中国は利用価値のない領土や「扶養家族」を、これ以上増やすつもりはないからだ。中国は新たな重商主義者で、欲するのはサプライチェーンただそれだけだ。

カイロからケープタウンまで延びる鉄道が今度はイギリスの代わりに中国の手で建設されたとしても、それはアフリカ人に真のアフリカ――アフリカの平和《パックス・アフリカーナ》――をもたらすために貢献するだろう。優れたインフラと協力体制は、恵まれない地理的条件を克服する唯一の策だ。ケニア、ウガンダ、そしてルワンダは「アフリカのベネルクス三国（ベルギー―オランダ―ルクセンブルク）」として協力体制の中心になり、その結びつきを近隣国にまで広げて彼らとの距離も縮めている。港の場所の選定、投資促進委員会の設立、そして将来的な通貨統合の枠組みづくりなどの共通の課題を先頭に立って協議する国々のあいだでは、商業的、外交的かつ法的な分業が行われるようになった。今日、ルワンダとブルンジは「北部回廊」「中央回廊」と呼ばれる主要鉄道路線、パイプライン、内陸水路の各プロジェクトの中心拠点だ。これらの回廊はケニアとタンザニアまで延びており、二国――さらにコンゴの最も東に位置するキブ地方――の採掘物をインド洋へ輸送する役割を担っている。四カ国を結ぶモンバサ―カンパラ―キガリ間の一五〇〇キロを超える鉄道は、主にタンザニア内を通過する。そして、そのタンザニアはオーストラリアが運営するムジュ川プロジェクトにより、世界最大のウラン生産国のひとつになった。インド洋に輸送されるアフリカ内陸部の資源が急増していることで、モンバサやダルエスサラームの港は積みこみ、荷降ろし作業の遅延による追加コスト発生を防ぐために急速に近代化されなければならない。

* 南アフリカの輸出の九六パーセントが船便にもかかわらず、同国の港も手がつけられないほど港湾作業が遅れている。そのため二〇一〇年、岬の東側に位置するヌーハ港にクーハ産業開発地区が設立され、整備された物流関連施設では二万五〇〇〇人以上が新たに雇用された。

一国が貿易のために近隣国を通過して自国の品を港まで運ぶことから始まった関係は、一足飛びに新たな次元に到達した。鉄道から送電線にまでいたる東アフリカのインフラは、一国内にとどまらず地域的なものへと成長している。汎アフリカインフラ開発ファンド（ＰＡＩＤＦ）は空港、ダム、幹線道路、および国境を越えた輸送ネットワーク、電力事業、農業、そして製造サプライチェーンの発展のために、目標額年間五〇〇億ドルの資金調達を開始している。これらの各プロジェクトはそれぞれ官民連携による企画立案、資金調達、そして実行戦略のもとで進められている。全アフリカ大陸で見ると、アフリカは対アフリカ投資の最大出資者であるヨーロッパに次いで第二位だ。二〇〇八年以降、アフリカ開発銀行は計一〇〇億ドル近い官民連携のインフラプロジェクトをいくつも立ち上げ、さらに二〇一四年にはナスダックで取引されるインフラファンドを設立した。今後一〇年のあいだに、アフリカの地図を書き換える新たな多国間プロジェクトが、数多く進められるだろう。エチオピアのルネサンスダムは最大六〇〇〇メガワットの発電能力を有する見込みで、完成すれば同国の電力供給量は三倍になる。コンゴ川のグランド・インガダムは四万メガワット（これは中国の三峡ダム以上だ）の発電能力が見込まれていて、数億人に電気を供給できる。

つながっている回廊は輸送と電力のネットワークを、あらゆる関係団体――海外の投資家や運営者も含めて――が共同で所有するひとつのシステムへと融合させる。したがって、中国はアフリカを征服しているというよりは、むしろ国々が集約して中国も含めた世界の投資家にとって魅力ある地域へと変化できるようにしているのだ。アフリカは国境の垣根をなくすことで、極めて重大な現金収入源である観光客にとっても魅力ある旅行先になる。例えば、ザンビア、ジンバブエ、ボツワナ、そしてナミビアが一体となるチョベ川流域では、旅行者が入国ビザをもらうことよりも野生のゾウを追うことに集中できるよう、国境検問所での手続きが簡略化された。

中国の投資やサプライチェーンがなかった場合、一億人近いエチオピア国民が今日どうなっていたかを想像してみてほしい。エチオピアはヨーロッパによるあらゆる長期的植民地支配を撃退してきたが、アフリカ大陸で二番目に人口が多い内陸国で、しかも人間開発指数では最下位の部類に属していた。だが、エチオピアをアフリカに参入するための前進拠点にした中国は、輸出にかかる時間を短縮するためにアディスアベバとジブチ港を結ぶ七八〇キロの鉄道を建設した。中国の資金でつくられたエチオピアの道路は農家のため、または国民に食料を配給するための機能的な輸送ネットワークになり、しかも大勢の観光客がアディスアベバから、アクスムなど各地に存在する数千年前に岩を削って造られたエチオピア正教会へ足を延ばすために役立っている。かつてアフリカの飢餓の象徴とされていたこの国は海外からの投資、インフラ開発、雇用創出、そして指導者の革新的な統率力のおかげで、アフリカの次世代の経済大国とうたわれるようになった。

だが、アフリカは中国が始めた道路ネットワークをさらに広げ、多くの若い世代に港や鉄道などのインフラ運営の職業訓練を行い、天然資源からの収入を持続可能な開発に投入して初めて、供給者を卒業して市場へと発展することができる。その結果、サプライチェーンは西側諸国が求める良い統治《グッドガバナンス》とアジアが求める資源が一体化する場所になる。中国がつくったつながりが、西側の政治的目標を実現可能にするのだ。

アフリカのサプライチェーンの円滑化に取り組みはじめた中国は、現在それを保護する手段を探している。中国はすでにアフリカの主な平和維持活動に資金提供で貢献しているし、さらに数十もの民間軍事会社がアフリカ全土にある中国の資源採掘施設を守っている。だが、近年にはナイジェリアやスーダンで中国人作業員が誘拐され殺される事件が増加している。アンゴラでは推定三〇万人もの中国人作業員が仕事に就いており、安い石油価格に加えて現地の人々の雇用がほとんど創出されないこの状況は、利己的な外国人集団と思われている彼らに対する激しい暴力行為を誘発しかねない。中国にとっては予想外の不利な結果であるこの反中国運動が広がれば、アフリカの国々は中国を追い出して新たに手に入れた、中国の建設による国境線をまたぐ道路、鉄道、そしてパイプラインの担い手になるかもしれない。アフリカの国々が協力してひとつになるのか、あるいは再び分割統治に屈するのかはまだわからない。その答えは、サプライチェーンの綱引きの成り行きを見て初めて判明するだろう。

サイクス・ピコ協定からアラビアの平和《パックス・アラビア》へ

二〇〇七年、アメリカ特殊作戦部隊に（地政学のアドバイザーとして）従軍していた私は、テクノロジーを戦場に応用するアメリカの驚異的な能力を目の当たりにした。イラクの地形図に重ねられたデジタル地図は人工衛星から送られるデータ、ドローンよる偵察データ、局地的な武力行為の色分け地図《ヒートマップ》、地上部隊からのリアルタイムの状況報告、そしてスパイや無線諜報からの情報が満載だった。特殊作戦チームは命令された二時間後には、イラク国内のどこででも攻撃可能だった。いわゆる「増派戦略《サージ》」の中、作戦は絶え間なく続けられていたにもかかわらず、イラクをまとめようとした連合軍の努力の成果はひいき目に見てもほんの一瞬で無になってしまっていた。ある涼しい曇りの夜、バグダッドの北西に位置するバラド空軍基地内を上級司令官と散策していた私は、「ああしたハイテク機器が必要なのは、みなさんがアラビア語を話せないからですか？」と単刀直入に尋ねた。

複雑な文化的背景を持つ地域へ地球の裏側から押しつけられた政治的目標は、一年すらもたない可能性が高い。アメリカ軍の司令官たちは、多民族が一体となった民主的な親米イラク国家の必然性をブッシュ政権が盲信したのは間違いだったと指摘した私の報告に、立派にも顔色ひとつ変えなかった。彼らは事実上存在しない国の真ん中で腰を下ろし、アルカイダや他の反乱グループに対する「もぐらたたきゲーム」に代わるシナリオを真剣に理解しようとしてくれた。

「アラブの春」と地域内の国家政権の突如とした崩壊は、中東の国々に大きな打撃を与えた。何十年もの政治腐敗、インフラ軽視、人口急増、それに社会の退廃により、独裁政権——そして国家自体も——がはかない虚構であることが露呈された。いわゆる「国家の内部における国家」であった軍や諜報機関のエリートたちまでもが失脚し、政権の空白状態は無秩序と過激派、あるいは政治をめぐる激しい争いで埋められた。リビアの地図に現在も稼働している石油貯蔵基地、ど

* 一九七〇年以降に内乱が起きた国の五分の四は中央年齢が二五歳以下で、それはアラブ世界の人口動態データとぴったり一致する。

の部族や民兵組織がどの都市や町を支配しているのか、反乱勢力や難民はどの近隣諸国を経由して出国しているのかなどのより詳しい説明や情報が必要なのは、まさにリビアがまとまった国家でなくなったからだ。* アメリカ軍はリビアとイエメンの両国で、石油タンカーの安全な航路を確保するために反乱勢力と交渉した。サプライチェーンは国家より長く存続し、サプライチェーンをどう支配するかで、誰がその国家の残骸を支配するかも決まる。

注意しなければならないのは、全世界のイスラム教徒の大半は中東ではなく、現在のアラブ世界で悪化している宗教紛争ほど激しく大規模な争いは起きていない南アジアや太平洋地域――パキスタンからインドネシアにかけて――に居住しているという点だ。したがって、問題点も解決策のどちらも、このアラブ地域の地政学と統治にある。事実、アラブ地域の宗教間の分裂は、神学的要因よりも政治的要因をはるかに多く含んでいる。要は、政治や領土に関するあからさまな目的を覆い隠すために、おぼろげな教義上の違いを誇張しているのだ。

アラブの主要国家とリビア、シリア、そしてイラクとの分裂は、中東の地理を形づくる主な境界線の再考を促す機会である。現在のアラブ世界の激変は何十万もの犠牲者が出たイラクとシリアの内戦や、レバノンやヨルダンなどの近隣国がその渦に巻き込まれた状況から、ヨーロッパの三〇年戦争にたとえられる。今日のアラブ諸国が懸念しているのは外からの脅威より内部の安定で、彼らが次の地図を完成させるにはまだ数十年かかるかもしれない。実際、リビア、シリア、

＊ 二〇一五年、チュニジアはリビアとの国境におよそ一二〇キロのフェンスの建設を開始した。

イラクはあまりにも混沌としていて、理にかなった区分けをするのは不可能だ。だが、イスラム帝国による支配、植民地支配、帝国主義の宗主国による支配、不安定な独立国家、気まぐれな汎アラブ主義、悲惨な内戦、そして現在までに次々に起きた国家政権の崩壊をすでに経験しているアラブ世界は、過去を繰り返すよりもそこから学ぶほうが賢明といえる。

アラブ世界には再編の機が熟している。アラブ地域は腐敗した独裁者たちのもとでつくられた見せかけの国家の柱を無駄に維持するよりも、内部のつながりによってつくられた過去の地図を取り戻さなければならない。植民地独立後のこの地域の体制があまりに腐敗しているため、トルコ人だけではなくアラブ人でさえも多くがオスマン帝国への郷愁を口にする。歴史学者フィリップ・マンセルが記したとおり、オスマン帝国は三世紀にわたって多言語を使用し、さらにイスラム教のモスク、ユダヤ教のシナゴーグ、キリスト教会という多元的な宗教の場を擁していた、文明の「非」衝突地域だった。エジプトのアレキサンドリアからトルコのスミュルナ（現在のイズミル）、さらにはベイルートまで、「対話が紛争をしのぎ、理念より取り決めが優先された」[3]。オスマン帝国時代の寛容さへの言及は本質的にはスンニ派の支配を暗に伝えているとはいえ、これは決してより広い範囲での地域の平和と両立できないものではない。一八世紀初頭以来、オスマンとペルシアは「ウンマ」というイスラム共同体の枠組みのなかで共存してきた。一八四七年、オスマン帝国とガージャール朝イランは、長く続く平和な関係の構築を成文化したエルズルム条約を結ぶ。境界線については何世紀にもわたって絶え間なく協議されたが、国境が閉鎖されることはなかった。この歴史を、今日のイランに対応するための指針にするのはどうだろうか。失敗に終わった、核兵器とテロ行為だけに焦点を絞った何十年にもおよぶ経済制裁政策――そのあいだもイランの核開発計画は進められ、同国のレバノン、シリア、そしてイラクに対する影響はかえって強まった――よりも、より開かれた国にするほうがアラブとペルシア世界内の交易を可能にし、地域内の相互理解を深められるはずだ。中東における寛容さと共存の美徳は「人の好みはそれぞれ」を受け入れた地図の書き換えと、サプライチェーンの相互依存のふたつの組み合わせを通じてもたらされるだろう。

将来に向けた同様の枠組み――アラビアの平和《パックス・アラビア》――はそうした都市のオアシス間に滑らかなつながりを意識的に築き、地域全体を豊かにするだろう。商人や探検者をシチリア島などのエーゲ海や地中海の島々、スペイン南部、そして北アフリカのカルタゴに送り込んで植民地をつくらせたのは、今日のレバノンにかつて存在したティルスをはじめとするフェニキアの都市国家であったことを思い出してほしい。実際、チュニスをはじめベイルート、ダマスカス、そしてバグダッドのどの都市も、歴史上最も栄えた交易の中心地のひとつである。それは、アラブ世界がほぼ完全に都市化していたことを今に伝えている。ヨーロッパ、テュルク、ペルシアの領土と結ばれた、交易を主とする中心都市の集まりこそがこの地域の本来の地図であり、それはここ一世紀のあいだに描かれたものよりもはるかに豊かな遺産なのだ。

ちょうど一〇〇年前に結ばれたサイクス・ピコ協定（一九一六年）とサンレモ協定（一九二〇年）によって中東は切り刻まれ、かつてのオスマン帝国保護領は西側の弱い従属国家となり、のちにそれらの国では絶対的指導者による独裁政治が行われた。だが、レバノン内戦、イラン・イラク戦争、アメリカによる共和国滅亡前後のイラク占領、アラブの春、リビアの崩壊と無政府状態、シーア派によるバスラ支配、バグダッドの宗派浄化、クルディスタンの独立運動、シリア内戦はどれも、地域の国々を記した地図を見る影もなくばらばらにしてしまった。二〇一四年、当時のイラク首相ヌーリー・マーリキーは、トルクメン人とキリスト教徒に譲歩し、新たに四つの県を設置することを提案した。だが、一年も経たないうちに、トルクメン人もキリスト教徒もＩＳＩＳの攻撃の対象となる。ＩＳＩＳは主権の有無にかかわらず、国としてアラブの近隣諸国と同等の機能を持っている。資金を集め、独自の通貨やパスポートを発行し、世界中から冒険を求めてやってくる何百万もの若者や社会から取り残された若者へ組織のプロパガンダを広める。そのうちの何千もの若者たちは、運動に加わるためにはるか遠いアメリカやオーストラリアからも集まってくる。宗教紛争や国外からの聖戦《ジハード》参加者の過激化する行為が地域中に広まり続ける可能性が高く、ヨルダンなどの弱い国家を倒しかねない。また、イラクでのサウジアラビアとイランの代理戦争は、イラクという国の残骸さえも跡形もなく滅ぼしてしまうかもしれない。

ＩＳＩＳはシリアのデリゾール県とイラクのアンバール県を、瞬く間に勢力範囲「シリラク（シリア・イラク）」に組み入れてアラブ世界の国境線がないに等しいということを示し、また、歴史のなかでその姿をさまざまなかたちに変えてきたシャーム（大シリア）全土を征服するというさらなる野望も抱いている。そして、アフガニスタンでは同じく広大かつ国境に接するホラーサーン地域をＩＳＩＳの州にすると宣言した。ＩＳＩＳは国家に似たカリフ制政体の設立を目指しているが、その戦略はイラクの都市に対して水などの供給を絶ちつつ、インフラ——ダム、パイプライン、製油所、道路——を支配することだ。ＩＳＩＳが支配する地域は一区画というよりは、複数の拠点があるアンバール県から延びＩＳＩＳ支配下の「ジハード幹線道路」沿いに触手を伸ばすタコのようなかたちをしている。サイクス・ピコ協定で決められた地図は、国家地球空間情報局がＩＳＩＳの供給経路の変化をとらえるために、人工衛星からの石油タンクローリーの位置データや闇市場での石油売上高に関する金融データに基づきリアルタイムで描き出す地図に取って代わられた。アンバール県がＩＳＩＳの拠点であり続けるのか、イラクの支配下に戻るのか、サウジアラビアの北部国境州に併合されるのか、あるいはＩＳＩＳがサウジアラビア分割にまで成功してしまうのかは、いまはまだわからない。

　国境線が崩れると、それぞれの国の人々が混ざり合う。クウェートの五〇万人のパレスティナ人をはじめリビアの一〇〇万人のエジプト人にいたるまで、アラブ世界の労働力の流動性は、この地域での物的な国づくりになくてはならないものだった。だが、ここ一〇年間のイラクとシリアの内部崩壊により、国連難民高等弁務官事務所《UNHCR》の高等弁務官が「増加傾向にあるどころではなく、とてつもない増加を示している」[4]と言い表すほどの難民危機が発生している。シリアとイラクからの難民や国内避難民は少なくとも一五〇〇万人存在する。ヨルダンの人口六〇〇万のうち、すでに三分の一はパレスティナ人（難民）の子孫で、そこにシリアとイラクからの一〇〇万人近い難民が加わった同国は、事実上巨大な難民キャンプだ。人々はその半永久的な都市と化した国ではない管理地域で、「倉庫の品のように保管」されている。一〇万人を超えるシリア人が居住するヨルダン北部のザータリ難民キャンプは、同国で四番目に大きい都市である。国連世界食糧計画の代表は「私たちは、ザータリはもはや難民キャンプではなく、自治体あるいは町だと考えています[5]」とコメントしている。

　この地域の文明の中心――トルコ、サウジアラビア、エジプト、そしてイラン――のあいだの空白地帯は、今なら誰にでも手に入れられる。イラクは国家として無意味であり、シリアはうわべだけ取りつくろった破綻国家である。シリアは、存在する宗派の多さと起伏の多い地形のため、さらなる権限委譲は避けられず、そのなかでダマスカスとアレッポは引き続き自治権が与えられた商業の中心になるだろう。この地域全体がレバノン化している。つまり、多民族からなる首都と、あちらこちらに散らばる一宗派だけの町という構造である。中東は「旗を立てた部族」の集まりにすぎないのではないかという議論が長年繰り返されてきた。今日では、クルド人のように国家を持たない民族集団のほうが、国家があるヨルダン人やレバノン人よりもはるかに愛国心が強い。実際、クルディスタンやイスラエルのように自身の立場を固守する同族国家こそが、この地域の将来の地図で中心的な役割を果たすだろう。

　人間が住み続けてきた都市のなかで世界最古のひとつに数えられるエルビルは、いまではプロト国家クルディスタンの中心である。クルディスタンが政治を行える範囲はいまだイラクのクルディスタン地域政府（ＫＲＧ）に限られているが、その影響力は国境線を越え、トルコ、シリア、イラク、さらにはイランのクルド人が多く居住する地域にまでおよんでいる。これはクルディスタンがさらなる拡大を目指しているということではない。逆に、クルディスタンはトルコを経由した「密輸ビジネス」で主導権を維持し、シリアのクルド人をこれ以上関与させないようシリアとの国境線沿いに溝を掘った。クルディスタンは直近の支配者だったサダム・フセイン政権時代のイラクよりも長く生き延び、キルクークの大規模油田も制圧した。クルド人はイラク政府の公式な許可が下りるのを待たずにエクソン社などの大手西側石油会社と数々の取引契約を結んでいる。現在、石油はキルクークからクルディスタン、シリア、トルコの三つの国境が接する地域を経て輸出され、そこからさらに地中海の港ジェイハンへ運ばれる。自国と混乱するアラブ世界との緩衝の役割を果たす地域を探していたトルコは、クルド人独自のアイデンティティ保持を何十年も公式に否定してきたにもかかわらず（クルド人は山岳トルコ人と呼ばれていた）、実際はクルディスタンの後ろ盾になってきた。クルディスタンは現在も内陸の地域だが、自治権を獲得し、石油資源を運び出すために、トルコとイラクというふたつのルートを確保している。つまり、この二国と国家を共有することはないものの、サプライチェーンは共有している。クルディスタンにとって、そのふたつの回廊を保持するほうが独立国家になるよりも重要なのである。少なくとも今のところは。

割れた卵の殻のようにばらばらになったアラブ世界は、元どおりにはならないだろう。地域はさらなる権限委譲に向かって歩み続けているが、集約はまだはるかに先だ。つまり、アラブ世界が現在の大惨事から、自らの力でまとまるより高い段階に到達するまでの過程は、マラソンのようなものである。目下のところ、石油大国の中核である湾岸協力会議（ＧＣＣ）だけが統合への過程を歩みはじめている。サウジアラビアは事実上バーレーンを併合し、*カタールとUAEを結ぶ橋の建設を阻止しようとしたが、ペルシア湾南岸沿いを端から端まで結ぶ高速鉄道やカタールからオマーンまでのドルフィン・パイプラインなどの大プロジェクトはどれも、より円滑な労働移動性、より迅速な通関手続き、そして将来的な通貨統合と並行して進められている。シリアとイエメンの大混乱によって自身の安定も脅かされたGCCの各国は、レバノンやシリア以外でもエジプトの政治の派閥や民兵を操ると同時に、誕生しつつある汎アラブ軍を支援している。

アラブ地域の政治的な地理は漂流しているが、アラブ文明は新たな機能的なつながりを促進するための文化的な共通点や富を持っている。ヨルダン、シリア、イラクは過去にはローマ帝国の東端に位置し、偉大なカリフのお膝元であり、ヨーロッパ諸国が影響力を競った跡地だが、強さを発揮していたのは三国がひとつにまとまっていた時代だけだ。だが、将来のパックス・アラビアは帝国の時代とは異なり、カイロ、ドバイ、バグダッドといったいくつかの首都を置くに違いない。つまり、パックス・アラビアはつながっている都市という結節点によるボーダレスな列島なのである。飛び地を見つけ、保護し、安定化させることが反乱鎮圧に対するひとつの策であるなら、それは同時にアラブ世界の植民地支配時代につくられた地図を、中心都市とその貿易ルートのより合理的なネットワークを記した地図に置き換えるための、下位からの正しい取り組み方でもある。イスタンブールからメッカまでを結び、さらにカイロや現在のイスラエルのハイファ

* 少数派のスンニ派が多数派のシーア派を支配するバーレーンは、アラブ地域の裕福な湾岸諸国のなかで、二〇一一年に始まったアラブの春以降に騒乱が起きた唯一の国だ。

までへも支線を延ばしていたオスマン帝国時代のヒジャーズ鉄道は、都市間をつなぐためのまさに我々が構想の指針とすべき手本である。アラブ地域の国々はトルコやペルシアによる支配の復活を拒否するが、一〇〇〇年前に享受した広大な領土による強さを取り戻したいならば、つながりによる地図をつくるしか方法はないはずだ。

イスラエルの特例？

イスラエルは一九四八年に領土を主張し独立を達成して以来、西側への移住、アメリカとの同盟、ヨーロッパの各種連盟への加入、そして直近では地中海を横断するエネルギーのネットワーク構築などのあらゆる手段を通じて、常に自国の地理的な枠組みから抜け出そうとしてきた国である。しかし、インフラ、人口動態、経済の観点から見ると、イスラエルは近隣諸国との関係が薄れるどころかより深く地域に組み込まれつつあることを示す、複雑な図が浮かび上がってくる。実際、イスラエルは五億ドルに相当するGCC諸国へのソフトウェア、農業用品、医療機器の輸出（しかもその国々に対して「ヴァーチャル大使館」も開設した）、クルディスタンのエネルギーインフラへの強力な支援、そしてヨルダン、エジプト、さらにはレバノンまで延長予定の鉄道への七〇億ドルの将来的な投資も含め、地域内でいくつもの触手を伸ばしている。

イスラエルとパレスティナ間の動きは、この複雑な流れと摩擦も体現している。ヨルダン川西側地区のほぼ閉ざされた分離壁（セキュリティ・フェンス）は、イスラエル中心部の要塞化を表している。だが、地上で通り抜けられなくても、ガザ地区のハマス（レバノンのヒズボラも）がイスラエル国防軍の兵士を攻撃して誘拐するためにイスラエルとの国境線の下を掘り進んでつくった、「テロトンネル」と呼ばれる何十もの地下トンネルを通っていくことができる。それにもかかわらず、この防御壁は決して将来の国境線を表しているわけではない。それどころか、イスラエル政府は「イスラエルはユダヤ人だけの国民国家である」という内容の法案を二〇一四年に採択した。つまり、フェンスは国際的な境界線ではなく国内治安を守るものという意味合いを持つのである。どうやら、「ふたつの国家」という解決策[6]はあきらめるしかないだろう。だが、この大イスラエル内ではエルサレムの拡張されたライトレール（路面電車などの輸送力が軽量な公共交通）のように流れを促進する新たな通行手段が登場している。一九四八年に引かれたグリーンライン沿いを走るこのライトレールは、正統派ユダヤ教徒、パレスティナ人の若者、イスラエルの兵士をともに乗せて入植地や聖地を通り過ぎていく。経済発展を重視するエルサレム市長は、輸送インフラはパレスティナ人が良識的な扱いを受け、平等の機会を与えられることを促進する手段だと考えている。イスラエルはヨルダン川西側地区に議論の的である入植地を建設するだけではなく、イスラエルとパレスティナ両方の経済と労働者のためになる食品包装、繊維、家具組み立て工場を擁する工業地区も設立しており[7]、こちらは文句なしに好ましい事例だ。パレスティナではラワビと呼ばれる低価格の居住地区兼商業地区の建設が進んでいて、たとえパレスティナが国家として独立していなくても、主都ラマッラは一国家の正式な行政中心地のような存在感を日に日に増している。

パレスティナ内の派閥争いが独立を実現する障害だとしても、ヨルダン川西側地区を北からジェニン、ナブルス、ラマッラ、東エルサレム、ベツレヘム、そして南のヘブロンまで抜け、イスラエルを通過してガザ地区までつながる弓形の道路や鉄道という、インフラによる接続性は実現できる。さらに、ガザ地区にパレスティナの空港や海港を建設することも可能だ。そうした機能的な通行手段は法的にあいまいな状態であるパレスティナの経済を強化するだけではなく、エジプトからシナイ半島を経由しパレスティナの領土を抜けてヨルダンまで到達する、より広い範囲でつながっているアラブ世界の地図の作成を可能にする。

一八四五年、アルジェリアのフランス植民地政府とモロッコは国境線の設定に同意したが、地中海から南に一六五キロ下った地点でどちらも線引きを止めてしまった。「水がない土地は居住に適さないので、境界線は無用だ」との理由からだった。確かにそのとおりである。両国は一九六三年の無益な「砂戦争」で戦ったものの、ティンドゥフ地域の鉄鉱石で得られる収益をその後もずっと分け合ってきた。二〇〇六年には互いにビザを撤廃する。アラブ世界で最も敵対していた国同士でさえ、いつかは協力することを学ぶのだ。

アラブの国々の地質学上の特徴は、政治的な特徴よりもはるかに重要である。彼らは石油が豊富か乏しいか、あるいは水が豊富か乏しいかのどちらかである。アラブや近隣諸国はイエメンやヨルダンのように水不足で存続が危ぶまれている国のために、軍の検問所よりもさらなる水路、パイプライン、鉄道を建設するべきである。例えば、イスラエル、ヨルダン、パレスティナは飲料水と灌漑用水を確保するために、イスラエルとヨルダン国境沿いを通る紅海—死海間の運河建設をともに支持している（地中海と死海を結ぶ運河も検討中だ）。

一九四〇年代、スタンダード・オイル社とシェブロン社によって建設されたトランス・アラビアン・パイプラインは、サウジアラビア東部のアブカイクからレバノンまでの一二〇〇キロを結ぶ、当時世界最長のパイプラインだった。その後数十年のあいだに、一九七〇年代に通行料で対立したシリアや、一九九〇年代の湾岸戦争でイラクを支持したヨルダンにおける輸送中止によって、トランス・アラビアン・パイプラインはアラブ世界の内輪もめやアラブの国々が主権国家の同胞として協力できないことの象徴になっていった。しかし、レヴァント（地中海東沿岸地域）北部を復興させるためには、サウジアラビアからアサド政権後のシリアまでの南北につながる新たなパイプラインが必要不可欠である。その一方で、トルコもシリアに対して現在よりはるかに多くの水力発電力の供給や、インフラ投資を行えるのではないだろうか。すでにトルコの建設会社はクルディスタンのインフラ建設で先頭に立ち、彼らのパイプラインを支援している。そのクルディスタンのパイプラインはイラク政府の異議申し立てにもかかわらず、トルコ国内を通ってジェイハンまで到達し、運ばれた石油はそこでタンカーに積まれてヨーロッパやイスラエルのアシュケロン港へ輸送される。カタールは、国民ひとりあたりの数字を見るかぎり最も裕福な国だが、食料のほとんどが自給では賄えず、三カ所にある海水淡水化施設はたった一日分の水しか供給できない。カタールはヨルダンとシリアの農地を買い占めているが、それと同時に政府の支援で近代的な海水淡水化施設と灌漑システムも導入して、食料生産を大幅に向上させなければならない。ここで挙げたどの例でも、政治的な境界線によって当然のように実現を阻まれている国家間の極めて重要な連続性は、インフラというつながりによって実現することができる。

新たなインフラは、大国が求める戦略的復元力をも実現する。中国はインド洋を往復する自国の貨物船が関わるサプライチェーンの破壊を最小限に抑えるために、地中海での中国海軍の駐留を拡大している。二〇一四年、中国港湾工程有限責任公司はイスラエルのハイファ港よりも大きい船舶が入港できる新たな港を同国のアシュドッドに建設しはじめた。さらに、イスラエルはスエズ運河が閉鎖された場合に備えて、その代わりとなる、アシュドッドと紅海沿岸のエイラトを結ぶ新たな貨物専用鉄道「紅海―地中海路線」の建設を約束している。

イスラエルの南端にあるエイラトからは、ヨルダン、エジプト、サウジアラビアが容易に見渡せる。ただ眺めがよいだけではなく、アカバ湾沿いの紅海の玄関口という戦略的な位置にあるエイラトは、この地域の地政学を再形成する新たなエネルギーのつながりの中心となりつつある。一九五〇年代以降、トランス・イスラエル・パイプラインはエイラトとイスラエルの地中海側の

＊　二〇一五年、イスラエルが輸入した石油の七五パーセント以上はクルディスタンからのものだといわれている。

港アシュケロンを結んできた。だが、最初の二〇年間はイランの石油をヨーロッパに輸送していたにもかかわらず、一九七九年のイラン革命から現在まではロシアの石油をアジアへと逆の方向へ輸送している。近い将来、このパイプラインはイラクも含めた環状パイプラインネットワークの一部となり、ヨルダンなどエネルギー不足の近隣国に対して石油やガスを供給する予定だ。ヨルダンは最近まで、アラブ・ガスパイプラインから供給を受けた発電所ですべての電力を賄ってきた。そのパイプラインはエジプトの地中海側の端にあるアリーシュからアカバまで南下し、そこからヨルダンとシリアへ北上する。だが、エジプトとヨルダンはシナイ半島に居住する不満を募らせたベドウィン族の執拗な攻撃のせいでともに深刻な燃料不足に陥り、ディーゼル油や重油に何十億ドルも支払わざるを得なくなった。

この地域のエネルギー安定化のためには、リスクをいとわない企業の存在も極めて重要だ。ヒューストンを拠点とするノーブル・エナジー社は、地中海東部での天然ガス開発に三五億ドルの投資を行い、隣接するタマールガス田とリヴァイアサンガス田の推定八〇〇〇億立方メートルの天然ガスの採掘が許可された。タマールガス田から採掘された天然ガスはすでにイスラエルの全発電量の半分を担っており、ノーブル社はエジプト、ヨルダン、さらにパレスティナ自治政府への天然ガス供給を開始した。現在、アシュケロン近郊の発電所では、イスラエルのすべての近

＊ イランはヨーロッパ市場への供給をにらみ、イラクとシリア、地中海を結ぶ新たなパイプラインの開発を推進している。このプロジェクトは一部からは「イスラムのパイプライン」と呼ばれ、現在、アゼルバイジャンの天然ガスをオーストリアまで運ぶために計画が進められているナブッコ・パイプラインのライバルと見なされている。

隣国にも電力を輸出できるだけの発電量を確保している。とはいえ、ノーブル社のガス採掘装置は攻撃されやすい海上にあるため、岸やスピードボートから発射されたロケット弾の被害に遭う可能性が高い。つまり、イスラエルは不安定な国境線と同様に、この沖合の天然ガス供給源を徹底的に守らなければならない。[8]

実のところ、二〇一一年にムバラク大統領が追放される以前のエジプトの天然ガス最大輸出先はイスラエルで、アラブ・ガスパイプラインよってはるかに短いアリーシュ—アシュケロン間のパイプラインで輸送が行われていたが、現在のエジプトは同じパイプラインの流れを逆にして、イスラエルから天然ガスを輸入しなければならない状況に陥っている。そうしたなか、ヨルダンとエジプトにとって幸いなことに、イラクは、両国に対して一九八〇年代のイラン・イラク戦争でアカバ港を主要補給線として利用させてもらった恩返しをしようとしている。ペルシア湾へ通じる天然ガスの代替輸出ルートを求めるイラクは、天然ガスをヨルダン市場へ供給する一方で余剰分をアラブ・ガスパイプライン経由でエジプトにも輸送するために、バスラからアカバへのガスパイプラインを建設中である。イラクの石油産出量の八割を占めるバスラはクルディスタンと同じような権限委譲計画を大きく進展させるだろう。同様に、ヨルダン唯一の海港都市アカバもヨルダンにとって戦略的な都市であり、同国では首都アンマンと同じくらい重要な位置を占めている。二〇〇〇年以降、アカバはヨルダン政府からの過剰な干渉を避けた経済特区として運営され、原子力発電所、大規模海水淡水化施設、アカバと二〇カ所以上の目的地を結ぶ拡張された新空港、さらに国中へつながる新たなパイプラインの建設が計画されている。したがって、このふたつの準自治港湾都市を結ぶ「バスラ─アカバ」エネルギー軸は、この地域のどんな国境線よりも重大な意味を持つ。

エジプトのシナイ半島から紅海を渡ってヨルダンに行くのは退屈な旅だ。のろのろ進むフェリーに何時間も揺られなければならず、しかも検問所では嫌がらせを受けている気分になる。互いを大いに必要としているふたつの国があまりにも些細な理由で互いを隔てているという現状は、主権が常識をしのぐという残念な事例のひとつにすぎない。一九五〇年代、アラブの独裁者たちはエジプトとシリアのアラブ連合共和国や、イラクとヨルダンのアラブ連邦など、短命に終わったイデオロギー的共同体をつくった。現在、共同インフラが誕生しているおかげで、そうした統合は単なる象徴ではなく実のあるものになっている。

地中海とティグリス川にはさまれたこの一帯は、ヨーロッパとアジアのあいだに誕生しつつあるシルクロードで重要な地位を占める可能性をまだ持っている。アラブ諸国には、長期的な経済成長の原動力としてのつながりが必要だ。たとえ、それが（すでに）アメリカと（いずれは）中国の両国がアラブ地域に埋蔵されている石油や天然ガスから他の供給源へ移行していくというだけの理由であっても。アラブの国々はアフリカも含む周辺のすべての大陸をつないでサービスを提供する、繁栄している中心都市にならなければならない。西側諸国は前世紀にあまりにも多くの問題を残しながら切り刻んだ地域の地図をこれ以上描くことに躊躇し(少なくとも公式には)、一方、アラブ世界で残った政権は共通の長期的展望を提案するよりも自国軍を意のままに動かすことに忙しい。だが、アラブ諸国はたとえサイクス・ピコ協定に失望させられ混沌の渦に巻き込まれているとしても、目指すべきパックス・アラビアの地図を自らの手で描かなければならないのである。

（本章に関連する地図は下巻口絵20、21、22、23を参照）

第五章 新たな「明白なる使命《マニフェスト・デスティニー》」

アメリカは「コモンズの悲劇」に陥るのか？

アメリカ人が自国との関わりについてどう考えているか、驚くべき事実を紹介しよう。六割のアメリカ人はアメリカンドリームは自分自身にも子供にも手が届かないものだと思っていて、一八歳から二四歳までのアメリカ人の四割は職を探すためには国外へ移住しなければならないだろうと考えている。二〇一四年の調査で回答した人の多くはベビーブーマー世代（一九四六年から六四年頃に生まれた世代）で、彼らは引退後の備えを二〇〇八年の世界金融危機ですっかり失い、さらにその後の（超低金利に起因する）金融抑圧により、わずかに残された年金の回収可能価値への一縷の望みを打ち砕かれていた。物価の安い土地で老後を送れるようメキシコやパナマなどへ移住する高齢者は、記録的な数にのぼる。とはいえ、国外への移住がさらに多いのはアメリカの失業者の半数を占める、技能を身につけていない若者たちだ（アメリカの一部の学者は、アメリカは政府の負担を減らすために構造的失業者を輸出すべきだとさえ指摘した）。さらに、産業の空洞化とサブプライムローンによる株価暴落が相まって国内が深刻な混乱状態に陥り、その結果、失業者やホームレスが賃金を問わず、職を求めてアメリカの三五〇の主要大都市圏へ移住した。

バリューチェーンの上位では、アメリカの裕福な人々や才能ある人々はどちらも自国にとどまるのをためらうだけではなく、実際に行動に移す。アメリカはフランス、イギリス、そしてスペインに次いでリンクトイン（LinkedIn）のプロフィールの居住地を新興市場国に変更した人が多く、また、毎年四〇〇〇人ものアメリカ人がアメリカ国籍や永住権（いわゆるグリーンカード）を放棄している。そして現在。九〇〇万人という記録的な数のアメリカ人が海外で暮らしている。つまり、移住とお金の使い方から、彼らはより質の高い生活、特により安い税金と職を得られる機会をアメリカ国外に求めていることが証明されている。アメリカ企業もアメリカに拠点を置くことが不利益になると、国を捨て利益を求めて逃亡する。二〇一四年、アメリカ企業が海外で保有する現金は五兆ドルを記録した。彼らは海外で得た利益を本国に送金する際にかかる税金を回避し、代わりにアメリカの規制による重圧から距離を置けるよう、現地企業との合併、本社移転、株の買い戻しに資金を使っている。

アメリカはかつて世界で最も裕福で安全、さらに技術的に進んだ社会だった。だが、さまざまな状況が思いがけず重なったことの結果を運命と勘違いしてはならない。第二次世界大戦直後には当然と見なされていたことの大半は、現在、必ずしもそうではなくなっている。アメリカが世界で中心的な役割を果たす超大国であり続けても、それはアメリカが帝国を維持しているという事実を保証しているだけにすぎず、国家体制や国民の生活が他国に勝っていることを保証しているわけではない。実際、アメリカの世界的地位と統治モデルの有効性の危うさが、ここ数年で明らかになった。このふたつは、アメリカが世界市場で競う新興国、金融センターや企業の拠点からの海外投資やこうした国への輸出にますます依存するにつれ、引き続きこの先何十年も厳しい試練にさらされるだろう。

これからお話しする二〇二〇年のバラ色のシナリオを思い浮かべてみてほしい。二〇年にもおよぶ外交面での大失策を経て、アメリカ軍の大半は国内にとどまっている。シェール層から採取される石油や天然ガスの量はロシアやイランの生産量を上回り、カリフォルニアの巨大テクノロジー企業が画期的なアプリケーションを開発し、その結果、世界初の三兆円企業になる。経済は三パーセントの成長率を安定して保ち、住宅ローンの融資基準緩和の効果で七割のアメリカ人がマイホームを持てるようになる。

そのように経済成長が回復すれば、アメリカ国民や企業が現金や自国への忠誠心とともに国外から戻ってくるのだろうか？　テキサス州や南北両ダコタ州でのエネルギー開発による好景気で得られた富は、不景気な州にも分配されるのだろうか？　テクノロジー分野での前進とは、ほとんどのアメリカ人が最適な仕事に就けるという意味だろうか？　こうした疑問への答え次第で、アメリカ国民一体となって復活するか、あるいは「コモンズの悲劇（共有資源の乱獲と枯渇）」に陥るかが明らかになるだろう。つまり、アメリカが偉大だが崩れかけている帝国として存在し続けるのか、それとも自らの力で回復して真のアメリカを取り戻すのかということである。ひとつ確実なのは、競争の厳しいこのサプライチェーンの世界では、「アメリカ製」というラベルだけではもはや十分ではないという点だ。

かつてアメリカで最も裕福な都市であったデトロイトは二〇一三年、財政破綻した。これは単にひとつの事象ではなく、世界的な競争力を持つ国に住んでいても都市の競争性は保証されないという現実の表れだ。アメリカは、一部の都市や企業やコミュニティが繁栄している反面、そのほかは衰えているために国が紐のようにほどけているといえる。それは権限委譲への流れを示す良い兆候でもあると同時に悪い兆候でもある。ニューヨーク、マイアミ、ダラス、ロサンゼルス、サンフランシスコ、シカゴ、ボストン、アトランタは国の支えであり、地域のまとめ役であり、ひいては程度の差はあれ世界の中心地でもある。これらの都市は、学問、テクノロジー、金融、あるいはエネルギーであろうと、世界的なサーキットに所属している。カリフォルニア州は大半の国より人口が多い。そして、同州は州知事のジェリー・ブラウンやアーノルド・シュワルツェネッガーの指揮のもと、輸出の大幅な拡大と投資の呼び込みのために大規模な貿易代表団を海外に派遣してきた。他の州も、どの国に輸出をすればどれだけの雇用が創出できるかを正確につかもうと試算し、当該の国と直接やりとりして商業的なつながりを強めようとしている。

だが、アメリカの州や都市の多くは、権限委譲の負の側面を具現化したものだ。つまり、多くの地方自治体はアメリカ政府から権限は渡されたものの、お金はもらえず、しかも自身の規模があまりにも小さいために投資を通じて資金を確保することもできない（アメリカは西側主要国のなかでは最も都市化が遅れている）。そうした都市の見通しは暗い。二〇一三年の報告書によれば、クリーヴランドは「バルカン半島化」しており、つまり「人間やアイディアの世界的な流れから分断されている」[1]。バッファローでは、かつてオーティス社のエレベーターやワンダーブレッドブランドのパンの製造で活気に満ちていた工場の建物がいまや空っぽで、朽ち果てて骨組みだけになろうとしている。専門家たちは、より大きな財政破綻の波がミシガン、オハイオ、ペンシルヴェニア、イリノイ、ニューヨークの各州にまたがるラストベルト一帯や、優秀な人材、商業や投資をボストンに奪われたニューイングランド州の都市まで広がるだろうと予測している。アメリカのような大帝国にもなると、破綻しつつある都市の規模はどこも、破綻しつつある国家と変わらない。

デトロイトの凋落は人件費の安い中国の自動車工場に製造を委託したためだと指摘する声が多いが、中国にも東莞《とうかん》という「自動車の街《モーターシティ》」デトロイトと同様の都市が存在する。中国南部の広東省に位置する「四頭の小さな虎」のひとつと称された東莞は電子機器製造を主産業とし、貿易総額は深圳に次いで第二位だった[2]。だが、この都市の輸出量は二〇〇八年の世界金融危機の打撃を受け、その結果、工場は閉鎖され作業員は解雇された。当時、開業したばかりのショッピングセンター「華南モール」は、ミネソタ州の「モール・オブ・アメリカ」の二倍の規模を誇っていたが、テナントも入らずゴーストタウンのようになった。

だが、東莞にはデトロイトにはないいくつかの利点がある。東莞の人口は八〇〇万を超えているが、労働者は輸出不振を乗り越えるまでのあいだは近隣の都市に通うか移住するかして、別の仕事に就くことができる。インフラが比較的新しいため、市は食品包装会社、物流センターを必要とする企業、高品質の電化製品や機械の製造工場による再利用に迅速に対応できる。さらに、市の経済は製造部門よりもサービス部門（レストラン業やホテル業など）のほうが大きな割合を占めている。東莞の性風俗産業――マッサージパーラーからカラオケバーにいたるまで――だけでも、最盛期の雇用者数はデトロイトの人口より多かった。今日の華南モールは、テナントがほぼ埋まっている。

このふたつの都市のもうひとつの決定的な差は、東莞はデトロイトと違って金融市場に資産を巻き上げられなかったことだ。中国の地方自治体の赤字はとてつもなく大きく、国有企業は改革が大いに必要だが、そのどちらも中国人民銀行の四兆ドルに支えられている。一方、財政破綻前のデトロイトは金利スワップ取引によって負債が膨張した結果、ＵＢＳとバンク・オブ・アメリカへの二億五〇〇〇万ドルの支払いが発生し、そのため残りのわずかな金額では年金や医療制度に必要な二〇〇〇億ドル近くをとても賄えなくなった。

中央政府と都市の関係円滑化のモデルは、中国のほうがアメリカよりも優れているのだろうか？　中国は政治の民主化よりもはるかに迅速に経済の自由化に着手してきたが、国の長期安定に等しく重要なのは政府がいかにして権限委譲に対応するかだと証明しつつある。中国政府は中国の都市が行っている綱引きのチームのコーチである。つまり、政府は新たな試みを促しながら、失敗はフォローしてくれる。中国は投資、産業、優秀な人材や知名度を求めて競うメガシティの連合体となりつつあり、それは広範囲にわたる安定性を確立するために国が必要とする活力を生み出す。政治的に共産党の管轄を直接受けている直轄市の北京、上海、天津、重慶でさえ、独自の経済計画を立てる上での自由裁量が大きくなっている。省長や市長は中央政府が任命するが、清華大学のダオクイ・リー（李稲葵）の言葉を借りると彼らは「資本配分や投資を呼び込むうえで大幅な自由裁量を有する持ち株会社の会長」であり、ニューヨークやロサンゼルス市長同様に海外の投資家に対して出資を募る。上海は近年、外資系企業が何種類かの通貨を利用してより柔軟に活動できる自由貿易区を設立した。薄熙来《はくきらい》元中国共産党重慶市委員会書記の華々しい出世とその後の衝撃的な解任劇は、主要都市と公人がいかに自治権を持っているか——と当時に、中国政府がある一定の権限委譲をいかに容認しているか——を示す一例だ。今日、古くからの格言「山が高くて皇帝の威力がおよばない」が頻繁に引用されているのも無理はない。

中国は強い国家の時代、強い都市の時代のどちらにおいても確実に国を繁栄させ続けたいと思っている。中央政府が名ばかりの権力の象徴に格下げされていた古代中国の「戦国時代」とは違い、現在の中央政府は宋王朝のように州や地域を支援している。中国の二〇〇〇以上の県（それぞれの人口は五万人以下から三〇〇万人以上におよぶ）は、中央政府の五カ年計画に自らの場所を確保するために奔走している。それは例えば、メガシティの一地区になるためであったり、あるいは工場から排出される汚染物質の削減計画への助成金を得るためだったりする。多くの学者は、中国の国家予算の七割が地方自治体に使われている現状から、中国はすでに事実上の連邦国家でありそれをより正式なものにするべきだと主張している。[3] 実際、中央政府は州の経済戦略は各々が立てるべきだという意思表示として、州に対する成長率目標の設定や報奨金をすでに廃止している。[4] そうした状況をふまえ、内陸の州は国の改善されたインフラを有効に活用して、企業を人件費の高い沿岸都市から安い内陸部へ移転させようとしている。

　一方、今日のアメリカで見られる製造業での職を得るための「底辺への競争」は、一九八〇年代のアジアを連想させる。例えばテネシー州は、韓国のタイヤメーカー「韓国タイヤ」がアメリカでの工場第一号をクラークスビルに設立する際に発生する、初期費用の大半を負担している。この工場はクラークスビルで最大の雇用主になる予定だ。クラークスビルとはナッシュビルをはさんで反対側にあるスマーナは、一九八三年に日産自動車が進出するまでその存在をほとんど知られていなかったが、その後人口は四倍になり四万人を超えた。今日、日産が業務委託契約を結んでいるアメリカ企業から派遣される作業員は、サービス残業や週末の長時間シフトを求められ、手当も支給されない。だが、テネシー州議員のマイク・スパークスは、州は企業に協力せざるを得ないと思っている。もし自動車労働者組合が日産の各工場で支持を集められるのであれば「組合はアラバマ州やジョージア州やミシシッピ州（三州とも外資系の自動車工場が多い州）にも乗りこむだろう」[5]

　サプライチェーンの世界では、アメリカの州同士もメキシコやタイや中国と同様にライバル関係にある。だが、アメリカにまだ残っている製造業の雇用件数は二〇〇〇万を切っており、今日ミシガン州やテネシー州がどんなに手を尽くしても、明日の雇用が消滅してしまうのは避けられないだろう。

内なる権限委譲

　アメリカにはサプライチェーン大戦の指導者がいるのに、戦には勝てていない。シリコンバレーは裕福なハイテクの結節点であり、ニューヨークは世界の金融センターで、ヒューストンはエネルギー大都市だ。だが、そうしたアメリカの都市は国の資産である一方、国の広大さは負債になっている。幹線道路や橋は老朽化し、鉄道はスピードが遅すぎるか路線自体が存在せず、そのうえブロードバンドのつながりは不十分だ。さらにソフト面でのインフラの問題もある。例えば、教育の質の低下、優秀な人材を確保できない移民政策、接続性のおかげで持てる者とつながっていないために持たざる者とのあいだの深刻な経済格差などだ。疲弊した州や地域社会は銀行と企業から投資や融資を渋られ、そのため彼らは独自の信用組合や「レンディングクラブ」をつくることになる。

アメリカは、世界で主要な位置を占める結節点と、変化に取り残されたへき地であるラストベルトへの二分化がますます進んでいく。つまり、アメリカの人や企業は実にさまざまな世界的なグローバル・サプライチェーンに属している――あるいは属していない――ため、アメリカが「合衆国」だと考えるのはもはや正しくないのだ。この二分化は「共和党支持者の多い州」と「民主党主義者の多い州」のみならず、都市部と地方という面もある。有権者の選択は居住地よりも職業――工場作業員、教師、経営コンサルタント、銀行員、農業従事者など――をはるかに反映したものになる。

三〇〇万から八〇〇万人の住人を抱え、しかも経済が多様化している都市は、デトロイトのようにそれより人口が少ない単一産業都市に比べ、打撃に対してははるかに強い。ニューヨークやロサンゼルスのような、アメリカで最大の部類に入り、しかも人口密度が高い地区を有する都市は、景気後退、犯罪の急増や産業競争を克服して、高収入の優秀な人材が世界で最も多く集まる場所としての地位を保ち続けている。こうした都市の復元力は、都市自体の大きさと、住民が都市を一度も離れずに職を替え、新たな職業訓練を受け、そしてバリューチェーンの階段を上がる新たなチャンスを都市が常に与え続ける点にある。そのため、ニューヨーク市は世界金融危機以降テクノロジー企業の誘致に成功し、かつて荒廃していたロサンゼルスのプラヤヴィスタ地区では、航空宇宙産業と映画業界の跡地が先端の複合施設になっている。

アメリカのGDPの八五パーセントは主要都市の貢献によるものであり、ニューヨーク市だけでアメリカ経済の八パーセントを占めている。だが、最上位の都市とその他の都市との格差が大きくなるにつれ、同じ都市の中の格差までもが開いてきている。ニューヨーク市での所得不平等は、多くの第三世界と同じぐらい深刻化しているのだ。ダラス・フォートワース都市圏（ここの空港の面積だけでマンハッタンに等しい）はアメリカで四番目に人口が多いが、ダラス市長マイケル・ローリングズが評するとおり、そこは「最も貧しい裕福な都市」だ。[6]しかし、裕福な都市は破綻してもなお成長し続けることができるのだ。シカゴではラーム・エマニュエル市長のもと、借金に依存した大規模な再建運動が行われたが、過度の支出によりイリノイ州の経済見通しは全五〇州のなかで最下位近くとなり、さらに増税は最終的に個人や法人を追いこむことになりかねない。

こうしたイリノイ州の例は、経済面を考慮されずに政治的に定められた州という概念がいかに時代錯誤的であるかを示している。『シカゴ・トリビューン』紙のコラムニストを長く務め、都市の専門家でもあるリチャード・ロングワースは、「中西部の州は政治形態の一部としての意味をなしていない」[7]と記している。カンザスシティ都市圏はカンザス州とミズーリ州にまたがっているが、このふたつの州は一体となって世界的な競争に対抗するためにではなく、企業を州境である道路「ステートラインロード」の自州側に移転させるために互いに争っている。インディアナ州の地方自治体も低賃金の雇用を創出するためにテネシー州と同じ「底辺への競争」を必死に戦っており、高収入なテクノロジー企業の中心地を目指すインディアナポリスの努力を台無しにしている。

二番手の都市のなかには、事業の効率的な民営化で何とか運営できている例もある。そのひとつであるコープスクリスティ港は、一九八五年、商務省から外国貿易地域（FTZ）設立を許可されたアメリカ初の区域となった。この地域は同名の都市とは無関係な民間団体によって独自に運営され、しかも地域内では連邦税も州税も、さらに市税も課せられない。[*] コープスクリスティ港は数十年間、石油の主要輸入港として機能し、輸出はほぼゼロだったが、現在ではわずか一〇〇キロしか離れていないイーグルフォード層から採掘されたシェール石油の主要輸出港になっている。[**] さらに二〇〇九年、コープスクリスティは中国の主要港、天津を拠点とする天津鋼集団有限公司とともに一〇億ドルの合弁事業を開始した。この工場では石油や天然ガスの採掘に欠かせ

* 外国貿易地域（FTZ）は、倉庫業やその他の保管業務といった一般的な貿易関連事業に対して事業許可されており、小地区は企業ごとの許可が必要である。
** コープスクリスティ港からの輸送量は二〇一一年から年々倍増し、二〇一三年には一億三〇〇〇万バレル近くを記録した。当初の輸送はメキシコ湾沿岸に連なる製油所向けだったが、その後、全世界へ拡大した。

ないシームレスパイプが、年間五〇万トン生産される予定だ。アメリカでの中国の最大製造投資であるこの事業は、すでに建設業で数百もの雇用を創出し、工場が完成すればさらに雇用が増える。唯一遅れているのは工場経営者と中国語で話せる地元の社員の採用で、その数はまだ足りていない。とはいえ、コープスクリスティは世界的に高まるエネルギー需要を迅速に最大限活用した柔軟性が認められ、アメリカの地方自治体が短期間で価値の高い世界的な結節点になるための貴重なお手本になった。

他の都市はこのように自ら資金調達を行ったり、世界のエネルギー市場を敏速に最大利用したりはできない。デンヴァーは中心部再開発のための融資をアメリカのいくつもの銀行に断られたために、カナダの銀行に頼ることになった。だが、中間層の都市が生き残るために民間金融機関に頼れば頼るほど、教育から治安維持にいたる公共サービスが事実上民間企業に外部委託され、都市はますます経済特区（ＳＥＺ）の様相を呈するようになる。デンヴァー企業誘致地域《エンタープライズゾーン》内にスタジアムや博物館や鉄道を新たに建設した企業は税額控除が受けられ、さらには公園の「特典つき有料会員」の募集や病院のベッドに対する「設備利用料」の請求といったかたちで追加費用を徴収する特権が認められている。コロラド州のもうひとつの措置は、医療用と嗜好用の大麻の合法化だ。大麻にかけられた重い税金は教育――反麻薬教育――に使われている。

デンヴァーの「民営化」は将来のアメリカ政治が直面するさらに皮肉な状況を浮き彫りにした。アメリカの都市の市長はほとんどが民主党である。ダラス、ヒューストン、そしてオースティンは市長が民主党の「青い」都市であり、共和党の州知事が治める「赤い」テキサス州に属している。だが、「青い」都市の市長たちは、いずれ民間企業が管理する社会インフラへの資金提供に関する住民投票に賛成票を投じるなど、不用意にも共和党の市長のごとく振る舞うことがある。二〇一五年、ダラスは都市名と市のロゴマークの使用さえも下水設備工事保険会社に五〇万ドルで許可した。その結果、市の通知書に見せかけたその企業の広告チラシが郵送され、受け取った市民の混乱（と怒り）を招いた。アメリカの党派を超えた総意は確かに「意見の違いは脇に置いて、物事をやり遂げる」である。だが、本当に「市民の、市民による、市民のための」市政が行われているのだろうか？

さまざまなかたちや大きさの「自治の飛び地」へと分割されるアメリカの権限委譲は、今後も続く可能性が極めて高い。したがって、アメリカは強固な地方自治体をいくつも抱えながら国家の強さも保ち続けている国々から学ばなければならない。ドイツの都市にも大きなサッカースタジアムはあるが、公共サービスの民営化という代償を払って建てられたものではない。ドイツの各都市には官僚、企業のトップや教育機関が共同で作成した経済基本計画が存在する。その計画をもとに貿易や投資戦略は常に修正され、労働人口は最新のテクノロジーや世界で活躍する機会を活かすための訓練を受ける。中国がアメリカよりドイツを模倣することが多いのは、ドイツが強固な経済中心地を数多く擁し、世界最高レベルのインフラを備え、高価格製品を輸出し、社会志向の政策を取っているからだ。ドイツは人口に対する億万長者（さらに上をいく大富豪も）の割合が世界で最も多いが、一方では他の工業大国に比べて所得の不平等が少ない。ドイツ――そして日本や韓国にも――にあってアメリカにないものは、権限委譲による都市の競争はさておき、連帯を促進する政策だ。それは旧東ドイツのインフラのレベルを旧西ドイツのレベルにまで改善した、統一後二五年間続いている「連帯付加税」の名にすべて表れている。

裕福な都市や州が富を分配するくらいなら自らのために使おうとするアメリカは、連帯が足りないといえる。実際、連邦政府の対応の迅速化と効率化を目指すためのオープンデータ運動（Data.gov）は、それと同時にニューヨークやロサンゼルスに――バルセロナやヴェネツィアのように――彼らの税金がどこでどのように使われるのかを正確に知る権利を与えることになる。その結果、カリフォルニア、テキサス、ニューヨークなどの州はできるかぎり富を手元に残して国際的なつながりを築く一方、支援が必要な州を連邦政府にまかせてしまっている。支援が必要な州には、サウスダコタ、アリゾナ、ニューメキシコ、ルイジアナ、アラバマ、そしてメインなど、民主党と共和党に分かれたアメリカの州のなかで面積が最大、人口が最少、あるいは経済的に最貧の州が混在している。[8]

アメリカの新たな地図が生まれつつある。それは名ばかりの州境によって決められたものではなく、商業と優秀な人材が機能性を求めて特定の場所へ引き寄せられる状況を反映する地図だ。都市計画を専門とするジョエル・コトキンは、アメリカには五〇の州があるというよりも、七つの異なる国家（サンフランシスコ、ダラス、ヒューストン、シカゴ、ワシントン、デンヴァー、そしてアトランタなどの都市を中心とする圏）と三つの半独立の「都市州」（ロサンゼルス、ニュー

* 億万長者の投資家ティム・ドレイパーは、連邦政府に対するカリフォルニア全体の票の力を最大化し、かつシリコンバレーの負担を減らすためにカリフォルニアを六つの州に分割する提案をしている。

ヨーク、マイアミ）があるようなものだと指摘している。そのどの都市もが石油、農業、工業、テクノロジーなどの主要産業を擁する各地域経済の「首都」であり、一方「都市州」は世界レベルの人的資源、経済やつながりを持つ。都市地理学者たちが予測する新たなメガリージョンは、フェニックスからツーソンまでを含む「アリゾナ・サン・コリドー」、ポートランドからシアトルを経由してバンクーバーまで延びる「カスカディア地帯」、そしてアトランタからシャーロットまでの「ピードモント大西洋地域」だ。アメリカの機能的なメガリージョンを記したこの地図は、アメリカが実際どのように機能しているかを示し、より大きなつながりによってそれを向上させる方法も示している。

太平洋からの流れ

ところで、デトロイトはどうなるのだろうか？　都市の再生、あるいは生き残りのための決まったひなかたちは存在しない。クイックン・ローンズ社の創業者、ダン・ギルバートのようにデトロイトをこよなく愛する大富豪たちは市の中心部のオフィスビルを購入し、ライトレールのプロジェクトに資金を提供し、荒廃した住居や工場の撤去料を支払っている。そうした段階的な取り組みは、衰退して干からびていた市の中心部を活性化させ、そこにわずかに残っている人々にとって住みやすい整った地区へと生まれ変わらせるが、輝かしい過去も惨めな過去も両方とも

＊　ヒラリー・クリントンは「地域社会を活性化してつなぎ合わせる『柔軟な連邦主義』」の実現を呼びかけた。

消し去っていく。一方、デトロイトの過去の規模と存在意義を取り戻そうとするようなはるかに急進的な提案もなされている。例えば、市を非課税地域にするという提案、ラテンアメリカやアジアからの勤勉な移住者向けにデトロイト限定ビザを発行するという提案、連邦予算の市への予算の割合がアメリカ（一〇パーセント以下）よりはるかに大きいカナダ（約二〇パーセント）の都市になるという提案だ。

　他の何十もの都市も崩壊寸前で、借金がかさみ、しかも実行可能なビジネスモデルを有していない。地方自治体の福祉は財政が圧迫されているのでかたちばかりだ。そうした都市の多くはさらに富と人種においても深い隔たりがあり、一触即発の危険をはらむ地域になっている。二〇一四年にミズーリ州ファーガソンで起きた暴動（白人警官が黒人の少年を射殺した事件に端を発する）は、唯一大々的に報道された事件だ。あまりに貧しく不平等な都市は、発展途上国と同じように扱われるべきなのだ。[9] 連邦政府は警官や通勤バスにかかる費用の負担、年金を賄うための公債の保証、雇用創出や新興企業に対する投資奨励金や税額控除での助成を行うというかたちで、そうした都市をやみくもに支援している。だが、わずかな雇用を創出することは持続可能な経済戦略ではない。持続可能な経済戦略とは、差し迫って必要なインフラの整備や世界的な競争力を持つ産業に投資することである。例えば、デトロイトは自動車の街としての最盛期を過ぎてしまったが、現在仕事に困っている当時の企業家は、アメリカが国家として導入に取り組むべき高速鉄道などの輸送工学システム分野へ直ちに転向するべきだった。アメリカの太陽光産業での雇用者は二〇万人を超え、業界は年々二〇パーセントの成長を続けている。商務省は「セレクトＵＳＡ」プログラムを実施し、企業にやさしいアメリカの都市へ投資を呼び込むために、ポーランドやインドネシアをはじめ、世界のあちこちに代表団を派遣している。これは、かつてあれほど当たり前だった「世界で最も魅力的な投資先アメリカ」を組織的に実現するために必要な――だが、資金不足は深刻だ――努力のひとつだ。

したがって、アメリカに必要なのは労働者の技能向上を促進し、彼らを、仕事がある場所へ移住可能にする大規模な雇用戦略である。クリーヴランドの報告書作成者たちは「移住は経済的発展だ」と主張している。クリーヴランドはテクノロジー関連の新興企業に奨励金を出すなどして、大卒の人材をオースティンやシアトルから呼び込もうとしている。同様に、カーネギーメロン大学の周辺に多数の研究所が集まるピッツバーグでも、産業の落ちこみによって人口は減っても、ソフトウェア、バイオテクノロジーや先端材料などの分野での収入が増えているという現象が起きている。優秀なエンジニアはミシガン州――ただしミシガン西部――にも多数存在し、そこに拠点を置くジェンテックス社などの企業は自動車や航空機の部品ではなく、電子部品やセンサーを内蔵した光学製品を製造している。これは少なくとも現在は、中国にとっては高度すぎるサプライチェーンの一部である。

アメリカはアジアに雇用を奪われているかもしれないが、逆向きに流れている資金を確保できれば、綱引きによってまだ優位に立ち続けられるのである。中国は物品だけではなく、資金や人材も輸出している。そして、中国の国家開発銀行はアメリカの最大手住宅建設会社レナーへの二〇億ドル近い投資を約束している。これは長らく停滞していたサンフランシスコのふたつの不動産プロジェクト（トレジャー・アイランド、ハンターズ・ポイント・シップヤード）の資金となり、二万軒以上の住宅とオフィスや商業施設の建設が予定されているこのプロジェクトによって、建設業で何千もの雇用が創出される見込みだ。皮肉にも中国マネーのおかげで、サンフランシスコは再び手頃な値段で不動産が購入できる都市になるだろう。サンフランシスコは（そしてニューヨークも）テクノロジーと豊かな財力によって、ロンドンのような世界の大物たちの飛び領土になってしまっている。

　中国企業は、アメリカ中の都市で、合わせて年間一三〇億ドルにのぼる投資を行っている。オハイオ州のトレドはかつてアメリカのガラスの街として知られていたが、そのガラス産業を中国に奪われたため、市内のホテルや工場を購入してもらえるよう中国人の買い手をコスト競争力やシカゴへの近さを強調して勧誘し、大学との提携や美術交流を打ち出した（さらに、「アメリカで最も中国にやさしい都市」というイメージを高めるためのキャンペーンも開始した）。中国はさらに、輸入関税を回避するために自国の製造サプライチェーンの最終組み立て段階をアメリカ国内で行う拠点となる、深圳に似たＳＥＺの設立に向け、州ごとの計画も立てている。中国機械工業グループ有限公司はアイダホ州ボイシ空港近辺に製造施設と作業員の住居からなる、五〇平方マイルの自立したテクノロジー地区の設立を提案した。そうした中国の商業的な前進拠点は、今後アメリカ中で一般的になる可能性が高く、多くの州はそれを歓迎するだろう。アイダホ州副知事のブラッド・リトルが指摘するとおり「マネーはアジアにある」のだ。[10]

　しかも、人が多いのもアジアだ。アメリカでは世界金融危機や増加する教育費ローンなどの要因が重なったために少子化が進み、高齢者の介護からハイテク関連の新興企業までの分野で、より多くの移民が働き手として必要になった。顧みられないアメリカ南部の州は、新たな出発のためならどこにでも行くという人々がいて幸運だ。中国の国民は自国の不動産バブルや腐敗防止の取り締まりへの防衛手段として、他のどの国の国民より、カナダ人さえより、アメリカで家を多く購入している。また、中国国民は連邦政府が許可（保証するわけではない）したプロジェクトに五〇万ドル投資すれば、交換条件として永住権が与えられるというEB―5プログラムでの最大の投資者である。海外から資金を呼び込むため、EB―5センターはルイジアナ、ミシシッピといった大きな打撃を受けたアメリカ南部の州に次々と設立されている。そもそも、中国の投資家たちは、アメリカへの入国を実現する目的で手に入れた資産の価値を調べることはほとんどない。なぜなら、彼らはアメリカのパスポートがもらえればそれで十分だからだ。特に、今後生まれるであろうふたり目の子供のための。**

だが、最も裕福な中国人が目指すのはカナダで、移民はアメリカの一〇倍以上になる。EB―5に応募する中国人の数は年間およそ六〇〇〇件だが、カナダの投資家移民プログラムへの応募

* 中国人による年間二二〇億ドルあまりの投資は、現在のところEB―5を利用した投資額のほぼ半分を占める。中国人同様、メキシコ、ナイジェリア、フランスや韓国の投資家たちも建設業で約一〇〇〇件の雇用を生み出す高級マンション建設に向けて、ヒューストンの不動産開発業者にそれぞれ一〇〇万ドル投資している。

** 一人っ子政策は二〇一五年に正式に廃止されたが、中国の夫婦はカリフォルニアの代理母に子供を産んでもらうために列をなし、最高一二万ドル払ってきた。

者数は約六万件だ。* しかもカナダは抜け目なく、一家族の移住につき一六〇万ドルの投資、あるいはビザ一件の発行に対しカナダのテクノロジー新興企業ファンドへの一〇〇万ドルの投資を条件にしている。さらに、ブリティッシュコロンビア州政府は中国本土との金融面での接続性を深めるために、人民元建て債券を発行している。今では多くの人から「ホンクーバー」（香港からの移民が多い）と呼ばれるバンクーバーは、中国からの「ヨットピープル」（二〇世紀のアジアからの移民「ボートピープル」よりもはるかに裕福な移民を指す）の主な寄航港になっている。彼らは不動産価格をはるか彼方まで上昇させ、地元民を郊外に押しやった。やがて、バンクーバー市民の風貌は街の風景と同様、トロントよりも香港に似てくるのだろう。まさに中国の諺どおり、「賢い兎は住む穴を少なくとも三つ持っている」のだ。

アメリカとカナダの西海岸のアジア化は、地球上最も広大な大洋を越えて大幅に増加している資本と人の流れの表れだ。この流れが止まる恐れのある唯一の要因は、現在中国が行っている資本逃避への取り締まりやアメリカとカナダの移民制限だ。だが、中国の自国通貨国際化により、防止されている中国マネーの国外流出はさらに増えるだろう。現在中国のパスポートはアメリカで丁重な扱いを受けている。つまり、今後の新たなグリーンカード取得者の多くは、赤い共産党の国から来た中国人になるだろう。

＊　これはオーストラリア、イギリス、アメリカの同様のプログラムへの中国人応募者を合わせた数の二倍以上だ。

世界最長の国境線を渡る石油と水

何世紀ものあいだ、埋蔵された天然資源は、職と大金を求める経済移民を次々に引き寄せてきた。今日、カナダのアルバータ州にあるフォートマクマレーは、移民が北アメリカの新たな「石油ラッシュ」による富を求めて押し寄せてきた町のひとつだ。カナダがその土地のオイルサンド（鉱床の面積はイギリスより広い）の開発に本格的に乗り出したのは、一九七三年の石油輸出国機構（ＯＰＥＣ）による石油禁輸以降だ。フォートマクマレーは突如、初めて正式な市となり、一九八〇年には人口は三倍以上に増えて三万人になった。その後わずか一〇年で、人口はさらに増えて八万人になった。

だが、それはあくまで公式の数字だ。通常はドバイのフィリピン人やパキスタン人を指すいわゆる「渡り労働者」が、大量にフォートマクマレーにやってくる。そして、その五万人は石油会社が所有し事業を行う郊外の現場でトレイラー住まいをしながら、「リグピッグ」と呼ばれる採掘作業員、電気技師、トラック運転手、カフェテリアの店員、バーテンダーや娼婦、または酷寒の冬場でも作業員の士気と石油採掘量が下がらないようにするために必要なその他の仕事に就き、単調な作業を交替でこなす。下落している石油価格によりフォートマクマレーの勢いは落ちたが、成長していることに変わりはない。現在、ここは世界の新たな「西部劇《ワイルド・ウエスト》の地」だが、やがて人口は安定し、ゲートつきの囲われた住宅地区《ゲーテッド・コミュニティ》や今より大きな空港など、新たな主要グローバル・サ

＊　アルゼンチンの巨大なバカムエルタシェール層に近い、南半球のフォートマクマレーことリンコン・デ・ロス・サウセスも、夜の歓楽街と人口が急速に増加し、同じように天然ガス産業の中心へと発展している。

プライチェーンの結節点としてふさわしい施設がつくられるだろう。

また、フォートマクマレーはオイルサンド、カリ、ダイヤモンドをはじめとする鉱物が豊富なカナダ西部が国の経済の中心として東部に取って代わりつつあることの象徴にもなった（さらに北部に位置する、ダイヤモンド採掘の中心地イエローナイフのひとりあたりの収入は一〇万ドルだ）。カナダは西へと移動した。それまで一度も、オンタリオ州西側のカナダ人住民のほうが東側より多いことはなかった。ユーコン準州、そしてアルバータ、サスカチュワン、マニトバ、ブリティッシュコロンビアの各州は、それぞれカナダ議会での議席数を増やしている。二〇〇六年から二〇一五年までカナダの首相を務めたスティーヴン・ハーパーはアルバータ州出身で、インド人とタンザニア人の両親を持つイスラム教徒のカルガリー市長、ナヒード・ネンシがいずれ首相になるのもほぼ確実だ。

アメリカ人はそうしたカナダの大きい州の名前を知っておく必要がある。なぜなら、そこから水を供給してもらう可能性があるからだ。アメリカの水の供給、農業、人口増加のサイクルは、ますます不安定になっている。特に高齢引退者や「ラストベルトから太陽のベルト」への移住者が集まっていると考えられる、アリゾナやネヴァダなどの急速に発達している南西部の州でその傾向が強い。すでに四〇〇万人を超える居住者を抱えるフェニックスは、ラスヴェガスやスコッツデールなど急成長を遂げている砂漠の都市や、さらにはメキシコのバハ・カリフォルニア州などと同じように、コロラド川の水に頼っている。この川はまず、今も続いている干ばつとそれにともなう貯水池の低水位により、果物とナッツ以外の農業生産が打撃を受けるほど水が不足しているカリフォルニアに利用される。カリフォルニアではこの日照りにより深刻化した森林火災の消火活動にますます多くの水が必要となり、貴重な水が底を尽きかけているにもかかわらず人口は増え続けている。近郊にあるミード湖（フーヴァーダムによってつくられた）の水面の高さは過去の最低記録にほぼ並び、二〇〇〇万人が大規模な給水制限を強いられた。「ミード湖がなければ、ラスヴェガスはなくなってしまうだろう」と、市のある職員は話している。[11]

ミード湖がついに枯渇した場合、ボトル入り飲料水をカナダから大量に購入したとしても、アメリカにとって十分ではないだろう。水はまさしく「二一世紀の石油」になるかもしれないが、カナダはそうした貴重な資源の共有化を恐れ、これまで値付けに消極的だった。八つのアメリカの州とふたつのカナダの州で二〇〇八年に結ばれた五大湖協定では、五大湖の水のいかなる流用も禁止されており、そのためかつては水が豊富だったウィスコンシン州のウォーキショーなどは、地域社会と産業活動が成長するにつれて困難な状況に陥っている。カナダの水がなければ、アメリカが世界の輸出の三分の一を占めるトウモロコシや大豆を生産し続けられるとは考えられない——特にアメリカ特有のトウモロコシ生産への補助金はオガララ帯水層（大草原地帯《グレートプレーンズ》の全灌漑用水の三分の一を供給している）の農薬による汚染や急速な枯渇を後押ししているし、アメリカの都市が用途ごとの料金設定がない量で割り当てられる水を過度に消費し続けているという現状を鑑みれば。カリフォルニアからフロリダにかけて建設中の二四カ所の海水淡水化施設でさえ、それだけでは、ますます拡大する水の供給と需要の不均衡に対応するには不十分である。

著名なカナダの技術者、トム・キアランズの「大規模再循環と北部開発運河」や、失敗に終わった一九七〇年代の「北アメリカ水および電力連合（ＮＡＷＡＰＡ）」などの昔の構想を、我々は今こそ再検討するべきである。このふたつの計画はどちらもオランダと中国の実例をもとに溝や運河を利用して北はカナダのユーコン川やハドソン湾付近の河川流出を堰き止め、その水を一六〇〇キロのロッキー山脈溝や五大湖を通じて人工の貯水池や川とつながる運河に流し入れ、オガララ帯水層を補充したりコロラド川の水量を増やしたりするというものだ。モンタナ州のグレイシャー国立公園に残る最後の氷河が今後二〇年のあいだにすべて溶けて消えてしまうことを考慮すると、洪水の防止や南部にさらなる水を供給するために、この新たな流出の経路を想定するとともに、その流れを運河などで上手く誘導する対策が不可欠だ。

こうした計画は規模の上でも費用の上でも州間高速道路網の水文版に相当する。アメリカは「水理文明」――古代中国の運河や水路の工事を表現するためにジョセフ・ニーダムが考案した用語――を築き、テキサス州やアリゾナ州、さらには急速な地下水枯渇が海水侵入を招いているジョージア州やフロリダ州まで続く、石油パイプラインと同じくらい長い「水のパイプライン」を設置しなければならない。ＮＡＷＡＰＡ計画では核爆発を起こして地下に溝や貯水池を設け、原子力発電所を利用して北アメリカ大陸中に水を送る方法も想定されていた。都市が巨大化すると、同時に生活に支障が出るほどの水不足が起きる今日において、これほど賢明な核兵器や原子力の使い道はほかにないだろう。

北アメリカの住人が自身の大陸を国家という観点よりも地質学の観点から考えることがはるかに多くなると思われる理由は、近年の水の供給問題だけではない。エネルギー供給問題もその理由である。二〇〇三年にトロントからボルティモアまでの北アメリカ北東部で起きた大停電以降、カナダの電力会社はケベック州の水力発電と風力発電で大量に生産される電力をニューイングランド地方に送るため、水中送電線や地中送電線の敷設に取り組んできた。アメリカ―カナダ間の国境線を越えて稼働している石油や天然ガスのパイプラインはすでに三〇本以上あり、今後も一〇本以上の建設案が立てられている。なかでも最も有名なのが、物議を醸しているトランスカナダ社の「キーストーンXLパイプライン」計画だ。この計画はネブラスカ州経由でアルバータ州とテキサス州をつなぐパイプラインを建設してアメリカへの石油供給量を増加させ、サウスダコタ州のシェール石油を南部に送り、そしてカナダの石油をいまやロサンゼルスやニューヨークを抜いてアメリカで最も取扱貨物量の多い港のひとつであるヒューストン近郊のポートアーサー港から大西洋を越えて輸出することを目的としている。接続性は、エネルギー資源価格がどうであれ、利益を生み出す。北アメリカ最大のパイプライン運営会社のキンダー・モルガンは石油や天然ガスの輸送と貯蔵用施設のネットワークによる帝国を築き上げ、その資産価値は一五〇〇億ドルを超えている。

サウジアラビアの全国民は今もなお世界最大の油田であるガワールの名に誇りを抱いているが、アメリカ国民もまた賢明にもシェール層の地理的分布に詳しくなってきている。その分布の一例はテキサス州のイーグルフォード層、テキサス州とニューメキシコ州にまたがるパーミアン盆地、アメリカのモンタナ州とノースダコタ州、そしてカナダのサスカチュワン州とマニトバ州に広がるバッケン層だ。アメリカとカナダを政治的に隔てる北緯四九度線は、地下層から産出される、法令の違うこの二国を結んでいる資源に比べれば、さほど重要とはいえない。

北米連合

資源の自足自給は「アメリカ」一国だけで実現しようとするものではなく、同じ大陸の近隣国を通じて共同で追求すべき目標である。発効からすでに二〇年になる北米貿易自由協定（NAFTA）は、一般的に北米連合と呼ばれているヨーロッパ型の都市圏による帝国へと発展的に解消しつつある。北アメリカの資源が結びつくと、大陸の地政学的中心はアメリカだけの場合とは異なってくる。ロシアとアメリカの年間の天然ガス生産量はほぼ同じだが、アメリカはさらにカナダの天然ガス生産量の半分以上を輸入している国でもある。それと同時に、アメリカは南方へ天然ガスを輸出し、電力不足のメキシコ市場に対応している。二〇一五年、メキシコの国有石油会社のペメックスは、アメリカに本拠を置くブラックロック社およびファーストリザーブ社と、アメリカからメキシコ中央部までを結ぶ新たなガスパイプライン建設の契約を交わし、署名した。今後、メキシコのエネルギー市場開放によって国内の石油と天然ガスの生産量が急増し、メキシコがアメリカやカナダとともにヨーロッパやアジアへ資源を輸出できる日もいずれ来るはずだ。そして、マラッカ海峡などの地理的な難所を通行せずに得られる北アメリカのエネルギー資源は、まさに中国も希望しているものだ。しかも世界金融危機以前の状況と異なり、中国の北アメリカでのエネルギー生産への投資活動が引き起こす摩擦は、今日でははるかに小さくなった。北アメリカは生産量でアジアに追いつかれる前に、水平掘削法や水圧破砕法での優位性を最大限に有効活用するべきだ。なぜなら、中国の利用可能なシェールガスの埋蔵量はアメリカの一・五倍と推定されているからだ。

北アメリカ内部の安定も、より統合された連合を実現するための重要な要因である。アメリカのトウモロコシ生産への補助金政策は、メキシコの農家が通常の農業を捨てて麻薬カルテルに加わる遠因となった。二〇〇七年以降、メキシコにおける麻薬カルテル間の麻薬戦争での死者数はほぼ一〇万に近い。二〇一四年、アメリカ南方軍司令官のジョン・ケリーは、特にエルサルバドルやホンデュラスやグアテマラからメキシコを経由してアメリカに流れてくる麻薬、武器、移民は国家安全保障上の「今そこにある」危険要因だと主張し、その発言はマスコミに大々的に取り上げられた。巨大なフェンス、武装した国境警備隊、ドローンによる監視、集団国外追放は移民の数が減少した要因だが、実はそれよりも、経済が成長している母国でチャンスをつかみたいという理由でアメリカを自発的に去ったメキシコ人のほうが多かった。アメリカにとって最も賢明な策は、雇用が創出されて社会が安定するサプライチェーンをそういうメキシコ人とともに送り

---

* 二〇〇五年に中国海洋石油総公司が石油会社ユノカル買収に乗り出した際には、一般による国家の安全保障上の懸念から失敗に終わったが、同社が二〇一〇年にチェサピーク・エナジー社を二二億ドルで買収した際は、反発はほとんどなかった。さらに、二〇一三年に同社がカナダのエネルギー会社ネクセンを一五一億ドルで買収したときも同様だった。

出すことだ。つまり、かつて中国に製造を委託した仕事をアメリカに戻し、メキシコにも委託するという国内の他地域や近隣国への事業移転《ニアショアリング》を行う策だ。

外国はすでにメキシコに投資をしている。二〇〇九年から二〇一四年にかけて、ドイツ、韓国、日本の自動車メーカーだけでも一九〇億ドルの投資を行い、その結果メキシコの自動車生産台数は倍増して年間三〇〇万台を超えた。自動車産業での新たな雇用が五万件以上創出されたアグアカリエンテス州は、新たなデトロイトとなった。メキシコがこの投資を呼び寄せたのは賃金の安さだけではなく、同国の積極的な自由貿易政策によって、アメリカよりもメキシコから輸出するほうがブラジルなどの巨大市場へ参入しやすくなったからだ。つまり、アメリカの自動車メーカーによるメキシコでの生産が増加しているのは生産コストの安さだけではなく、他のラテンアメリカ国への輸出増が見込めるためである。また、メキシコはアメリカとカナダでの自動車工場作業員の仕事を横取りする結果になったが、その一方で同国は少なくとも三分の二の部品をアメリカの大手部品メーカーを含む北アメリカ内の供給業者から購入することを海外の自動車メーカーに義務づけている。サプライチェーンの世界では、アメリカの近隣国の競争力はアメリカのものでもある。

したがって、カナダ、アメリカ、そしてメキシコの都市は、互いを必要不可欠な協力相手と見なしている。北アメリカ内の貿易では、自動車から航空機、電子機器や医薬品にいたるまでの主要産業をともに牽引する――ニューヨークとトロント、サンノゼとメキシコシティ、シアトルとモントリオールのような——二〇を超える二都市間の相互依存的な提携が主流になっている。* 激しく争った歴史を持つ隣接した都市同士でさえも、今では互いへの不信感を捨て、代わりに協力を選んだ。サンディエゴとティファナはいまや、あいだにある国境線を二〇億ドルの収入増加を阻んでいる障害物と見なすようになった。彼らの新たなモットーは「都市は二つだが地域は一つ」だ。サンディエゴの市長はティファナに執務室の分室を持ち、互いの空港を結ぶ橋を建設し、二〇二四年のオリンピック開催地として共同で名乗りを上げる構想を抱いている。この地域で犯罪や不法移住や麻薬の不正取引が急激に減少したのは国境線がより強化されたからではなく、国境を越えた投資や雇用創出が進んだからである。

パイプライン、水路、貨物鉄道回廊、電力供給網をはじめとするインフラが大陸内の国境線を越えて何百もの重要な経済の中心地を結んでいる今日、アメリカは自分自身を、統合された北アメリカ超大陸の中核だと考えるべきだ。実際、アメリカは一五〇年ものあいだ自国の最大の州アラスカとは物理的にほぼ切り離されていた。だが、現在では南北アメリカ大陸《パンアメリカン》を結ぶ幹線道路網《ハイウェイ》を補強するための鉄道が計画され、バルディーズ—フォートマクマレー間も結ばれる予定だ。さらにノーススロープ郡からカナダまでの液化天然ガス（ＬＮＧ）パイプラインも新たに予定されていて、アラスカはこのふたつの計画によって地域のエネルギーと輸送ネットワークにより深く

* 年間の「二国間」貿易額がともに一〇億ドルを超える北アメリカの二都市の組み合わせが二五組存在する。アメリカの主要都市圏とカナダおよびメキシコの主要都市圏との貿易総額は三国間の全貿易総額八八五〇億ドルの五八パーセントを占める。ブルッキングス研究所の「２０１３年メトロ・モニター」参照のこと。

組み込まれ、それと同時に自州からアジアへの石油と天然ガスの輸出も大幅に伸びるだろう。

北アメリカのインフラ、経済、文化による融合、そして戦略的な一体化はもはや後戻りできない事実だ。カナダは石油と水が豊富だが人口は少なく、一方アメリカとメキシコでは四億人のあいだで水不足が起きているものの市場はとてつもなく大きい。気候変動によって広大カナダ北極圏の氷が解けると、カナダの人口は（今日のわずか三〇〇〇万人から）やがて一億人近くになり、耕作可能な土地やシェール石油を活用するために、あるいは大幅に住みやすくなった豊かなカナダ北部に移住するために不可欠な新たな労働力の大半は、アジア人とラテンアメリカ人になるという説もある。

極氷冠の溶解は、皮肉にも島の氷床の溶解が海面上昇の最大の要因になっているグリーンランドなどの新たな国家の誕生につながっている。グリーンランドが投票で小さなデンマークからの独立を選択した場合、気候変動によって生まれる初の国となる。しかも大量のウランや希土類《レアアース》鉱物を保有する自立した北極圏の大国になるのは明らかだ。* グリーンランドとカナダに住むイヌイットが同じ民族であるという事実は、この島の地理的な位置づけがヨーロッパの旧植民地から将来の北アメリカ連合の一員へと変わりつつあることを暗示している。

＊　グリーンランドは大規模投資の対象として採鉱技術の専門会社（オーストラリア）、採掘された鉱物の大量消費者（中国）などの遠方の国からすでに注目されており、自島とカナダのバフィン島間の領域での石油と天然ガスの探査許可を出しはじめている。また、ヨーロッパの複数の技術系企業はアフリカに淡水を供給するため、グリーンランドの氷山を曳航する方法を検討している。

アメリカ国務長官、ウィリアム・スワードは一八六七年にアラスカをロシアから購入した際、グリーンランドからガイアナまでを一体化した地域構想を立てていた。そこでは、ふたつ目の首都がメキシコシティに置かれる。しかし、一九世紀のアメリカの「明白なる使命《マニフェスト・デスティニー》」（西部開拓などの領土拡大を正当化するモットー）がようやく実現――征服ではなく統合を通じて――するのであれば、その構想ではまだまだ壮大さが十分ではない。内務省長官とアラスカ州知事を務めたウォルター・ヒッケルは、冷戦終結後、ベーリング海峡を渡る八〇キロの海底トンネルによってアラスカとロシアをつなぐ構想を提案した。その四半世紀後、ロシア鉄道のウラジミル・ヤクーニン社長はロンドンからモスクワとシベリアを経由してアラスカまでをつなぎ、最終的にはニューヨーク到達を目指す高速道路を提案した。ロシアにはそうした大規模プロジェクトを実現する資金はないが、それが可能な中国は、中国東部からシベリアに入り、そこから二〇〇〇キロのベーリング海峡海底トンネル（イギリス－フランス間のドーヴァー海峡トンネルの四倍の長さ）をくぐってアラスカ州のフェアバンクスに着き、さらにカナダを南へと走りアメリカに到達する一万三〇〇〇キロにおよぶ（シベリア鉄道より長い）高速鉄道の全建設費の提供を申し出ている。それはバンクーバーを目指す中国人にとって、間違いなく眺めの美しい行程になるはずだ。

南米連合

南アメリカもインフラという機能性に基づいた再編を行っている最中だ。かつての「失われた大陸」は、五〇〇年前にスペインとポルトガルに切り刻まれて以来、搾取的な植民地主義、ボリバル主義、革命的社会主義、あるいは右翼の反共産主義から初めて解放された。この大陸の指導者たちは左翼ゲリラとの戦いやアメリカ帝国主義への非難よりも、補助金制度改革、投資の呼び込み、そしてエネルギー産出量の増加に目を向けている。北アメリカ同様、南アメリカの豊かな自然環境の多様性を有効利用するには、資源に基づいた地域主義が最も優れた再編方法だ。国境線を越えたインフラ投資により、この大陸のふたつの圧倒される大自然――アマゾン熱帯雨林とアンデス山脈――は克服されようとしている。ブラジルの大西洋側とペルーの太平洋側の港は（中国が資金提供する鉄道と同様に）大洋間幹線道路プロジェクトで結ばれる予定で、完成後のブラジルから中国までの輸送日数は一週間短縮される。それが「中国への道」という呼び名の理由である。ペルーは内陸国のボリビアに対して太平洋側のイロにボリビアの港を建設する許可を与えた。さらに、アンデス山脈を貫通する巨大なトンネルによってアルゼンチンからチリの港へのアクセスが効率的になり、アルゼンチンから太平洋の向こう側への輸出が大幅に増えるだろう。整備されたパンアメリカンハイウェイは、コロンビアのダリエン地峡からアルゼンチンのティエラ・デル・フエゴまでを南北に縦断する予定である。誕生しつつあるこのラテンの平和《パックス・ラティーナ》という地域には、南米諸国連合というEUによく似た新たな包括的機関と南米議会がすでに存在する。

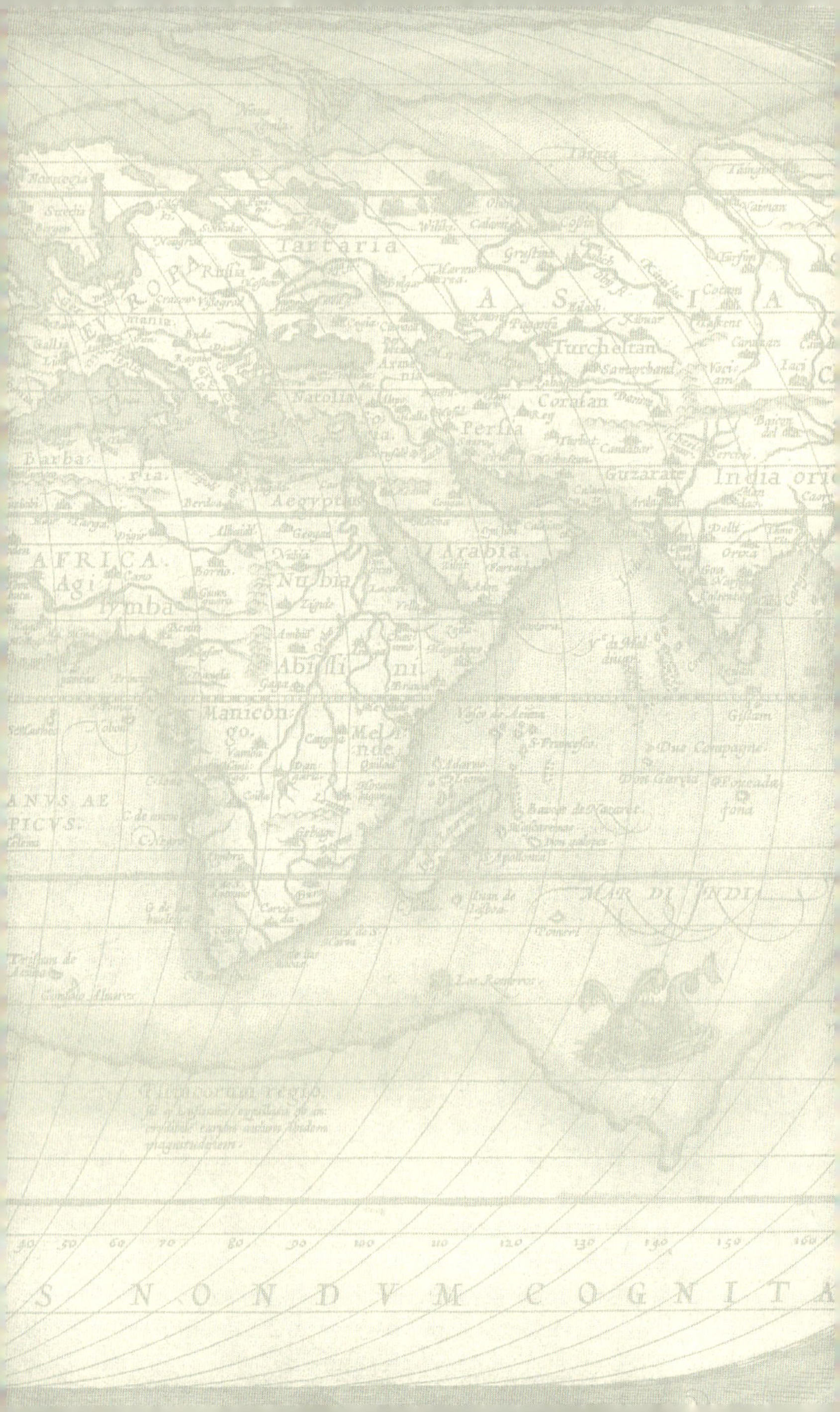

Tartaria
A S I A
Turcheltan
Cornian
Persia
Natolia
Guzarate
Barbaria
Aegyptus
AFRICA.
Arabia.
Nubia
Abissini
Manicongo.
Melinde
MAR DI INDIA
S NONDVM COGNITA

第三部　接続性の優位性

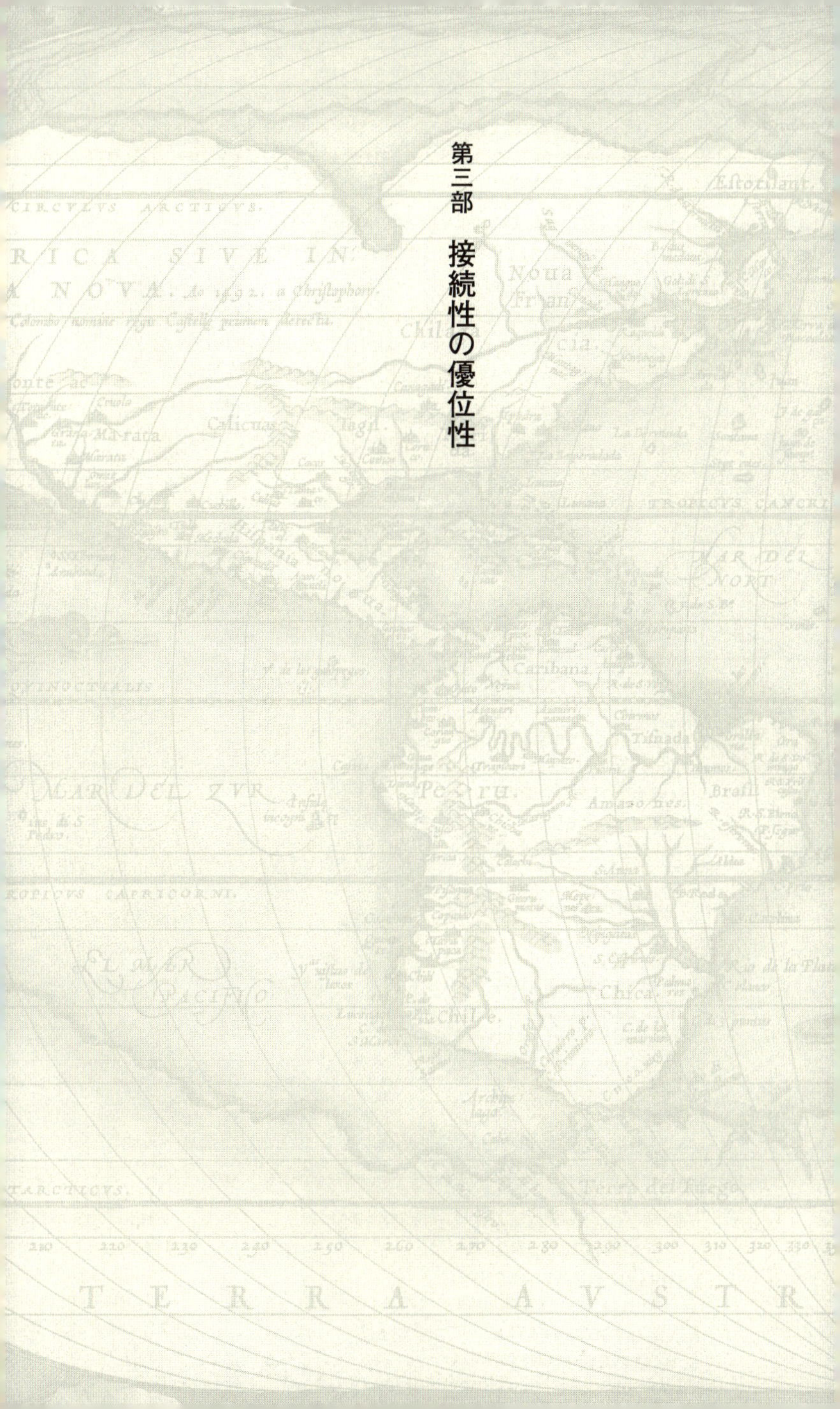

第六章

第三次世界大戦は「綱引き」戦争か？

（本章に関連する地図は下巻口絵28、29を参照）

現代を表す古代の比喩

古代エジプトの石碑に刻まれ、ギリシアや中国、ギニアでも行われていた世界最古の団体競技といえば、綱引きである。通常は華やかな王宮の儀式で行われた綱引きは、戦闘に備えた兵士たちの体力強化に利用された。八世紀の唐では、玄宗《げんそう》皇帝が長さ一五〇メートルの綱の両端に、それぞれ五〇〇名を超える戦士を配置して競わせていたことがわかっている。二〇世紀の初めに、綱引きは五大会連続で夏季オリンピックの正式種目入りし、ヨーロッパの国々（例えばスウェーデンチームのメンバーはストックホルムの警察隊だった）がメダル獲得のために奮闘した。

オックスフォード英語大辞典による「綱引き」の定義は、「最高のものを手にするための厳しい争い」であり、まさにそのとおりである。綱引きには耐えがたいほどの苦痛がともない、勝利には最大限の体力、持久力、強い意志が必要となる。競技の途中で短い休憩時間（「ハンギング」という）が与えられるが、辛いことには変わりない。体力が完全に回復する余裕がないからだ。とはいえ、綱引きは世界で最も荒々しい「非接触型」スポーツである。何千年ものあいだ、綱引きの競技中に命を落とした人はほとんどいなかった。そして、綱引きは我々の時代を表すにふさわしい比喩である。

歴史上、領土征服と自衛のために大規模な軍の動員が行われてきた。今日の世界には国境線を越えた侵略、膠着状態にある核問題、テロリストの反政府活動、崩壊する国家、悲惨な内戦など、あまりにも多くの緊張や対立や敵意が存在している。だが、多くの犠牲者を生んだこうした大規模な暴力行為でさえ、世界中で起こっている競争の本質そのものでもないし、それを特徴づけているわけでもない。実際のところ、現時点で戦争中の国は、対外戦争や内戦にかかわらずごくわずかだ。だが、どの国も世界規模の綱引きに巻き込まれている。

綱引きが行われている場所は、地政学と経済地理学が一体となるところである。国家間の戦争が減少する一方、サプライチェーンをめぐる戦争は増加している。だが、現代の綱引きは領土ではなく資金、物品、資源、テクノロジー、知識、優秀な人材の流れをめぐって争われている。こうした流れは、綱引きのロープに相当する。つまり、我々はロープをめぐって争う一方で、ロープによってつながっている。世界規模の綱引きとは、世界中のサプライチェーンを引き寄せて資源や物品の最大の生産者になり、取引で最大の分け前を手にすることを目指すものだ。

イギリスの名門サンドハースト王立陸軍士官学校発行の綱引きに勝つための戦略手引書によると、優れたチームは「選手が一体化し、まるでひとりの人間がロープを引っ張っているように相手が感じるまで、動きを合わせる」ことができる。アメリカはそうした動きをしているだろうか。

ワシントンの政治家、ウォール街の銀行家、テキサスの石油会社やその他のアメリカチームのプレイヤーたちは、総和が個々の力を上回る、まるで一体化したひとりの人間となって行動しているだろうか。あるいは、中国のほうがそれをうまくこなしているのではないだろうか。

綱引きでは、ロープが常にピンと張られた状態を保たなければならない。競技者がロープを緩めるとすべてのバランスが崩れ、逆に力を入れすぎるとロープが切れて指や手を負傷する可能性がある。むやみに強く引っ張るのではなく、バランスを保ちながらロープを引き寄せる力を徐々に強めていくことが重要な戦略になる。選手のひとりが一歩を大きく踏み出しすぎたせいで、チームのバランスが崩れ、相手側のラインの内側までロープが引き寄せられてしまうこともある。そうなればもう試合終了だ。これは現在の戦略地政学的状況とよく似ている。アメリカは安価なエネルギーと自動化を結び合わせ、何百万もの製造業の雇用を中国から引き戻すべきだろうか。だがそうすると、アメリカが大幅な輸出増加を狙う相手である中国の経済力を弱めてしまい、自国におけるドル急落と金利急騰へつながらないだろうか。要するに、綱引きに勝つためには、時間をかけて慎重に競技を進めなければならない。賢明なチームは、かかとを地面に食いこませて踏ん張り、次にチーム全体で小さく歩幅を刻みながら相手チームを疲れさせ、最終的に主導権を握る。

将来の世界の安定は、大国が国家またはサプライチェーン、つまり戦争か綱引きのどちらの観点で考え行動するかにかかっている。戦争の主役は軍隊と同盟であるのに対し、綱引きの主役は都市と企業だ。政府はチームの所有者であり、コーチであり、資金提供者であり、さらには試合のルールを設定する役でもあるが、プレイヤーの素質こそが勝敗を決定づける。

綱引きは終わらない戦争であり、ゴールのないマラソンである。新たな対戦相手が常に四方八方から現れ、プレイヤーは何本もの綱を同時に引っ張っている状態だ。確かに、二一世紀の綱引きは、国、都市、企業やその他のさまざまな共同体がいっせいに力を振り絞って競う、大規模な多人数参加型ゲームの様相を呈している。かつてウィンストン・チャーチルは、どんなときも「度重なる戦争（war-war）」より「長々と話す（jaw-jaw）」のほうがいいに決まっていると忠告していた。つまり、争いよりも外交が望ましいという意味だ。今日の世界は、そのふたつを混ぜ合わせた、果てしない「tug-tug（引っ張り合い）」である。

オーウェルは正しかったのだろうか？

冷戦初期の交渉で、ユーラシアが切り刻まれて大国の勢力圏に組み込まれた事態を目の当たりにしたジョージ・オーウェルは、特に核実験が行われて以降、世界の敵対する陣営間の出口の見えない戦争は避けられない、という予感に襲われた。オーウェルは、ヨーロッパ植民地主義とソ連共産主義の均等化していく硬直性を鋭く見抜き、代表作となった小説『一九八四年』では、大陸並みに巨大な三つの超大国――オセアニア、イースタシア、ユーラシア――を、反論を認めない全体主義体制として描いた。

『一九八四年』の世界を表した地図は、驚くほど先見の明に満ちている。ヨーロッパ大陸がソ連に征服されたという点を修正し、それをオセアニア（アメリカ）に含めれば、北米連合、南米連合、欧州連合（地域の首都はロンドンとニューヨークの二都市制）という、三つの柱による西側の集合体が正確に描かれている。一方、ユーラシア（ロシア）はユーラシア大陸北部の大規模な「モンゴル」地域の支配を保ち続け、「死の崇拝」を掲げるイースタシア（中国）は拡大を続け、日本、東南アジアおよび中央アジアを体制に組み込んでいる。

オーウェルの世界は終わりのない膠着《こうちゃく》状態を描いたものであり、どの大国――第三の国に対抗するための二国間の同盟さえ――も地球を独占することはできなかった。だが、ひねくれた見方をすると、オーウェルは一九五〇年に世を去る直前、それらの超大国が関わり合うためにとった最初の策が、相手の領土の征服ではなく、資源の入手や市場への参入を互いに求めることだとは想像すらできなかったはずだ。厳密にいうと、彼らは互いを征服できないゆえに、戦争ではなく綱引きを行うのだ。

サプライチェーンの地政学では、隔絶された地域という概念はとてつもなく誤ったものであり、それはインフラという物理的な接着剤と、条約という制度としての接着剤によってつなげることができる。例えば、アメリカとヨーロッパが合意に向けて交渉中の大西洋横断貿易投資パートナーシップ協定（TTIP）によって、大西洋をはさんだこの二地域間の規制による摩擦がほぼすべて取り除かれ、すでに世界最大量である共同投資資金はさらに増えるだろう。アメリカとカナダはすでに互いの最大貿易相手国であり、対アメリカ投資額はEUが圧倒的に最大を誇って

＊　大陸並みに巨大な三つの超大国がその支配をめぐって争っていた、彼らのあいだにはさまれた地域は、私が『「三つの帝国」の時代――アメリカ・EU・中国のどこが世界を制覇するか』で探索した国々である。

いる。TTIPが成立すれば、大西洋横断貿易は現在の一日あたりの取引額三〇億ドルから、さらに増加するはずだ。したがって、ふたつの大陸をまとめるためにTTIP以上の策を求めるのならば、大陸同士を引っつけるしかないはずだ。

それと同時に、アメリカは貪欲に成長しているアジア市場にエネルギーや物品、サービスを是が非でも輸出しなければならないため、大西洋をはさんだ地域とのTTIP交渉と同時に、太平洋をはさんだ地域との関税を段階的に廃止して、GDPの総計が全世界の四割に相当する一二カ国間の共通基準を定める環太平洋パートナーシップ協定（TPP）の合意も支持してきた。競争相手——あるいは競争相手の近隣国——と経済的な結びつきを築くことは戦略的な影響を与えるための極めて重要な手段だが、この種の競争力の高い自由化は、領土ではなくサプライチェーンをめぐって行われる。したがって、TPPの目標は中国を除外することではなく、中国をさらに開放させるための影響力を徐々に強めていくことにある。* アメリカの対中国輸出は二〇〇〇年から二〇一〇年で五倍に増え、中国の対アメリカ輸出も増加している。実際に、中国はカナダを追い越してアメリカの最大貿易相手国になりつつある。中国における業界最大手のゼネラルモーターズ社は世界金融危機時にアメリカ政府による救済措置を受けたが、それでも海外からの収入

＊ 中国が知的所有権保護の基準を守り、国有企業への優遇措置を廃止すれば、中国のTPP加盟が実現するのではないかという議論がなされている。一方、原産地規則が緩和されつつある中、中国は加盟しなくてもアメリカを含めたTPP加盟国間での関税非課税の輸出に必要な資格を得るために最小限必要とされる生産高を確保できる投資を、実際にTPPに加盟した国々へ行うにとどめる可能性もある。

なしには危機を乗り切れなかったはずだ。さらに、アメリカもイギリスも自国の工場や製油所をはじめとする各種施設への――特に中国からの――何千億ドルもの投資を呼び込まなければ、輸出倍増という目標を達成できないだろう。

中国とアジアの経済が成長すればするほど――しかもともに成長すればするほど――アメリカとEUはその地域への影響力を保つために力を合わせなければならない。だが、ヨーロッパと中国がユーラシアを分断するウラル山脈を越えたつながりを深めている例からも明らかなように、アメリカが中国に対して抱いている不安は、「オセアニア」内で共有されているものではない。ヨーロッパはアメリカと違い、中国を安全保障上の脅威と見なしていない。ヨーロッパは、アメリカがインド洋や太平洋でインド、オーストラリア、日本と軍事協力を深めている状況とは無関係だ。それどころか、イギリスやフランス、ドイツは、高度な防衛技術を中国へ最も多く提供している国々である。人民元高とユーロ安が進めば、ヨーロッパは不動産からクリーンエネルギーまでのあらゆるものに対する、中国の怒涛のような海外資産購買意欲の恩恵を受ける主要な地域となる。* EUと中国間の貿易取引額は、近いうちにEUとアメリカ間の取引額を追い越すだろう。要するに、ユーラシアを横断するつながりは、いまや大西洋をまたぐ文化圏と競合するまでになった。

世界の三大経済圏かつ貿易圏であるヨーロッパ、中国、アメリカを合わせると、世界のGDPや

* ほぼ五〇〇億ドルに相当する二国間貿易と投資に関する商談も行われた二〇一五年一〇月の習近平国家主席イギリス公式訪問は、「世界規模の包括的戦略関係」の基礎を築くものだと称賛された。

投資、貿易の大部分を占め、特に投資や貿易は相互のやりとりが圧倒的な数を占める。したがって、対立や協力や競争が複雑な相互作用のなかで重なり合っている。つまり、互いの関係が白黒はっきりしているのではなく、ある問題（北朝鮮核開発計画の阻止、気候変動対策、二国間貿易の拡大）では協力し合い、他の問題（準備通貨、地域での影響力、サイバー規制）では競争し合うという、協力と競争が微妙に混ざり合うものになっている。二〇一四年にカリフォルニア州サニーランドで行われた、オバマ大統領と習国家主席の首脳会談では「新たなかたちの大国同士の関係」を熱望しているという話が出たが、これは現状を反映したものであって、未来のシナリオではない。ヴァージニア大学の政治学者デール・コープランドが示したとおり、相互依存は指導者たちがその恩恵を引き続き期待すれば、争いを未然に防ぐことができる──彼らが本物の戦争の代わりに綱引きで競う利点が何かを学びさえすれば。

嵐の前の静けさ？

冷戦が一段落した一九九〇年代、アメリカ国防総省の戦略担当者たちは、すでに第三次世界大戦を懸念していた。その戦いは、力が最も急速に集中している地域（アジア）で、衰退しつつある覇権国（アメリカ）と台頭してきた国（中国）のあいだで起こると地政学的歴史が暗示していた。この二国が何をめぐって争うかの答えは、満場一致で台湾だった。だが、二五年後の現在、台湾をめぐって第三次世界大戦が起きるなど、ほぼ誰も信じていない。かつて避けられないと思われたものが除去された要因は、いったい何だったのだろうか。

抑止力が重要な役割を果たしたのはいうまでもない。アメリカが四〇年ものあいだ台湾に武器を販売し安全を保障した結果、中国の莫大な投資で近代化した中国人民解放軍（ＰＬＡ）が究極の強さを蓄えていたのと同様に、台湾軍も並外れて強い力を備えていた。それと同時に、台湾と中華人民共和国の関係は、「接触しない、妥協しない、交渉しない」という独断的な政策から、「一つの中国、二つの解釈」のようなものへと発展した。台湾と中国本土のあいだには週三〇〇以上もの飛行機の便が飛び交い、その多くには本土の急速な成長を有効活用するために移動する台湾人が群れをなして乗っている。しかも、中国は福建省から台湾海峡を横断する、台湾までの一二〇キロのトンネル建設も提案している。台湾にとって中国は群を抜いて最大の輸出先であり、その貿易黒字額は一〇〇〇億ドルを超える。台湾の海外への投資の八割も対中国である。例えば台湾企業の鴻海科技集団《フォックスコン》は、世界中のｉＰｈｏｎｅとｉＰａｄを中国で生産している。台湾――それにアメリカの消費者も――が頼りにするサプライチェーンは、まさに中国のサプライチェーンでもある。

中華民国総統と中国国民党主席を務めた馬英九《ばえいきゅう》と中国国家主席の習近平が、二〇一五年に歴史的な会談――中台の指導者の話し合いは国共内戦が終結した一九四九年以来初のことだ――を行ったにもかかわらず、平和的統一を目指す段階的な親交関係の回復が行き詰まるか、あるいは逆行さえも想定された、もっともらしいシナリオがいくつか存在する。より国家主義色の強い民主進歩党（ＤＰＰ）が、国名をまぎらわしい「中華民国」から正式に台湾へ変更する政策を強く推し進め、さらにいくつかの島をめぐる論争でより大きい主権を主張する可能性がある。そして、フォックスコンの郭台銘《テリー・ゴウ》会長は、コスト削減のために工場のインドネシア移転と、落ち着きのない人間に代わる従順なロボットの導入を検討しているという事情もある。ＤＰＰが独立を主張する最中に、台湾の実業家たちが中国での彼らのサプライチェーンを取り外しにかかれば、統一は必然からほど遠いものとなる。こうした要因はどれも必ずしも戦争につながるものではないが、綱引きが続くことは保証している。

我々は、戦争を綱引きに永久に変え続けることはできるだろうか。我々は、毎朝目を覚ますたびに、イスラエルがイランを攻撃した、中国が日本の自衛隊艦船を沈没させた、ロシアが旧ソ連の国をまたしても併合した、北朝鮮が韓国に対する侵攻を開始したというニュースを耳にするのではないかと思っている。第三次世界大戦がすでに一〇回以上勃発していてもおかしくないはずだが、こうした極めて大きい地政学的な緊張はどれひとつとして紛争にはつながっていない。過去二〇年間の深刻な軍備拡張のあらゆる事例において、指導者たちが戦争の瀬戸際で退いただけではなく、中国と台湾のように根底にある着実な統合への原動力も高まっていた（それに対して、イラクとシリアの崩壊やロシアとウクライナの戦争といった今日の最も悲惨な紛争を予測した者はほとんどいなかった）。

一九四七年に同時に独立したインドとパキスタンは、三度の大きな戦争を行い、大量の核兵器を備蓄し、ヒマラヤ山脈で小競り合いを繰り返し、カシミールの領有権をめぐる紛争を続けている。だが、近年において二国は、繊維や医薬品などの物品の定期的な貿易に対してさらに国境を開放し、互いの国民へのビザ規制を緩和し、二国間の航空便の直行ルートを許可し、さらには最恵国待遇を互いに付与している。

インドと中国は、現在も紛争が続いている国境線をめぐって、一九六二年に大規模な軍事衝突を起こし、しかもインドは、中国が危険な分離主義派と見なすダライ・ラマと亡命チベット人の集団が身を寄せる国でもある。だが、それにもかかわらず、中国とインドの貿易取引額は年間一〇〇〇億ドル以上にまで急増し、しかもまだ伸び続けている。二〇一四年の習近平国家主席のインド公式訪問では、ナレンドラ・モディ首相の故郷グジャラート州での新たな工業団地の設立を含む、三五億ドル相当の投資に関する合意がなされた。続いて二〇一五年のモディ首相の中国への答礼訪問では、エネルギー、物流、エンターテインメントなどの分野を含む二二〇億ドルもの新たな取引合意の署名が行われ、軍の司令官同士を結ぶ非常用直通電話《ホットライン》の開設という極めて重要な取り決めがなされた。

南アジアに関するここ数十年間の戦略的な議論は、インド、パキスタン、中国の「戦略的トライアングル」などの単純な図式に基づいた主張を中心に行われてきた。それはつまり、中国とパキスタンがインドを封じ込めるために協力する一方、インドは中国を包囲するためにアメリカ、日本やオーストラリアとともに「世界版NATO」として次第に結束を強めるという発想だ。これは奥深い重要な軍略に聞こえるが、実際はより複雑な現実を認めたくないという、植えつけられた意識を露呈する時代遅れのものの一種である。

インド―中国間には現在、三カ所の越境貿易拠点が存在する。とはいえ、それによって中国が、ダライ・ラマに次ぐ序列第二位に選ばれた僧が拠点とするチベット自治区のシガツェに、二個装甲旅団と自動車化歩兵を置く歩みを緩めることはなかった。同じく、インドも新たに開放されたシッキム高原のナトゥラ峠に同数の戦車を配置し、新設された山岳部隊の訓練を行い、新たな戦闘航空団を近隣のアッサムにある飛行場に配置した。この事例の場合、中国はいつも時を味方につけているという世間一般のイメージとは逆に、若さと成長と誇りに満ちあふれ、軍事支出を急増させているのはインドのほうだ。

この二頭のアジアの虎にとって、二国の領土を合わせた中のまさに〇・一パーセントにあたる部分をめぐって争うよりも、友好的なつながりから得るもののほうがはるかに多い。だが、戦略上重要なチベット幹線道路に近いシッキム北部の中国側へ潜りこんだインドの細長い地域（「指」と呼ばれている）への中国の侵入や、あるいはダライ・ラマの継承をめぐる政治危機を、中国がシッキムとはブータンをはさんで反対側に位置する、チベット人が多く住むインドのアルナーチャル・プラデーシュ州（中国はそこを「南チベット」だと主張している）を占領するための既成事実にしてもまったく驚くに値しない。だが、事態が沈静化し、二国間の氷が融け、戦争の残骸が取り去られ、死者の数が数えられ、条約が結ばれ、そして国境線の問題が収まれば、インドから中国への「南シルクロード」は再び栄えるだろう。

地政学的な運命論の観点から台湾を変えた歴史的な騒動がひとつあるとすれば、それは中国と日本の尖閣諸島／釣魚群島をめぐる論争である。この諸島は日本、中国、台湾から等距離に

＊　一九六二年の武力衝突の最中、中国人民解放軍は重要な聖地であるタワン僧院を一時的に占領した。

ある一連の無人の岩礁で、後者の二国のあいだでは諸島の領有権は台湾にあるという合意がなされているが、日本は一八九四〜九五年の日清戦争での勝利にまで遡って領有権を主張している。一九七二年に日中国交正常化交渉が開始されると、諸島の軍事利用は不可とし、議論は次の世代に持ち越すという合意がなされた。今日、時代はすでに次の世代に代わっている。諸島の海底に大量の石油が埋蔵されている可能性が確認されてから、論争は恐ろしいほど激化した。互いに領有権を主張する重複域では、沿岸警備艇や艦艇が互いを押しのけながら行き交い、戦闘機が巡回や上空を通る民間機の護衛に飛び交っている。わずかな計算ミスが戦争を招いてしまう状態である。二〇一四年、日本の総理大臣である安倍晋三は中国の領土侵害に世界の注目を集めようと世界各地で演説を行い、二〇一五年に日本の国会は長年にわたる海外での軍事活動の禁止を解除した。今日の対立の原因が中国の実力行使あるいは日本の国家主義のどちらにあるかはさておき、両国が常に歴史を引き合いに出すのは、彼らがそこから何かを学んだということだ。つまり、抑止力は武力衝突が起きる危険性を大幅に上昇させ、経済的誘因は危機の増大よりも現状維持や統合と関連している。

確かに、中国による日本の貨物船拿捕、戦争賠償金の要求、日本の自動車会社に対する街頭抗議や不買運動、日本の巡視船へ衝突してきた中国のトロール漁船の船長拘束、中国による日本へのレアアースの輸出禁止が日々新聞で報道されても、日本企業の重役による代表団は中国の商務大臣や副首相に丁重にもてなされ、中国での日本車の売り上げは大幅に回復し（トヨタは二〇一五年に中国での最高販売台数を記録した）、しかも、両国の年間貿易取引額は三四〇〇億ドルを超えている。[1]日本には中国の市場が必要で、中国には日本のテクノロジーが必要なのである。

アジアには他にも戦争につながる危険性の高いシナリオが山積みになっている。中国とヴェトナムは西沙諸島をめぐって小競り合いをしているし、フィリピンは中国がブロックを設置してもスカボロー礁を手放さない。北朝鮮はわずかながら核兵器を備蓄していて、弾道ミサイルの発射実験をほぼ警告なしに常に行っている。東アジアを重視したアメリカ軍の再配置は、現地での基地、軍艦、戦闘機や軍事演習の増加や、意図的または予期せぬ戦闘の火種を意味する。第三次世界大戦が起きるとしたら、それは確実にアジアだと予測していた、一九九〇年代のアメリカ国防総省の戦略担当者たちはまさに正しかった。つまり、今日の軍備拡張と経済的統合の動力学は、大戦への避けられない流れがすぐ近くまで来ているという前触れかもしれない。

確かに、中国の急速な台頭と拡大している影響力はアジアの政治制度が未成熟であることの表れであり、軍備拡張の最大のブレーキとなるのは商業的な統合しかない。理想をいえば、アジアでのアメリカ軍の駐留は各国の外交機関が難局にうまく対応する力を身につけることを促進し、太平洋での戦略的バランスを保つために役立つことが可能だ。まさに、アメリカの安全保障が戦後のヨーロッパにおいて政治的な統合を前進させたのと同様に。フランスの外務大臣ロベール・シューマンは、欧州石炭鉄鋼共同体を通じて、ひとたびフランスとドイツの一次産品市場が統合されれば、両国は融合されたサプライチェーンを共有して二度と争うことはないだろうと賢明にも予測していた。アジアはアジア独自のサプライチェーンが中国、日本、韓国、東南アジアのあいだで深く統合されているだけではなく、数多くあるアメリカと中国の共同サプライチェーンの中心拠点でもある。アメリカと中国はあらゆることで八割方意見が一致しているという、アメリカ太平洋軍の元司令官サミュエル・ロックリア海軍大将の発言はそういう背景によるものだ。

指導者たちが公にできない「平和的解決から軍事的解決に移る一線」について語り、そのあいだに海軍同士が交戦できるほど危険なまでに接近すると、軍事的および経済的な二種類の相互確証破壊が進行していることを察した株式市場が激しく上下するというのは、常識とも呼べる真実だ。大国同士がどのように影響を与え合っているのか、彼らが何をめぐって戦おうとしているのかは、軍事活動だけでは理解できない。今日の複雑に絡まった体制に対応するためには、指導者たちは国境線を越えた先までを念頭に入れて考え、サプライチェーンの戦いは「あちらにいる」敵だけではなく「あちらにある」自国の大きな利益も関わってくることをよく理解したうえで、自らの戦略の費用効果が実用的かどうかに絞って計算しなければならない。第三次世界大戦を待つという状況は、サミュエル・ベケットの戯曲『ゴドーを待ちながら』を連想させる。この作品の登場人物であるウラジミルとエストラゴンは、ゴドーが来なければ首をつろうと決心していた――そうして、ただそこに座り続けた。ふたりの救世主となるべくゴドーはもちろん決して現れないが、主人公たちが本当に自殺することも決してないのだ。

他の手段による戦争

紛争状況が最高潮に達していて、明らかに戦争直前だという地域を見抜くのは難しいことではない。特に、第一次世界大戦の開戦一〇〇年目となる二〇一四年には、マスコミや学会の話題はそうした歴史的な類推で持ちきりだった。第三次世界大戦は過ぎ去った危機だと主張するのは、確かに賢明ではない。だが、フランスの研究者レイモン・アロンが主張したとおり、核抑止力と後の見直しは二〇世紀の野放しの軍備拡張や、さらにはキューバ危機などの痛ましい事例の再発を防止するために必要不可欠である。しかも、今日の中国の新重商主義は、限られた領土を奪い合う何世紀も前のヨーロッパ植民地時代の重商主義とは異なり、世界的な覇権国家になることよりも自国の近代化の遅れを取り戻すことを重視している。中国が求めているのは原材料やテクノロジーであって、他国の領土ではない。

マスコミや研究者などの「観察者」は、今日の世界の動きを第一次世界大戦前のヨーロッパの動きになぞらえようと急ぐあまり、極めて大きな相違を見落としている。第一次世界大戦前のヨーロッパ諸国は密接に貿易していたが、それは広大な植民地から原材料を略奪しながら垂直的に統合された重商主義帝国として行われたものだ。彼らは完成品のみを取引して、互いに生産を委託することはなかった。つまり、一八九五年当時は、今日のような国際的な製造ネットワークは存在しなかった。我々は一九世紀と二〇世紀に貿易面での相互依存関係を築き、二一世紀を迎えてから世界中に広がる複雑なサプライチェーンも手に入れた。

世界的に行われている越境貿易と投資のさらなる浸透は、現在の綱引きを過去の地政学の時代に行われたものよりもますます複雑にする。一九世紀から二一世紀までのこの経済的統合の進歩は、デイヴィッド・リカードの理論からリカルド・ハウスマンの理論への発展に最もよく表れている。イギリスの政治経済学者デイヴィッド・リカードは重商主義を批判する比較優位理論の第一人者として広く名を知られていて、産業の特化と国家間の自由貿易を支持した。だが、現代社会の経済構造はリカードの想像の範囲をはるかに超えている。ハーヴァード大学経済学者のリカルド・ハウスマンが革新的な著書*Atlas of Economic Complexity*（『経済複雑性の世界地図』）で描いているとおり、世界経済はボードゲームのスクラブルのようなもので、世界中の国々（プレイヤー）はチーム一丸となり、配られた何百万ものパーツ（文字）を組み合わせて製品（言葉）をつくり出す。我々は物品だけを取引しているわけではなく、サプライチェーンに沿って「業務の取引」も行っている。ハウスマンのデータの大半は物品の生産と取引に基づいているが、その結果は拡大している世界規模の金融とデジタルサービスのサプライチェーンにも確かに応用できる。

リカードとリカルドの理論はともに勝ち残った。自動車や電子機器などの多くの分野では輸出品に使われる部品の約半数は輸入品である。つまり、各国が互いに販売するものは互いに購入したものからできている。さらに、製品の六割がアメリカ国外で販売されているゼネラルモーターズ社やアップル社ほど、業績を輸出に頼って勝ち残る巨大企業は過去に存在しなかった。西側は利益や雇用面で、かつてないほど世界の他地域に依存している。例えば、アメリカ国内の四〇〇〇万件の雇用が輸入に直結している。アメリカの輸入は国内のシェールガス採掘によって低下しているが、それでもアメリカ経済と貿易に占めるサービス業の割合は製造業よりはるかに大きいため、アメリカはまだまだ貿易国だといえる。アメリカのサービス製品はアジアの巨大な消費者市場に

＊ 現在、この世界地図は枠内のウィジェットとして世界各国のウィキペディアの当項目内に表示されていて、その国が世界の経済的分業で果たす具体的な役割をさまざまな色で可視化している。

船で輸送されるのではなく、圧縮されたデータとして送信される。

また、冷戦の地政学的な枠組みのもとでは敵同士が互いに投資することはなく、もちろんアメリカとソ連のあいだでもそうした例はなかった。だが、今日の友人かつ敵――「フレネミー」――同士での世界規模の投資の力強い流れは、現代社会がいかにしてヴェストファーレン体制からサプライチェーンの世界に移行したかをさらに明確に表している。世界を率いる大国は金融面で統合を果たし、投資による結びつきは貿易関係と同じほど重要になった。こうした投資は互いの通貨や株に投資される何兆ドルもの資産と、互いの市場に効率的かつより多くの利益が出る方法で参入するために相手の領土で購入または建設した工場、不動産、銀行、農業関連施設などの生産的な有形資本のふたつのかたちで行われている。したがって、サプライチェーンは戦争の動機を弱めるが、サプライチェーンから切り離された国では敵対心が増大する可能性を高める。

グローバリゼーションのスイッチをそのようにすぐに切ることができると思っている人は、戦争が起きる可能性が高いとも勝手に信じている。アメリカの軍艦がホルムズ海峡を巡回する一方、中国の大型船は論争になっている太平洋の諸島を周回し、インドは保有する核兵器と海軍を近代化している。しかし、だからといって国家間の衝突が起きることが当然だというわけではない。もしそうであればグローバリゼーションはなぜ、一世紀もの世界大戦とそれに続く一〇年もの内戦の時代、そして一〇年間におよんだ「テロへの戦い」を経て、今もなお拡大、浸透しつづけているのだろうか？　戦争は一時の出来事だ。一方、ネットワークの構築は一連の過程である。

密につながっている多極的な世界は地図に載っていない未知の領域だが、綱引きのパラドックスとは、競技が長く続けば続くほど全員が勝者になれる可能性が高くなる点かもしれない。今日の地政学的な駆け引きでは、経済的な支配のほうが軍の戦闘よりも重要な位置を占める。相互依存は金融制裁、サイバー攻撃やサプライチェーンの分断を通じて兵器化できるが、その攻撃が、対抗する相手国で活動している自国の企業に即座に打撃を与えてしまう今日の状況では、両国にとって攻撃の激化は一世紀前よりもはるかに犠牲が大きい。クラウゼヴィッツ（一八世紀の軍事学者）の格言「戦争とは他の手段による政治の継続である」は、現代版に更新されなければならない。つまり、戦争とは他の手段による綱引きの継続である。

第七章
サプライチェーン大戦

（本章に関連する地図は下巻口絵24、25、26を参照）

原子のように細かいモノの取引

世界貿易を解きほぐそうとすればするほど、それは細かく分かれていき、ひとつひとつが量子のような小さな粒になってしまう。簡単なつくりの製品でさえ、その多くはあまりに複雑な過程をたどって製造されているため、あるモノが「どこ製」なのかはっきりわからない。製造サプライチェーンはおよそ五〇年前に企業の本社からの切り離しや売却が始まり、電子機器から衣服にいたるさまざまな分野の製造部門の大半は、「アジアの虎」（香港、シンガポール、韓国、台湾）、中国、タイ、メキシコへ移管され、やがて低賃金で働く半熟練の労働者を抱えるインド、インドネシア、さらには発展途上の国々へ委託されるようになった。ねじやボルトから、染料やペンキ、銅やガラスにいたる部品や材料は、組み立て、仕上げ、梱包やその他のサプライチェーン上の作業に合わせて送られていく。送信されたデータ・パケットが世界中のいくつものサーバを経由して近所の家のコンピュータに届くのもそうであるように、サプライチェーンの各過程が急激に散乱するのは避けられない。

グローバル・バリューチェーンは複雑ではあるが、包括的な統一体になりつつある。例えば、いくつかのヨーロッパの企業はアメリカでソフトウェアを開発し、アジアで製造し、中東で事務と管理を行い、修理や保証などのアフターサービスについては市場に参入して販売を行う各国で、現地パートナーと共同事業を立ち上げている。

アメリカの輸出品に含まれる輸入部品の割合は比較的低く一五パーセントしかないが、流通や販売までの下流の全景を見渡すと、実際は四〇パーセントだとわかる。WTOチーフエコノミストのパトリック・ロウは、そのような「ハイブリッド・バリューチェーン」の出現を、「物理的でもありデジタルでもあり、製造でもありサービスでもあり、しかも能力や高い評価という無形の要因による付加価値もある。今日の統計的手法では決してとらえることはできない[1]」と、いくぶん量子力学的に表現した。製品は「あらゆるところ製」というラベルをつけるようにするべきだ。

アメリカの産業界は「国に戻ってこい」という短絡的な呼びかけに注意しなければならない。グローバリゼーションは大衆主義の政治家たちが語るような、雇用が国外へ流れていくという一方通行的なものではない。アメリカの多国籍企業はアジアとラテンアメリカに二〇〇万件以上の雇用を創出して自国で一〇〇万件近い雇用を削減したが、彼らは国内で工学、コンサルティングや金融分野での高い技術を必要とする数多くの新たな仕事も生み出している。しかも、アメリカ企業が国外で雇用や富をつくり出せば出すほど、より多くの外国人がアメリカの製品を購入する。例えば、アメリカの新興市場国への輸出は、一九九〇年から二〇一二年のあいだに倍増した。したがって、アメリカが海外への投資を打ち切れば（それにともない利益もなくなる）、国内での投資も減少することにつながる。綱引きを思い出そう。もつれたロープをほどくには注意が必要だ。

あるものが脱《ディ》グローバリゼーションに見えたとしても、実際にはそれはグローバリゼーションの続きである。アップル社はそうした複雑な現実を表す完璧な例である。カリフォルニア大学バークレー校の経済学者エンリコ・モレッティは、クパチーノのアップル本社の社員自体はわずか一万二〇〇〇人であるにもかかわらず、アップル社はシリコンバレーで実質六万件の雇用を生み出したと試算している。「シリコンバレーでは、地域が栄える要因はハイテク産業関連の雇用であり、その結果、医者、弁護士、屋根ふき職人やヨガ講師の仕事も生まれた」とモレッティは主張する。[2]その地域社会が繁栄しているのは、主として企業の革新と世界的成長の結果であり、

＊　アメリカ国内で一九九〇年以降に創出された雇用の一一パーセント、現在の民間企業の雇用の一九パーセント、そしてすべての民間給与の二五パーセントはアメリカの多国籍企業が生み出したものだ。アメリカの輸出の五割近くは多国籍企業によるもので、アメリカ多国籍企業は国内で生産される半製品の九割を購入している。アメリカの民間企業における研究開発費の四分の三は多国籍企業によるものだ。マッキンゼー・グローバル・インスティテュートの *Growth and Competitiveness in the United States: The Role of Its Multinational Corporations*（『アメリカにおける成長と競争力――アメリカ多国籍企業の役割』二〇一〇年六月）を参照のこと。

決して公共投資によるものではない。アップル社は外部に製造を委託した商品を供給する受け身の姿勢から一歩踏み出し、一部のｉＭａｃの製造をテキサスで行うという生産再開の戦略を立てた。ＣＥＯのティム・クックは二〇一二年一二月、「我々には必ずしも特定の業種での雇用を生み出す義務はないと思う。だが、幅広い分野での雇用を生み出す義務はあると考えている」と語っている。[3] この差は重要である。なぜなら、アップル社は組み立て作業を国内に戻すために一億ドルの投資を行うが、それでもアップル社製品の部品の大半はサムスン製の半導体やシャープ製のディスプレイなど海外から輸入しなければならないものだし、しかも、長きにわたる製造パートナーである台湾のフォックスコンはすでにテキサスに製造施設を有しているからだ。最も進んだ経済国でさえ、優れた輸入品がなければ優れた輸出品をつくることはできない。

この教訓は、海外から最新のテクノロジーや技法を導入しなければ競争力をより高めることができない新興市場国にも間違いなく当てはまる。中国は全世界の電子部品の三四パーセントを輸入していて、それがなければ自国の全輸出の二七パーセントを占める情報通信技術（ＩＣＴ）関連の完成品の、世界最大の輸出国にはなれなかったはずだ（世界的に見ると、物品とサービスの付加価値の少なくとも三分の二は、そうした半製品の部品から生み出されている）。

この世界規模の綱引きでの勝者と敗者の差は、貧富によるものではなく、新しいものを受け入れるかどうかである。二〇一五年、バリューチェーンの上位に進むために最新のテクノロジー製品を必要とした中国は、ＷＴＯの調整によって二〇〇種類以上の主要デジタル製品用部品の貿易自由化に合意した。中国の人件費は増加しているが、それでも海外の電子機器、繊維や化学品関連企業は、中国は熟練した作業員や統合されたサプライチェーンの提供という点で粘着性の高い投資先であると述べている。対照的に、不必要な関税や煩雑な通関手続きによって輸入を制限している国は、その結果国内の製造者がより優れた輸出品の生産に必要な高品質の部品を調達するコストを押し上げ、墓穴を掘ることになる。

そうした策は有益どころかむしろ害になるため、サプライチェーンの綱引きは単に見た目を新たにした貿易保護主義に基づいて行われているわけではない。それどころか、その綱引きは「相互主義」というはるかに強力なルールに基づいて行われている。相互主義は度を超えた経済ナショナリズムに対する最強の防御である。二〇〇九年、オバマ大統領がミシガンとペンシルヴェニアの労働者を守るために自動車メーカーへ財政援助を行い、さらに中国製のタイヤに課税すると、中国は報復としてキャデラックへの関税の二〇パーセント引き上げ——おまけにアメリカで製造され中国で販売されているホンダ車やBMW車にも——を、アメリカ側が課税を撤回するまで実行し続けた。同様に、WTOが二〇一一年の中国のレアアース輸出禁止を協定違反だと認めると、他の国々は中国が禁止を撤回するまで似たような内容の報復措置を行った。WTOの紛争解決の仕組みは、最も影響力の大きい仲裁役としてだけではなく、市場を通じて共有するよう国を説得することで一国による資源の独占を防ぐ役割も果たしている。したがって、そうした仕組みは現代社会を国家と国境線の世界から需要と供給の世界へと、さらに後押ししている。

* 例えば、ブラジルは巨大石油企業ペトロブラスへ供給される部品を国内産に限定したため、ペトロブラス社は最高レベルのテクノロジーを導入する機会を妨げられ、ペトロブラス社の——そして国家の——名声に傷がついた。

相互主義は貿易保護主義を自滅させるどころか、無意味なものにしている。実際、大恐慌時代のスムート・ホーリー法（アメリカの関税を大きく引き上げた法律）とは大きく異なり、各国が二〇一三年の一年間で制定した四〇〇もの貿易保護政策は全世界の商品輸入のわずか一パーセントにしか影響をおよぼさなかった。世界貿易の八割は世界規模の多国籍企業とその関連会社のサプライチェーン内やチェーン同士で行われていて、彼らは自らのサプライチェーン内での調達品に対し、なぜ追加の費用を払う必要があるのかと思っている。*

貿易の物理的な流れを円滑化するほうが、関税の引き下げよりもはるかに重要である。二〇一三年のバリ貿易円滑化協定に基づき通関手続きが調和（お役所仕事から効率化へ）されれば、世界のGDPの一兆ドル増加と、二〇〇〇万件の雇用創出が見込まれる。世界経済フォーラムとベイン社の調査では、各サプライチェーンの規格を合わせることで世界のGDPは五パーセントという驚異的な成長を記録するが、現在のWTOの協定をすべて実施しても成長率は一パーセントにしかならないと予測されている。イーサリアムのブロックチェーンプラットフォームによって、取引者同士は規格化かつ透明化された契約をどんな国の管轄も越えて結べるようになるだろう。さらに、それをサプライチェーンでの作業のリアルタイムデータ共有と組み合わせれば、確実な取引を行うための費用を大幅に減らすことができる。

* ドル、ユーロ、人民元、そして円のあいだでの通貨切り下げさえも、互いの自国通貨価値を効果的に低めることで、各国の輸入と輸出をともに刺激した。これは、主要経済国の関係は非常に密接なため、通貨で競うよりも通貨を適切に調整するほうが互いにうまくいくことを改めて示す例だ。

世界は、開かれた貿易と開かれた国境によって、機能別のグループへと再編される。カナダ、アルゼンチン、南アフリカ、インドネシア、オーストラリアなどの国は地理的な位置や経済的な豊かさが大きく異なるにもかかわらず、農産物の自由貿易化を積極的に目指す「ケアンズグループ」としてひとつにまとまった。これは、世界貿易内の「農業サーキット」だ。統合するとブラジルよりも経済規模が大きく、しかも、より急速に成長しているラテンアメリカ五カ国——メキシコ、コスタリカ、コロンビア、ペルー、そしてチリ——は、アジアへの貨物量の大幅増を目標にした太平洋同盟を結成した。これは、彼らが厳しい地理的条件をよそに、接続性をいかに大事にしているかを示している。アメリカやドイツなどのハイテク製品輸出国は保護された市場をこじ開けるため、知的財産権保護、労働環境基準、投資額の上限撤廃、外国人投資家保護、そして国営企業の民営化などの、相手先の「国内の規制緩和」実現に共同で取り組んでいる。確かに「自由市場」には、政府調達の主な分野であり、世界経済のほぼ三分の一を占める防衛、健康、教育、インフラなどはまだ含まれていない。だが、そうした各分野が継続的なサービスを必要とする自由市場になれば、それも世界市場での競争の場になるだろう。

全世界のサービス貿易が五年ごとに倍増している中、海上輸送ではなくデジタルの波の上で行われる経済活動がますます増加している。サービスはすでに世界貿易取引額の六割以上を占め、全世界の労働人口の半数以上がサービス業に携わっている（残りの半数は農業と工業がほぼ同じ割合を占めている）。銀行業、保険、ソフトウェア、プログラミング、コンサルティング、デザイン、建築、経理、法に基づく契約や訴訟、ヘルスケア、そして教育は、どれも無形だが大きな利益を生み出す分野である。他国でも通用するサービス業がアメリカとヨーロッパのGDPの三割以上を占めている。つまり、サービス業の仕事は今後ますますどこにでもノウハウを持ち込んで実践できる。企業も急速に成長する市場で利益を上げるためには、そうしたやり方を取り入れなければならない。

こうして多国籍企業は有力な競合相手となった新興市場国と深くつながり、しかも競争にさらされている。ボストン・コンサルティング・グループ（BCG）のアンケートによると、アメリカ企業の七三パーセントが、アジアでの利益は今後五年から一〇年のあいだに増加すると考える一方、現地のライバルよりも優位を保ち続けられると答えた企業はわずか一三パーセントだった。かつて日本、ドイツ、スウェーデン、そしてフランスは中国の通信市場を支配していたが、現在は巨大企業である中国移動通信、それに携帯電話機メーカーのHTCや、操業を開始してわずか二年後の二〇一四年に企業価値が四〇〇億ドルに達したスマートフォンメーカーの小米科技《シャオミ》などのライバルと、彼らに奪われた市場シェアをめぐって争っている。こういうシナリオで市場シェアを保ち続ける唯一の策は、さらなる合併や合弁会社設立を通じて、競合相手と協力関係を築くことである。相手を負かすことができないのなら、買ってしまえばよい。

やがて、国が裕福になると、高級衣料やiPhoneといった、より高価値の商品を輸入する。つまり、中国は国有の製造業などの斜陽産業から通信やソフトウェアなどの貿易財になるサービスへとバリューチェーンの上位に移動するにつれ、やはり保護主義よりも開放を好むようになるはずだ。実際、他国と同じルールでの商業活動を求めているのは、世界で最も精力的に拡大を続ける中国企業である。二〇一四年、エリクソン社は特許侵害を理由に、人気が高いシャオミ製スマートフォンのインドでの販売中止を求め、成功した。同年、華為技術《ファーウェイ》は、深圳《しんせん》に本社を置く同じ中国の中興通訊（ZTE）を、同様の理由でドイツの裁判所に訴えたのだ！

プリンター、シェアリング――それに貿易について

今日の世界貿易の型を脅かす最大の要因は、3Dプリンター（より多くの製品が「自分」で身近につくれるようになった）と、共有型経済《シェアリングエコノミー》（物品の購入が減り、既存の品はサービスとして消費される）の組み合わせだ。近場での試作や大量生産はともに世界規模の輸送業、在庫管理、倉庫業に深刻かつ長期的な打撃を与えかねない。国際宅配便企業DHLの最大の得意先――アメリカ軍や、ヒューレット・パッカード（HP）などのメーカー――が、突如すべての部品を基地や自社施設内で3Dプリンターから出力するようになると、DHL社は倒産するかもしれない。しかも、取引先から前よりも時間を急かされるようになった新興市場国企業は、製品の配送や修理に何週間も待てなくなった。そのため、航空会社、電化製品販売会社、コンピュータ・ハードウェア販売店をはじめとする多くの業種は、近くにある現地の合弁会社に交換部品を保管して、アフターサービスにも関わろうとしている。

だが、サプライチェーンはテクノロジーによって消滅させられることはなく、正確にはテ

クノロジーによって変形される。忘れてはならないのは、大規模な立体を「印刷」するためには、主材料となる原料——有機物またはプラスチックにかかわらず——が必要で、それらは3Dプリンターに「餌を与える」ために今後も輸入しなければならないかもしれず、おまけにプリンター自体も海外で生産された、あるいは世界中から部品を集めてつくられたかもしれないということだ。一部のサプライチェーンはつぶれるかもしれないが、拡大するものもある。輸送業が縮小するとは考えにくく、むしろ輸送される中身が変わる可能性が高い。特定の場所で特定のモノがデザインされ、次にそのデザインが世界中の取引先の近くの工場に素早く送信されると、どこかで採取された原材料を別の場所で詰めてできたカートリッジを使ったプリンターから立体化したモノが出力される。テクノロジーがどれほど先端をいっても、製造は世界規模で行われるはずだ。物理学と物流を混同してはならない[4]。

アメリカの企業は「どこに」製造拠点を置くかを気にするよりも、複雑な商品に大きな利益を生み出す高価値をつけるために「どんな」仕様にするべきかを気にするほうが、はるかに儲かるだろう。モジュール用パーツ版の「アプリストア」を創造したグーグル社の「プロジェクト・アラ」は、この傾向が具体化された典型的な例である。制作者はこのパーツを用いて設計、製造した部品を世界中に販売し、受け取ったユーザーはそれで独自の携帯電話を組み立てることができる。人工装具や無人自動車でも同じことが起きている。義肢や自動車の複合材料部品がどこで出力されるかよりも、どの企業のソフトウェアや仕様が市場をリードしているかのほうがはるかに重要だ。中国での外科手術で使われる医療機器を生産している、あるオーストラリア企業は、チタン製の部品を使ってパーツをオーストラリアで生産するよりも、中国で出力するほうが簡単なことに気づいた。物理的なサプライチェーンが変化しても、知的なバリューチェーンは協力してつくられた仕様を通じて成長する。

水平＋垂直＝右肩上がり

サプライチェーン大戦を理解するために必要な公式はただひとつ、「水平＋垂直＝右肩上がり」である。競技の参加者たちは製造と流通の水平結節点かつ価値創造の垂直中心点になりたいと思っている。そのふたつは、経済複雑性のはしごを右肩上がりに上るための原動力になる。

例えば、北アメリカの綱引きチームにとって、アメリカの膨大なエネルギー資源であるシェールガスを利用するのは、まさに大量のステロイド剤を使用するようなものだが、その結果として石油価格が下落し、アラブやアフリカの産油国は財政的に大きなしわ寄せを受けた。資源に恵まれない国でさえ、水平な綱引きの中心的プレイヤーになれる。例えばシンガポールは市場が小さく原材料にも恵まれないが、世界最大級の積み替え港であり、石油精製品の輸出国であり、かつ一次産品の取引拠点でもある。つまり、シンガポールはサプライチェーンをめぐって戦うのではなく、他のプレイヤーのためにサプライチェーンを円滑化することで莫大な利益を上げているのである。

水平な綱引きでは、「強要行為」も国家を築くための有効な手段になる。一例を挙げると、二〇一四年に西側諸国がウクライナに侵攻したロシアに制裁を加えたのと同時期に、インドネシアは海外の鉱業会社ニューモントとフリーポート・マクモランに対して原材料の国内採掘権値上げを要求し、さらにインドネシア国内の付加価値と利益を増やすために溶鉱炉、製錬所や加工工場の建設を命じた。ロシアは暗にインドネシアの動きを後押しした。というのも、この論争の結果、インドネシアのニッケル輸出は一時的に凍結され、それと同時期にロシアの巨大採掘企業ノリリスク・ニッケルが制裁対象とされたため、ニッケルの価格が世界的に上昇したからである。インドネシアはごく最近、自国の造船業と衣料産業を強化するために外国船と古着の購入を禁止しようとし、さらに、数十カ国に対して、収用が行われても国際仲裁機関に仲裁を申し立てないという新たな契約に合意しなければ、投資協定を破棄すると威嚇した。

海運業と一次産品産業の組み合わせは、軍拡競争と、資源の綱引きの複雑さの両方を浮き彫りにする。オーストラリアの鉄鉱石の大半を産出するリオ・ティント社とBHPビリトン社は、中国の鉄鉱石輸入を支配してきた(中国自体が世界最大の鉄鉱石産出国ではあるが)。ブラジルの巨大採掘企業ヴァーレは、中国の需要を満たす上でリオ社とBHP社よりも優位に立つために、積載量四〇万トンもの大型鉄鉱石専用船「ヴァーレマックス」の船団を利用して、鉄鉱石をアフリカの岬を通過してアジアまで輸送しようとした。だが、中国の鉄鉱石輸送業者は、貨物取扱量の上限が現在一隻につき二五万トンである中国の港への、ヴァーレマックスの入港を反対する運動を行った。ブラジルの競合相手に対して優位を保ちたいリオ社とBHP社は、もちろん中国側についた。しかも、中国アルミニウム社はリオ社の大株主でもあるため、なおさらのことだ。そのうえ、BHP社とリオ社はともに、中国での政略的な腐敗防止の「魔女狩り」の対象になっていたという要因もある。一方、ヴァーレ社は二〇一四年後半、マレーシア西岸に大規模な鉄鉱石積み替え拠点を開いた。ここで品質別に分けられた鉄鉱石は積載量の小さい船に積み替えられ、いくつかの船によって中国、日本をはじめとする各国市場へ輸送される。リオ、BHP、ヴァーレの三社はともに、世界的な供給過剰を引き起こすことを覚悟の上で産出を急きょ増やして小さいプレイヤーたち（中国のも含めて）を閉め出し、価格設定時に中国によって大きな影響力を与えられる三大カルテルを維持するという点で、思惑が暗に一致している。中国はそうした策略に抵抗しているが、オーストラリアのアメリカとの同盟関係を無力化する唯一の手段は、自国とオーストラリアがサプライチェーンで連携を取ることだともわかっている。

綱引きはバリューチェーンの上位でも同様に熾烈《しれつ》だ。マニラの「イーストウッド・シティ・サイバーパーク」内の活気あふれる高層ビル群には、そこを本拠地とするオフィスが多数入っていて、コールセンターの三万人ものオペレーターが、担当する世界各地域の時間帯《タイムゾーン》に合わせてさまざまなシフトで働いている。それはフィリピン人に業務を取って代わられる前の、バンガロールのインド人コールセンターオペレーターたちと同じ働き方だ。同じグループの結節点同士の厳しい競争は、人の働き方は住んでいる場所や昼間の仕事かどうかよりも、世界経済の動きによって決まるほうが多いことを表している。元シティコープCEOウォルター・ライストンは、「国境線よりもタイムゾーンのほうが重要だ」[5]と記していて、実際に何人かの経済学者がアメリカのタイムゾーンをふたつに減らす提案を最近行った。[6]

水平の綱引きが資源の重商主義だとすると、垂直の綱引きは革新の重商主義である。つまりそれは、戦略的産業の最も高度な技術と最も利益を生み出す部分をつかみ取ることだ。垂直の綱引きでは量よりも価値が重要となる。中国の腕時計の輸出量はスイスの二〇倍以上だが、スイス製の腕時計の平均的な価値は中国製の三〇〇倍以上だ。ドイツの収入の六〇パーセントは輸出の付加価値によるものだが、中国の場合はわずか三〇パーセントである。

垂直の綱引きでは、自身の最大の顧客が最大の競合相手にもなる。一九五〇年代以降、アジアの企業は半導体などの中核技術においてアメリカの革新的技術の優位性を受け入れる側だったが、その後、アジア諸国は製造委託と技術移転の組み合わせでバリューチェーンを着実に上っていった。一九六〇年代と一九七〇年代には、日本と韓国が電子機器と自動車の主要輸出国として頭角を現した。一九八〇年代、IBMはアジアでの半導体チップ生産を開始した。その結果、日本は一九九〇年代には半導体メモリ産業の七割のシェアを獲得するようになった。巨大な半導体製造工場を擁する韓国と台湾はプロセッサーで世界的なプレイヤーとなり、中国は太陽光電池で優位に立っている。

日本、韓国、台湾、そして中国は二一世紀の最初の一〇年間にわたり、研究開発費、補助金、そして企業が開発した製品に対する国の購入保証のかたちで、革新的技術の「生態系《エコシステム》」の強化に大量の資金を投じ続けた。[7] 日本政府がアメリカやヨーロッパの企業に対抗して日本の市場シェアを拡大するために、NECの人工衛星を支援したのはその典型的な例である。現在の名古屋近郊の豊田市やソウルのサムスンタウンは、研究、設計、管理、部品調達が垂直統合されたエコシステムであり、何百もの会社が母船である本社の延長と見なされている。

国と国が競争する場合、どちらも自分のサプライチェーン全体を利用して戦う。アメリカも例外ではない。アメリカ政府がゼネラルモーターズ社に救済措置を実施したのは、ひとつの企業を救うためだけではなく、社の業績悪化によって全国の二次サプライヤー――およそ一〇〇万件の雇用――が消滅するのを防ぐためだ。戦略的産業の構築と維持は、高い雇用率の実現と作業員の技能レベルを保つために極めて重要だ。

綱引きとは国のバリューチェーン上昇用の資金を産業の革新者に提供してもらうために、市場規模を手段として利用することである。エミレーツ航空が政府からの軍資金に恵まれているにもかかわらず、フランスやドイツ政府がエミレーツ航空の数十機ものエアバス社航空機購入に対して値下げや補助金支給を行うのは、この機体の生産がヨーロッパに何万件もの雇用を創出するからだ。一方、UAEは国内での雇用創出と自国民の技術やノウハウ習得のため、航空機メーカーにメンテナンス業務の拠点をさらにドバイに増やすよう圧力をかけている。

中国の綱引きは、バリューチェーンでの上昇を見れば、従来の戦争同様――あるいはそれ以上――に戦略的だとわかる。中国の産業政策は国内での企業の保護から、輸出を促進するための戦略的な補助金支給へと変化した。中国はただ何百万台ものiPhoneを組み立てる――得ら

* 輸出信用機関（ECAs）は自国のプレイヤーを、海外でさらに優位に立たせる。ECAsは全世界の政府間国際機関や援助プログラムへの拠出金よりもはるかに多額の資金提供をすでに受けている。ECAsは不安定さと競争が高まった際、企業が活発に活動し続けるための強力な景気対策的役割を果たす。

れるのは一台につき八ドル——だけではなく、シャオミのような自国産の対抗馬を創造したいのだ。つまり、「中国製」は「中国によって一からつくられた」になりつつある。中国企業の製品はZTEの携帯電話から中国中車（CRRC）の車両、そして広西柳工機械の採掘装置にいたるまで、産業の黎明期に火つけ役となった投資を行い中国内で活躍する外国の同業他社のものに急速に取って代わり、その同じ企業と世界中で競っている。IBMのパソコン部門を買収したレノボは、いまやデスクトップ型やノート型パソコンの最大メーカーだ。さらに、中国は、人口の高齢化や人件費の値上がりが起きても製造業が活発な生産活動を保てるよう、先進的な産業ロボットの最大の購入国になった。*

バリューチェーンを一気に駆け上がろうとする中国は、貴重な知的財産を盗むために極めて高度な技術を悪用してアメリカのF35戦闘機などの先端軍事技術に関する膨大なデータを入手したが、これはあくまで中国側による戦術の成功例のひとつにすぎない。ウェスティング社との合弁事業が開始された直後から、中国のハッカーたちは原子力発電所の設計図を好き放題に盗んだ。

近道をしようとするのは中国だけではない。マイクロソフト・インディア元会長のラヴィ・ヴェンカテサンは、インドの企業は「著作権《コピーライト》」を「コピーする権利《ライト》」だと思い込んでいると指摘する。[8] インドは大きな利益を生み出す防衛分野も見逃していない。モディ首相は軍事予算を一九〇億ド

* 中国企業はヨーロッパの企業を知的財産として、そしてWTOのダンピング対抗措置の解除と「市場経済国」の認定を受けるために買収してきた。中国のWTO加入時の条件によると、中国は二〇一六年一二月に「市場経済国」の認定を受けると見られている。

ルへと倍増したが、インドはそれをロッキード社、ボーイング社、ＢＡＥシステムズ社につぎ込むのではなく、合弁会社の設立、技術移管や現地生産を各社に求めている。インドはさらに海軍の艦艇を四倍にする計画も立てているが、そのすべてを自国で造船する予定だ。他分野でも「インドでつくる」がこの国の新たなスローガンになっている。ノキア社はかつてインドのスマートフォン市場で七五パーセントのシェアを誇っていたが、現在はインドの自国企業マイクロマックスが首位に立っている。インド国民の三分の一しか冷蔵庫――そのほとんどがＬＧ社、サムスン社、あるいはワールプール社製の輸入品――を保有していないが、インドのメーカーは残りの三分の二を取りこもうとしている。同様に、品質管理を改善したインドの製薬会社は国内市場を支配するだけでなく、いまやアメリカの輸入後発《ジェネリック》医薬品市場で四割のシェアを占めるまでになった。この状況は大手製薬会社の利益を大きく減少させるかもしれないが、一般のアメリカ人には思わぬ幸運が舞い込んだようなものだ。

西側諸国の一部の企業は、知的財産を守るために研究と開発を切り離すことにした。つまり、研究部門は本国に残し、開発は他国と現地で協力して行うという方針だ。だが、そのやり方では中国市場への参入権を失う危険が高い。そのため各社は方針を変え、メルセデス車用エンジンの中国生産に合意したダイムラー社のように大きな賭けに出た。西側の企業は中国で長期的に利益を上げる確実な公式――例えば研究開発を中国外で行うか、中国内で独自に活動するか、あるいは知的財産権の保護に理解のある現地企業と提携するか――を、まだひとつも編み出していない。それどころか、ＩＢＭ社は、ＩＢＭの革新的技術を利用して中国内で同様の製品ばかりつくっていた北京の華勝天成科技に、サーバやソフトウェア技術の使用権を二〇一五年から認めた。近い将来、西側諸国の企業は中国から離れるどころか、積極的に中国のサプライチェーンの一部になろうとするに違いない。

中国には、ありとあらゆるモノをつくる土地、労働力、資本、テクノロジー、知識が豊富にある。人件費が上昇し、競争が激化しているにもかかわらず、中国の製造業での雇用と生産高は増加しつづけており、その一方で、中国の輸出品に使われている輸入部品の割合は急速に低下している。つまり、中国はより高付加価値の製品を生産する、より自立した製造国になりつつある。こうした状況で他国が競争上の優位性を保つためには、誰にも（まだ）真似できない高度に複雑な製品をつくることだ。ドイツ、スイス、フィンランド、日本、そしてシンガポールは、経済複雑性指標の上位を占めている。ドイツは中国に産業分野をほとんど奪われず、しかも高度な技術を持つドイツの作業員が次々につくり出す先進的な化学製品や精密工作機械を中国が必要とするため、ドイツから中国への輸出は急増している。

一九七〇年代、共産主義の東ドイツは中国の経済計画立案のお手本だった。現在の統一ドイツは、高度に複雑な製品や輸出競争力の面で、中国の憧れの的になっている。一九世紀後半のドイツはヨーロッパ大陸の競合相手を支配したが、二一世紀のドイツは高度な技術を擁する社会民主主義国家だ。中国は巨大なドイツになりたがっている――ビスマルク宰相時代とメルケル首相時代のどちらのドイツにも。

天然資源の「遺伝子」と食料の「データセンター」

世界の鉱物と食料の供給体制は、天候、テクノロジー、地政学やその他の要因に基づいて生産が拡大、縮小するため、常に変動している。何年ものあいだ、レアアースの採掘と加工は中国のその大半が国有である少数の企業に支配されていたため、二〇一一年に中国がレアアースの輸出を一時的に禁止すると、あらゆる電子機器のサプライチェーンが混乱に陥った。だが、一九七〇年代のオイルショックと同様に、アメリカ、カナダ、インド、カザフスタン、オーストラリアは、この地政学的な危機によって新たな供給源の探索への投資を急速に進めた。[9] ＯＰＥＣの石油価格支配を終わらせたのは分散型エネルギー供給や代替エネルギーおよび再生可能エネルギー技術であったことを考えれば、鉱物についてもさまざまな供給源を確保しておくべきだろう。

しかしながらさらに興味深いのは、鉱物採掘競争の話ではなく、代替品の話だ。科学者たちは貴重なレアアースに代わる合成化合物をつくっていて、その過程でサプライチェーンを急進的に押し縮めている。マサチューセッツ工科大学（ＭＩＴ）の材料工学プロジェクトでは、ハイスループットコンピューティングを用いた人工合成物の仮想実験が行われており、次にその合成物はＭＩＴと提携している新興企業エクスタリックなどの企業で実際につくられる。エクスタリック社の高度な技術を持つ冶金家は、金属を原子レベルで取り扱うことができる。エスタリック社は、金と同じ働きを持つ先端合金の開発と「印刷」に成功したほか、炭素繊維《カーボンファイバー》より軽くて丈夫なグラフェンなどの合成物をクライアントの要望に合わせて生産している。シンガポールを本拠地とするＩＩａテクノロジーズ社は、人権をまったく侵害することなく、ほんのわずかな資源だけで高純度のダイヤモンドを「温室のような研究所」で製造しており、高級品市場や精密工具市場への供給でシェアを伸ばしている。こうしたナノ材料の進歩は、水を使わないシェールガスの採取方法の実現につながるかもしれず、そうなれば中国などシェールガスは豊富にあっても水が少ない国での持続的な採掘が可能になる。

レアアースの探求は、宇宙という「八番目の大陸」にまでおよんでいる。中国は今後設立されるであろう月のサプライチェーンの準備として早くも宇宙探査機を月に送り、一方で「エックスプライズ」（宇宙船開発の賞金プロジェクト）設立者ピーター・ディアマンディスとグーグル社会長のエリック・シュミットは、貴重な鉱物を求めて小惑星の掘削を目指す企業に投資した。「宇宙経済」を取り巻く、全世界に広がるバリューチェーンが登場し人工衛星の部品、ロケット発射台、地上の観測所をはじめとする、データの入手と共有に必要なシステムがつくられ、輸送され、そして各国や成層圏に配置された。

食料産業は、複雑なサプライチェーンのネットワークと、それを実現するための企業提携に関する別の視点を提示している。世界の養殖サーモンの三分の一を生産するノルウェーの最大手養殖漁業企業マリンハーベストは、高まる魚への需要を満たすために、はるか遠いチリを含む二〇カ国で合併や買収を行って事業を拡大してきた。世界規模の生産流通ネットワークが広がる一方、過酷な地域の農産物生産高を大幅に増やす可能性を秘める、より効率的な光合成などの新たなテクノロジーも期待されている（ゲイツ財団は、食料自給の達成に向けたアフリカの農民の支援と指導は、二〇三〇年までに実現させなければならない最優先課題だと発表した）。

水耕栽培農法《アクアポニックス》は、「食料のデータセンター」ともいえる、新たな農業改革だ。この先端技術を用いた温室での栽培法は自然光も土もいらず、必要なのは使用する水が少ない有機農法のそのまた三分の一の水だけだ。ということは、わざわざ温室で栽培する必要はまったくない。カリフォルニアの新興企業ファムグロは、一見すると防水シートに包まれたサーバコンピュータのように見える、積み重ね可能なケースにLED照明を当て、二四時間体制で食料を生産している。その方法はケース内のトレーにホウレンソウ、ケール、レタス、バジル、アルファルファなどの種を入れ、あとはソフトウェアをプログラムするだけだ。霧状の肥料を与えると、それらの野菜は月単位ではなく週単位で生長する。作物を入れたトレーが棚から取り外されると、水は再利用される。ファムグロ社は、フレッシュダイレクト社を通じてカリフォルニアとニューヨークですでにオンライン販売を行っている。だが、ファムグロ社が想定している水耕用ケースの最大市場は、UAEやシンガポールのような、国土が狭くて食料を完全に輸入に頼っている国々である。そこではケースを巨大な格納庫や地下貯蔵庫に設置して生産することが可能だ。

水耕栽培農法を利用すれば、極寒地域でも現在よりはるかに多くの食料を生産できる。アイスランドでは自国の豊富な淡水（作物用）、水力発電力（電気用）、地熱（暖房用）を活用し、水耕栽培用温室で魚の養殖とトマトの栽培を同時に行っている。ファストフード店やスーパー用に一日何トンものレタスを輸入するフィンランドは、その代わりとなる自国の水耕栽培でつくられたレタスの割合を、徐々に増やしている。これはすなわち、農業のグローバリゼーションの終焉を意味するのだろうか？　もちろんそうではない。例えば、アイスランドが、栽培した野菜の余剰分を北ヨーロッパの国々に販売するのと同様に、スペインやイタリアは、自国でレタスを栽培しない他の一九〇カ国に、さらに多くのレタスを何の問題もなく売り続けるだろう。いずれにせよ、食料のサプライチェーンが短縮されるのは、全世界が排出する温室効果ガスの二五パーセントを占めると推測されている食料産業——肥料の生産から生産品の輸送まで——にとって、喜ぶべきことだ。

「サプライサークル」

テスラ社の自動車（バッテリー式電気自動車）は温室効果ガスこそ排出しないが、そのサプライチェーンは必ずしも環境にやさしいとはいえない。テスラ社は車体用のアルミニウムとバッテリー用の銅やリチウムを、例えばボリビア、アフガニスタン、ロシアから輸入しなければならない。つまり「国産の」テスラ車でさえ、ヨーロッパや南アメリカをはじめとするさまざまな地域の材料を使用している。テスラ車のサプライチェーンを本当に地球にやさしいものにするためには、安全な方法でリチウムを採取する電池工場を新たにボリビアに設立したオランダ企業と提携し、さらにアルミニウム製錬による汚染を最小にする技術に投資するしかない。あるいは、次世代モデルではアルミニウムの使用を完全に止めるかだ。

生産と外界の全相関図の分析を抜きにして、すべての真の「足跡」に基づいた製品の正確な価格や税金を決めることはできない。そうした生産サイクルの全過程を含めた計算によって、「生産に必要な採掘された資源とエネルギー」、「梱包、輸送、販売で創出された雇用と消費された燃料」、「生産活動と維持管理が地域社会や環境へ与える影響」、「不要物の廃棄と再利用の過程」などのサイクルの最初から終わりまで考慮した製品の価値とコストを求めることができる。そうしたデータを収集し、分析している政府や企業のほうが、より効率的な性能を求めて機械の保守や整備を頻繁に行っている。この「サプライサークル」手法を用いて、企業がコンピュータ・ハードウェアなどのパーツを再利用や点検修理で最大限に有効利用した結果、ヨーロッパだけでも三八〇〇億ドルの節約効果があった。

現代社会の経済を築いて活性化する建設機械も、中古として驚くほどの二次的な価値がある。クレーン、パイプレイヤーや油圧式リフトは、需要があるとさらに製造販売されるだけではなく、効率的な需要供給システムによって都市から都市へとすぐさま再輸送される。同様に、西側諸国の自動車メーカーの中古車は、スクラップになる前に急いで海外に送られ、そこでもう数年使われることもある。あらゆるものが商品化され、値段がつく社会は、再生可能なごみがビジネスチャンスにもなる社会だ。ラゴスには、世界最大の部類に入る、パソ

＊　同様の部品サプライヤーや組み立てラインを持つ企業同士のほうが、共通する産業での問題解決につながる共同投資を行う傾向が強い。例えば、競合するエクソン社、シェル社そしてBP社などの企業は「カナダオイルサンド技術革新協力」を結成し、より環境にやさしい石油採掘方法を実現するための二〇〇件以上のプロジェクトで、共同研究や技術開発を行っている。

コンなどの「電子廃棄物」解体場が存在する。ムンバイの二キロ四方にわたるスラム街ダラヴィの狭くて埃っぽい路地では、見たこともないような組織的な再利用作業が進められていた。そこでは、街中を探し回った収集担当者が分別した不用品を材質ごとに決められた集積所に運び、そこで押し砕かれた資源は再利用のために別の場所に運ばれる。我々は、接続性によって、それぞれの道具や製品を長く使ったり長く乗ったり、あるいはそれを人から人へと順に譲ったり、共有したりすることができる。さらに、サプライサークルでは再利用《リサイクル》に入る前の新たな段階——アップサイクル——までもが加わった。そこでは、プラスチックが家具になり、タイヤがブーツになり、運送用コンテナが人口密度の高い都市や難民キャンプ向けの二寝室つきの家になるなど、資源がより高い価値を生む方法で再利用される。利用されない価値は、無駄にされている価値だ。シェアリングエコノミーを活気づけるこの原則にサプライチェーンの世界も従えば、その世界もより環境にやさしくなるはずだ。

国内回帰——だが、あくまで国内で売るだけのために

半世紀前、ゼネラル・エレクトリック社（GE）は、ケンタッキー州ルイヴィルのアプライアンス・パークで家庭用電化製品を製造していた。そこは独自の発電所や消防署、郵便番号を持つ、SEZのような町だった。コストの上昇、労使紛争、外部への製造委託によって雇用が減り、一九七〇年代の最盛期に二万人もいた従業員が、二〇〇八年にはわずか一八〇〇人になっていた。だが、GE社は二〇一二年にそれまで中国でつくられていた湯沸かし器の新たな組み立てラインをアプライアンス・パークに設置し、さらにメキシコで組み立てられていた冷蔵庫の生産用にラインをもう一本追加した。GE社はアプライアンス・パークでの生産を再び強化するために、八億ドルの投資を計画している。

国内の他地域や近隣国への事業移転《ニアショアリング》には、雇用の創出、製品の品質維持、知的財産権の保護など数々の利点がある。だが、にもかかわらずアメリカ全体の製造業生産高は減少を続け、GDPにおけるそのシェアは一二パーセント以下に下がった。ニアショアリングによって雇用がひとつ創出されても、それよりはるかに多くの仕事が国外に委託され続けている。* 燃料費はアメリカ製造業のコスト内訳の平均のわずか五パーセントしか占めておらず、一方で中国人作業員の賃金はいまだアメリカ人作業員の四分の一以下であるため、国内の雇用創出より海外への雇用流出が多いのは、より多くの利益が出るほう、つまり、消費者に最も近い場所で最も安く生産するほうが今も間違いなく好ましいとされていることの表れである。

サプライチェーンは需要と供給に等しいため、消費者からの需要が高まれば高まるほど、企業はよりいっそう、彼らに近づかなければならない。世界の製造施設の三分の二はすでに最終販売先の近くに置かれていて、現地生産や仕様を現地の好みに合わせることを通じて消費者に商品を近づけることは、台頭している現地の競合相手と張り合うための唯一の手段かもしれない。例え

---

* アメリカの製造品の貿易赤字は、現に二〇一〇年から一〇パーセント以上増加した。

ば、キャドバリー社は、西アフリカのカカオをインドネシアに新たに建設された工場に輸送し、そこで生産されたキャンディはアジア人の味覚に合わせて風味づけされる。

インフラが改善され、通関手続きが標準化され、輸送費が値下がりし、物流の速度が上がると、製造場所を決定する最大の要因は市場規模と市場への参入のしやすさになる。ヨーロッパではヨーロッパ車が高級車市場を支配してきたため、現地の人々は常に輸入車よりもヨーロッパ車を購入してきた。同様に、アメリカでもアメリカ製の車を購入する人が増えてきたが、それでもフォード車やシボレー車と同数のトヨタ車やホンダ車や日産車が道路を走り続けることは今後も変わらないだろう。アメリカの自動車メーカーが直面している問題は、アジア各国で自動車生産が増加したあとも、アジアの人々は太平洋の向こうのアメリカ車を買い続けるだろうかという点である。各地域の自動車メーカーの品質が向上し、彼らが世界中の市場でシェアを争うようになると、アメリカの自動車メーカーはその争いに近づくために合併や合弁会社の設立を増やそうとする。その結果が、二〇一四年のフィアット社とクライスラー社の合併（イタリアとアメリカ企業の提携がのちにイギリスとオランダの両国に本社を置く複合企業《コングロマリット》へ進化した）であり、長年続いている中国の合弁会社上海フォルクスワーゲンや上海ゼネラルモーターズ（二社を合わせると世界で最も急成長を遂げている自動車市場で販売のトップに立っている）である。実際、ゼネラルモーターズ社は二〇〇九年から一六〇億ドルかけてアメリカの工場を整備したが、二〇二〇年までに中国にも一六〇億ドル投資する計画がある。

最終的にはさらに多くの企業が、世界第三位のパソコンメーカー（ＨＰ社とレノボ社の次）で、一九九〇年代からオーダーメイド・ノートパソコンの先駆者となってきたデル社のような体制になるだろう。デル社は、地域統括会社、組み立て工場、供給ネットワークを、世界を縦断的に区切った中の主要地域である「南北アメリカ」、「ヨーロッパ、中東およびアフリカ（EMEA）」そして「アジア太平洋」のそれぞれに置いている。[10] 海外の競合相手にシェアを奪われたとき、デル社は現地の倉庫を拡大し、各地域に人気のモデルの在庫を確保することで配送速度をさらに上げるよう努めた。サプライチェーンの世界で最も成功する企業は「個別の需要に対応した大量生産《マスカスタマイゼーション》」という、矛盾を実現できる企業である。

とりわけ西側の企業にとって、世界で成長している消費者層が住む国がすでに西側諸国外となったため、摩擦のない投資や貿易が必要となる。特に、電力産業（原子炉や風力タービンなど）、航空産業などの重工業に関するインフラの分野で、西側の企業が唯一生き残れる方法は海外との取引だ。具体的には、日本は人口が減少しているため、以前にもまして、ハイテク産業は国内における産業ロボット分野の技術革新とその輸出に依存している。各国にとって地球環境を保護する上でも利益の上でも、バリューチェーン内での上昇が目標になっている。中国の第一一次五カ年計画では石油と輸送に重点が置かれたが、第一二次の計画では再生可能エネルギーや電気自動車など、自国で展開して他の新興市場国に輸出できるあらゆるテクノロジーが重視されている。

「新興市場」という名称の生みの親であるアントワーヌ・バンアグトメールは、特に中国とインドの企業が西側企業よりはるかに安い価格で強力に売り込んでいるアジアとアフリカに世界の人口の三分の二が暮らす現在、企業戦略が最も推進しなければならないのは、今もなお「何十億もの新興市場国の消費者をめぐる戦い」だと指摘している。[11]西側諸国の評論家はアジア企業の急速なグローバリゼーションを見落とすことが多い。なぜなら、そうした企業の戦略はまさに、アメリカ国内よりも競争が緩やかな発展途上地域で足場を固めることだからだ。ファーウェイ社のCEOは、自社はアメリカ以外の世界中で急速に成長しているため、アメリカ市場に受け入れられないのは利益面で「何の問題もない」と語っている。

縦断的な世界？

ネットワークで結ばれた世界は、それ自体がグローバリゼーションの全盛期を象徴している。一方で、予測不能な混乱の影響を増幅させるというパラドックスを抱えている。サプライチェーンの研究者バリー・リンは、「現代社会の企業は悪いことが何ひとつ起きないという世界に完璧に合わせた、かつてないほど効率的な生産システムを構築した」と記している。[12]そのため、世界の大企業は、世界中の市場でシェアを争うと同時に、製造、食料生産、燃料供給などの必要不可欠な分野の土台を強化して、供給ショックを防ごうとしている。このシナリオでは、将来の地政学的な地図は、それでもやはり南北アメリカ、ＥＭＥＡ、アジア太平洋からなる、修正されたオーウェル版に似たものになるかもしれない。各地域では、それぞれの国の天然資源、労働人口、産業ネットワークを共同で利用し、必要なものはたいていその地域内でつくることができる。そうした状況で、果たしてアメリカはサプライチェーン大戦に勝てるのだろうか？　それとも他の地域が先に勝利をつかむだろうか。

人口が安定していて、エネルギーと食料の生産が増加している西半球は、他地域に比べて自給自足により近い状況だ。さらに、先進的なテクノロジーと工業生産能力を持つアメリカは、iPhoneの設計だけではなくすべての生産が国内で行える。そうした要因のおかげで、この地域は世界中への輸出を続けながら高付加価値製品の生産を支配するという、サプライチェーンの頂点にたどり着けるだろう。EMEAも北極圏、ロシア、アラブとアフリカをエネルギーと食料の供給元として活用すれば、自給自足率が向上するだろう。一方、アジアは現在、中東の燃料の最大輸入国だが、シベリアをはじめ、中国、インドネシア、オーストラリアでの天然ガスの生産増加によって、この地域も長期的には輸入を減らせるはずだ。

起こりつつあるテクノロジー革命によって、現在急速に発展しているシェールガスよりはるかに大規模なエネルギー生産が、各地域で加速するかもしれない。地球は、一日に消費するエネルギーの八〇〇〇倍を太陽から日々得ている。化石燃料産業に使われてきた年間五五〇〇億ドルの補助金と同じ額が、代替エネルギーや再生可能エネルギーの開発研究やその供給網の設置に使われていたら、さらに多くの地域が燃料の自給自足を達成していただろう。ドイツでは、「エネルギー転換」政策に基づき、北海に巨大な風力タービンが急速に設置された。今日、ドイツが消費するエネルギーの二七パーセントは、代替エネルギーによるものである。

＊　ヨーロッパは全世界の風力エネルギーの九割を生産しており、残りの一割はほぼ中国で生産されている。

大国と三地域がエネルギーとテクノロジーをうまく融合し、真の自給自足を達成したら、グローバリゼーションはより縦断的なものになるだろう。相互依存は存在するが、統合への勢いが鈍ったものになるはずだ。アメリカと中国は自身が属する地域の外に介入する理由がほぼないため、孤立主義を強めるだろう。これは、中東や東アジアがアメリカの安全保障を必要としない、「お互いを邪魔せず、好きにやっていく」平和な世界かもしれないが、主要な陣営が自らの地域を守り、なおかつ、より大きな市場を他地域で確保するために軍備を拡張しかねない世界でもある。

サプライチェーンの世界の皮肉な点は、資本――工場のような「固定」資産さえ――があまりにも代替可能になったため、投資が以前のような長期的な信頼関係の象徴ではなくなったことにある。企業が慌てて撤退して他の場所（自国など）に移転することが、何の摩擦もなく行われるようになれば、今日の統合が明日には消滅しているかもしれなくなる。つまり、産業政策の利点のひとつは、投資の粘着性を促進し、競合相手同士の協力への支持を強化できることだ。合弁会社設立や技術移管を求める際に起きるさまざまな摩擦も、地政学的な緊張が高まったときにほどけづらい経済的な結びつきを強める。

第八章
インフラ同盟

（本章に関連する地図は上巻口絵13、および下巻口絵30を参照）

大戦略《グランドストラテジー》を正しく理解する

何世紀ものあいだ、地政学は「領土の征服」および「近隣国や敵対国の支配」と同じ意味を表していた。今日では、地政学の本質は単に「接続性の優位性」だと考えていいだろう。つまり、最もつながっている大国が勝つということだ。国家は自国の国境線を守らなければならないが、重要なのはどの「線」を管理下に置くかで、それはすなわち貿易ルートと国境を越えるインフラのことだ。どの偉大な戦略家も「アマチュアは戦略を語り、プロフェッショナルは兵站を語る」の格言の重要性を理解している。

帝国は影響力を拡大する手段としてインフラを常に重視してきた。ローマ帝国やオスマン帝国は、首都から遠く先まで延びる頑丈な道路を建設し、軍や商人が使う地図に記した。一五世紀以降、ヨーロッパの植民地帝国は大西洋やインド洋の向こうに常設の補給線を設置し、行政上の首都を置いた。一九世紀半ば、イギリス東インド会社はインド全土を網羅する鉄道ネットワークを建設した。その数十年後にはセシル・ローズも、カイロからケープタウンまでつながっているイギリス領の「赤い線」を利用して、東アフリカ海岸沿いを走る鉄道をつくろうとした（だが成功しなかった）。イギリスの偉大な歴史学者アーノルド・トインビーは、そうしたやり方で国境線を独断的に設定することに反論し、「国境線の設置は社会的勢力の動きに火をつけ、設置した者たちは悲惨な結末を迎えることになる……帝国政府がどういう決定を下そうとも、貿易商、開拓者、冒険者たちの興味は、間違いなく彼らを未開の地の果てまで引き寄せるだろう」と記した。[1]

接続性は、帝国の盛衰に地理と同じくらい大きな役割を果たした。モンロー主義から米西戦争にかけて、一九世紀のアメリカは自国の商業的支配を有利に進められるよう、ヨーロッパの大国をカリブ海地域や太平洋諸島から無理やり追い出した。土地の測量や地図の作成を行い、未知の土地で影響力を拡大するために必要なインフラ構想を立てるために用いられた地形工学は、陸地での補足的な戦略だった。一八〇三年、トマス・ジェファーソンは、ルイジアナ買収で入手した土地の調査と太平洋への陸路発見のための「発見隊（ルイス・クラーク探検隊）」を結成した。名高い探検家のメリウェザー・ルイスとウィリアム・クラークを初代隊長とした隊の一八〇四〜六年のイエローストーン川探検は、アメリカの成長中の毛皮貿易をイギリスやフランスから守るために、ミズーリ川を遡って現在のノースダコタ州まで軍の前哨基地を順につくる偵察任務でもあった。そのとき以来、アメリカは西へ向かって道を切り開いていった。アメリカの他のどの国よりも長い航行可能な内陸水路は、対角線を描きながら州をまたいで流れていたため、そうした自然の地理は地政学的な統一を阻むどころか促進した。その利点を強化するためにはインフラも同等に重要だった。例えばシカゴ川は、実際は五大湖とミシシッピ川をつないでメキシコ湾まで流れていくようにつくられた、二五〇キロの人工運河のネットワークだ。この歴史に残る土木工事によって、シカゴは北アメリカ内陸部最大の戦略地点になった。これは、接続性によってその土地の運命が決まったさらなる例である。

北米連合や大中華圏などの大陸並みに巨大な帝国の誕生には、そうした地形工学が深く関わっている。前者は、北は北極圏、南はラテンアメリカへと広がっているのに対し、後者は、南はインドネシア、南西はロシアと中央アジアへと拡大している。このふたつのサプライチェーン帝国は、影響力の触手を伸ばすための外交的、軍事的、商業的な手段の連携の象徴だ。各国の政策を知るよりも、この接続性をたどれば、将来の地政学的な地図が明らかになる。

サプライチェーンによる支配は地政学的な地位を獲得するための初期の原動力であり、それは軍事力より前に起こる。一九世紀のアメリカと二一世紀の中国は、どちらも軍事超大国になるより先にサプライチェーン超大国になっていた。両国とも大陸を支配し、輸入代替によって高度に工業化し、自国は軍事面で優れていると主張する以前に世界最大の経済国になった。つまり、優れた大戦略には貿易、金融、エネルギー、軍事、統治をはじめとするさまざまな重要項目があり、そうした各「競技場」はどれも同じくらい重要度が高い。それゆえ、大戦略の国内と国外の重要項目を別々の優先事項として扱ってはならない。イェール大学の歴史学者ポール・ケネディは、新たなルールが徐々に具体化している現代を「ふたつの戦略的な時代の隙間」と呼んでいる。だが、一世を風靡《ふうび》した著書『大国の興亡』でケネディが強調したとおり、軍の優位性を常に支えたのは経済力と技術力であり、その逆は起こらなかった。つまり、均衡のとれた革新が、均衡のとれた力をもたらす。

したがって、成功する大戦略――目標とそれを達成するための手段を結びつける長期的な政策――とは、官民にかかわらず国全体の資源を活用したものだ。それは複雑な世界の状況を正確に評価し、目標に対して現実的で、効率的な実行を促す。さらにそれは、包括的でなければならない。外交官は国家の存続に関わる安全保障、同盟、軍縮の「上位の政策」と、経済や権利、環境問題の「下位の政策」を分けて考える傾向にあった。だが、サプライチェーンの世界では、そうした優先順位は一筋縄では決められなくなっている。例えば、アメリカは環太平洋連携協定で高度な基準の貿易協定を推し進めようとしているが、これが成功するかによって、アメリカがアジアに対する戦略的な影響力を取り戻せるかが決まるだろう。新聞の日々の見出しはほぼどれも、サプライチェーンの地政学というレンズを通して見ればよく理解できるはずだ。テネシー州の自動車工場が韓国の自動車メーカーを呼び込むために労働組合結成見送りを提示した、企業や技術の機密事項が一日に数千件ものサイバー攻撃で盗まれている、人民元による貿易が増加しているなど、その例はかぎりなく多い。

つまり、綱引きの武器貯蔵庫では軍事紛争とは異なる力の要素が重視されている。国家情報会議の〝世界「力」指数〟では核兵器と防衛費がかなりの割合を占めているが、前者を使用する可能性がかぎりなく小さいことと、後者の有効性が証明されていないことから、政府歳入や人的資本などの他の要因によって、中国が二〇三〇年よりもずっと早く優位に立つことが読み取れる。力には、富と同じく「名目上の力」と「真の力」というふたつのかたちがあることを忘れてはならない。アメリカの名目上の力は最高レベルだが、そこから抑止力、距離、能力を差し引くと、実際の力は見た目ほど絶大なわけではない。このことは、二〇万人以上のアメリカ軍兵士と一兆ドルを超える費用をもってさえ、不釣り合いなほど貧弱なイラクとアフガニスタンの敵を制圧できなかったことからも明らかだ。

中国も、自身の大戦略を思いつきで実行に移し、おまけに明らかに実力以上のことに手を出して自ら負傷するという問題を抱えている。中国の声明もアメリカのものと同様に不明瞭で、矛盾をはらんでおり、そのあいだにも内政では権力者たちが影響力をめぐって攻防し、そして成功は事後に正当化される。だが、中国はひとつの点については、常に冷酷なほどはっきりしている。国の力は商業的利益の確保とそのために必要なつながりの保護に重点的に用いられるという点だ。中国の国内政策と外交政策の明確な結びつきを説明するとき、通常「エネルギー安全保障＝経済成長＝政局安定＝党支配の継続」という、単純明快な等式が用いられる。この公式は流入と流出を支える堅固な世界的なつながりがなければ成り立たなくなる。

それに比べてブッシュとオバマの両政権は、アメリカの外国政策の失敗は、ヴェトナムに始まってイラクやアフガニスタンでも、介入しなかったからではなく介入したために起きたことを忘れ、当然のように軍事態勢を影響力の代用とした。アメリカにとってこの二〇年間での最高の出来事は、幸運にも偶然から起きたシェールガス革命であり、それは軍事力とは何の関係もない。

イラク戦争は軍を中心とする手法とサプライチェーンを中心とする手法の違いをうまく要約している。二〇〇三年のイラク侵攻が「石油のため」でなければ、アメリカはなぜ自国の四〇〇〇人（それに推定一〇万人のイラク人）の命を犠牲にしたのだろうか。この戦争での最大の勝者は当然、アメリカやイギリスではなく、石油の利権を確保した中国やヨーロッパ大陸の国々だ。

さらに、アメリカは軍事介入や外交のリーダーという方法で「最も大変な仕事」をしたと自慢しても、「賞金」は取り逃す事態が他でも起きている。アメリカの国務省は国際原子力機関に対して、インドとUAEが民間企業から核技術の提供を受けるための特例を認めるよう何年も働きかけてきた。だが、その訴えが認められたとたん、両国とも原子炉建設契約の栄誉を韓国とフランスの企業に与えた。当然、イランも同様に事を運ぼうとしている。ロシア、中国、インド、トルコなどの大国は、アメリカが主導する制裁措置の最中も引き続きイランと大規模な商取引を進めていた。つまり、制裁措置が完全に解除された時点で、彼らはイラン市場でアメリカより有利なスタートを切れるだろう。サプライチェーンの大戦略では、そうした「最も大変な仕事」は力量不足の戦略家による失敗と見なされるだろう。

ブッシュとオバマの両政権下で大戦略と見なされたものは、覇権主義的な国際協力から慇懃《いんぎん》な撤退までの弧を描いた。両政権とも、自身の大戦略はアメリカの根本的な価値観を支持していると主張したが、それは政治を行う上での指針や政策が不明確なものだった。オバマ大統領の二〇一五年の国家安全保障戦略は、将来への展望というよりも、むしろ過去についての黙想録だった。話ばかりで行動がともなっていない。ロシア、イランや中国の方向づけよりも封じ込めを前提とした大戦略は展望よりも無益さを感じられるし、しかも「自制」の必要性を常に訴える最小限主義《ミニマリズム》は、将来へ向かうための助言にはならない。アメリカの一流外交官は、巨人の肩の上に立っていても（先人が積み重ねた成果を利用して何かを発見すること）自身が巨人になれるわけではないことを忘れてしまっている。それどころか、彼らがやってきたことは有名な消防士たちと大差なく、世界という競技場に自画自賛の自叙伝を出す程度の足跡しか残せなかった。今世紀に入って現在まで、アメリカのリーダーたちは歴史を形づくるどころか、軽く一押しすることすらほとんどなかった。

アメリカに必要なのは、今世紀の残りの年数をどうしたいのかという戦略だ。戦争による疲弊と緊縮財政という前提条件によって、アメリカが軍事力を高めるのは極めて重要な経済的利益を守るという正当な理由に基づいた場合のみ、というシナリオになるかもしれない。それはサプライチェーン戦略と一致している。つまり、資源やテクノロジーの流れを保護するなどの商業的戦略に基づく包囲のみが軍事行動に値する。要注意国家や他の危険に対処する場合は、「パウエル・ドクトリン」と呼ばれる次の原則を適用する。大規模な軍事力はそれが最後の手段として必要かつ勝ち目があり、迅速な出口戦略が存在し、なおかつアメリカ国民と国際社会の支持がある場合のみ行使されるべきである。

失敗に終わった二度の戦争と大きな経済危機を経験したアメリカ国民が、世界との関わりから少し距離を置きたいと思うのはやむを得ない。だが、国の生き残りが接続性に左右される世界では、外交政策は必須だ。この理屈に基づくと、アメリカがより大きな軍事力を東アジアへ「方向転換」するのは、同盟国を中国から守るためだけではなく、アメリカと太平洋を越えた先との成長中の貿易を護衛するためだととらえるべきだ（アメリカの輸出の四分の一はアジア向けで、輸入の四割はアジアからだ）。アメリカ海軍は航空母艦、潜水艦、ドローンや他の武装した護衛で、商業的なサプライチェーンを以前よりさらに精力的に守るよう命じられるだろう。彼らの目的はサプライチェーンの保護であり、それ以上具体的なことは指示されていない。同様に中国にとっても、サプライチェーンを保護するためだけに派遣する軍は、太平洋の領海拒否作戦に投入された航空母艦や潜水艦と同じくらい重要になるはずだ。オーストラリア海軍の「三大洋戦略」は、ＬＮＧタンカーを海賊から守り、インターネットの海底ケーブルをテロ攻撃から守り、インドネシアからの不法移民を満載した船を追い払う――そのどれもが可動的または沖合にある資産や脅威だ――という任務を前提としている。

そのうえ、軍はサプライチェーンの大戦略では産業政策などのより大きな手段の一部にすぎない。アメリカに埋蔵されている膨大なシェールガスによるエネルギー資源の輸入の減少は経常収支赤字の大幅な削減をもたらしたが、国内のギガビット光ファイバー網によるブロードバンドインターネット接続、高速鉄道や貨物鉄道のネットワークをはじめとする、アメリカの輸出の急増に直結するインフラへの企業投資を奨励する策はないに等しい。同じく基本的なことだが、アメリカはグローバル・バリューチェーンの農業とデジタルの分野で高い占有率を獲得できるよう、国の教育と研究開発機関の「再起動」を行い、ロボット工学から遺伝子組み換え種子にいたる次世代の革新者を育てなければならない。サプライチェーンで主導権を握ることは、どんな従来の戦場で主導権を握るよりも国の役に立つ。

だが、サプライチェーンの世界での戦略的な目標は、拘束をもたらす支配ではなく、価値を生み出す活用だ。今日の地政学はチェス盤とネットワークの両方で実践されている。チェス盤の上では、アメリカは各地域の平和的統合と、各国とロシア、イランや中国との戦争回避を目的とした安全保障の傘を、ヨーロッパ、アラブ、そしてアジアに拡大している。ネットワーク上では、アメリカは国内の経済力を高めるために世界の他の主要結節点と産業、金融、そして商業でつながらなければならない。アメリカがサプライチェーン地政学の卓越した優位性を理解できるようになれば、有害無益かつ大きな代償をともなう軍事介入を引き受ける可能性はかぎりなく低くなるだろう。

「イデオロギーの終焉《ポスト・イデオロギー》」後の同盟

我々は四半世紀にわたり、「歴史の終わり」や「文明の衝突」に始まる、大きく誤った仮定のなかで生きてきた。ここ一〇年だけでも我々は、さらにもう一世紀続くと思われていた、アメリカによる力の平和《パックス・アメリカーナ》の急速な崩壊を目の当たりにしてきた。学者や知識人は時代を（実情より も）イデオロギーで定義しようとするとき、社会には自ら主張しようと奮闘している一貫した見方が必ずひとつ――対立する社会のものを入れればふたつ――存在するという、誤った前提を用いてしまう。だが、サプライチェーンの世界こそが、ポスト・イデオロギーの情景を表している。ロシアはもはや共産主義を輸出しておらず、アメリカは民主主義を他に提案することはほとんどない。中国は毛沢東思想を捨て、代わりに超資本主義ともいえる大量消費主義を選んだ。

世界人口の大多数を占めるアフリカからアジアにかけては、いつ何どきもビジネス一色だ。

冷戦時代、他に利用価値のない国の実権を握り、自国側の同盟に組み入れて保護するためのアメリカとソ連の果てしない代理競争が、チリやコンゴ、そしてカンボジアなどで見られた。ソ連の目標は共産主義の同盟国ネットワークを拡大することであり、一方でアメリカの目的は自由主義政権がドミノ倒しのように次々と倒れるのを防ぐことと、共産主義の波を後退させることだった。

今日、戦略地政学的な駆け引きを方向づけるのは、イデオロギーではなく資源やインフラの優先的利用の約束である。例えば、中国は何年ものあいだ、国連安全保障理事会で南スーダンの独立を認めようとしなかったが、南スーダン新政府が中国とスーダン政府で交わされていた石油採掘契約を継続させることを約束し、さらに中国による南スーダンからケニアのインド洋側までを直接結ぶパイプラインの建設を暗に認めたため、立場を翻した。西側の大国も一貫して、民主主義の促進よりもサプライチェーンでの利益確保を追求している。冷戦時代から「テロへの戦い」にいたるまで、パキスタン、エジプト、サウジアラビア、バーレーン、カタール、ウズベキスタン、ヴェトナム、エチオピア、ウガンダ、ジブチやその他多数の国との道義上ぎこちない連携は例外ではなく、むしろそれが普通だった。しかも、比較的最近までアメリカ駐中国大使を務めていたゲーリー・ロックは、一九六〇年代のＣＩＡのようなチベット分離主義の支援や、二〇年にわたりクリントンとブッシュ政権が行ってきたような民主主義の伝道とはほど遠い、インフラ投資が急速に進んでいる地域――チベット――へのアメリカ企業のさらなる参入を中国側に強く求めるという行動に出た。*

従来の同盟は、需要と供給の相補性に基づいた、つかの間の戯れのような提携に取って代わられた。その典型的な事例はロシアと中国だ。ロシアは中国を最も恐れているにもかかわらず、両国はメディアへの露出向けに反西側的戦線を装い、そのあいだにも中国は生産が増加しているロシアの資源を買い占める。サミュエル・ハンチントンは同様の事例について「儒教とイスラムの軸」[2]などともったいぶった表現をしたが、「アジアはアラブの石油のほとんどを買い占める」という単純な説明のほうがより正確で、もしかしたら中国とインドは、石油と天然ガスの供給源を守るためなら、そうした「同盟国」を擁護することなく中東に介入するかもしれない。西側内の戦略地政学的な動力学も、需要と供給で説明できる。NATOのような同盟への需要が徐々に低下すると、そうした同盟は必死になって、はるか遠いアフガニスタンにまで任務を探しにいく。したがって、二一世紀の最初の一〇年でNATOが学んだことは「地域からの脱出、さもなければ倒産」だ。ロシアのウクライナ侵攻やバルト諸国への威嚇など同盟による保護への需要が高まると、NATOは息を吹き返す。だが、統一体としてのNATOは、ヨーロッパ諸国の多くがアフガニスタンで戦うどころか自国の軍の派遣にさえ乗り気ではなく、さらにウクライナをめぐってロシアと対決するよりも経済面での現実を優先していることから、実際に何かに取り組むとい

＊ 同様に二〇一五年九月、イギリスの財務大臣ジョージ・オズボーンは、中国の反体制地域でありイスラム教徒が多い新疆ウイグル自治区を訪れる初のイギリスの大臣になった。その目的は、オズボーンがイギリスの産業界を代表して、発展しつつあるユーラシアのシルクロードをにらんだ工業団地の契約を促進するためだった。

うよりは他者を応援するためのものであることが露見している。つまり、同盟による集まりを同じ文化の共同体と見なすのは誤りだ。ポスト・イデオロギーとしてのサプライチェーンの世界での入り組んだ関係では、各加盟国が「共同の」活動に参加すべきかの費用便益計算を常に行うため、柔軟性に欠ける同盟の維持は不可能だ。

貿易関係は国同士の相補性を反映するだけのものであるのに対して、投資は互いへの関与の深さを示すはるかに重大な物差しであるため、信頼性を高める。実際、二国間の関係の安定性を予測するための最強の判断材料は、貿易量でも、両国が参加する軍事同盟でさえない。むしろそれは、二国間の互いへの投資量で判断される。アメリカ、イギリス、トルコはNATO加盟国だが、決して互いに戦争をしない本当の理由は、イギリスに本社を置くアメリカの多国籍企業とその逆の企業の数の多さと、ヨーロッパにエネルギーを供給するためにトルコの石油と天然ガスのパイプラインインフラ建設に投資した西側の石油会社の数の多さだ。このエネルギーのサプライチェーンは、三国の安全保障とまさに切っても切れない関係にある。サプライチェーンはアメリカとトルコがアラブの内戦にいかに介入するかをめぐって意見が分かれたときのような、文化の相違による緊張が高まったときでさえ同盟関係を保証する。それと同時に、トルコのエルドアン大統領は、自国とテュルク系民族が住む旧ソ連地域や中国との輸送、貿易、エネルギーの結びつきが強化されつつあることから、トルコの上海協力機構（SCO）への加盟を最優先事項のひとつに挙げている。トルコはNATOとSCOの両方に加盟する初の国になるかもしれず、これはトルコの西側と東側への接続性が同国に戦略的な計算を促し、その結果同国のSCOへの加盟が

ＥＵ加盟という切望に取って代わったことを表している。

物的な側面と外交的な側面が表裏一体である、インフラ同盟の時代へようこそ。ここでは、結びつきの強さを測るものは各国がＮＡＴＯのような集まりのどこに入っているかを示す色分けではなく、各国のあいだの接続性と流れの量を表した地図である。インフラ同盟は独裁政権との腐敗した取引よりも大きな意味を持つ。事実、インフラ同盟は貧しい内陸国が世界経済に参入する可能性を高めるための、雇用を創出するプロジェクトの象徴だ。西側諸国による従来の支援プロジェクトを詳しく調べた結果判明したのは、一次産品やインフラプロジェクトに対する資金提供の非現実的な条件は開発を不必要に遅らせ、しかもその分野にしかない仕事での雇用創出に失敗するということだ。インフラの共有は富の共有でもある。

アメリカ人は長いあいだ、最も重要な世界の公共財は「安全保障」であり、世界中がアメリカにその役割を求めている（おおむね正しい）と思い込んできた。第二次世界大戦後、ヨーロッパはアメリカの軍事的な傘下で平和に統合が進み、世界最大の経済地域になった。今日のアメリカ軍のアジアへの「方向転換」は中国の武力攻撃を阻止するものだが、中国はそのエネルギーを、近隣国（そしてその先の国々も）をより深く自国に結びつけるための共同のインフラづくりに向けており、それはアメリカも阻止できない。それどころか、インフラの供給――そしてそれが象徴する接続性――は、安全保障と同等な世界の公共財になった。国々が心底欲しているのはインフラであり、中国はその最大の提供者だ。将来建設が予定されている世界のインフラはこれまで以上の数に上っていて、そのため中国は世界最大のインフラ輸出国を目指して躍起になっている。

多くの国はアメリカ軍による保護を今もまだ希望しているが、彼らがさらに欲しているのは、中国によるインフラ資金の提供や廉価な通信機器だ。中国は軍隊よりもはるかに多くの建設作業員を海外に派遣し駐在させている。

ヨーロッパやアジア諸国は自国の堅固さをインフラ支出額で測ることをすでに学んでいるが、アメリカはいまだに自国の力を防衛費の多さで測る。世界のエンジニアリング建設の中心を占めているのはヨーロッパとアジア企業（特に中国、日本や韓国の）である、その分野で名前が知られているアメリカ企業はベクテル社、フルーア社、それにKBR社だけだ。だが、アジアの世界的なインフラ請負業者はGE社、シーメンス社、アルストム社の技術を大幅に利用しているため、そうした西側企業は「中国がアフリカに入りこんでいる」などと不平を言ったりはしない。西側企業は自国の外交官と違い、中国が海外にもたらすインフラは誰にとっても利益になることを以前から見抜いていた。確かに、西側と東側がアフリカで同時にインフラ建設に取り組めば、それはアフリカ大陸に非常に大きな利益をもたらす可能性が高い。アメリカはテロ対策への協力として三〇〇億ドルの提供を約束しているが、これは中国が毎年アフリカのインフラに投資している金額とほぼ同じだ。サプライチェーンの世界は、勢力圏をつくることよりも分業を重視したものになるだろう。

中国がこうした新たなインフラを築いているのは、気前がいいと思われたいからではなく、原材料を効率よく入手するルートを確保して自国の製造業や建設業向けに持ち帰り、そして巨大市場付近の輸出加工区を利用して製品の市場投入を短期化するためだ。これが中国の新重商主義の

基本戦略になっている。外交の世界では、中国は国家主権の確固たる擁護者と見なされている。だが、若い国が大半を占めるこの地球上で、古代から文明を築いてきた中国が頭のなかで描く世界地図は、主権よりも資源供給元の場所を表すことにはるかに重点を置いている。しかも、一九世紀を通して繰り返し主権を侵害されてきた中国は、そうした二一世紀の法的虚構をうまくくぐり抜けることに何のためらいもない。実際、中国は全世界をほぼサプライチェーンのレンズを通して見ている。中国にとってニュージーランドは食料供給者、オーストラリアは鉄鉱石と天然ガスの輸出者、ザンビアは金属の中心地、タンザニアは船舶輸送の中心地、そしてグリーンランドはウラン鉱山だ。アルゼンチンの学者マリアーノ・トゥルジは、中国のために農業関連産業を方針転換した自国を「大豆共和国」と呼んでいる。[3]

中国のふたりのリーダー習近平国家主席と李克強《りこくきょう》首相は、投資の契約をまとめるために、就任した最初の二年間ですべての大陸を回り、五〇カ国以上を訪問した。世界に分布している中国のサプライチェーンの強さは軍の国外駐留や同盟——現在も数が比較的限られている——によるものではなく、相互に利益をもたらす需要と供給の軸を開拓できる点にある。ラテンアメリカでは、中国はベネズエラと石油の長期売買契約を延長し、アルゼンチンと通貨スワップ契約を締結し、ブラジルの大陸横断鉄道プロジェクトを支援した。また、中国は二〇〇八年以降エクアドルに一一〇億ドルを融資しており、さらにエクアドルのほぼすべての石油輸出と交換に九〇億ドルの追加融資を約束している。中国はエクアドルの鉱業部門への主要海外投資国でもある。特に二〇一三から一四年にかけて始まった天然資源の価格下落のあいだ、一次産品に依存する国々は国際通貨基金（ＩＭＦ）より迅速な支払いが望め、融資を受ける国が金銭面での条件を満たせなければ原材料で返済できるよう考慮してくれる中国の融資に、それまで以上に頼るようになった。実際、エクアドルは借金が増加するにつれ、探査目的の中国の石油会社にアマゾンの熱帯雨林地帯の三分の一を事実上売ったようなものだ。

中国は貿易によって相補性を築き、投資によって影響力を築く。貿易国としての中国は弱い人民元の恩恵を受けて輸出を大幅に増加させ、一方で超大国としての中国は強い人民元を生かして海外の資産をさらに購入する。中国はたとえ自国の一次産品輸入が振るわなくても、供給用の資産を保有しようとする。中国にとって生産的（あるいは中国が買収する前は非生産的な）資産を手に入れることは、市場への参入を早める助けになり、地域経済の利益の増加にもつながる。中国は自身が金融的に強い（あるいは支配的な）立場にある受け入れ国で合弁会社を設立することで、現地での付加価値の高い労働や現地工場の所有権に関する受け入れ国の要求への防衛手段を講じている（要は綱引きだ）。アフリカの国々が溶錬、製錬、製造、組み立てやその他の生産過程を自国で行いたいと要求しても、中国はそのための工場整備や並行して行う現地作業員の訓練に必要な資金や人員の供給源として引き続き必要とされるだろうし、さらに、そうした合弁会社の輸出が新たに生み出す利益の大きな分け前にあずかることができる。

この手法に見られる実用主義は、中国固有のものではない面もある。中国の姿勢は世界市場への供給のために混乱が続く地域での資源採掘を長期的に考えている、世界の鉱業会社やエネルギー企業のものとそう大差ない。実際、リオ・ティント社ＣＥＯのサム・ウォルシュは、「神はあんな変わった場所ばかりに大量の資源を置かれるとは、かなりのユーモアのセンスをお持ちだ」（これは元のジョークの言い回しを上品にしたものだ）という、業界の古くからの言い伝えに同意している。エネルギー企業は政府ではなく地質に賭ける。なぜなら、後者への投資のほうが前者よりもずっと長く続くことをわかっているからだ。赤道ギニアであろうと東ティモールであろうと、世界にとってその国が重要かは、マラソン、エクソン、シェル、シェブロン、トタルをはじめとする大手石油企業が、そこで石油や天然ガスの採掘プロジェクトを継続的に実施できるかどうかだけにかかっている。そうした企業は内戦や収用など、現地での活動に支障をきたす事態が生じるのを十分承知している。彼らはコンゴのようなブラックホール、リビアのような崩壊した国家、それにトルクメニスタンのような風変わりな専制国家内でも、困難を柔軟な対応で乗り越える。だが、彼らはそうした国を——現在も今後も——指揮する人物が誰であろうと、自分たち企業とのビジネス抜きでは長く持たないはずだということもわかっている。

ピレウス——中国のヨーロッパ出入り口

ギリシア、ＥＵ、中国の旗が並んで掲げられているが、どの国が主導権を握っているのかは一目瞭然だ。アテネ郊外にある地中海に面した古代ギリシアから続く港ピレウスで働く中国人管理職は一〇名程度である。だが、ピレウス・コンテナターミナル（ＰＣＴ）本社ビルの会議室では、中国語の表示が英語より先に書かれ、向かい合った壁には万里の長城とアクロポリスの大きな写真がそれぞれ飾られている。金融危機の際、資本市場から見捨てられたギリシアは、ピレウス港の管理を、ばら積み輸送と港湾管理を行う企業で世界最大級の、中国の中国遠洋運輸集団（COSCO）に委託せざるを得なくなった。COSCOは二〇一〇年以降、ピレウス港に六億ドル以上の投資を行っており、これはギリシアに対する国外からの投資の最高額にあたる。

COSCOはギリシアにお金だけを提供したのではなく、かつての誇り高き文明国が失った世界での地位を確保するための展望も与えた。PCTのオフィスに貼られた地図がそのほぼすべてを語っている。ピレウス港を示す星印からいくつもの矢印がくっきりと弧を描いて、北西へはアドリア海を抜けて中央・東ヨーロッパへ、西へは地中海からイベリア半島へ、南西へは北アフリカ沿岸へ、そして北東へはエーゲ海と黒海を越えてロシアへとそれぞれ延びている。ピレウス港は中国がEMEA（ヨーロッパ、中東およびアフリカ）全地域に物品を輸送するため――と同時にスエズ運河を通って自国に持ち帰るため――の新たな出入り口だ。ピレウス港で積み荷の上げ下ろしを行い、港の自由貿易地域内の始点とチェコスロヴァキアの首都プラハを結ぶ、バルカン半島を北上する貨物鉄道を利用するほうが、ヨーロッパの主要港であるロッテルダムやハンブルクを経由するより輸送日数を丸一週間短縮できる。二〇一三年にHP社は、アジアからの積み荷のヨーロッパでの陸揚げ地をロッテルダム港からピレウス港に切り替えた。全ヨーロッパに対する非課税の貨物積み替え、倉庫保管、通関手続きによって、物流の出入り口と港湾収入のお手本となったピレウス港は、現在年間一〇億ドル近く――COSCOの全投資額を回収してもなお余りある――稼ぐようになり、アテネへも直結する新たな鉄道回廊を通じた施設拡大計画も出ている。

ピレウス港は、COSCOがスエズ運河の両側で整備のための投資を行ってきた――自国のためだけではなく、全員の利益として――主要物流拠点ネットワークのほんのひとつである。その結果、今日すべての世界の大手とアジアの海運会社の船舶はPCTに入港しており、ヨーロッパの海運会社の内の三〇社もPCTを利用している。現在PCTは年間三六五日稼働している。

ピレウス港がまさにここまで成功した理由は、自由貿易地域の法律に基づいて運営されているからだけではなく、中国が支配しているからだ。PCTのロビーに置かれたテレビ画面には、二〇一〇年以降のピレウス港の発展を記録した映像が流れている。倉庫容量とコンテナ取扱量はほぼ年々倍増し、ヨーロッパのコンテナ取扱量が多い上位一〇港内に急速に返り咲いた。ピレウス港の生産性が急伸した理由のひとつは、そこが「ストライキのない地区」だからだ。ピレウス港には労働組合がない。だが、それにもかかわらず不満の声は聞こえてこない。なぜなら、新たに採用された一五〇〇人のギリシア人作業員の給料は、すぐ隣にある公営のピレウス港湾局よりはるかに高いからだ。私はこのふたつの港を隔てるまっすぐな細い道を運転しながら、ギリシアの人々が左側の錆びついて折れそうなオレンジ色の足場と、右側のCOSCOの立派な青いターミナルのどちらで働きたいかは聞くまでもないことだとわかった。ギリシア人は中国の資金提供によるつながりのおかげで、自国の世界での戦略的な位置に再び誇りを持てるようになった。

制裁措置から接続性へ

コカ・コーラが入手できないとされている国は世界でふたつしかないが、実際には買えない国はひとつもない。公式には、キューバと北朝鮮へのコカ・コーラの輸出は五〇年以上前から禁止されている。非公式には、中国の密輸業者が何年ものあいだ、世界で愛飲されているこの炭酸飲料をケース単位で国境を越えて持ち込み、高級レストランでエリート層や外国人客に「イタリアのコーラ」と言って提供してきた。私が二〇一二年に平壌を訪れたとき、コカ・コーラはほぼどのレストランにも置いてあった。デニス・ロッドマンが二〇一三年にハーレム・グローブトロッターズのチームと北朝鮮を訪問したとき、彼は若き独裁者の金正恩《キムジョンウン》とバスケットボールのコートサイドでコカ・コーラを飲んだ（コカ・コーラ社は北朝鮮への無許可輸入との関わりを一切否定している）。

コカ・コーラ社は世界でもっとも広がっているグローバル・サプライチェーンのひとつを運営しており、ＤＨＬ社も同様だ。ＤＨＬ社は突然依頼を受けても、文字どおり地球上のどんな場所へも荷物を届けることができる。ＤＨＬ社はアメリカ軍よりはるかに効率的なため、最大の顧客はそのアメリカ軍であり、軍の移動戦闘基地までも輸送している。コカ・コーラ社は、事実上鎖国していたミャンマーが海外との取引を開始するという姿勢を示したとき、同国の新たな外国投資法に基づいて活動を行うための許可を一番に得た外国企業のひとつである。あとは、オバマ大統領による制裁措置解除を待つだけだった。措置が解除された瞬間、コカ・コーラ社のサプライチェーンに命が吹き込まれた。モビ郡区の瓶詰め工場ではすぐさま二五〇〇人が採用され、この広大で起伏の激しい国の一〇万を超える販売店に商品を配送するために、さらに二万二〇〇〇人が雇われた。コカ・コーラ社のCEOマター・ケントは、コカ・コーラの六〇年の歳月を経たのちのミャンマーでの復活は、ベルリンの壁崩壊のようだと語った。*

接続性の優位性による世界は、事実上ひとつの大国だけが支持する制裁措置を踏みにじる。イランと北朝鮮での最近の事例を見ると、国を孤立させるのがいかに難しいかがわかる。アメリカの制裁措置は相手国を最大限締めつける内容だったにもかかわらず、何十もの国や、石油トレーダーから銀行にいたる企業が、いわゆる要注意国家と引き続き大きな取引を行った。例えば、中国は中国石油天然気集団公司（CNPC）の子会社である深圳の崑崙《クンルン》銀行を利用してイランに石油代金を支払い、それはゴドス部隊（イラン革命防衛隊の特殊部隊）の資金源となった。アメリカは飴（アメリカ市場への参入を認める）と鞭（アメリカの金融機関やその提携先を通じて清算された取引を凍結できる）を使い分けてきた。ロシア人やイラン人は資産を凍結され、西側の銀行は自行の（というよりスーダンの）資金の洗浄で罰金を命じられた。だが、全体として見れば、アメリカによるイ

* コカ・コーラ社はイランでも最大の市場シェアを誇っている。瓶詰め作業は現地合弁会社パートナーのコッシュゴバール社が担当し、販売はコカ・コーラ社のアイルランド子会社が行っている。

ランとの関係回復、制裁措置の緩和、自国の企業がイランで競合し影響力を高めることを阻んでいた障害の除去からも明らかなように、アメリカも摩擦を減らして流れを増加させる方針へと移行している。それは、キューバに対しても同じことがいえる。アメリカはキューバとの国交の正常化――つながりを可能にする――によって、半世紀にわたる制裁措置で弱体化した島国を、距離の近さを生かして引き寄せる威力を再び発揮するだろう。

多極的世界では、どの国も生命線を持っている。株式市場と通貨への海外からの投資で西側に大幅に依存しているロシア経済は、自国のウクライナ侵攻後に科せられた制裁措置によって、大変な苦境に陥った。だが、ロシアは孤立させられたわけではなかった。ロシア人は制裁措置リストに載っていないダミー会社を設立して引き続きヨーロッパと盛大に事業を行い、ロシア政府は中国の銀聯《ぎんれん》クレジットカードのオンライン決済システムの利用拡大を許可した。制裁措置による摩擦はいくつかの流れを堰き止めるが、新たな流れも生むあらゆる国家が状況に応じてさまざまなチームでプレーできる世界では、ロシアと中国が同時に得をしてもおかしくない。*

アメリカは、これまでよりも軍事力の使用にはるかに躊躇し（それは正しい）、かつ制裁のような威圧的な経済措置が有用性を失いつつある世界での行動計画をまだ持っていない。二国間や地域内での合意がより重視されることで生じている、世界の金融インフラの緩やかな「脱アメリカ

---

* 似たような事例として、ヨーロッパのある国が主導となってパレスティナのためにイスラエルに対してボイコット、負の投資や制裁措置を行うと、あるヘッジファンドや中国の建設会社がイスラエルと新たな投資ファンドを立ち上げる。

化」によって、アメリカと世界の連携国は要注意国家に影響力をおよぼすための新たな源が必要になる。制裁措置によって今後も国々に苦痛——不幸にも、政府よりも国民のほうにより多くの——を与えられるが、制裁に対象国の実際の政策を変える力があるかはますます疑わしい。今後アメリカは、経済に関する政治的手腕を、別のかたちで発揮できる方法を重視しなければならなくなるだろう。つまり、封じ込めよりも関わり合いを通じて影響力をおよぼすことを考えなければならないのだ。

外交の基本原則を見せかけの道徳主義から現実主義に戻せば、世界的なつながりの拡大に大きな効果をもたらす。硬直したイデオロギーの原理よりも費用便益計算に基づいた決断のほうが和解、譲歩、共存が生まれやすく、そして互いを受け入れやすくなる。その結果、道徳主義者が追求していた目標をより早く、しかもより発展したかたちで達成できる。今日、ロシアやイランのような大きな国を「追い詰める」のは不可能だ。特に、そうした国の商業的なつながりが拡大するにつれ、彼らの市場に参入して得られる長期的な利益がイデオロギーに基づく計略に勝つ。しかも、ここ四半世紀にわたる西側諸国とロシア間のインフラの駆け引きが示すとおり、地政学的な摩擦を克服するための長期的な解決策は、流れを増やせるようにすることだ。

「友好の橋」には注意せよ

私が二〇〇五年に初めてクリミアへ旅したときは、キエフから長時間バスに揺られ、陸橋を一、二本渡ったのちに半島にたどり着いた。クリミアの人口の大半はロシア民族だが、ロシア（あるいはウクライナ）という感じはせず、黒海の浜辺と岩だらけの絶壁でできた心地よい島のようだった。

クリミア東部とケルチ海峡をはさんで四キロ半先のロシアのタマン半島を初めて物理的に結ぼうと試みたのは、北カフカスへの侵攻を早めたいと思っていたナチスだった。ナチスがその橋を完成することはなく、それに続いたロシアの取り組みも失敗に終わった。だが特筆すべきは、EUがウクライナの改革の促進に失敗した二〇一〇年から二〇一三年のあいだに、ウクライナとロシアが貿易と協力関係を深めるための共同プロジェクトとして、橋の建設に公式に合意したことだ。その橋は二国の友好の象徴になるはずだった。

クリミアの北部境界線に地雷を仕掛けたロシアは、単独で橋をつくることになる。ロシアの排他的な工作がクリミアの地図を書き換えた。かつてはウクライナとしかつながっていなかったクリミアは、現在ウクライナから機能上は切り離され、ロシアとしかつながっていない。それを「切断」と呼んだ人もいるが、まさにそのとおりだ。

インフラ工学によって地政学の地図の書き換えが行われた例はクリミアだけではない。サウジアラビアとバーレーンを結ぶ海上橋「キング・ファハド・コーズウェイ」が一九八六年に開通し、そして二〇一〇年に延長された当時の橋の用途は、アラビア半島と島国の君主国間の年間二〇〇〇万近い人の通行に対応するためだった。だが、二〇一一年には、この橋はサウジアラビアの戦車がバーレーンに渡ってシーア派の反乱を鎮圧し、サウジアラビアが実質的に国を併合するためのルートとなった。「友好の橋」には注意しなければならない。

ロシアのウクライナ侵攻のような突発的に見える事例でも、ユーラシア大陸の地政学的な複雑さによる、実際は見た目とはまったく異なるより深い原因が存在し、我々はそれを調べなければならない。すると、ウクライナがＮＡＴＯ加盟を推し進めようとしたというような顕著な動きだけではなく、プーチン大統領の考えがトルコのエルドアン大統領によるボスポラス海峡（ロシア軍艦艇が黒海を経由してエーゲ海や地中海に出る唯一のルート）の艦艇通行禁止という決断――エルドアンは海峡をウォーター・スポーツの場として利用するべきだと言っている――や、シリアの崩壊（ロシアから自国の海軍施設があるタルトゥースへのルートが遮断される）などの一見無関係に思える出来事に大きく影響されていることが見えてくる。

つまり、ウクライナにおけるロシアの行為は新帝国主義者による土地の横領以上に、歴史上継続して行われてきた民族、機能、そして政治上の懸念を一度に解決できる場所の確保という意味合いが強かった。その結果、クリミアのロシア民族はロシア国家に（再び）組み込まれ（一九五四年にフルシチョフがウクライナ人を懐柔するためにクリミアをウクライナへの「贈り物」にして以来）、セヴァストポリ（一九九四年に飛び地の都市としてのロシア編入を住民投票で決定した）にあるロシア海軍基地の所属国問題が解決し、ロシア人とウクライナ人が混在する東部の地域はより連邦の支配下に置かれ、さらにロシアは大きな利益をもたらすアゾフ海の天然ガス田の所有権も主張するようになった。

だが、国境線の書き換えが必ずしも緊張関係の終わりにつながるとは限らない。地上での戦いが停止されても、地下で両国をつなげるパイプラインの主導権をめぐる綱引きは続いている。ソ連崩壊後の国境線は恣意的かつ書き換え可能だが、国境線を越える固定されたパイプラインは地下の奥深くに埋蔵されている炭化水素資源に直結している。パイプラインが埋蔵された（または通過している）土地の所有権争いは論争の一部にすぎない。それに加えて、通常は多数の国の企業が共同で建設し、費用の分担と収益の分配を行い、その所有権を共有しているパイプライン自体の存在がある。三つ目の問題は、そのパイプラインを流れる石油や天然ガスの量や価格だ。ガスプロム社が、ヨーロッパ向けに輸送している天然ガスをウクライナが抜き取り続けるかぎりウクライナへのガス供給を停止すると威嚇するかたちで、ウクライナ領土内のパイプラインは事実上の「主権の延長線上のもの」だと主張したため、領土主権、資産の所有権、運営の主導権は複雑に絡まり合い、危険な状況が生じた。* ロシアにとって、ウクライナ東部で活動する自国の偽装した雇い兵を殺されることとは違い、自国の天然ガス輸出への干渉は戦争を仕掛けられたに等しい。

したがって、ロシアがクリミアとドンバス地域の二カ所で行ったウクライナの領土の分割よりも、結局は緊張が広がったために明るみに出たサプライチェーンの綱引きのほうが、はるかに重視された。アメリカは手始めにロシアへのハイテク製品販売のための輸出許可を拒否したが、ロシアはその報復としてアメリカが国際宇宙ステーションへの輸送に利用するロケットエンジンの輸出を制限した。アメリカとヨーロッパの企業はロシアへの主要な投資を禁じられたために最大

* ウクライナはクリミアを失ったが、その後もクリミアへの電力供給を一手に担っている。二〇一五年一一月、ウクライナ人による送電線への一連の攻撃によって、クリミア全体が暗闇と化した。

の顧客のひとつと切り離され、一方でロシアはヨーロッパからの主要な食料の輸入を禁止したため、ヨーロッパの農家は打撃を受け、ロシア国民にとっては食品の値上がりにつながった。ロシアへの圧力を徐々に強めれば強めようとするほど、ロシアとのサプライチェーン統合の度合いはそれに反比例した。

つまり、ウクライナ危機は一九世紀の領土征服よりも二一世紀のサプライチェーンの地政学をより象徴していて、しかもロシアの過失から生じる長期的な結果は、よりつながった西側にむしろ利益をもたらすものだろう。人騒がせな評論家たちは常により深いところに潜んでいる傾向を見逃してしまう。要するに、領土をめぐる摩擦さえも新たな流れを創造する。例えば、一九七〇年代の中ソ対立は、冷戦時代の二大共産主義国の関係を凍結したが、それはアメリカと中国が友好関係を築き、それぞれのロシアとのつながりよりも互いを重視するきっかけとなった。経済的に遅れているクリミア（ロシア政府はクリミアで収益を生み出すために、そこに非課税のカジノ特区を導入せざるを得なくなった）を奪い、脱工業化時代の不毛なドンバス地域で小競り合いを起こしているロシアはわずかなものは手にしたが、新体制のウクライナ政府が西側寄りになったために、ウクライナそのものを失ってしまった。そのうえ、天然ガスの供給を停止するというロシアの脅しを目の当たりにしたヨーロッパは、さらなるエネルギー供給の流れをアメリカや北アフリカに求めるようになった。確かにウクライナは大きな戦いに負けたが、ヨーロッパは四半世紀前に開始されたサプライチェーンの綱引きに勝っている。

石油は血より濃い

世界経済フォーラムの年次総会に向かう「巡礼者」たちは、チューリヒから東の小さな町ダヴォスへと向かう、長々と続く整備された幹線道路とアルプスの景色に慣れ親しんでいる。この道のりにあるすべてのガソリンスタンドは、一九四九年以来エッソ（モービル）社が所有していた。だが、二〇一二年から二〇一三年のわずか一年のあいだに、スイス内にあった一六〇軒のエッソ・ガソリンスタンドの名前がすべてSOCAR――アゼルバイジャン国営石油会社――に替わってしまった。なぜアゼルバイジャンのガソリンスタンドがヨーロッパの真っただなかに存在しているのだろうか？

ソ連が崩壊すると、カスピ海沿岸に新たに誕生したその小さな共和国の手に委ねられた、かつての難攻不落の帝国内で最大の石油生産高を誇っていたカフカス地方はどうなるのかと一部から不安視された。だが、西側のエネルギー企業の重役たちは、誰にもその答えを探す間を与えなかった。BP社とシェブロン社の当事者たちは、一九九一年後半（国の独立の是非を問う選挙の直後）にバクーの荒れ果てたホテルに泊まり込み、「世紀の契約」として知られるようになった交渉を行ったときのことを懐かしげに思い出す。その契約とは、カスピ海の石油（カザフスタンやトルクメニスタンのものも含め）をアゼルバイジャンとジョージア（グルジア）を経由してトルコの地中海に面した港ジェイハンへ輸送する、世界で二番目に長いパイプラインを建設するために、四〇億ドルの投資が行われるというものだった。

小さな内陸国にとって、接続性こそが戦略だ。なぜなら、不利な地理条件から抜け出せないそうした国々には、インフラとサプライチェーンがまさに生命線になるからだ。アゼルバイジャンはロシアを経由するしか石油を輸出できなかった状況から逃れるために、BTCパイプラインを必要とした。現在、アゼルバイジャンはアリャート港にユーラシア大陸を横断して運ばれる――このルートもロシア内の通過を避けている――積み荷用の自由貿易地域を設置しようとしている。二〇〇六年以降、BTCパイプラインを通じて石油が絶え間なく輸送されているこの状況は、私が『「三つの帝国」の時代』のなかで「文明の非衝突」と称した地政学的な勝利だ。なぜなら、このパイプラインはシーア派のイスラム教徒が大半を占めるアゼルバイジャンと、東方正教会の信者が多いジョージアを決定的に結びつけ、その二国をヨーロッパのエネルギー多様化戦略での極めて重要なつながりにするからだ。その本が二〇〇八年三月に出版されてから二カ月もしないうちに、ロシアは同じ宗教同士の友愛を投げ捨て、ジョージアの分離独立地域であるアブハジアと南オセチア、さらにはジョージア自体の一部も占領したが、BTCパイプラインには手をつけなかった。ロシアはジョージアの脆弱な国境線ではなく、インフラが真の「越えてはならない一線」だと理解した上で干渉していたのだ。

スイスのSOCARガソリンスタンドの光景は、人が戦略的なインフラ投資がもたらす利益に気づくまで（この場合は視覚的に）数十年かかることもあるが、そうした投資はたいていそれを行うだけの価値がある。石油は血より濃く、そして石油パイプラインは文明同士を結ぶ糸だと判明した。

エネルギー市場の支配をめぐりロシアと綱引きをしているヨーロッパのリーダーたちは、BT

Cパイプラインの教訓を再考すべきだ。ガスプロム社によるパイプラインのルート設定の巧妙な画策、下流部門（精製、販売）施設の買収、政治家への賄賂、そしてガス料金の不正操作の影響で、NATOとEU加盟国であるブルガリアとルーマニアでさえ、ロシアとは黒海をはさんで距離があるにもかかわらず、ロシアに対抗して西の同盟国側に就くことへの態度を決めかねている。さらに、ジョージアがロシアを疎遠にしたときと同様、ウクライナはNATOへの加盟を推し進めたことでロシアを遠ざけ、やはりひどい結果になってしまった。現在、NATOはジョージアとウクライナのどちらの加盟についても怖気づいており、ウクライナの西側へ入りたいという願望をより強めることはEUにまかせている。実際、ウクライナにとって最も必要なのは、EUの資金援助による産業の全面的な見直しであり、特に縁故政治を行うリーダーたち（それと彼らが共有する、ロシアが後押ししているうさんくさいエネルギー企業との結びつき）への依存を減らせる製造や農業など、生産性が高い部門への投資を行うべきだ。それはウクライナにとってEU加盟に向けての準備になり、しかもロシアはウクライナのEU加盟を反対したことは一度もない。そうした実のある投資は、ウクライナ危機の際にIMFの緊急援助策として行われた一八〇億ドルの融資よりもはるかに賢明なお金の使い方だ。実際、その融資額はBTCパイプライン建設費用の四倍以上だったにもかかわらず、ウクライナ国民にとって目に見えて経済が向上したわけではなかった。

結局、ウクライナのインフラは、国の将来にとって、衰退しているドンバス地域を誰が支配するかよりはるかに重要だ。特に、ヨーロッパはウクライナを救済すると同時に、天然ガス輸送の中間業者としてのウクライナを完全に回避しようとする動きを加速させているため、なおさらだ。EU諸国はアルジェリアや北極圏からの天然ガスの輸入を増やしているだけではなく、いくつもの新たなパイプラインを通じてロシアと直接つながっている。二〇一一年に稼働が始まった、バルト海を経由してドイツまで続くノルド・ストリームや、*黒海の海底を通ってブルガリアに通じ、そこからセルビア、ハンガリー、スロヴェニア、そしてイタリアまで続く（ボスニアとマケドニアへの支線も）、建設予定のサウス・ストリームがその一例だ。ノルド・ストリームとサウス・ストリームを合わせて、ヨーロッパの年間ガス消費量の約半分を供給可能になる。たとえヨーロッパとロシアが敵対してサウス・ストリーム建設が中止されたとしても、黒海を通過してヨーロッパに天然ガスを輸送するもうひとつのパイプライン、「ターキッシュ・ストリーム」がどのみち建設される予定だ。EU諸国とトルコの関係が密接になる一方で、ウクライナとの関係は年々薄くなっている。

それでも、さらなるエネルギーインフラはウクライナの救世主になるかもしれない。例えばノルド・ストリームはロシアが再び天然ガス供給を停止した場合、ウクライナへの逆向きの輸送が可能だ。これは、流れが増えれば供給者の戦略的目標を達成から遠ざけられることを示す実例である。実際に、海外の評論家はガスプロム社の工作ばかりに目をやるが、ロシアと西側諸国とのあいだに新たなパイプラインを敷いてユーラシアの将来を築いているのは、まさに寡黙なインフ

* ノルド・ストリームは、フィンランド湾に面するヴィボルグとポーランド国境に近いドイツのグライフスヴァルトを結んでいる。事業主体のノルド・ストリームAG社は、スイスに設立されたロシアとドイツの合弁会社である。

ラのプレイヤーであるトランスネフチ社――世界最大の天然ガスパイプライン企業――である。トランスネフチ社はロシア国営の独占企業であり、西側の制裁措置によって打撃を受けたにもかかわらず、新たなパイプライン需要が急速に高まったためにその企業価値は二倍になった。サプライチェーンの世界では、トランスネフチ社は接続性のもの言わぬ実行者であり、綱引きでのロシアに対するヨーロッパの勝利を逆説的に支えている。

そのうえ、アメリカのＬＮＧ基地は過剰供給分を大西洋の反対側へ輸出することを見据えてガス化作業から液化作業へと転換しているため、ヨーロッパは近いうちにウクライナ危機前よりもはるかに復元力の強いエネルギーインフラを手に入れられる。二〇一四年の時点では、新たな浮体式ＬＮＧ基地「インデペンデンス」がリトアニア沖に設置され、ポーランドではさらにいくつかのＬＮＧ基地が建設中で、しかも、デンマークの北海にあるＬＮＧ基地は輸入した天然ガスの余剰分を逆に南へ輸送することが可能だ。こうした状況はどれも、ヨーロッパのウクライナへのガス供給量のほうが、ウクライナからのものより多くなる日が近々来る可能性を示している。

一〇〇年前、国際エネルギー市場なるものはほぼ存在せず、国境を越える石油や天然ガスのパイプラインも存在しなかった。しかし、現在その数は数百におよぶ。パイプラインは同盟国同士、あるいは疑わしい近隣国とのあいだのものであろうと、固定された結びつきであり、その流れはルート上のすべての国にとって重要だ。パイプラインは長いあいだ反目していた同胞たちを再び結びつけ、綱引きの動力学がなければ本物の戦争が主な選択肢となる地域に綱引きをもたらす。ロシアとヨーロッパを直接つなぐパイプラインが増えれば増えるほど、ロシアは供給を停止する理由を失い、ヨーロッパの需要を満たす供給を保証するようになるはずだ。ロシアは国内の脆弱さと海外からの投資への依存の高さによって、いずれ西側との取引を再開するだろうし、それと同時にエネルギーと農業分野でのグローバルサプライ国家として、さらにはユーラシアを横断する輸送回廊としてのロシアの役割が大きくなれば、超大陸の五〇億の人々が包括的にその恩恵を受けられるだろう。ロシアを封じ込めるよりも抱き込むほうが、はるかに有効な戦略であることは間違いない。

（本章に関連する地図は上巻口絵13を参照）

第九章

新鉄器時代

ハートランドを横断する鉄のシルクロード

二〇〇六年、私は修行中の僧侶に見せかけようと髪を角刈りにして髭をきれいに剃り、チベットのラサから自動車での旅に乗り出した。約二カ月後、新疆ウイグルのウルムチまでの弧を描くような長旅（テキサス州からカリフォルニア州を経由してミネソタ州に行くのと同程度の距離）を終えた私は、髪も髭も伸び放題で、現地のテュルク系ウイグル民族にうまく溶け込んでいた。だが、それほどの長旅でも、一度も中国を出ていない。

私が運転するトヨタのランドクルーザーは、大きく傾きながら河床を渡り、山の斜面を滑り降り、岩だらけの景色の中を這うようにゆっくりと進んでいった。インドのカシミール地方に隣接する紛争中のアクサイチン地方に近い、チベット西部の荒涼とした峡谷にたどり着くまで何週間もかかった。だが、先へ進むと中国人民解放軍が交代制で昼夜を問わず岩を掘り返してアスファルトを敷き、河を越えて橋を架けていた。一〇年後、地球上の最も辺鄙な場所にさえ、輸送インフラによって効率的に行けるようになった。チベット南部には頑丈な幹線道路が敷かれ、過酷な土地のあちこちに空港が次々とつくられている。新疆ウイグルの首府で地球上のどの海からも最も遠い都市のウルムチは、タクラマカン砂漠を横断する鉄道や道路でつながった。そこにいたるまでに、チベットと新疆ウイグル（面積の大きさでは中国の省と自治区のなかで一位と二位）は政治的に半自治区から単なる文化圏へと格下げされた。地域の人々はいまだアイデンティティこそ持っているが——それさえも奪われつつある——それ以外には何もない。

私が大学で初めて受けた地政学の講義では、一〇〇〇年にわたる帝国の拡大と縮小の壮大な流れを学んだ。「ソ連のような近代の帝国は……」と恐ろしいほど威厳に満ちたチャールズ・パートル教授は語った。「近隣国の領土を支配するまで満足しない」。当然のことながら、教授の皮肉は近隣国をひとつ支配すると新たな近隣国が現れるという点だ。つまり、征服には終わりはない。だが、一九九一年にソ連が崩壊すると、中国は突然、ひとつどころか、中央アジアに新たに誕生した共和国という近隣国を持つことになった。そうして、ロシアよりもそれらの国々とより多くの国境線を有するようになった中国は、伝説ともいえるマッキンダーの地政学的な「ハートランド」を支配できる立場を手に入れた。

中国は一九四九年の内戦終結後以来、自身でも気づかないうちにこの機会に備えていた。内戦終結直後に始められた幹線道路の舗装、鉄道の建設、送電線の設置——それに何百万人もの漢民族の移住——による「西を開発せよ」運動は次第に西へと進み、中国は旧ソ連と隣接していたチベットと新疆ウイグルを制圧した。一九九一年に例の重大な転機が訪れるやいなや、中国はすべての新たな国々との些細な国境争いを解決し、西へ向かうインフラネットワークのさらなる延長を目的とした四半世紀におよぶ「小切手外交」に乗り出した。中国はかつてチベットと新疆ウイグルという障害のために中央アジアにすら到達できなかったが、紀元前三世紀の戦国時代末期に秦が国中に軍を配置するために頑丈な道路をつくったように、インフラは支配への道を開く。

歴史的に見ると、帝国の拡大はひとえに人員、技術、資金、そして気候にかかっていた。ナポレオンが指揮した一八一二年冬の破滅的なロシア戦役は、いかに最も信頼できる軍事計画でさえ不吉な現実に圧倒されるかを示す、非常に有名な例のひとつにすぎない。チンギス・ハンからテムルにいたるまで、彼らにとって中央アジアの不毛な大草原地帯は征服しやすかったが、はるか遠いサマルカンドから遠征部隊がやってくるため支配し続けるのは困難だった。かつてテュルク系のハン（遊牧民の族長の称号）が治めていた領土がソ連の支配下に置かれる要因となった一九世紀の鉄道は、戦時中以外はろくに手入れされなかった。実際多くの人が、ソ連が崩壊したときにそれを一番あとに知ったのはタジク人（タジキスタン、ウズベキスタン、アフガニスタン、新疆ウイグルなどに居住する民族）だったと指摘している。

中国はかつてモンゴル＝テュルク系の帝国やソ連のへき地だった中央アジアの次の段階となる、「ユーラシア資源回廊」を象徴している。中国は自国の西部の辺境がばらばらになり混乱しているのを巧みに利用し、専制的に描かれたスターリン時代の地図を油がたっぷりと差された新たな「鉄のシルクロード」に置き換えて、その地域を国家よりもサプライチェーンを中心に再編成しようとしている。

今日の驚異の工学技術は、明日の地政学を再形成する。中国は、特にチベットに向かう高地を走る鉄道が完成して以来、現代の産業インフラの増大する力を借りればロシアやカザフスタンの面積や平坦な地形はたいしたことのない障害だと見積もっている。内陸国のカザフスタンは最近、自国の船がカスピ海から黒海を通り、ボスポラス海峡を抜けて地中海まで出られる「ユーラシア運河」を提案した。近隣国の中国がこのプロジェクトに興味を持ち、資金提供を申し出るのは間違いないだろう。

今日のような幹線道路、パイプライン、そして鉄道の波が東西を結ぶ効率的な物流の軸を形成するという例は過去にはなかった。イギリスとロシアが中央アジアの領土の線引きをめぐって駆け引きした一九世紀の「グレートゲーム」時代とは違い、中国はただエネルギーの流れの方向を舵取りしたいだけだ。自国の石油と天然ガスの大半がロシアを通って北や西へと流れていたカザフスタンとトルクメニスタンの新たなパイプラインは、代わりにカスピ海のガス田から東の中国のタリム盆地へ直接輸送される。習近平国家主席が最近提唱した「シルクロード経済ベルト」[*]構想は、この地域が輸送とエネルギー回廊を固定する中程度の都市の結節点の集まりへと転換することを予告したものだ。それぞれの道路、橋、トンネル、鉄道、パイプラインは、通過する国の機能的な役割を書き換え、その一方で新たなエネルギー供給網や灌漑システムは、資源の需要と供給の不釣り合いを実用的な交換に変える。中国の戦略はそうした国々を正式に占領することではなく、通過しやすくすることだ。中国は新たなシルクロードを築くことで、新たなグレートゲー

＊　この構想は「一帯一路」とも広く呼ばれている。

ムの勝者になる。

また、近隣や遠方の大国がシルクロードづくりの流れに飛びついてきた。アメリカはタジキスタン、キルギス、そしてアフガニスタン間の国境を越えた電力網整備への自国の資金提供を「新シルクロード」と呼んでいる。カザフスタンはカフカス地方とトルコを経由する複合一貫輸送回廊、「シルクの風」の陣頭指揮を執っており、一方トルコはその逆向きのルートを、ヨーロッパの資金協力による「現代シルクロードプログラム」を通じて推進している。また、ロシアはユーラシアの通商の骨組みとなる、新たな共同体とその頭字語を数年ごとに考えついている。時間とともに、中国人が人口の希薄な中央アジアの国々へ流れ込み、地域中の商人があらゆる方角の場所をめぐるうちに、ウルムチやコルガスなどの中国の都市は、何世紀も前のサマルカンドやブハラのように、中国人やロシア人、パキスタン人、トゥルク人が最も割のよい取引を求めて集まる人種のるつぼになる。「シルクロード」は、多ければ多いほどいい。

ユーラシアの人口や経済規模、貿易量は世界の三分の二を占めており、しかもこの数字は、この地域が正真正銘に融合して、商業の円滑化と急速化をもたらす膨大な数の耐久性あるインフラを通じてつながっている超大陸になる前のものだ。中国とヨーロッパによる高速鉄道ネットワークの構築で、列車でのユーラシア横断にかかる時間は数カ月からほんの数日にまで短縮される。鉄道輸送は船便より早く航空便より安いため、現在では鉄道を上回っている船便の輸送量と航空便の輸送収入を徐々に減らしていくだろう。二〇一二年に中国からヨーロッパへ鉄道輸送されたコンテナ数はわずか二五〇〇個だったが、その後飛躍的に増えて二〇二〇年までには七五〇〇万個になると予想されている（それでもまだヨーロッパ―アジア間の海上輸送の一〇分の一にすぎない）[1]。拡張されたシベリア横断鉄道など、中国とロシアが四三〇億ドルを費やして互いを直接結んだ鉄道以外にも、出入国審査の摩擦が少なく関税非課税のユーラシア横断鉄道が、すでに重慶からカザフスタン、ロシア、ベラルーシ、ポーランドを経由してドイツのデュイスブルクまでを途切れることなく結んでいる。多国籍企業は、中国の新たなユーラシアシルクロードの軸に巧みに便乗して成功している。中国人従業員の七割を重慶に集中させた後のＨＰ社は、民兵組織に保護された、半官半民のこの新たな鉄道輸送の最大規模の固定客であり、中国企業のＡＳＵＳ《エイスース》社も近々それに続く予定だ。二〇一三年には河南省の鄭州（フォックスコンの一大生産拠点）からハンブルクを結ぶ中欧間鉄道も開通し、船便の約半分の日数で電子機器を輸送している。

　こうした鉄道回廊が発展すればするほど、列車での旅は出発地と到着地の途中の国境での停止や入国審査がなくなり、飛行機での旅と変わらなくなる。カザフスタンからトルクメニスタン、イラン、トルコを通り、セルビアの首都ベオグラード――二〇一四年後半に中国と中・東欧諸国の初の首脳会談が行われた場所で、中国はこの都市のドナウ川にまたがる新たな橋の建設費の調達を行っている――を経由してブダペストが終点となる、南西へ分岐する支線もいずれ開通する予定だ。一二四一年から四二年にかけての冬の寒さが特別に厳しかったために、モンゴル軍は凍結したドナウ川を渡り、ハンガリー襲撃に向けて前進し続けることができた。モンゴル軍が予備の馬への乗り換えや信号旗を使ってヨーロッパ南東部に入りこめたのであれば、高速鉄道時代の中国も当然そうできるはずだ。

西側諸国の研究者たちは、中国が世界銀行やIMF、WTOその他の機関に参加したのは、その内容を骨抜きにするためであると同時に、アジアインフラ投資銀行（AIIB）のような中国独自の計画を進めるための別個の枠組みをつくることが主な理由であったと気づかずに、西側を中心とする体制に協力したいという中国の熱意の表れだということにしていたため、一〇年以上を棒に振った。AIIBがアジアで行う金融支援の予定額は、過去のヨーロッパにおけるマーシャル・プランの約一〇倍とされていて、その融資はユーラシア西部への拡大を円滑にする、主に道路、鉄道、パイプライン、送電線をはじめとする　ユーラシア中のつながりを対象としている。この銀行設立はまたとないタイミングだ。つまり、崩壊しつつある植民地時代後の国々やロシア周辺の旧ソ連の共和国は、新たなインフラを切実に必要としていて、中国は自身の現金の山を経済的に困窮している近隣国が自国を再建する――大量の中国人作業員による手伝いのもと、過剰生産された中国の鋼鉄とセメントを購入することで――ための「信用貸し」用資金に変えている。

AIIBはさらに、国際的な体制の外側からの改革も象徴している。なぜなら、西側の大国が内側からの改革を行う気がなかったからだ。実際、西側ではAIIBの設立を受けて、それに対抗するよりも順応するほうを選んだ国もあった。イギリス、ドイツ、オーストラリア、そして韓国がAIIBに加盟した。[2] AIIBに対抗するために日本が発表したアジアへの別の一一〇〇億ドルのインフラファンド設立でさえ、アジアの一部地域における通行障害の円滑化を、中国の利益のためにさらに進めるようなものだ。日本の投資はアジア大陸の接続性という運命をより強くする。

「マインゴリア」——（ほとんど）すべての道が中国へ通じる国

二〇〇九年の一時、私はモンゴルで最も嫌われた男になってしまった。その年の六月、私はTEDで「目に見えない地図」という題名の講演を行い、そのなかで、遊牧民が暮らす人口が希薄な内陸国をモンゴル《モンゴリア》ならぬ「マインゴリア《採掘》」と称した。私は、陸地に囲まれた地形かつ天然資源が豊富で、しかも経済を輸出に頼る国は、サプライチェーンの世界ではいいカモだと指摘した。だが、「中国はモンゴルを征服しているのではない。買っているのだ」という決めの台詞を、もう少し耳触りのいい表現にすべきだったのかもしれない。

講演のビデオがモンゴルのテレビやウェブサイトで広まると、モンゴルの人々は衛星放送受信アンテナつきの円形型移動テント《ゲル》に集まり、中国の国境線が延びてきて自分たちの国を取りこんでしまうという、私が講演で使用した地図のアニメーションについて時間をかけてじっくり考えた。地図というものは考えを図に表したものにすぎないが、見た人が気に入らなければその人の怒りをかう。この国は中国の採掘企業に食いつくされようとしていると言葉で警告しても、それはせいぜい人の興味をそそる程度だ。だが、自国の主権が消されていく地図を見せるのは、罰当たりな魔術を使うようなものだ。私はモンゴルにとって「好ましくない人物」となった。

数カ月後、私はダヴォスで行われた世界経済フォーラムの年次総会で、モンゴルの大統領と朝食をともにした。私が大統領に「ミスター・マインゴリア」と紹介されただけで、彼のテーブルにすぐさま席が設けられたのだった。そして、大統領の古代から続く壮大な祖国が中国に乗っ取られているというあの講演での私の言葉は――中国を支持したわけではなく――ただ見解を述べただけとの結論に到達すると、場の空気は少し和らいだ。大統領は雄大な歴史に培《つちか》われたアジア特有の寛大さで、私にできるだけ早くモンゴルを訪れてほしいと親切にも言ってくれた。

二〇一〇年七月、私はボスニアでイギリス軍の野戦救急車として使われた、三トンの一九九〇年型ランドローバートラックでロンドンを出発した。我々三人組のチームは基本的な医療機器や装備を積んだこのトラックで、ウランバートルを目指す「モンゴル・チャリティー・ラリー」に参加しており、完走後はこのトラック――我々は馬力のあるこの車にベッツィーという可愛らしい名をつけた――をモンゴルの救急医療用に寄付することにしていた。ベッツィーは一万三〇〇〇キロ――大陸仕様の車とは異なる右ハンドル車でヨーロッパとロシアを横断する――を無事に完走できたら、モンゴル内でまばらに散らばっている遊牧民を治療しにいくために不可欠な、移動式の仮設病院として軍に「入隊」する。

四週間、故障五回、大型ハンマーでの気合い入れ一回、牽引二回、賄賂用ウォッカ六本、そして辺鄙なシベリアでのまさに「九死に一生を得た」体験一回を経て、我々はウランバートル郊外の広大なテレルジ国立公園内に設置された、偉大なチンギス・ハンの高さ一〇〇メートルものステンレス製銅像前にたどり着いた。私は身内に会った気がした。というのも、高校のとき名字に「カン（ハン）」がついているのは私だけだったので、私のあだ名は高校一年生からずっと「チンギス」だったのだ。

モンゴルではとにかく、国会議事堂で公開講演を行ったりテレビ番組に出演したりするたびに繰り返しこう尋ねられた。「我々はもはや『マインゴリア』となったこの国を、どうすればいいのでしょうか？」

モンゴルの人々は国で採れる原材料のほぼすべてが中国へ輸出され、国の政治や経済に対する中国の影響があまりに大きくなりすぎていることは理解しているが、それに対抗するための真剣な措置をまだ取ろうとしていない。中国企業はモンゴルの役人に賄賂を贈り、自社が探査権をより多く獲得できるよう、多数の採掘企業（ジュニア企業という）を買収した。モンゴルは（主に中国への）鉱物の輸出が急増しても適切なインフラ整備を行わなかったため、（中国に起因する）一次産品の価格が低下した際には、（中国とを結ぶ）インフラ構築のための海外（中国）からの大規模な投資を呼び込まざるを得なかった。現在、モンゴルでは中国石油天然気《ペトロチャイナ》（中国石油天然気集団公司（CNPC）の子会社）が石油探査の主導権を握り、中国の巨大石炭エネルギー企業神華《シェンファ》能源が鉄道に投資し、さらに国を南北に縦断してロシアと中国を結ぶ新たな道路「ステップロード」が計画されている。モンゴルの人口はわずか三〇〇万人だが、国の鉱業を支えるためには約六〇〇〇キロの鉄道が必要となる。モンゴルはソ連時代の広軌を採用した鉄道（鉄道線路のレール間隔（軌間）が標準軌より広い）を引き続き利用するといったん決めたにもかかわらず、二〇一四年になると、タバントルゴイ（世界最大の炭鉱）や他の鉱山を起点とする新たな鉄道は中国の狭軌を採用して建設すると発表した。これが国を征服せずに買うやり方だ。

中国の近隣国は、今後こうしたやり方の目的地になるだろう。内陸国はまさに地理上のとらわれの身であり、脱出方法はインフラしかない。だが、そのためのインフラは近隣国を通さなければならず、したがってそれは完全なる自国の所有物ではない。するとこのような疑問が発生する。そのインフラを支配し、そこから利益を得るのは誰なのか？

ウクライナのガスプロム社同様、中国も他国でインフラを建設した場合、それは「主権の延長線上のもの」だと主張する。中国は他国において投資家、資産所有者、そしてサプライチェーン運営者になることで、優先的な立場での市場参入や将来の資源管理に関する戦略的な意思決定過程への参加が可能になる。中国はイデオロギーを輸出することはないが、インフラという綱で国々を自身にくくりつける。モンゴル軍はアメリカ海軍と合同軍事演習を行ったり、NATO軍事演習の受け入れ国になったりしているが、それは中国とのサプライチェーンの綱引きに対する的外れの準備だ。

＊ゴビ砂漠にある世界最大級の銅山オユトルゴイも、中国にとって好都合なことに国境から北にわずか八〇キロの距離にある。

フビライ・ハンの復讐——中国シベリアの復活

北東アジアから東南アジアを経て南アジアまでの弧のなかでは、四〇億以上の人々が擦れ合いながら暮らしており、そうした状態で摩擦を避けることは不可能だ。膨大な人口の抑圧されたエネルギーを発散させる唯一の策は、そのあいだで流れを促進することだ。現在の中国は世界で最も近隣国が多い国であり、ここ数十年のあいだにヴェトナムやインドと戦ったが、今日の中国の戦略は、対立を避けつつサプライチェーンを支配するための工作を行うことだ。その結果、七世紀前のユーラシアの強大なモンゴル帝国を彷彿させる機能的な地図が完成するだろう。

この動力学を観察する最適な場所は、ふたつの大国、すなわちロシアと中国のあいだの世界で二番目に長い国境線だ。一〇年前、私が中国はロシアの広大で天然資源が豊富な過疎化した極東を、人の移動や資源の採掘で徐々に植民地化していると初めて文章にしたとき、ロシア政府関係者から抗議の手紙が山ほど届いた。だが、かつてタブーとされていた二国のこの関係は、今では継続的に進められて発展している。二国のあいだを流れる長さ三〇〇〇キロのアムール川は、国境線としてよりも、中国を中心とし二国の境目がない、より大きなエネルギー、食料、水の生態系という自然としての役割のほうが強い。

中国とロシアがつくったのは地政学的な陣営ではなく、需要と供給を満たすための提携だ。ロシアには土地と資源があり、一方で中国には人とお金がある。ロシアのインフラは荒廃しており、中国はそれを五年以内に再建できる。中国とロシアの関係を反西側の同盟として描くのは間違っている。なぜなら、ロシアにとって自国の領土保全が長期的に脅かされる要因として、東部全体を中国に吸収される以上のものは存在しないからだ。実際にこの二国の関係は、信頼できる同盟というものはもはや存在せず、あるのは相補的な――「友は近くに置き、敵はさらに近くに置け」という格言に従った、便宜的な取引を軸にした――関係のみという事実を明確に表している。

ロシアは実際にはふたつある。それはウラル山脈西側の、ヨーロッパに面する人口が集中した地域と、ウラル山脈東側の広大なシベリア地域である。後者は、面積では「ヨーロッパの」ロシアの七倍だが、人口は一〇分の一以下だ。今日の地図には小規模貿易業者やロシアの木材や採掘物の加工品を生産する工場経営者として、ロシア東部の地域に季節的に移住または定住している中国人がどの程度いるのかは記されていない。彼らといまや五〇〇万人を切ったこの地域のロシア人――その内の半分近くはトゥルクやイヌイットなどの少数民族――との異人種間結婚は、この地域における人種が混ざり合う中国シベリア社会への変異を加速させている。もしかしたら、詩的正義が姿を現す機会がいつかやってくるかもしれない。つまり、中国はロシアに住む自国の国外居住者の身の安全、公民権、そして彼らへの質の高いサービスを保証するために、民間警備員を派遣し、極東中の混血の少数民族にパスポートを発行しはじめるかもしれない(ロシアがアブハジア、クリミアなどですでにそうしたように)。だが、中国が変えようと計画しているのはロシアとの事実上の地図の国境線であり、法的な地図上の国境線を変更するつもりはない。結局のところ、中国が国境線を力ずくで変更すれば、ロシアがそうした遠く離れた領土を守れる唯一の報復手段、つまり核兵器を使用する危険性を高めるからだ。その一方で、事実上の地図は急速に、帝国の黄金軍団が今日のシベリアと韓国を支配し、中国全土を征服し、ウクライナやイランまで勢力を伸ばした、皇帝フビライ・ハンが治める一三世紀のモンゴル帝国化しつつある。創造性豊かな地図製作者フランク・ジェイコブスの言うとおり、「国境線は愛と同じで、お互いがそう信じたときだけ本物になる」[3]

アムール川を越えて中国の黒竜江省――中国東北部の他のふたつの省と合わせると、人口が一億を超える――へとつながる初の主要な鉄橋が完成すれば、近い将来ロシアの鉄道の終着駅は中国になるだろう。ロシアのガスも同様だ。二〇一四年、ウラジミル・プーチン大統領は習近平国家主席との、ガスプロム社による新たなシベリア天然ガス田開発と中国へ年間三八〇億立方メートルの天然ガス（これは中国の年間需要量の二割に相当する）を輸送する新たな東シベリアパイプライン建設のための四〇〇〇億ドルの契約に合意した。それまでロシアは、専属の供給者になることを恐れて中国に直接エネルギーを供給することに乗り気ではなかった。だが、エネルギー価格が低下し、さらにプーチン大統領が西側諸国からの制裁措置の最中に勝利を公言できる機会を探し求めていたため、ロシアは中国に有利な長期契約を結ばざるを得なかった。ロスネフチ社（ロシア最大の国営石油会社）は、こうした先行きが不安な資源の供給先はひとつしかないという事実を受け入れ、中国石油天然気集団公司（ＣＮＰＣ）に巨大なバンコール油田への資本参加を提案することさえ了承した。ロシアをふたつに分けるのはウラル山脈だけではない。自国のサプライチェーンも同じ役目を果たす。*

評論家たちが、エネルギーインフラの復元力が要は金銭の問題であるかのごとく、ロシアと中国の一連の取引は経済的な意味がないと指摘するのは噴飯物だ。こうした理由によって、大戦略の策定は投資への見返りではなく四半期ごとの業績を基準にして考えるMBA取得者に絶対にまかせてはならない。中国にとって、自国へのエネルギー資源の流入元を多様化し、マラッカ海峡の通行への依存を減らせるこの取引がもたらす利益は、お金では買えないほどの価値がある。**

ロシア自身のアジアへの「方向転換」はアメリカより何年も前に始まり、そのなかには自国最大の太平洋前哨基地ウラジオストクを物流や工業、船舶整備、娯楽部門——そして農業——の特区にして関税を削減する「自由港」への指定も含まれている。二〇一〇年七月に私がモンゴルへ向かっていたとき、ロシアは国の観測史上最悪の熱波に見舞われていた。山火事が国中に広がり、都市は濃いスモッグに覆われ、合わせて五万六〇〇〇人のロシア国民が亡くなった。農作物の深刻な不作によって、ロシア政府は穀物の全輸出を禁止せざるを得なくなり、その結果として世界の小麦価格が急騰した。私は当時気づいていなかったが、我々があのとき目の当たりにしていたのは、アラブの春の直接的な原因——ポルトープランスからダッカ、チュニス、そしてカイロに

* アジアの大国である中国、日本、韓国、インド（さらにアメリカのエクソン社も）は、ロスネフチ社によるエネルギー資源が豊富なサハリン島（樺太）開発にも資本参加している。東アジアのエネルギー網は二〇年以内にヨーロッパと同じくらい密になる可能性が高い。
** さらに、中国が自国の天然ガス利用に向けた国内のエネルギー網を構築すればするほど、国内で燃やされなければならない石炭の見込量が減少し、この戦略的な取引が地球にやさしいものにもなる。

いたる市場で、主食品が値上がりしたことで絶え間なく高まった政情不安が頂点に達した――のひとつだったのである（この事実は驚くに値しない。一七八八年の不作は、翌年起きたパンの価格高騰によるパリのヴェルサイユ行進や、フランス革命の主な原因となった）。その年に露呈したロシアの農業の不安定さは、一度だけのものではないことが判明した。二〇一二年のロシアの干ばつは、二〇一〇年よりさらにひどかった。

今後数十年間、気候変動はロシアのサプライチェーンの東アジアへの融合を加速させるだろう。ロシアは地球温暖化のおかげで、国内の食料市場と海外への輸出のどちらかを選ばなくてもすむようになるはずだ。ロシアは世界中の国のなかで最も温暖化が進んでいる。永久凍土層が融けてその境界線が北へと後退するにつれ、自然のリンを肥料として含んだ広大で豊かな土地が現れ、さらなる食料（主に中国向け）の栽培が可能になるだろう。現在ロシアが輸出している食料は小麦と植物油のみだが、今後は鶏肉、魚、現在の二倍の量のウォッカ、そしてミネラルウォーターの主要輸出国になるだろう。だが、ロシアの淡水が瓶詰めされヨーロッパのスーパーやカフェにトラックで運ばれる前に、それはまず中国のとどまることを知らない渇きを癒すために確保されるだろう。水の輸出を躊躇するカナダのリーダーたちと違い、プーチン内閣の天然資源相ユーリ・トルトネフは二〇一〇年に「我々はペリエを買ってはいけない……我が国の水を海外に売らなければ」と言明した。[4]

ロシア北部の川の進路を南へ変える計画は、五〇年前のフルシチョフ時代の北部河川流転計画にまで遡り、フルシチョフはそれらの河川が農業や工業のために利用されずに北極海に流れ込むのは「無駄」だと唱えた。一九七〇年代には、シベリアの川とヨーロッパに近いヴォルガ川の支流を結ぶペチョラ・カマ運河建設に向けて土地をならすために、数発の一五キロトン核爆弾まで使われた*（その核爆発でできた巨大な爆弾穴は、現在魚釣り用の湖として利用されている）。そうした計画はすべて何十年も昔、つまり、中国の一五億の人々が深刻な水不足に直面する前のものである。**

古くから「水理文明」として知られていた中国は、人口が集中した地域に川の流れを誘導するために、何千年にもわたりダムや運河、灌漑を利用してきた。紀元前五世紀からつくられた大運河は、黄河と揚子江をつないで北京と杭州を結ぶ、現在もいまだ世界最長の人工河川だ。現代の中国は膨大で再生可能な水資源に恵まれているが、それは人がいるところに存在しない。中国の水資源の六割は国の南部と西部に位置している一方、工業用に必要とされているのは北部と東部の海岸沿いだ。そのため、中国は四〇〇億ドル以上の費用を投じて、ヒマラヤ地方にあるチベット高原の豊富な水を三つのルートで中国北部に流転させる、野心的な「南水北調」プロジェクトに着手している。川を支配することは、その領域を支配するということを意味する。このプロジェ

* 中央アジアの旧ソ連の共和国にとって、カザフスタンとウズベキスタンにまたがる干上がったアラル海など、自国の極度に干からびた土地でより多くの灌漑工事が行われたほうが、計りしれない利益になったはずだ。

** 中国の五万本の河川の少なくとも半分が、農業や工業用に乱開発されたために干上がり、残りは深刻に汚染されている。今日の中国でのひとりあたりの利用可能水量は、世界の平均のわずか五分の一しかない。

クトは進行過程でいくつもの川を根絶させ、下流のパキスタン、インド、そしてバングラデシュに住む一〇億人の人々が依存するガンジス川やブラマプトラ川の流れを変えてしまう。

ロシアでも同様に北から南への川の流転工事が行われれば、中国の都市部の何億もの人に飲料水を供給したり、次第に減少している耕作地を灌漑したりすることが可能になり、さらにはその水を工業や大量の水が必要な水圧破砕によるシェールガスの採掘にまで利用できるだろう。いうまでもなく、中国はすでにこの構想を描いており、こうした大規模な水力発電用運河の打ち合わせのために黄河水管理公社の派遣団をロシアに送り込んだ。* ポンプでの揚水で水を長距離かつ山の周囲で流すには、大量の発電とそのための発電所が必要だが、ロシアのエネルギー資源は決して少なくないわけではない。ロシアの水は間違いなく、ロシアと中国両国の土地に農業用として供給されるようになるだろう。唯一の問題は、中国がこの食料サプライチェーンをどの程度支配できるかにある。

ロシアの将来を表す地図の大部分は、モスクワから五〇〇〇キロ、そして中国からはその半分しか離れていない、ある「経線」上で描かれている。ロシア人は長きにわたり、この広大なレナ川を生命力と強さの源と見なしてきた。地政学の賢人ハルフォード・マッキンダーは、沿岸からの敵を寄せつけないこの地域に「レナランド」という名前まで授けた。[5] レーニンはこの「レーニ

---

* 中国は肥料の価格を下げさせるために、ウラルカリー（世界最大の炭酸カリウム生産企業）などのロシアの肥料会社の株も大量に買いつけていて、さらに、ロシアで食品加工事業を共同で行うため、シンガポールのいくつかの企業との提携まで始めている。

ン」というペンネーム（本名はウラジミル・イリイチ・ウリヤノフ）を、自身が送られたシベリア流刑地への敬意を表すためにつけた。しかしながら、この地域で最も重要な都市である、レナ川西岸に位置する一七世紀に誕生した鉱山都市ヤクーツクを訪れると、寂しさが漂うだけではなくまさにロシアの悲劇を象徴している場所だとわかる。ヤクーツクを首都とするサハ共和国は、インドと同じほどの面積を誇り、大量の石油や石炭、金、銀、錫、そして世界のダイヤモンドの四分の一を擁している。だが、ヤクーツクでは世界のどの場所よりも急速な地盤沈下が起きていて、建物の支柱を永久凍土に固定するためには、年々深く掘り進めなければならなくなっている。ヤクーツクの人々にとって、気候変動は砂地獄のようなものだ。彼らは自身の土地と歴史を残して立ち去ることになり、土地の天然資源は荷船で南のバイカル湖へ運ばれ、そこで改装済みのシベリア横断鉄道の頑丈な貨物列車に積まれて中国に輸送されるようになるだろう。

ユーラシアの資源の分布は、ロシアの不確かな政治的国境線よりも重要性が高い。つまり、地上の政治的支配の領域は、最終的には誰がその下にある一次産品と最も上手くつながるかによって決定されるようになる可能性が高い。ロシア人はモンゴル人やカザフスタン人に対して、理解を示すようになった。カザフスタンは世界で唯一、モンゴルよりも大きい内陸国で、モンゴルの西端の国境からわずか三〇キロ先に位置している。アルタイ地方はロシア、中国、モンゴル、カザフスタンのあいだにある、まさに人里離れた四角い区域で、その広大な土地には驚くほど何もないが、それも長くは続かないだろう。ロシアとインドは――中国の同意を得て――アルタイ地方から中国西部とインドまでのパイプラインを、三〇〇億ドルかけて建設する計画をすでに進めている。

この北から南へ縦断するエネルギーの軸は、中国のアフガニスタンとの国境のわずかに東にあり、そしてさらにタジキスタンとパキスタンの国境にもなっている、ワハーン回廊と呼ばれる細長い地帯を通る予定だ。中国は冷戦終結間際にソ連がアフガニスタンから撤退して以来、そしてアメリカによる同時多発テロ後のアフガニスタン占領中もずっと、アイナク銅山への資本参加や自国のリチウム（電池に不可欠）への高まる関心によって、徐々にアフガニスタン最大の海外からの投資国になった。技術に造詣が深いアフガニスタンのアシュラフ・ガニー大統領は、この新たに再発見した近隣国から道路、鉄道や鉱山へのさらなる投資を呼び込むために、初の中国公式訪問を行った。中国は何世紀にもわたり果物の売買程度の関係しかなかったアフガニスタンまでも、端から端まで舗装しつつある。中国は今回初めて、先方との近さをつながりに変えている。それに比べると、アメリカの占領はほんの些細なおまけにしか思えなくなる日も近いだろう。

地政学の将来を最もよく知るための方法は、地上のインフラ計画をたどることだ。接続性の優位性は、最終的な勝利への軍の役割がほんのわずかであることを、我々に再確認させてくれる。今日、五億ドルに値するG222輸送機などのアメリカ軍の兵器や軍用機の残骸がスクラップとして安く売り払われているあいだに、中国は戦争で破壊されたこの国を横断するインフラをさらに増やし、ユーラシアの新たなシルクロードでの地位を取り戻そうとしているもうひとつの古代文明、イランとつながろうとしている。

イラン——復活したシルクロード

中国は、インド洋を越えた先のアラブ湾岸諸国やイラクから、すでに大量の石油や天然ガスを輸入しているが、ユーラシアシルクロード沿いで中国が得られる大賞はイランだ。イランは何十年もの孤立を経て開国し、それがその国の混乱した地政学の最新段階だ。第二次世界大戦中、「ペルシア回廊」はソ連が東部前線で枢軸国に反撃するために必要とする武器を、同盟国が補給するために不可欠なルートだった。冷戦初期、アメリカは一九五三年に自国とイギリスがモサッデク首相をクーデターで失脚させた後、権力を握ったシャー・パーレビを後押しした。だが、一九七九年の神政主義によるイラン革命や一九八〇年のイラクの侵攻後、アメリカはサダム・フセインに武器を売りはじめ、また、ホメイニ師がイランの共産党であるツデー党を一掃したため、ソ連もアメリカにならった。しかしながら、一〇年にわたる戦争のあいだ、アメリカはユーゴスラヴィアや北朝鮮などの共産主義国と同様に、イランにも密かに武器を販売した。戦争末期にはソ連もイランへの主要武器供給国となり、中国は両国に小型武器や重火器を大量に売った。各国がイランとイラクの戦争がサウジアラビアに飛び火しないよう両国を封じ込め、ソ連のアフガニスタン侵攻をイランに拡大させないよう防ぎ、中東の石油の流れを止めないようにした結果、皮肉や矛盾を含んだ協力体制ができたのは明らかだった。

中国がイランのエネルギー資源の入手を試み、ヨーロッパとアメリカがイランの核開発計画を封じ込めつつイラン国内の市場に参入しようと競合し、西側の湾岸諸国からのエネルギー供給への依存度が小さくなり、さらにイラクとシリアが崩壊したことで、この地域の将来はより入り組んだものになるだろう。中東の地政学の特異な迷路の中、次の複数の相反するシナリオが同時に展開される可能性がある。大国に加えスンニ派のアラブ諸国のいくつかさえもイランと関係を築く一方で、イラクとシリアでのサウジアラビアとイランの代理戦争（一九八〇年代のイラン・イラク戦争の再開に近い）が激しくなる。それと同時に、アメリカは（イランの脅威に対抗するために）アラブのGCC諸国に引き続き軍を駐留させているにもかかわらず、皮肉にもそれらの国々からアメリカはイランを支持して我々を見捨てようとしていると思われるかもしれない。

ブッシュ政権時代は（それに第一期オバマ政権でさえも）、イランとの対立は避けられないと予想されていたが、現在のイランは最も活発な綱引きが行われている国のひとつだ。地域を支配するための地政学的な競争は、そのほとんどが都市部に住む若年層である八〇〇〇万人のイラン国民に売り込むための競争と密接に関係している。つまりこれは、西側にも東側にとっても、イランへ向かうシルクロードをできるかぎり多く築くということだ。

全世界がイランと取引をしたがっている。一九九八年の印パ核実験の事例のように、戦略地政学的および経済的なつながりへの移行は、世界的な制裁措置を維持しようとする試みを飲み込んでいく。ロシアはイランと大きな石油契約を交わし、さらに地対空ミサイルの販売を計画している。一方で中国はイランとの大規模なガスとインフラの取引（テヘランとカスピ海沿岸の北部の都市との移動時間を短縮する、アルボルズ山脈の多車線トンネル掘削工事も含む）に合意し、インドは精製された石油を大量に販売し、トルコは金の取引を行い、フランスと中国の銀行は何十億ドルもの資金洗浄を行った。イランが国際銀行間金融通信協会（ＳＷＩＦＴ）の銀行間ネットワークから外されたときでさえも、イランとの物品取引は中止されなかった。そのうえ、アメリカ主導による制裁措置下のイラン政権時代、イランに同情していたヨーロッパよりアメリカ企業のほうが、食料や医薬関連品は全面的に制裁対象外として取引が認められたロビー団体「USAエンゲージ」などを通じて、より多くの対イラン輸出を行っていた。

アメリカが飴と鞭の組み合わせを効果的に使えば、イランをめぐる綱引きでの自国の影響力を拡大できることが、対ミャンマーの事例から見て取れる。二〇一二年より、アメリカはミャンマーへの投資禁止措置を急速に解除し、アメリカ企業がブラックリスト入りしている怪しげな企業や実業界の大物と取引することを禁じた。そうした摩擦にもかかわらず、コカ・コーラ社やGE社などのアメリカ企業はミャンマーに深く根を下ろし、その結果、より高品質なものを提供できる西側のパートナーが待ち構えていることをわかっているミャンマー政府は、中国とのプロジェクトを中止する選択肢を手に入れることができた。

イラン自身もさまざまな方面との提携を選ぶ立場になりたいと思っている。現在、イランの仲介業者は、イラン政府が基幹部門での七〇〇億ドルの海外投資誘致を発表したという書類を片手に、ドバイやロンドンを走り回っている。このことは、二〇一四年にイランが南アザデガン油田の共同開発を目的としたCNPCとの二五億ドルのプロジェクトを中止した理由は、多くの国に門戸を開放した後のイランが中国の通常ぱっとしないテクノロジーよりも、西側諸国の高品質の製品やサービスに資金を投入することを選んだからではないかという周囲の推測を再認識させるものだ。二〇一四年以降、ボーイングとGEの両社は、イランでの航空機の整備と予備の部品販売を行う許可を得ている。イランの凝り固まった革命防衛隊さえ、制裁措置解除後の社会に備えて、アメリカの財務省に気づかれないよう注意しながら、所有する各種企業を投資誘致のために民営化している。*

イランの政治的、商業的な触手は、石油が豊富でシーア派教徒が多いイラクのバスラ県内の、ティグリス・ユーフラテス川（シャットゥルアラブ川）南部の合流地点まですでに延びている。現在ではイラクよりもイランのほうが、クウェートに対して強硬路線を取っている。そのクウェートは新たに巨大な港の建設を計画しているが、その港によってルートを阻まれた巨大船舶がイラク唯一の深海港ウンム・カスルに入港できなくなる可能性があり、しかもクウェートはフセインによる一九九〇年のクウェート侵攻のきっかけとなった当時の状況（石油の盗掘疑惑）と同じく、再び国境の下を横に掘り進んでいる。

だが、シーア派のイランとスンニ派のアラブ諸国は互いへの深い疑惑があるにもかかわらず、エミレーツ航空がイラン行きの便をすでに一日数回飛ばしているように、アラブ諸国ははるかに規模の大きな強豪国イランに商業的に参入する方法を模索している。ＵＡＥの政府の農業関連機関は、自国の食料サプライチェーン短縮につながるイランの農場生産高向上のための投資を検討している。また、カタールとイランは広大なサウスパース油田の一部を共同開発する予定だ。

＊ その一例は、石油、幹線道路や港を管理下に置き、さらにサウスパース油田の製油所、石油化学工場やパイプラインを含む五〇〇億ドルを上回る契約をイラン政府と結んでいる、イランの革命防衛隊が所有するブラックリスト入りコングロマリットのハタム・アルアンビア（「預言者たちの海」という意味）である。

イランとの取引に何の制約もないトルコは、アラブ世界の混乱を避けてヨーロッパとつながるルートをイランに提示している。すでに計画されている中国から中央アジア、イラン、トルコを経てヨーロッパに向かう貨物鉄道に加えて「ペルシア・パイプライン」も建設すれば、そのルート上に膨大な量の天然ガスを供給できる。その逆の方向からやってくるヨーロッパ人の数も急速に増えている。トルコ航空は（エミレーツとともに）イランの国際線市場の七五パーセントを占めている。西側からの乗客が増えるにつれ、ルフトハンザのシェアも上昇するだろう。

今日のテヘランは、イスタンブールやカイロなどが載っている魅力的な旅先のリストからはずれているメガシティだが、近いうちにそれも変わるだろう。陸路ではすでに歴史的なルートが復活している。イギリスが運行している現在の豪華列車「ペルシアの宝石号」は、ブダペストからトルコを経てテヘランに到達し、名所旧跡を周遊する。環カスピ海鉄道は、ゆくゆくはマシュハドを経由してトルクメニスタンのアシガバードに入り、そこからさらにアルマトイや中国まで延びる予定だ。

二〇一五年半ばに私がイランを訪れたとき、外交官たちは核交渉についてあまり語らなかった。彼らは代わりに大きな地図を取り出して、トルクメニスタンからパキスタンまでをつなげるパイプラインのルートや、アフガニスタン北部を横断してタジキスタンに入り、さらに中国へ向かう鉄道を指さした。今後何年かしたら、我々は経済協力機構のことをもっと耳にするようになるだろう。一九六〇年代に誕生したこの組織は再定義され、現在はトルコ、イラン、パキスタン、そして中央アジアの全旧ソ連共和国間の鉄道と貿易による結びつきに重点を置いたものになっている。イランが自身の地理的条件を利用して今後数十年間で実現するであろうつながりは、ペルシア文明ではここ数世紀ものあいだ見られなかったものだ。

イランの社会はそのつながりを何よりも強く望んでいる。人口の三分の二が三〇歳以下であるイランは、革命時代後の社会が革命国家にとらわれているようなものだ。保守的な神政主義政府は孤立させられても打たれ強く成長し、一方で国の多数を占める若者たちはつながりを切望している。私はオートバイでテヘランを数日間走り回った際に、何十人ものイラン人「帰還者」に出会った。彼らはテクノロジー企業の起業を支援したり、生活費や企業経営のための費用が安いことを活用したりするために群れをなして母国に戻ってきた。イランの携帯電話普及率はほぼ一〇〇パーセントで、インターネット利用率は六〇パーセント近く、これは中東で最も高い率だ。eBay《イーベイ》やアマゾンなどの西側の電子商取引サイトへの接続が遮断されているため、デジカラやエサムなどの国内で最人気のサイトが飛躍的に成長している。

石油価格の低迷によって、イランは現代的なインフラへの投資や自動車製造など発展可能な輸出部門の設立を通じて、自国の経済を急速に多様化しなければならない。特に一九八〇年代のイラン・イラク戦争で輸送のつながりが崩壊したため、現在のイランに残っているのは、一〇〇〇キロに満たない状態のよい高速道路と五〇〇〇キロ以下の鉄道だ。イランは海外からの大規模な投資誘致に真剣に取り組むために、ビザが不要で、長期的な免税や外国資本一〇〇パーセントの企業設立が認められた自由貿易地域（ＦＴＺ）を半ダース以上設立した。

イランの開放は、中東の国境問題を解決することはないだろう。実際には、それはすでに混乱した地域の市場に経済的なつながりと政治的なごまかしでできた厚い層を加えることになり、その層は複雑性を増しながらもよりはっきりと姿を現すようになるはずだ。となると、摩擦に対する流れの勝利がまだ示されていない国は、北朝鮮ただひとつになる。

北朝鮮――「隠者王国」を抜ける鉄のシルクロード

カザフスタンやモンゴルという巨大な内陸国に加え、ロシアと中国が国境を有する両国より劣勢な国がもうひとつ存在する。それは北朝鮮だ。しかも、カザフスタンとモンゴルは共産主義脱却後に政治面や経済面でさまざまな改革に着手してきたのに対して、北朝鮮は何十年ものあいだ救いようがないほど抑圧されてきた。そのひとつ目の理由は「主体思想《チュチェ》」として知られている、自立に関する時代遅れな独自のイデオロギーによるものであり、さらには世界的な経済制裁による封じ込めも抑圧の要因になっている。経済自立国家にはほど遠い北朝鮮は、ほぼ完全なる孤立がもたらした危険な依存状態にある。つまり、北朝鮮の全輸出は中国向けで、北朝鮮に入ってくる食料、燃料をはじめとする生活必需品の大半は中国を経由している。

北朝鮮は極度の危険をはらんだ国で、その強硬な手段は国外から大きな非難を浴びている。世襲による独裁的な権力に支配されていて、アジア研究の専門家たちはその政権を「Kim family regime（金一族による政権）」の頭文字を取ってKFRという独自の略称を使っている。その政権は国民を飢えさせ、彼らを強制収容所で拷問し、警察国家として国のすみずみにいたるまで支配している。自分たちのほうが道徳的に優れていると認めさせたいアメリカ政府の保守派（あるいはリベラル派までも）たちは、こうした事実を指摘することで気がすむのか、何ひとつ成果を上げようとしない。だが、北朝鮮が核兵器で示威行動を起こし、韓国の船を沈め、外国人宣教師を拘束したにもかかわらず、この国と近隣国とのあいだに接続性の増加という、新たなかたちの関係が生まれている。つまり、流れのほうが摩擦よりも優位に立っているのだ。

二〇一二年にこの「隠者王国（昔の李氏朝鮮につけられた名前）」へ旅した私は、革命を記念した巨大建造物めぐりを強制的にさせられ、反韓、反米の宣伝ビデオを観せられた。だが、私がそれと同時に目にしたのは、そのイデオロギーとインフラが消費期限の終わりに近づいている一国の姿だった。平壌のコンクリート製の団地の水道はよくても不定期にしか水が出ず、市内を走るバスはエンジンが止まるかのような音を立てながら、最後の務めとして息が詰まりそうな排ガスを吐き出している。一九九〇年代初めにソ連の北朝鮮への燃料支援が打ち切られて以来、中国は北朝鮮政権をけん制するために石油、食料などの一連の生活必需品の輸送を凍結するなど、ますます強硬な姿勢を取り続けてきた。一九五〇年代には「唇歯輔車の関係」と称されるほど親密だと言われていた、過去のこの二国間のイデオロギーによる結びつきは、それぞれの経済の差が開いたとたん、たちまち消滅した。今日の中国は世界最大の経済国であり、それに対して北朝鮮は信用格付けの対象にすらなっていない。二〇一四年、中国は北朝鮮政府が仕組んだとされるソニー・ピクチャーズ社へのサイバー攻撃に対する報復措置としてアメリカが要請した、北朝鮮でのインターネット接続の遮断を受け入れた。北朝鮮の首都では中国が北から侵攻してくるという陰謀説が広まっており、政府はそれを口実にして戦車を国境付近に配備している。

当然、中国は北朝鮮をただ占領するつもりはなく、それよりもはるかに建設的な計画を立てている。例えば、三国が同時に接する日本海側の一角にある北朝鮮の不凍港、羅先《ラソン》の工業地区に投資している。中国は羅先港に通じる鉄道を建設することで、北朝鮮の自国とは反対側の沿岸までの新たなルートを確保でき、北極海航路の利用を拡大できる。

ロシアもほぼ忘れ去っていた近隣国に対する計画を持っている。二〇一四年、ウラジミル・プーチン大統領は、北東アジア担当の側近ユーリ・トルトネフを平壌に送り、北朝鮮への債務の免除と、過去に一時中断した投資の再開を伝えるとともに、両国の短い国境線を越えるガスパイプラン建設の可能性を探った。プーチン大統領は、それとほぼ同時期の韓国公式訪問中に、ロシアからソウル——平壌を経由して——までの「鉄のシルクロード特急」の実現を呼びかけた。現在ロシアは、中国から北朝鮮に送られる石油の不足分を担っており、その代償として推定百万人もの北朝鮮軍予備兵が、二国間の不毛な国境地域で労働者として作業をする。同様に、疎遠になった「いとこ」の一進一退の復旧作業に携わる競争で後れを取りたくない韓国も、開城《ケソン》工業地区とソウルと平壌をつなげる予定の鉄道への投資を拡大した。* 接続性の優位性は、北朝鮮にまで到達した。

北朝鮮は用心深く、途中立ち止まりながらも、第三次世界大戦のシナリオが実現しないことを示す新たな代表例となった。代わりに大規模なサプライチェーンの統合が起こりつつある。この

* 何十年も人の出入りが最小限に抑えられていた非武装中立地帯に独自の植物生態系が発達したことから、強固に防備されたその地帯の一部を自然公園にするという提案までもがなされた。

移行を最もよく示している——しかもますます強まっている——のは、経済特区だ。開城工業地区では五万人を超える北朝鮮人が雇用され、中国よりはるかに安い賃金で腕時計や靴、そして自動車メーカーの現代社向けの部品をつくっている。私が出会ったある外国投資家は、その特区でＤＶＤプレイヤーを生産する工場を経営していて、聞くところによると北朝鮮の人々はその機械を持ち帰り、韓国から密輸されたＤＶＤを観るそうだ。開城工業地区で生産されるコンピュータ部品やその他の電子機器の輸出に対する制裁措置が解除されれば、この地区の偽りのない生産額は年間五億ドルから数十億ドルにまで急増するだろう。二〇一四年、金正恩は北朝鮮の各道もそれぞれ経済特区を設立すべきだと述べた。北朝鮮政府は地方の都市や地域にほぼ何も支給しないため、彼らには選択肢はなかった。北朝鮮都市計画担当者によるいつくかの派遣団が、海水浴場やスキー場が近くにある元山《ウォンサン》の保養地のような地区をつくる方法を学ぶために、ヴェトナムやシンガポールを訪れている。我々にとって、偽造紙幣をつくったり自国の薬品研究所から中国や西側諸国に大量のケシや覚醒剤を流したりする北朝鮮と、合法的な世界規模の製造や観光のサプライチェーンに加入する北朝鮮のどちらがいいだろうか？[6]

北朝鮮がサプライチェーンの結節点として浮上してくることは地質学的にも保証されている。この国は最新の電子機器に不可欠なレアアースのまさに宝庫なのだ。オーストラリアやモンゴルなどの各国の鉱山経営会社は、北朝鮮に埋蔵されている金やマグネシウムの開発に乗り気になっている。こうした貴重な金属の世界的な供給はあまりにもわずかなため、世界——特に電子機器生産で首位の中国——は北朝鮮政権が代わるまで辛抱強く待てないのだ。ある北朝鮮経済の専門家は「中国はこのサプライチェーン全体を欲しがっている」と語っている。[7] 実際、世界中の消費者たちは中国による北朝鮮の鉱物の採取にすでに加担している。例えば、二〇一四年に企業が金融規制改革法（ドッド・フランク法）に基づいて提出した書類から、ＩＢＭ社とヒューレット・パッカード社のハードウェアに中国の供給業者が輸入した北朝鮮の鉱物が含まれていることが判明した。だが、両社の経営陣や株主は知りもしなかった。

工業の合弁会社、外国車の輸入、制限されたインターネット接続、海外にかけられる携帯電話、新たなスキーリゾート。それぞれを別々に見ると、北朝鮮のより開放され成長する経済に向けてのささやかな一歩は、たいしたことがないように思える。だが、それらをひとつにすると、一九七〇年代後半に中国が取りかかったものと似た、国家事業計画の原案のように見えてくる。実際、中国はこれからの数年間、製造業での単純作業に携わる何千件もの雇用を北朝鮮に委託するだろう。

北朝鮮には国際社会の関心を持続的に集めるものが他にもたくさんある。国の壮大な川は国内の電力供給や、中国と韓国に電力を販売するため両方にとって重要な水力資源になることが可能だ。また、北朝鮮は米、トウモロコシ、大豆、ジャガイモなどの主食となる農作物を生産しており、国際的な農業関連産業の次の波に乗ろうとする未公開株式投資会社がそれらを購入している。北朝鮮で活動する最も有名な非政府組織（ＮＧＯ）である「チョソン・エクスチェンジ」は、何千人もの若手の専門職——特に女性——に起業や職場でのノウハウを教え、さらには西側諸国のベンチャー投資家の代表団を国に派遣する。

たとえ、現在計画段階の港、経済特区、工業団地、不動産開発、鉱物採掘プロジェクト、作業員訓練プログラム、そして環境保護志向の観光客《エコツーリスト》向けの山間の自然公園などがすべて完璧に実現されたとしても、一五年後の北朝鮮はせいぜい共産主義崩壊後のルーマニアのような、低レベルの工業、農業や鉱業が引き続き経済の要になっている国だろう。世界の最貧国のリストからいまだに抜け出そうとしているかもしれないが、それでも今よりは開放された自由な国になっているはずだ。

北朝鮮の全国民は抑圧されていて、しかも少なくとも人口の三分の一は貧窮しているが、この国の人々は堕落した愚か者たちではない。彼らの文化が国外で高く評価されれば、彼ら自身も自分たちは時代錯誤の国家にとらわれた豊かな文明であることがわかる。北朝鮮を訪れる観光客、出張者、文化使節団や他の旅行者が増えれば増えるほど、この国の社会は国外からのマネーや知識を得るために彼らをより頼りにし、より多くを得ようとするだろう。北朝鮮の人々はロボットではなく、忠誠心にあふれているが誤った情報を伝えられている国民だ。彼らはイラン人やキューバ人と同様に、国からは話の一面しか伝えられていないが、メディアや観光客を通じて他の見解に触れる機会が次第に増えている。イランの国民が「最高指導者」のことを自分たちの能力を発揮させてくれない人だと不平をつぶやくのと同様に、北朝鮮の多くの人々も劇的な変化を強く願う気持ちを隠すのがやっとだ。平壌のティーンエイジャーたちは、イデオロギーに満ちた詩を暗唱するよりも、明らかにピザのほうに興味がある。学校、ビリヤード場、あるいはカラオケバーであろうと、一般の市民は自身が抱える心配事を驚くほど表に出す。私が出会ったある夫婦は、自分の子供たちが歌と踊りのために豪華なアリラン祭に駆り出されることを腹立たしく思っていた。この季節的なイベントは一〇万人もの曲芸師、旗手、フリップを持つ人々などが、驚くほど同調性の高いマスゲームを行うものだ。だが、この夫婦は子供たちがただピアノの練習をし、算数の宿題をこなし、英語を習うことを望んでいた。

あらゆる独裁者は、リビアやエジプトのようにワンマンの支配者が国の権力の座から追われるのを見ると背筋が寒くなるに違いない。その状況に対する彼らの共通の反応は、自己の主張を貫き、自国でのあらゆる反対意見を容赦なく鎮圧することだ。だが、若き金正恩国務委員長は、容赦のなさだけでは今以上の存在にはなれない。平壌の通りの巨大な壁画には、彼の父である金正日総書記や、革命の英雄である祖父の金日成国家主席が描かれてあがめられているが、若き金正恩はそうした個人崇拝の対象となる資質を欠いている。彼はその代わりに、前任者たちに仕えた年配の党関係者たちを利用して、反日宣伝、核の脅威、韓国の威嚇を繰り返し語らせている。金正恩第一書記が公に姿を現すときは常に、権力の象徴として振る舞えるよう念入りな準備がなされている。

だが、もし若き金正恩が軍における強力な既得権を失うことなく自国の着実な復旧を監督できれば、彼は次の数十年間を世界から孤立したのけ者としてではなく、変化をもたらす改革者として過ごすことができるかもしれない。そうなれば、金正恩第一書記は世界のほとんどの地域への渡航が制限されることなく、スイスでの高校時代のようにヨーロッパでバスケットボールの試合観戦を楽しむことができる。金正恩は韓国にミサイルを雨のように降らせることができるような人物ではなく、韓国の活動家が何千ものチョコレートとマシュマロの小さな菓子をヘリウム風船にくくりつけて国境から北朝鮮へ飛ばしたときも、ほとんど抗議の意を示さなかった。

イラン同様、北朝鮮政権の崩壊や退陣を待つのは甘い考えだ。政権交代への恐れは、外交の動力学を対立から和解へと変えるために必要な、ある種の安定した結びつきを直ちに弱体化させる。二〇一四年、韓国の朴槿恵《パククネ》大統領はドイツのライプツィヒで行ったスピーチで、工業の韓国と農業の北朝鮮という自然なかたちの分業での再統一をはっきりと大々的に宣伝した。それは最終的な到達点かもしれないが、そこまでの道のりは東ドイツが慎重に進められた国際的な手順を踏んで公式に消滅した、一九九〇年代のドイツとは異なるものになるはずだ。むしろ、北朝鮮はすでに核兵器と地雷原を持つ緩衝国から、中国、ロシア側と韓国側をつなぐ通路へと徐々に移行している。民主化するよりも独裁体制が続く可能性のほうがはるかに高い。北朝鮮に政治的な屈辱を与えるよりも、サプライチェーンを統合する戦略のほうがはるかに効果的なのは、まさにそういうわけだ。北朝鮮が正常化すればあらゆる方面がその恩恵を受けるが、中国の周辺やそのはるか先でも、ひとつの長期的な疑問が生まれる。それは、果たして中国は自身のサプライチェーン帝国を保ち続けることができるのかということだ。

サプライチェーンの逆襲

過去のサプライチェーン帝国は、自国の負債とインフレ、そして国外での混乱や競争が重なり、崩壊してしまった。スペイン帝国は南アメリカからの銀の輸入減少によって衰退が加速した。一方、一世紀にわたり続いた四度の英蘭戦争によって、オランダによる南アフリカとセイロンの支配は徐々に弱まった。帝国の政府の優先事項が他に移ってしまうことも崩壊の大きな要因だ。イギリスの投資家たちは、イギリスによるインド支配《ラージ》が永遠に続くものと見なしてインドの鉄道に資金をつぎ込んだが、急速に広がった独立運動――そして、それに対するイギリスのクレメント・アトリー首相の黙認――の結果、嫌気がさしたロンドンの投資家たちはインドを後にした。

中国にとってサプライチェーン大戦は何も新しいものではないが、歴史的に見るとその方向が逆転している。一八三九年、イギリスが広州に保管していたアヘンが清の道光帝の命令で没収、処分されると、イギリスは圧倒的な軍事力で対抗して香港を占領し、中国全土に対する治外法権を強要した。中国にとってこのアヘン戦争はその後一世紀半にわたる屈辱の幕開けであり、現在になって中国はようやくその過去から立ち直ろうとしている。

多くの国にとって今日の地政学上の最大の疑問は、アメリカと中国が太平洋で戦争を開始するかではなく、中国がサプライチェーン帝国としての立場を利用して、二世紀前にイギリスが中国に対して行ったように、「不平等条約」を押しつけてくるのではないかということだ。一九九〇年代から、中国の「小切手外交」はアルゼンチンからアンゴラにいたるまで、中国がその国に学校や病院、官庁、幹線道路を建設する代わりに原材料を買い占めるという値の張る長期的な契約を可能にし、自国にほぼ摩擦のない商業的な拡大をもたらした。中国は相手国の政治には介入しないことを固く誓っていて、それは実際には現体制を維持するために政府に無制限に武器を販売することを意味した。中国はこれまで――そして現在も――ブラジルとベネズエラ、サウジアラビアとイラン、カザフスタンとウズベキスタン、そしてインドとパキスタンなどの、各地域で大きく対立している国のどちらとも良好な関係を保ってきた。

だが、中国との蜜月関係がすでに終わっている国もあり、そうした国の数は増えつつある。「ブローバック」（支持していた国が急に敵対的になること）が始まったのだ。どの大国もいずれはブローバックに苦しめられる。ただ単に時間の問題だ。この用語は皮肉にもＣＩＡが生み出したものだ。ＣＩＡは一九七九年のイラン革命後に、イランのアメリカ敵対につながった連鎖反応を起こした一因であり、その結果起きるかもしれない不測の事態に備えるよう、この用語で注意を促した。同年、その後長い期間を経てブローバックへつながった関係が始まった。それはＣＩＡの過去最大の秘密作戦で、反ソ連の「イスラム聖戦士《ムジャヒディン》」に資金を提供するというものだった。ムジャヒディンは最終的にソ連軍を滅ぼしたが、その一方でアメリカ同時多発テロの首謀者オサマ・ビン・ラディンを匿ったタリバンも生んだ。

中国はすでにブローバックを経験している。自国最大の行政区で、イスラム教徒のウイグル人が多く住む新疆ウイグル自治区における強制的な和平工作の結果、二〇一三年の北京の天安門広場での自動車爆弾による自爆テロをはじめ、何十ものテロ事件が起きた。だが、国外での中国に対するブローバックは状況が異なる。中国は自身の世界における存在感を、自国の軍ではなくサプライチェーンで示している。したがって、中国の国外での主要機関は諜報機関ではなく国営企業だ。中国にとってサプライチェーンのブローバックは、地政学的なブローバックだ。それはまた、中国が海外で築いたインフラを自国が最終的に支配できる保証はないという警告でもある。

サプライチェーンの地政学における勝者が決まるのは、まだずっと先のことになるだろう。

我々は直線的ではなく複雑な世界に住んでいること、そしてその世界での出来事への反応にかかる時間が過去より短縮されていることを、ブローバックによって再認識させられる。ヨーロッパの帝国は、反植民地主義の独立運動と第二次世界大戦による緊張が重なったことによる撤退まで、六〇〇年間続いた。しかしながら、中国はまさに世界中に食い込んでからわずか一〇年で、すでに反撃工作に直面している。ヨーロッパが何世紀もかけて学んだことを、中国はほぼ一晩でこなさなければならないのだ。中国は新たな植民地領主にはなれない。なぜなら、植民地主義の時代は去り、透明性と、時間に学んだ外国勢力への疑惑がそれに取って代わったからだ。サプライチェーンは逆襲が可能だ。

ザンビアからモンゴルまで、不正な取引が行われるやいなや「非常ベル」が鳴るため、中国政府は暴力的な手段に出るのではなく細心の注意を払わなければならない。今のところ、中国政府はすべての大陸で協調関係を築くことを優先しており、コンゴやカザフスタンで他に奪われた契約をすべて武力で強制しようとするような動きは抑えている。中国はそうした自制力にも助けられて、一度も衝突を起こすことなく世界的なサプライチェーン帝国を築いた。だが、摩擦は大きくなりつつある。ニジェールのデルタ地帯から南スーダンにかけて、石油やガス採掘の現場で働く中国人作業員が誘拐や攻撃される事件が増えている。ザンビア人の鉱山労働者たちは、中国人

＊ 本当の意味で初の世界帝国と呼べるポルトガルは、一五一四年に北アフリカのイスラム教徒の都市セウタを初の植民地とし、一九九九年には最後の植民地マカオを中国に返還した。

雇用主による奴隷のような扱われ方や奴隷並みの賃金に暴力的に反抗し、そのうちの何度かは中国人雇用主が踏みつけられ、暴力を加えられたあとに鉱山の深い縦穴に投げ込まれて殺された。中国が長期的に利用するために購入したものは、実際には短期のレンタルになってしまうかもしれない。イギリスのハロルド・マクミラン首相が一九六〇年に、当然なる「国民意識の成長」と評したのと同様に、中国に対する同時かつ一貫性のないブローバックは、綱引きの世界のいつまでも変わらない特徴だ。[8]

天然資源の国有化も、各国が中国のサプライチェーンの侵入を防ぐために利用できる賢明な法的手段だ。カザフスタンとモンゴルは自国に埋蔵されている主要な鉱物を「戦略的資産」に指定し、外国への販売を禁止した。中国が両国で許可されているのは、技術提供者として共同開発に参加するだけだ。最も賢い政府は、中国に現地雇用、技能訓練への資金提供、技術移転、そして現地生産をそれぞれ増加するよう要請する。そうした国は資源が運び出されるのをただ見ているだけではなく、資源に付加価値がつけられるものを国内に取りこみたいのだ。彼らはサプライチェーンの水平的な役割だけではなく、垂直的な役割も希望している。こうした国々は、中国がかつて西側諸国に行ったことを、中国にしているのだ。

中国は、今後何十年も続く、自国での都市化の推進に引き続き大量の原材料が必要なため、少なくとも今は、そうした国々に合わせる気が十分にある。実際、中国は植民地の領土などという贅沢なものは持っていないが、リスクを緩和する意欲、どんな価格にも対応できる予算、そして他のどの国にも真似できないほどの資源への巨大な需要は持っている。したがって、中国の資金力があり国家が支援する巨大な企業は、非常に優位な立場で交渉する。コンゴ、ミャンマー、モンゴルをはじめとする一次産品に依存する国は、さらなる輸出市場を見つけるまでは、結局は中国に資源を独り占めされてしまう。

いざとなれば、中国も金銭面で強気な態度を取ることもできる。中国輸出入銀行は二〇〇一年以降、サハラ以南のアフリカの国々に世界銀行より二〇〇億ドル以上も多くの融資を行っていて、巨額の負債の連鎖が再び起きるのではないかという懸念をわかせている。中国にとってアンゴラのような国は理想的な相手で、アンゴラは中国による主要な道路の建設やその他のプロジェクトの恩恵を受け、債権者に全額返済できるだけの資金も手に入った。一方、ザンビアは支出用の資金を調達するため、(またしても)持続不可能な債務を負った。しかも、中国が運営していた採掘企業をいくつか接収したため、中国企業にさらに課税して収入を増やすことも当然無理だ。財政的に非常に圧迫されている国々は、破産するよりも、自国の資産や産業の支配権を次々に売りさばく。その結果、主権国家というよりもサプライチェーンの共和国と化す。ザンビアが債務を履行しない場合、中国はどの資産を取り戻そうとするだろうか?

西側諸国の政府や企業は、中国が度を越えた行動を起こしてブローバックを誘発するのを、ただ何もせずに待つべきではない。立ち上がり、中国とサプライチェーンをめぐる競争を行わなければ、発展途上国に選択の余地がなくなってしまう。したがって、アメリカ議会が自国の輸出入銀行――あだ名は「ボーイング銀行」だが、GE社やキャタピラー社など他の大手アメリカ企業もこの銀行の恩恵を受けている――を二〇一五年の半ばに数カ月間閉鎖したのは、この銀行からの融資によって海外の国はアメリカ製品を安く購入でき、しかもこの融資は実際にはアメリカ財務省の年間利益を生み出しているという事実を鑑みれば、実に皮肉だ。

世界各地を見ると、中国は場所ごとに誘惑と拡大、開発と共依存、または自己主張とブローバックという、帝国のライフサイクルのさまざまな地点にいる。だが、共通しているのは――ロシアのような大国やザンビアのような小国にかかわらず――中国への高い依存度は安定と確実性をもたらすと同時に、緊張と反感をもたらすという点だ。中国はミャンマーの地理条件を最大限に生かして両国をつなぐパイプラインや道路を建設したが、ミャンマーは中国を以前よりはるかに恐れなくなったようだ。二〇一二年後半、ＳＮＳによって広まった運動には「中国人は出て行け。我々は君たちを恐れていない」という警告が書かれていた。

帝国が撤退すると、インフラは持ち主や用途が変わる。帝政ロシアがシベリア鉄道をバイカル湖の東へ延長すればするほど、明治時代の日本が一九〇四年に満州にあるロシアの旅順を攻撃する動機となった。だが、第二次世界大戦で日本が敗北すると、ロシアは天然ガスが豊富なサハリン島（樺太）の南半分にある日本の鉄道を奪った。アメリカのイラク撤退後、イラク軍とＩＳＩＳはアメリカが残していった武器や機材をともに好きなだけ手に入れた。

中国のあちこちに広がったサプライチェーンが、この先軍事的な様相を帯びるのは避けられないだろう。現在の中国は、ベネズエラから南スーダンまで、自国がドリルで穴をあけて天然資源をかき集めている中の、深刻な問題を抱える国の現地の機密情報を常に集めている。中国はさらに、ハイチやレバノンなどでは何千人もの平和維持軍を国連平和維持活動に派遣し、数十の提携国とそれぞれ合同軍事演習を行い、スーダンの油田を守るために中国人民解放軍（ＰＬＡ）の兵士を密かに配置しているとされている。作業員を突然救助したり、増援部隊を派遣したりしなければならない事態――民間警備会社の警備員の数を増やしていることから、その可能性は十分ある――に備えて、中国はいずれ環インド洋（ジブチに建設が予定されている基地など）にまで自国の海軍を配備するだろう。

サプライチェーン大戦は、実際の争いになり得る。特に、中国自身の国境線でその可能性が高い。パキスタンのバルチスタン州に埋蔵された金、天然ガス、石油、ウランにより、バルーチ族の民族自決はパキスタン軍と中国の国営採掘企業の手で過酷に抑圧されてきた。したがって、パキスタンのバルーチ族はグワダル港を、中国が支援するパンジャブ人による植民地化計画と見なしており、しかも二〇一三年にはパキスタンが中国にグワダル港の海軍基地としての利用を公に提案したため、バルーチ族の疑惑はさらに高まった。バルチスタン解放軍はパイプラインを攻撃し、満員のバスを爆破し、グワダル港近辺で多数の中国人を殺害した。二〇一四年の解放軍による主要発電所の攻撃では、パキスタンのほぼ全土が停電した。バルーチ族にとっては、自身の海岸沿いの集落が船舶輸送とエネルギーの一大中心地にならなかったほうが幸せだったかもしれない。だが、そうなってしまった以上、彼らはサプライチェーン支配のためにこれまで以上に過激に戦おうとするだろう。

中国は中央アジアでの投資を守るための軍の派遣に乗り気ではないが、そうせざるを得ないかもしれない。アフガニスタンでのアメリカ軍削減によって、中国はアフガニスタン政府（現在中国は武器を販売している）だけではなく、自国の鉱山、道路やインフラが攻撃されるのを防ぐために地方や部族の長、さらにタリバンとまで、自力でさらに多くの取引をしなければならなくなった。だがアフガニスタンには、「アフガニスタン人を借りることはできるが、買うことはできない」という、よく使われる諺が存在する。ソ連とアメリカの両国はこの敵意をむき出しにした国にあまりにも多くの軍を投入してきたが、今日の中国が同じ悲惨な間違いを繰り返すとは到底思えない。だが、中国も例のアフガニスタンの諺どおり、また違ったかたちで苦境に陥るかもしれない……まさにアフガニスタンで。

いくら「ソフトパワー（軍事力ではなく経済や文化による影響力）」を使っても、公正な取引の代わりにはならない。鉄道の建設や英語の普及だけで帝国が維持できるのなら、イギリスによるインド支配《ラージ》はまだ続いているはずだ。植民地主義は過去のものだ。現在の世界では、誰も植民地になりたいなどと思っておらず、誰もが中心地になりたがっている。

原注

地図に関するメモ

1 サミュエル・ハンチントンは『文明の衝突』で、ラテンアメリカは将来西側に属するのか、あるいは別個の文明社会になるのかについて結論を保留した。

2 Jerry Brotton, A History of the World in12 Maps, Introduction（ジェリー・ブロトン『世界地図が語る12の歴史物語』西澤正明訳、バジリコ、二〇一五年）。

3 これを初期段階のメタ学問的社会誌学と呼ぶ人もいる。

第一章　国境線から懸け橋へ

1 一九世紀を通じて、この比率は工業化が進む西側の経済成長率をおよそ二パーセントにまで引き上げるために十分な数値だった。

2 Isabelle Cohen et al., The Economic Impact and Financing of Infrastructure Spending（Thomas Jefferson

Program in Public Policy, College of William & Mary, 2012）参照。一九八〇年代初期、オクラホマ大学の経済学者パット・チョートはAmerica in Ruinsの中で、アメリカのインフラ衰退を警告している。チョートは一九九六年の大統領選挙でアメリカ改革党大統領候補ロス・ペローと組んで副大統領候補となり、一躍脚光を浴びた。

3 世界銀行が開発に不可欠な基本インフラをおおまかに分類したものがhttp://data.worldbank.org/about/world-development-indicators-data/infrastructure に掲載されている。

4 ストックホルム国際平和研究所の調査によると、全世界の軍事費は世界のGDPの二・四パーセントを占める。アメリカは軍事費がほぼ八パーセント減少したのに対し、中国は七・四パーセント、ロシアは四・八パーセント増加した。サウジアラビアなど湾岸協力理事会加盟国の軍事費もやや増加している。http://www.sipri.org/research/armaments/milex/milex_database/milex_database 参照。

5 プライスウォーターハウスクーパースとオックスフォード・エコノミクスが予測した投資プロジェクトとインフラ支出。http://www.pwc.com/gx/en/capital-projects-infrastructure/publications/cpi-outlook/assets/cpi-outlook-to-2025.pdf を参照。各方面で推定された今日の年間インフラ支出額は、すでに二兆ドルから三兆ドルまでばらつきがある。マッキンゼーによると、現在のGDP成長率を維持するだけでも年間三兆五〇〇〇億ドルのインフラ支出が必要とされる。一方、ベイン・アンド・カンパニーは二〇一七年の時点で年間四兆ドルに達すると予測している。

6 バールレ・ナッサウ（またはバールレ・ヘルトフ。どちらの国にいるかによって名前が変わる）の町に引かれたドイツとベルギーの国境線は、個人宅のリビングルームや一般のカフェを横切っている。どちら側にいても、EUのシェンゲン圏内だ。一七八三年のパリ条約での不適切な取り決めにより、ミネソタ州アングル区の住民一二〇人は、実際にはカナダ領で暮らしている。彼らはアメリカとカナダ税関が共同で設置した電話ボックスで出入国を申請する。

7 "More Neighbours Make More Fences," The Economist, Sept. 15, 2015 参照。

8 "Why Walls Don't Work," Project Syndicate, Nov. 13, 2014.

9 Vaclav Smil, Making the Modern World: Materials and Dematerialization (MIT Press, 2007), p. 157.

10 Ron Boschma and Ron Martin, "The Aims and Scope of Evolutionary Economic Geography" (Utrecht University, Jan. 2010).

11 Michio Kaku, Physics of the Future: How Science Will Shape Human Destiny and Our Daily Lives by the Year 2100（ミチオ・カク『2100年の科学ライフ』斉藤隆央訳、NHK出版、二〇一二年）。

12 アメリカの学者マイケル・ハートとイタリアの反体制派学者アントニオ・ネグリは、難解だが社会に大きな影響をおよぼした著書『〈帝国〉――グローバル化の世界秩序とマルチチュードの可能性』（水嶋一憲・酒井隆史訳、以文社、二〇〇三年）で、グローバリゼーションとはあらゆるものを飲み込む、中心点を持たない無秩序な力だと論じている。

13 今日の入り組んだグローバル・サプライチェーン――参入している公的組織と企業の混合体――は、この分野での研究のパイオニアである学者ジェイムズ・ローズノウが「権限の球体」と称した概念を体現したものだ。「権限の球体」とは、国家の領土と法的権限を超越した集合体で、制度化を極力行わない、目立たない、複数の公的機関・民間企業・ルールメーカーが参入している、社会と密接に関連している、などの特徴を持つ。

14 製造プロセス最適化の過程では、シックス・シグマ［訳注：モトローラが開発した品質管理手法］を始め、さまざまなツールが生まれている。数量、需要シフト予測のために発注側と供給側のデータや市場状況を活用する電子データ交換や、在庫確認、効率性の向上、ごみの削減を可能にするセンサネットワークはその一例だ。

15 アクセンチュアのサプライチェーン・アカデミーでは、そのようなビジネス最適化を実現するために設置された数々のオンライン事例研究講座で、米国企業上位一〇〇〇社の管理職が多数学んでいる。

16 二〇一〇年五月二五日にアメリカ国務省で行われた講演 "Geography: Use It or Lose It" より。

第二章　新たな世界のための新たな地図

1 John Maynard Keynes, The Economic Consequences of the Peace.（ジョン・メイナード・ケインズ『講和の経済的帰結』救仁郷繁訳、ぺりかん社、一九七二年）。

2 Peter Nolan, Is China Buying the World? (Polity, 2013).

3 "Flow Dynamics," The Economist, Sept. 19, 2015.

4 資金の流れ（国際銀行取引額、海外からの投資額、短期資産運用投資額など）は一九八〇年の四七〇〇億ドル（GDPの四パーセント）から、二〇〇七年の一二兆ドル（はるかに大きなGDPの二一パーセント）にまで急上昇した。世界金融危機、ユーロ危機、預金準備率の引き上げにより、資本の流れはGDPの一〇パーセント以下にまで減少した。

5 エチオピアで生産を行っているその他の大手衣料メーカーやアパレルのブランドとして、トルコのアイカ繊維やスウェーデンのH&Mが挙げられる。

6 DHL社の Global Connectedness Index 2014〔訳注：二〇一四年度世界連結性指標　http://www.dhl.com/en/ 参照〕。

7 小国ベルギーの複数の銀行は、中国など海外の主要購入国の証券保管機関として四〇〇〇億ドル相当の米国債を保有している。これはベルギーのＧＤＰのほぼ七〇パーセントに匹敵している。

8 二〇一三年の内訳は物品が約一八兆ドル、サービスが約五兆ドル、金融が約四兆ドル。

9 National Intelligence Council, Global Trends 2030: Alternative Worlds（米国国家情報会議編『２０３０年 世界はこう変わる――アメリカ情報機関が分析した「17年後の未来」』谷町真珠訳、講談社、二〇一三年）。

10 Manuel Castells, The Informational City: Economic Restructuring and Urban Development（Blackwell Publishers, 1990）（マニュエル・カステル『都市・情報・グローバル経済』大沢善信訳、青木書店、一九九九年）。

11 Michele Acuto and Steve Rayner, "City Networks: Breaking Gridlocks or Forging (New) Lock-ins?," unpublished paper, 2015。

第三章　大いなる権限委譲

1 さらに、ある資料によると、アメリカやオーストラリアの荒野や、北海のシーランドのような放棄された海上建造物に自国を設立しようとしている変わり者による「ミクロ国家」という自称国家が、少なくとも四〇〇存在する。

2 Alberto Alesina and Bryony Reich, "Nation-Building" (National Bureau of Economic Research working paper 18839, Feb. 2013).

3 Alberto Alesina and Enrico Spolaore, "Conflict, Defense Spending, and the Number of Nations," European Economic Review 50, no. 1 (2006).

4 一九九二年、全世界のほぼ三分の一の国が大きな政治的暴力の渦中にあった。さらにひどいことに民族紛争は国家間や国内での紛争と比べ、終結まで二倍から三倍の年月がかかる傾向があった。

5 Edward Luttwak, "Give War a Chance," Foreign Affairs, July/Aug. 1999.

6 これらの民族集団はみな「代表なき国家民族機構」に属している。

7 サルデーニャ州はヴァッレ・ダオスタ、フリウリ＝ヴェネツィア・ジュリア、シチリア、トレンティーノ＝アルト・アディジェとともに、イタリアの五つの特別自治州のひとつである。

第四章　権限委譲から集約へ

1 Antoni Estevadeordal, Juan Blyde, and Kati Suominen, "Are Global Value Chains Really Global? Policies to Accelerate Countries' Access to International Production Networks" (Inter-American Development Bank, 2012).

2 Stelios Michalopoulos and Elias Papaioannou, "The Long-Run Effects of the Scramble for Africa" (NBER working paper 17620, Nov. 2011)。ヨーロッパがアフリカの土地をあたかも先祖代々伝わる家宝のように扱った数多くの事例のひとつは、ヴィクトリア女王がケニアとタンザニアの国境に位置するキリマンジャロ山を、甥のプロイセン国王ヴィルヘルム二世に与えたことだ。

3 Philip Mansel, Constantinople (Penguin, 1997).

4 “Global Refugee Figure Passes 50m for First Time Since Second World War,” The Guardian, June 20, 2014 で引用されたアントニオ・グテーレスのコメント。

5 Norimitsu Onishi, “As Syrian Refugees Develop Roots, Jordan Grows Wary,” New York Times, Oct. 5, 2013.

6 実現可能な七つのシナリオを総合的に検討した結果、「ふたつの国家」の解決策がイスラエルとパレスティナのどちらにとっても最も費用効率が高いと判明した。“The Costs of the Israeli-Palestinian Conflict (Rand, 2015) を参照のこと。

7 Jodi Rudoren, “In West Bank Settlements, Israeli Jobs Are Double-Edged Sword,” New York Times, Feb. 10, 2014.

8 Stanley Reed and Clifford Krauss, “Israel's Gas Offers Lifeline for Peace,” New York Times, Dec. 14, 2014.

第五章　新たな「明白なる使命《マニフェスト・デスティニー》」

1 Richey Piiparinen and Jim Russell, From Balkanized Cleveland to Global Cleveland: A Theory of Change for Legacy Cities (White Paper funded by Ohio City Inc., 2013).

2 近隣の中山市も業種が区域ごとに細分化された工業都市の例だ。例えば大涌鎮はマホガニー製家具、東鳳鎮は家電製品、古鎮鎮はライト、黄圃鎮は食品、沙渓鎮はカジュアル衣料、小欖鎮はドアの鍵や音響製品を生産している。

3 中国の研究者鄭永年はこの現在の状況を「行動連邦主義」と呼んでいる。

4 中国の直轄市は地方行政の金融手段を通じた投資債券の発行で、開発プロジェクト用資金を国内および海外から毎月計一〇億ドル調達している。

5 Lydia DePillis, "This Is What a Job in the U.S.'s New Manufacturing Industry Looks Like," Washington Post, Mar. 9, 2014.

6 ダラス市長マイケル・ローリングスの Facebook より。

7 Richard C. Longworth, Caught in the Middle: America's Heartland in the Age of Globalism (Bloomsbury, 2009).

8 その一方で、連邦政府は幹線道路に対する連邦補助金を、それとは無関係な飲酒年齢やメディケア税［訳注：メディケアは高齢者や障害者を対象にした公的医療保険］などに関する規制を強制する手段として利用している。Richard A. Epstein and Mario Loyola, "The United State of America," Atlantic, July 31, 2014 参照。

9 Chris Benner and Manuel Pastor, "Buddy, Can You Spare Some Time? Social Inclusion and Sustained Prosperity in America's Metropolitan Regions/Working Paper," MacArthur Foundation Network on Building Resilient Regions, May 31, 2013.

10 Henry Zhang, "China to Build Cities and Economic Zones in Michigan and Idaho," Policy Mic, May 20, 2012.

11 Ben Tracy, "Lake Mead is Shrinking--and with it Las Vegas' water supply," CBS News, Jan. 30, 2014.

第六章　第三次世界大戦は「綱引き」戦争か？

1　二〇一五年初め、伊藤忠商事は中国でも最も由緒があり信頼されているコングロマリットのひとつである中国中信集団有限公司（ＣＩＴＩＣ）の株式を（タイのＣＰグループと共同で）一〇パーセント取得した。これは日本の対中国投資で過去最大規模のものだ。

第七章　サプライチェーン大戦

1　二〇一五年七月一八日に行われた著者によるインタビューでの発言。
2　Enrico Moretti, The New Geography of Jobs (Houghton Mifflin Harcourt, 2012)（エンリコ・モレッティ『年収は「住むところ」で決まる』池村千秋訳、プレジデント社、二〇一四年）。
3　Josh Tyrangiel, "Tim Cook's Freshman Year: The Apple CEO Speaks," Bloomberg Businessweek, Dec. 6, 2012.
4　しかしながら、積層造形とシェアリングエコノミーが合わさると、国内の産業地図が著しく変わることは間違いない。例えば、建設業は非貿易財だが、すべての家を３Ｄプリンター用セットで設計、印刷、組み立てを行えば、さらなる自動化が可能だ。そうなると、アメリカおよびヨーロッパ中の建築請負業者や工務店は倒産してしまう。
5　"Bits, Bytes, and Diplomacy," Foreign Affairs, Sept./Oct. 1997.
6　Allison Schrager, "The US Needs to Retire Daylight Savings and Just Have Two Time Zones?One Hour Apart," Quartz, Nov. 1, 2013.

7 Adams Nager, "Why Is America's Manufacturing Job Loss Greater Than Other Industrialized Countries?," Industry Week, Aug. 21, 2014.

8 "How Big Companies Can Beat the Patent Chaos of India," Fortune, June 17, 2013.

9 Artem Golev et al., "Rare Earths Supply Chains: Current Status, Constraints, and Opportunities," Resources Policy 41 (Sept. 2014): 52?59.

10 Yogesh Malik, Alex Niemeyer, and Brian Ruwadi, "Building the Supply Chain of the Future," McKinsey Quarterly (Jan. 2011).

11 John Authers, "US Revival Warrants EM Strategy Rethink," Financial Times, May 16, 2014.

12 Barry C. Lynn, End of the Line (Doubleday, 2005)（バリー・C・リン『つながりすぎたグローバル経済』岩木貴子訳、オープンナレッジ、二〇〇七年）。

第八章　インフラ同盟

1 Arnold Toynbee, A Study of History: Abridgment of Volumes VII?X (Oxford University Press, 1957), p. 124.

2 Samuel P. Huntington, The Clash of Civilizations and the Remaking of World Order (Simon & Schuster, 1996), p. 239（サミュエル・ハンチントン『文明の衝突』鈴木主税訳、集英社、一九九八年）。

3 Mariano Turzi, "The Soybean Republic," Yale Journal of International Affairs (Spring/Summer 2011).

第九章　新鉄器時代

1 Keith Bradsher, "Hauling New Treasure Along the Silk Road," New York Times, July 20, 2013.
2 二〇一五年の時点でのＡＩＩＢの加盟国は五八カ国で、さらに二五カ国近くが加盟を希望している。
3 "Why China Will Reclaim Siberia," The New York Times, Jan. 13, 2015.
4 "We must not buy Perrier . . . We must sell our water abroad," Water Politics, Oct. 28, 2010.
5 "The Round World and the Winning of the Peace," Foreign Affairs, July 1943.
6 Gi-Wook Shin, David Straub, and Joyce Lee, "Tailored Engagement: Toward an Effective Inter-Korean Relations Policy" (Shorenstein Asia-Pacific Research Center, Stanford University, Sept. 2014) を参照のこと。
7 "Why China Wants North Korea's Rare Earth Minerals," CNBC.com, Feb. 21, 2014. で引用されたクリストファー・ロールズのコメント。
8 一九六〇年二月三日に南アフリカ議会で行われたスピーチより。

【著者】 パラグ・カンナ Parag Khanna

1977年、インド生まれ。グローバル戦略家。ジョージタウン大学外交学部で学士号、同大学大学院で修士号、ロンドン・スクール・オブ・エコノミクス（LSE）にて博士号を取得。現在、CNNのグローバル・コントリビューター、シンガポール国立大学公共政策大学院の上級研究員。数多くの政府機関や企業のアドバイザーを務め、国家情報会議や米国特殊作戦部隊のアドバイザー、ニューアメリカ財団やブルッキングス研究所の研究員など歴任。世界経済フォーラムの「若き世界のリーダー」に選出された。アメリカ地理学会顧問。著書に世界的ベストセラーとなった『「三つの帝国」の時代――アメリカ・EU・中国のどこが世界を制覇するか』などがある。

【訳者】

尼丁千津子（あまちょう・ちづこ）

翻訳家。神戸大学理学部数学科卒。ソニー（株）勤務を経て、実務を中心に翻訳に携わる。訳書に『TEAM OF TEAMS（チーム・オブ・チームズ）』（共訳）がある。

木村高子（きむら・たかこ）

英語・フランス語翻訳家。フランス・ストラスブール大学歴史学部卒業、早稲田大学大学院文学研究科考古学専攻修士課程修了。スロヴェニア在住。訳書に『香水瓶の図鑑』、『僕はポロック』などがある。

CONNECTOGRAPHY: Mapping the Future of Global Civilization
by Parag Khanna

「接続性《せつぞくせい》」の地政学《ちせいがく》

グローバリズムの先《さき》にある世界《せかい》

上

●

2017年1月31日　第1刷

著者…………パラグ・カンナ

訳者…………尼丁千津子《あまちょうちづこ》・木村高子《きむらたかこ》

装幀…………岡孝治

発行者…………成瀬雅人
発行所…………株式会社原書房

〒160-0022 東京都新宿区新宿 1-25-13
電話・代表 03（3354）0685
http://www.harashobo.co.jp
振替・00150-6-151594

印刷…………新灯印刷株式会社
製本…………東京美術紙工協業組合

ISBN978-4-562-05372-8, Printed in Japan